你应该阅读的
世界微型小说

史为昆　主编

汕头大学出版社

图书在版编目(CIP)数据

你应该阅读的世界微型小说／史为昆主编. —汕头：汕头大学出版社, 2018.4(2022.8 重印)
ISBN 978-7-5658-3505-6

Ⅰ. ①你… Ⅱ. ①史… Ⅲ. ①小小说-小说集-世界 Ⅳ. ①I14

中国版本图书馆 CIP 数据核字(2018)第 054048 号

你应该阅读的世界微型小说
NI YINGGAI YUEDU DE SHIJIE WEIXINGXIAOSHUO

主　　编：	史为昆
责任编辑：	邹　峰
责任技编：	黄东生
封面设计：	门乃婷
出版发行：	汕头大学出版社
	广东省汕头市大学路 243 号汕头大学校园内　邮政编码:515063
电　　话：	0754-82904613
印　　刷：	三河市兴达印务有限公司
开　　本：	880mm×1230mm　1/32
印　　张：	15
字　　数：	350 千字
版　　次：	2018 年 4 月第 1 版
印　　次：	2022 年 8 月第 3 次印刷
定　　价：	42.00 元

ISBN 978-7-5658-3505-6

版权所有，翻版必究
如发现印装质量问题，请与承印厂联系退换

前　言

微型小说早已成为广大读者所熟悉和喜爱的一种小说体裁，它与短篇小说、中篇小说、长篇小说并列为小说的"四大家族"。微型小说，又称为小小说、袖珍小说、一分钟小说、千字小说、快餐小说、信息小说、掌篇小说、超短篇小说等，字数一般在千字左右。

微型小说相当普遍地运用了工笔、白描、悬念、穿插、比兴、象征等文学技法，以及虚与实、疏与密、曲与直、张与弛、抑与扬、庄与谐等辩证手法，但它不是其他小说体裁的浓缩版。微型小说饱含着作者对人生、社会和情感的深刻感悟。著名作家王蒙认为，微型小说是"一种敏感，从一个点、一个画面、一个对比、一声赞叹、一瞬间之中，捕捉住了小说——一种智慧、一种美、一个耐人寻味的场景，一种新鲜的思想"。阿·托尔斯泰认为："微型小说是训练作家最好的学校。"美国评论家罗伯特·奥佛法斯则总结出微型小说的三个特点：一是立意奇特，二是情节完整，三是结局出人意料。微型小说讲求新、奇、怪、辣、深。最经典的微型小说，使人百读不厌、回味无穷，每读必有收获、必受教益。

日本的星新一、美国的欧·亨利等，都是中国读者所熟悉和喜爱的微型小说写作大家。一些像雨果、歌德、列夫·托尔斯泰等这样的文学"巨匠"，一些如海明威、斯坦贝克、伯尔、川端康成、马尔克斯等获得诺贝尔文学奖的优秀作家，都为人们留下了精彩的微型小说。

《你应该阅读的世界微型小说》精心选取了200篇文质皆美、情感动人、富有哲理的微型小说经典佳作，按章节分为：过去与未来、人生旅途、品味哲理、人间百态、大千世界、真情花瓣、幽默与荒诞、爱情星空、智慧彩虹。

本书选录作品的原则是博采众长，不拘一格，所选作品或构思奇妙，或情节曲折，或语言新颖，或笔调幽默，折射出作家们对人生、社会、爱情、友情及生命的思考。

我们愿和广大读者一起共同开始一段精彩的世界微型小说之旅！

2018年3月

目 录

第一辑　过去与未来

劳动、死亡和疾病 / 002
[俄国]列夫·托尔斯泰

司　机 / 004
[匈牙利]厄尔凯尼

彬彬有礼的强盗 / 005
[巴西]安德拉德

预　演 / 008
[苏联]诺·顿巴泽

"诺曼底"号遇难记 / 010
[法国]雨　果

虚度的时光 / 014
[意大利]布扎蒂

半张纸 / 015
[瑞典]斯特林堡

八月的鬼怪 / 018
[哥伦比亚]马尔克斯

作家的秘密 / 021
[意大利]迪·克扎蒂

墙 / 024
[英国]戴维森

花园余影 / 026
[比利时]科塔扎

马志尼广场上的马厩 / 028
[意大利]贝隆奇

桥边的老人 / 031
[美国]海明威

勇　气 / 033
[美国]狄斯妮

婚　戒 / 036
[法国]乔克·邦德

不愿上天堂 / 038
[印度]哈里希·约哈里

金星人的挫折 / 040
[美国]阿·布克华德

大公无私的判决 / 041
[英国]帕　克

鸽　群 / 043
[新西兰]图沃里

一九〇八年 / 045
[德国]君特·格拉斯

一位短跑运动员的孤独 / 047
[日本]渡边浩二

第二辑　人生旅途

"万事通"先生／052
　[英国]毛　姆
火车上的女郎／055
　[印度]邦　德
二十年以后／058
　[美国]欧·亨利
好朋友卢克／061
　[法国]威尔伦
匆匆人生／063
　[德国]库尔特·库森贝格
妈妈，您杀了我的孩子！／065
　[印度尼西亚]茜茜丽亚
维佳，往窗外看……／067
　[俄罗斯]格·叶·雷克林
旅游纪念品／069
　[日本]星新一
伤　痕／070
　[日本]小林多喜二
给爸爸买苹果／073
　[德国]施悌恩
我的那只狗／074

[澳大利亚]劳　森
退休法官／077
　[罗马尼亚]保尔·杨
雨哗啦哗啦地下着……／079
　[新加坡]艾　禺
沼泽地／082
　[日本]芥川龙之介
画猫的男孩／085
　[希腊]赫　恩
女　人／088
　[多米尼加]胡安·鲍斯
出色的业务员／091
　[美国]尼尔·鲍尔特
入　殓／093
　[新加坡]林　高
黑　影／095
　[马来西亚]潘碧华
卖花女郎／097
　[法国]加尔科
马车上／099
　[南非]旭莱纳
十八英里的惩罚／100
　[西班牙]杰森·班卡多

第三辑　品味哲理

双梦记 / 104
[阿根廷]博尔赫斯

我所发现的生活 / 105
[美国]马克·吐温

可怜的人 / 106
[缅甸]何　峰

当玫瑰开花的时候 / 110
[智利]佩·普拉多

关于斑马的寓言 / 112
[苏联]弗拉索夫

老鼠夹与他人的重要性 / 114
[巴西]保罗·科埃略

不平的镜子 / 115
[俄国]契诃夫

吃白食 / 119
[德国]黑贝尔

两个葬礼 / 120
[阿富汗]古·帕·乌尔法特

砸 / 122
[新加坡]林　高

乐园里的不速之客 / 123
[印度]泰戈尔

两条路 / 126
[德国]里克特

看　画 / 128
[美国]马克·吐温

淘金者说 / 131
[波兰]廖舍克·玛鲁达

心　壶 / 133
[泰国]司马攻

遭　遇 / 135
[墨西哥]帕　斯

重要事情 / 137
[美国]理查兹

不同的语言 / 139
[巴西]保罗·科埃略

第四辑　人间百态

想　象 / 142
[英国]凯·杰罗姆

犹大的面孔 / 144
[意大利]达·芬奇

侯爵夫人的粉肩 / 145
[法国]左 拉
独裁者 / 149
[奥地利]贝恩哈特
白菜汤 / 150
[俄国]屠格涅夫
代 价 / 151
[新加坡]尤 今
发生在一小时内的故事 / 154
[美国]凯特·乔宾
英雄之死 / 156
[瑞典]拉格奎斯特
狗的夜宵 / 158
[厄瓜多尔]库阿德拉
圆不了的月 / 161
[印度尼西亚]袁 霓
凶 手 / 163
[泰国]黎 毅
花园里的独角兽 / 165
[美国]詹姆斯·瑟伯

给 S 夫人的报告 / 167
[日本]星新一
胖子与瘦子 / 170
[俄国]契诃夫
老人与鸽子 / 173
[新加坡]尤 今
被欺压的女面包师的胜利 / 175
[德国]布·克罗瑙埃
皮夹子的把戏 / 179
[美国]阿·契尔屈列斯
冰 棍 / 181
[德国]黑·玛·诺瓦克
阿 南 / 183
[新加坡]彭 飞
夜归人 / 185
[美国]爱伦·坡
不鼓掌的人 / 188
[日本]藤森成吉
看这日子过的 / 190
[以色列]伯斯顿

裸　泳／191

[意大利]卡尔维诺

在钉子上／194

[俄国]契诃夫

教师的调遣／197

[斯里兰卡]伊兰加拉特尼

某国故事一则／199

[土耳其]阿·涅辛

第五辑　大千世界

结　局／204

[阿根廷]博尔赫斯

罗马尼亚的大地主／207

[罗马尼亚]卡拉迦列

独臂村／210

[泰国]克立·巴莫

现场做戏／212

[日本]古贺准二

聘　任／214

[英国]埃克斯雷

美丽的女店主／216

[德国]歌　德

地　窖／219

[法国]塞斯勃隆

举世无双的珍品／222

[德国]威塞尔

存库的人们／225

[美国]奎　因

好　险／227

[日本]星新一

旋工的苦恼／228

[苏联]达·谢尔盖

鹰　巢／231

[挪威]比昂松

滑雪橇／234

[德国]诺瓦克

逗　乐／236

[法国]莫泊桑

大小通吃／238

[印度尼西亚]林万里

喜 鹰 / 240
[新加坡]黄孟文
夺 妻 / 242
[不丹]达里姆·齐特里
演 戏 / 244
[新加坡]怀 鹰
虔诚的猫 / 245
[波兰]伊·雷·斐莱兹
公 正 / 248
[西萨摩亚]温 特
惨 败 / 251
[德国]迪格尔

第六辑 真情花瓣
读者来信 / 256
[美国]海明威
八十五年前的棕色漂流瓶 / 257
[英国]可克威尔
命名记 / 259
[菲律宾]柯清淡

乞 丐 / 261
[俄国]屠格涅夫
离 别 / 262
[俄罗斯]弗·索罗金
父母心 / 265
[日本]川端康成
如果我能重新开始一生 / 267
[美国]爱·洛蒙贝克
奥利和特鲁芳 / 268
[美国]辛 格
"金桂,你等等我!" / 271
[新加坡]张 挥
回乡魂 / 272
[新加坡]连 秀
在柏林 / 274
[美国]奥莱尔
白皮鞋 / 275
[苏丹]阿·白·哈里德
离别的礼物 / 278
[美国]弗·达尔

雨　伞／281

[日本]川端康成

蓝眼睛／282

[泰国]曾　心

欢乐和痛苦之花／284

[西班牙]塞　拉

一个老人的问题／287

[埃及]阿　里

似花非花／289

[菲律宾]秋　笛

父　亲／291

[挪威]比昂松

电　话／295

[德国]布卢姆

金翅雀／296

[葡萄牙]托尔加

美人鱼图案的气球／298

[美国]博艾威达

古九谷瓷瓶／301

[日本]井上靖

窗／303

[澳大利亚]泰格特

水灯变奏曲／305

[泰国]司马攻

父亲的悲哀／307

[埃及]台木尔

金　果／310

[新西兰]拉蒙特

标错的价签／312

[美国]洛林·格雷格尔

第七辑　幽默与荒诞

天堂之门／316

[英国]马　克

最佳减肥方案／317

[美国]史密斯·泰勒

我是一只实验室老鼠／319

[美国]亨特·佩雷特

上班诀窍／321

[德国]路·席波赖特

坐／324

[美国]弗朗西斯

走　运／325

[波兰]雅·奥卡

黑　信／327

[捷克]哈谢克

霍拉斯的厄运／329

[英国]坎　宁

女人年过四十／331

[美国]安迪·鲁尼

别墅的主人／332

[德国]舍伦施密特

威　胁／334

[俄国]契诃夫

公民证／335

[苏联]里纳特

意外的结局／337

[罗马尼亚]伯耶舒

丈夫支出账单中的一页／339

[美国]马克·吐温

做　脸／340

[马来西亚]陈政欣

惶惶不可终日／342

[美国]乔·尼科尔

坟墓掩盖了医生的罪过／343

[土耳其]阿·涅辛

谢弗兰与普鲁士国王／347

[法国]福楼拜

一部犯罪小说的梗概／349

[捷克斯洛伐克]哈谢克

琼斯的惨剧／352

[加拿大]里柯克

新鲜空气／355

[美国]阿·布奇沃德

蟑螂王／357

[新加坡]董农政

扔掉可惜／359

[日本]齐藤肇

多余的最后一句话／361

[苏联]菲·韦伯

法律门前 / 364
[奥地利] 卡夫卡
特　技 / 366
[日本] 星新一
我吞下了国家机密 / 368
[土耳其] 阿·涅辛
有什么新鲜事吗？/ 370
[匈牙利] 沃尔克尼

第八辑　爱情星空

两对夫妇 / 374
[英国] 哈里特·思勒
爱的磨难 / 376
[美国] 欧·亨利
十全十美的丈夫 / 378
[英国] 科贝特
玛　莎 / 379
[俄国] 屠格涅夫
饭　盒 / 381
[日本] 都筑道夫

一个爱情故事 / 383
[瑞士] 卡　文
初　恋 / 384
[苏联] 尼斯塔尔琴科
会说话的墙 / 386
[马来西亚] 朵　拉
吻 / 388
[瑞典] 瑟德尔贝里
没有爱情的罗曼史 / 391
[苏联] 沃罗宁
夏日爱情 / 393
[英国] 代　尔
现代婚姻的故事 / 396
[文莱] 宁　静
前　妻 / 398
[苏联] 鲍里斯·克拉夫琴柯
心　愿 / 400
[澳大利亚] 德　温
吻　别 / 404
[美国] 弗尔金斯

解　脱 / 407
[印度]泰戈尔
"她爱我吗？" / 411
[波兰]波·普鲁斯
癖　好 / 413
[美国]布　朗
第131级台阶 / 415
[美国]布拉德雷
垃　圾 / 418
[巴西]维里西莫

第九辑　智慧彩虹
轻信带来的烦恼 / 424
[西班牙]比德佩
光荣的事情 / 425
[美国]马克·吐温
地狱之旅 / 428
[德国]梅洛利
鞋匠布隆杜 / 432
[比利时]佩里埃
夜半来客 / 433
[美国]亚　瑟

开小差 / 436
[美国]斯坦贝克
廉正的警官 / 439
[意大利]约万尼斯
不称心的强盗 / 441
[日本]浅名朝子
捕　鳄 / 443
[印度]普列姆昌德
甲突斯台 / 444
[土耳其]美列克
雪比亚麻布更白 / 448
[英国]贝内特
"傻子"创造奇迹 / 450
[美国]卡瓦诺·科伦
作文课 / 452
[伊朗]拉·帕尔维兹
我想当一匹马 / 456
[波兰]斯·姆罗热克
乐于效劳 / 457
[波兰]吉　申
致命的安全屋 / 459
[美国]戈瑞·森西尼格

第一辑　过去与未来

劳动、死亡和疾病

[俄国] 列夫·托尔斯泰

这是一个流传在南美洲印第安人之间的传说。

他们说,上帝最初造人是使他们没有必要劳动的:他们既用不着房屋,也无须衣食。他们都能活到一百岁而不知道疾病为何物。

过了一些时候,上帝想去看看人们生活得怎么样了。这时候,他看到人们生活得并不幸福,倒是互相吵架,各顾自己,到了不仅感不到生活的乐趣、反而诅咒生活的地步。

这时候,上帝对自己说:"这是他们各自分开过活的结果了。"为了改变这种状况,上帝就把事情安排成这样:人们要过日子,就不能不劳动。现在,为了免去受冻挨饿之苦,他们就不能不建造住处,挖掘土地,莳弄果树和谷物了。

"劳动会把他们联系在一起的,"上帝心想,"要是他们都是孤身一人,他们就造不了工具,伐不了树、运不来木材也盖不了房子,种不了地也收不了庄稼,纺不了纱、织不了布也做不了衣服。

"这就会使他们懂得,他们一起劳动得越愉快,他们的收获就会越多,生活就会越好;这就会使他们联合起来。"

过了一些时候,上帝又来看人们的生活情形,看看他们现在是否幸福了。

但是他发现,他们生活得比以前更糟。他们劳动在一起(那是不得已的),但也不是大家都在一起,而是分成一伙一伙的。每一伙都想把另一伙的活儿抢过来。他们互相掣肘,把精力和时间都浪费在斗争之中。所以他们的情况都挺糟。

看到了眼前这个情况还是不好，上帝就决定把事情安排得让人们都不知道自己的死期，而随时又都有可能死；他还向他们宣布了这一点。

"要是人们知道自己随时都会死亡，"上帝心想，"就不会为争夺那些身外之物而浪费他们的有生之年了。"

但是事情却又大谬不然，当上帝又来察看人间的情形时，他看到，他们的生活还是跟从前一样糟。

那些最强的人，利用人随时会死这个事实，降服了一些较弱的人，杀掉其中一些人，又用死去威胁另外一些人。结果是，最强的人和他们的儿孙后代都不劳动，闲散得百无聊赖，而那些弱者却必须拼死命地干活儿，长年不得休息。这两类人都互相害怕，彼此憎恨。人的生活变得更不快活了。

看到所有这些情况，上帝就决定使出最后一招来补救了：他把各式各样的病魔派到了人间。上帝认为，当所有的人都有得病危险的时候，他们就会懂得，那些身体强健的人应该怜悯并且帮助那些患病的人，因为他们自己一旦生起病来，那些没有病的人也很可能转过来帮助他们呀！

上帝又走了；但是当他回来看看人们有了得病危险以后的生活情形时，他看到他们的生活甚至比以前更加糟糕。上帝的本意原是要让疾病使人们联合起来，现在呢，疾病却使人们陷于更大的分裂。那些强健得足以迫使别人劳动的人，得病时就强迫他们来侍候自己，但是临到别人得病时，他们却并不去照料别人。那些被迫替别人劳动、在别人生病时又被迫去侍候他们的人，工作是如此的劳累，以致他们都没有时间来将息自己的病痛而只好听天由命了。为了使病人的患病景象不致妨碍身体强健的人行乐，人们就把病人和健康的人的房子远远分开，而这些健康的人的同情本来是会使这些可怜的病人的心情快活起来的，现在这些病人只有在他们的房子里受苦，死在雇来看护他们的那些人的怀里了。这些雇来的人不仅没有热情，甚至还带着厌恶的心情。此外，人们还认为许多病是会传染的，由于害怕传染，他们不仅躲开患者，甚至把他们自己同照料病人的人都隔离开来。

这时候，上帝就对自己说："如果这一招还不能使人们懂得他们的幸福所在，那么，就让苦难来教训他们吧。"于是，上帝撒下人们不管了。

人们被撒下以后过了很久，这才明白，他们大家是应该而且也是可以过得幸福的。只是到了最近，才有少数几个人懂得，劳动不应该成为某些人的苦事，也不应该是为别人而干的苦役。它应该是使所有的人都联合起来的共同的乐事。他们开始懂得，死亡时时在威胁着我们每个人，大家唯一合乎理性的事就是在团结和友爱中度过我们有生之年的每分每秒钟。他们开始懂得，疾病绝不应该把人们分开，恰恰相反，它应该提供互爱团结的机会。

（林楚平　译）

司　机

[匈牙利] 厄尔凯尼

派赖斯雷尼·约瑟夫是个汽车司机，开着CO75—14号牌照的瓦特堡牌汽车在街道拐角处的报摊前面停住了。

"我要一份《布达佩斯新闻报》。"

"可惜卖完了。"

"来一份昨天的也行。"

"昨天的也卖完了,不过我这里恰好有一份明天的。"

"那上面也登着电影节目吗?"

"电影节目每天的报纸都登。"

"那么给我明天的也行。"汽车司机说。

他回到汽车里,找到电影节目,稍一浏览,看到有一个名叫《黄毛丫头恋爱史》的捷克斯洛伐克电影,在什塔齐奥街的"蓝洞"电影院上映,五点半开演。派赖斯雷尼听说观众对这部电影反响不错。

时间挺合适,还有一点空闲。他继续看这张明天的报纸。突然,一条消息跳进眼帘,说的是有个名叫派赖斯雷尼·约瑟夫的汽车司机,开着一辆 CO75—14 号牌照的瓦特堡牌汽车在什塔齐奥街上超速行驶,在离"蓝洞"电影院不远的地方撞上一辆迎面开来的大卡车。这位思想不集中的司机不幸惨死。

"岂有此理!"派赖斯雷尼在心里说。

他看看表,五点半快到了。他把报纸塞进口袋,发动了汽车。他开得比规定的速度快,在什塔齐奥街离"蓝洞"电影院不远的地方撞上了一辆大卡车。

他惨死了,口袋里装着明天的报纸。

(柴鹏飞 译)

彬彬有礼的强盗

[巴西]安德拉德

我愿意为我们的男公民、女公民们开辟这个犹如窗口的专栏:

"一切都好，真的一切都好！"

不过，我认为要真正地说一切都好，那得在现在的年份上再加上四千年，即五九八〇年。到那个时候，谁还敢说巴西不是一切再好不过了。通货膨胀消失了，国家向古老的欧洲、亚洲出口高级产品；美国人摘下礼帽请求巴西发展银行给予贷款；苏联请求我们转让技术；我们拥有一位由人民选举产生的德高望重的共和国总统；心满意足的人民个个身强力壮，衣冠整齐，他们各得所需，收入优厚。人们期望的这一切都应该也都会实现。到那时，没有互相争斗，只有欢声笑语；社会公德人人遵守，所有的社会职能都为集体和个人谋利，当然除了为那些已经永远消失了的恶势力……一切都好！这可能就是巴西的未来。这一天总归会来到的。

可现在，一九八〇年的八月，"一切都好"是相对的。坐在我旁边的若翁·布朗多说了句"一切都好"后，继续对我说：

"直到现在下午三点，我还没有遭到过什么抢劫。我刚从拐角处的书摊上买了本《巴斯金》杂志，那书摊上次没被炸掉，就因为有运气，一切都好嘛！"

我劝他要小心，别那么大声说话。现在才是下午三点，一天还没过去。许多意外的事情常发生在这时辰之后。确实，傍晚和夜间是某些活动的专用时间。

为了安全，我没有让他直接回家。因为住宅也不永远是公民不受侵犯的避难所。就在上星期，我的朋友布罗科希奥就遇到这样的一件事：他用钥匙打不开自己的家门，于是按了门铃。里面一个陌生的声音问道：

"谁？"

"主人。"

"对不起,请稍等一会儿。"

门终于开了,一个陌生人站在布罗科希奥面前发问:

"这么说,先生真是这房子的主人?"

"是的,先生!"

"那就请进。不过,不要看这乱七八糟的东西。我们正在打扫卫生。然后我们会把一切放回原来的位置。"

"是指所有的东西吗?"

"当然是指家具,大家伙。我们只带走一些感兴趣的东西。你请便吧!"

一共是三个人。他们让他坐在椅子上,似乎想和他聊聊天。

"你的威士忌可真不错。来一杯吧,自己倒。"

布罗科希奥没有瞧见任何武器,也没有感到有什么威胁。他们只是和他聊天,关于什么爵士音乐,他们认为值得欣赏;关于最近的美国大选,他们似乎对卡特和里根的要求都很苛刻,认为两个人谁也不配;关于正在时兴的超短裙,等等。仿佛他们想多待一会儿,或者——天晓得?——想和主人一块儿住下。

八点钟的时候,有一个人看了一下表,说:

"我们走吧,让这位绅士休息。我们再去干点别的。"

他们彬彬有礼地告了别,其中一位说道:

"看到我们没有带武器吗?和英国一样。"

另一个接着说:

"很高兴认识你,先生确是位言行谦恭的人。"

布罗科希奥差点要说"谢谢",不过他还是没有说。如果那样,他也许还该说:"真不错,以后再来。"

他们带着收拾得整整齐齐的包裹走了,消失在黑暗中。

若翁·布朗多听完了故事，议论说：

"是呀，一切都好！如果强盗是有教养的话，也就不叫抢劫了，而是一次来访。"

（喻慧娟 译）

预 演

[苏联] 诺·顿巴泽

我们是老同学，当时我们俩并排坐在最后一排课桌。当老师转身在黑板上写字的时候，我们常在一起冲着他的背做鬼脸儿。我们还一起参加期末补考。

这是十五年前的事了。十五年来我们一直没有见过面。今天，我终于怀着激动的心情登上了四层楼……

不知道他是否能认出我来？

我毅然按了一下电铃。

"不怕烂掉你的臭爪子，可恶的东西！震得整个房子嗡嗡响。什么时候你才能改掉这个坏习惯？"里面传出一阵叫骂。

我羞得满面通红，连忙把手塞进口袋。前来开门的是一个淡黄头发的女孩，看上去约莫有八九岁。

"努格扎尔·阿马纳季泽在这儿住吗？"

"他是我爸爸。"

"你好，小姑娘，我是绍塔叔叔，你爸爸的老同学。"

"噢，你请进来吧……玛穆卡！爸爸的同学绍塔叔叔来了。"女孩朝里边喊了一声，领着我向屋子里走去。

迎面冲出一个六岁左右的小男孩，浑身是墨水污迹。

"你们的爸爸妈妈在家吗?"

"不在。他们很快就会回来的。"

"你俩在做什么呢?"我问。

"我们在玩'爸爸和妈妈的游戏'。我当爸爸,姆济娅当妈妈。"玛穆卡对我说。

"你们玩吧,我不妨碍你们。"我一面点着烟,坐在沙发上。"不知道努格扎尔过得怎么样,"我寻思着,"生活安排得好不好,是不是幸福?"

孩子们尖利的喊叫声把我从遐想中唤醒过来。

"喂,孩子他妈!今天做什么吃的?"玛穆卡问道,显然是模仿某个人的腔调。

"吃个屁!我倒要问问你,我拿什么来做饭?家里啥也没有!"

"你的嘴可真厉害!骂起人来活像个卖货的娘儿们!"

"你怕什么!在饭馆一坐,就能吃个酒醉饭饱……可我怎么办?"

我登时出了身冷汗。

"昨天夜里你跑到哪儿逛去了?说!"姆济娅握着两个小拳头,叉腰站着。

"你管不着!"

"什么,我管不着?好吧,我叫你和你那帮婊子鬼混!"

"你疯啦?!"

"我受够了!够了!今天我就回娘家去!孩子统统带走!"

"不准动孩子,你自己爱上哪就上哪儿!"

"没那么简单!"

"把儿子给我留下!"

"不行,我已经说了!"姆济娅高声叫道。

"你听着:把儿子留下!要不然……"玛穆卡抱起枕头,一下子砸在姆济娅身上。

"好哇,你敢打人?!畜生!"姆济娅抡起洋娃娃,狠狠地打在弟弟头上。她打得是那样厉害,玛穆卡的两眼当即闪出了泪花。

我跳起来把他们拉开。

"孩子,真不知道害臊。这是什么游戏哟!"

"放开我,尼娜!"姆济娅突然朝我喊道,"你们这些邻居不知道他是什么玩意儿!我整天受他的气,没法跟他过下去了,我的血全被他喝干了。可恶的东西!你们瞧,我瘦成了什么样了!"姆济娅用纤细的指头戳了戳她那玫瑰色的脸蛋儿。

"别信这个妖婆的鬼话!"玛穆卡冲我说。

"不要吵了!"我实在控制不住,向他们大吼了一声。孩子们恐惧地盯着我。我喘过一口气,勒令两个孩子向我发誓,保证往后不再扮演他们的爸爸妈妈,然后便步履蹒跚地离开了这个家。

"看来,我的朋友生活得蛮快活的!"我一路上想着姆济娅和玛穆卡,他们在我面前表演了一幕未来家庭生活的丑剧。

(见 江 译)

"诺曼底"号遇难记

[法国] 雨 果

真正的强者是那种具有自制力的人。

1870年3月17日夜晚,哈尔威船长照例走着从南安普敦到格恩西岛这条航线。大海上夜色正浓,薄雾弥漫。船长站在舰桥上,小心翼翼地驾驶着他的"诺曼底"号。乘客们都进入了梦乡。

"诺曼底"号是一艘大轮船,在英伦海峡也许可以算得上是最漂亮的邮船之一了。它装货容量六百吨,船体长二百二十尺,宽二十五尺。海员们都说它很"年轻",因为它才七岁,是1863年造的。

雾愈来愈浓了,轮船驶出南安普敦河后,来到茫茫大海上,相距埃居伊山脉估计有十五海里。轮船缓缓行驶着。这时大约凌晨四点钟。

周围一片漆黑,船桅的梢尖勉强可辨。

像这类英国船,晚上出航是没有什么可怕的。

突然,沉沉夜雾中冒出一枚黑点,它好似一个幽灵,又仿佛像一座山峰。只见一个阴森森的往前翘起的船头,穿破黑暗,在一片浪花中飞驶过来。那是"玛丽"号,一艘装有螺旋推进器的大轮船。它从敖德萨起航,船上载着五百吨小麦,行驶速度非常快,负载又特别大。它笔直地朝着"诺曼底"号逼了过来。

眼看就要撞船,已经没有任何办法避开它了。一瞬间大雾中似乎耸起许许多多船只的幻影,人们还没有来得及一一看清,就要死到临头,葬身鱼腹了。

全速前进的"玛丽"号向"诺曼底"号的侧弦撞过去,在它的船身上剖开一个大窟窿。

由于这一猛撞,"玛丽"号自己也受了伤,终于停了下来。

"诺曼底"号上有二十八名船员,一名女服务员,三十一名乘客,其中十二名是妇女。

震荡可怕极了。一刹那间,男人、女人、小孩,所有的人都奔到甲板上。人们半裸着身子,奔跑着,尖叫着,哭泣着,惊恐万状,一片混乱。 海水哗哗往里灌,汹涌湍急,势不可挡,轮机火炉被海浪呛得嘶嘶地直喘粗气。

船上没有封舱用的防漏隔墙,救生圈也不够。

哈尔威船长,站在指挥台上,大声吼喝:"全体安静,注意听命令!把救生艇放下去。 妇女先走,其他乘客跟上,船员断后。必须把六十人救出去。"

实际上一共六十一人,但是他把自己给忘了。

船员赶紧解开救生艇的绳索。 大家一窝蜂拥了上去,这股你推我搡的势头,险些儿把小艇都弄翻了。 奥克勒富大副和三名二副拼命想维持秩序,但整个人群因为猝然而至的变故简直像疯了似的,乱得不可开交。 几秒钟前大家还在酣睡,蓦地,而且,立时立刻,就要丧命,这怎么能不叫人失魂落魄。

就在这时,船长威严的声音压倒了一切呼号和嘈杂,黑暗中人们听到这一段简短有力的对话:

"洛克机械师在哪儿?"

"船长叫我吗?"

"炉子怎么样了?"

"海水淹了。"

"火呢?"

"灭了。"

"机器怎样?"

"停了。"

船长喊了一声:"奥克勒富大副!"

大副回答:"到!"

"还有多少分钟?"

"二十分钟。"

"够了,"船长说,"让每个人都到小艇上去。奥克勒富大副,你的手枪在吗?"

"在,船长。"

"哪个男人胆敢在女人前面,你就开枪打死他。"

大家立时不出声了。没有一个违抗他的意志,人们感到有一个伟大的灵魂出现在他们的上空。

"玛丽"号也放下救生艇,赶来搭救由于它肇祸而遇难的人员。

救援工作进行得井然有序,几乎没有发生什么争执或殴斗。事情总是这样,哪里有可卑的利己主义,哪里也会有悲壮的舍己救人。

哈尔威巍然屹立在他的船长岗位上,指挥着,主宰着,领导着大家。他把每件事和每个人都考虑到了,面对惊慌失措的众人,他镇定自若,仿佛他不是给人而是在给灾难下达命令,就连失事的船舶似乎也听从他的调遣。

过了一会儿,他喊道:"把克莱芒救出去。"

克莱芒是见习水手,还不过是个孩子。

轮船在深深的海水中慢慢下沉。

人们尽力加快划着小艇在"诺曼底"号和"玛丽"号之间来回穿梭。

"快干!"船长叫道。

船头先下去,须臾,海水把船艄也浸没了。

哈尔威船长,他屹立在舰桥上,一个手势也没做,一句话也没说,犹如铁铸,纹丝不动,随着轮船一起沉入了深渊。人们透过阴惨惨的薄雾，凝视着这尊黑色的雕像徐徐沉进大海。

哈尔威船长的生命就这样结束了。

在英伦海峡上，没有任何一个海员能与他相提并论。

他一生都要求自己忠于职守，履行做人之道。面对死亡，他又一次运用了成为一名英雄的权利。

（张汉钧　译）

虚度的时光

[意大利] 布扎蒂

埃斯特·卡西拉买了一幢豪华的别墅。此后，他每天下班回来，总看见有个人从他花园里扛走一只箱子，装上卡车拉走。

他还来不及叫喊，那人就走了。这一天他决定开车去追。那辆卡车走得很慢，最后停在城郊的峡谷旁。

卡西拉下车后，发现陌生人把箱子卸下来扔进了山谷。山谷里已经堆满了箱子，规格式样都差不多。

他走过去问：" 刚才我看见您从我家扛走一只箱子，箱子里装的是什么？这一堆箱子又是干什么用的？"

那人打量了他一眼，微微一笑说："您家还有许多箱子要运走，您不知道？这些箱子都是您虚度的日子。"

"什么日子？"

"您虚度的日子。"

"我虚度的日子？"

"对。您白白浪费掉的时光，虚度的年华。您曾盼望美好的时光，但美好时光到来后，您又干了些什么呢？您过来瞧瞧，它们个个完美无缺,根本没有用过。 不过现在……"

卡西拉走过来,顺手打开了一个箱子。

箱子里有一条暮秋时节的道路。 他的未婚妻格拉兹正在那里慢慢地走着。

他打开第二个箱子,里面是一间病房。 他的弟弟约苏躺在病床上在等他归去。

他打开第三只箱子,原来是他那所老房子。 他那条忠实的狗杜克卧在栅栏门口等他。 它等了他两年了,已经骨瘦如柴了。

卡西拉感到心口被什么东西夹了一下,绞疼起来。 陌生人像审判官一样,一动不动地站在一旁。

卡西拉说:"先生,请您让我取回这三只箱子吧,我求求您。 起码还给我三天吧。 我有钱,您要多少都行。"

陌生人做了个根本不可能的手势,意思是说,太迟了,已无法挽回。 说罢,那人和箱子一起消失了。

夜幕悄悄降临,把大地笼罩在黑暗之中。

(张继双　张志眷　译)

半张纸

[瑞典] 斯特林堡

最后一辆搬运车离去了,那位帽子上戴着黑纱的年轻房客还在空房子里徘徊,看看是否有什么东西遗漏了。 没有,没有什么东西遗漏,没有什么了。 他走到走廊上,决定再也不去回想他在这寓所中所遭遇的一切。 但是在墙上,在电话机旁,有一张涂满字迹的小纸条。 上面所记的字是好多种笔迹写的:有些很容易辨认,是用黑黑的墨水写的，有些是用黑、红和蓝色铅笔草草写成的。这里记录了短短两年间全部美丽的罗曼史。他决心要忘却的一切都记录在这张纸上——半张小纸条上的一段人生轨迹。

他取下这张小纸条。这是一张淡黄色有光泽的便条纸。他将它铺平在起居室的壁炉架上，俯下身去，开始读起来。

首先是她的名字：艾丽丝——他所知道的名字中最美丽的一个，因为这是他爱人的名字。旁边是电话号码：15·11——看起来像是教堂唱诗牌上圣诗的号码。

下面潦草地写着：银行。这里是他工作的所在，对他来说这神圣的工作意味着面包、住所和家庭——也就是生活的基础。有条粗粗的黑线画去了那电话号码，因为银行倒闭了，他在经过短时期的焦虑之后又找到了另一个工作。

接着是出租马车行和鲜花店，那时他们已经订婚了，而且他手头很宽裕。

家具行，室内装饰商——这些人布置了他们的这个寓所。搬运车行——他们搬进来了。歌剧院售票处，5：50——他们新婚，星期日夜晚常去看歌剧。在那里度过的时光是最愉快的，他们静静地坐着，心灵沉醉在舞台上那神话境域般的美及和谐里。

接着是一个男子的名字（已经被画掉了），一个曾经飞黄腾达的朋友，但是由于事业兴隆冲昏了头脑，以致又潦倒到无可救药的地步，不得不远走他乡。荣华富贵不过是过眼烟云罢了。

现在，这对新夫妇的生活中出现了一个新东西。一个女子的铅笔笔迹写的"修女"。什么修女？哦，那个穿着灰色长袍、有着亲切和蔼的面貌的人，她总是那么温柔地到来，不经过起居室，而直接从走廊进入卧室。她的名字下面是L医生。

名单上第一次出现了一位亲戚——母亲。这是他的岳母。她一直小心地躲开，不来打扰这新婚的一对，但现在她受到他们的邀请，很快乐地来了，因为他们需要她。

以后是红、蓝铅笔写的项目。佣工介绍所——女仆走了，必须再找一个。药房——哼，情况开始不妙了。牛奶厂——订牛奶，消毒牛奶。杂货铺、肉铺等等，家务事都得用电话办理了。是这家的女主人不在了吗？不，她生产了。

下面的项目他无法辨认，因为他眼前的一切都模糊了，就像被溺死的人透过海水看到的那样。这里用清楚的黑体字记载着：承办人。

在后面的括号里写着"埋葬事"。这已足以说明一切！——一个大的和一个小的棺材。

埋葬了，再也没有什么了。一切都归于泥土，这是一切肉体的归宿。

他拿起这淡黄色的小纸条，吻了吻，仔细地将它折好，放进胸前的衣袋里。

在这两分钟里，他重又度过了他一生中的两年。

但是，他走出去时并不是垂头丧气的。相反，他高高地抬起了头，像是个骄傲的快乐的人。因为他知道，他已经尝到了一些生活所能赐予人的最大的幸福。有很多人，可惜，连这一点也没有得到过。

（周纪怡　译）

八月的鬼怪

[哥伦比亚] 马尔克斯

快到中午的时候，我们到达了阿雷索。我们花了两个多小时才找到文艺复兴时期的城堡。它是委内瑞拉作家米格尔·奥特罗·西尔瓦在托斯卡纳原野上那个田园诗般的河曲处购买的。那是在八月初的一个星期天，天气炎热，行人嘈杂，在满是游客的街上，很难找到什么人打听情况。在经过多次徒劳的尝试后，我们已回到汽车上，沿着一条没有路标的意大利柏油小路离开了城市。一个年迈的放鹅妇人正确地指给我们那座城堡在哪里。在告别之前，她问我们是否要在那里过夜，我们像预料到的那样回答她说，我们只是去吃午饭。

"这样好些，"她说，"因为那幢房子里闹鬼。"

我和妻子不相信中午会有鬼怪，便对她的轻信报以嘲笑。但是我的两个儿子，一个九岁，一个七岁，想到能够有机会见到显形的鬼怪却感到很幸运。

米格尔·奥特罗·西尔瓦不仅是位优秀作家，而且是位慷慨的东道主和美食家，他准备好了永远难忘的午餐正在等我们。由于我们姗姗来迟，我们没来得及参观城堡内部就入席用餐了。但是从外表看，它的样子并不可怕，只要从我们进午餐的花儿盛开的花坛那儿看到城堡全貌，任何不安都会烟消云散。很难相信，在那座房舍建在高处的、勉强容纳几千人的小山上，会涌现出那么多有着永久的才智的人。然而，米格尔·奥特罗·西尔瓦却以其加勒比人的幽默对我们说，那些人中没有一个是阿雷索最杰出的。

"最伟大的人物，"他断言，"是卢多维科。"

就是这样称呼，没有姓氏：卢多维科，伟大的艺术家与军事家，他建造了那座为他带来不幸的城堡。整个吃午饭的时间米格尔都对我们谈论他。他对我们讲述了他的巨大权力、不幸福的爱情和他的可怕死亡。他对我们讲述了在一个精神失常的时刻，他为什么把他的情妇杀死在他们刚刚相爱的床上，后来又唆使他的凶恶的警犬用尖牙利齿把他自己撕碎。他十分严肃地对我们肯定说，从半夜开始，卢多维科的鬼魂就会在黑暗的宅内游荡，要为他遭受的爱情的煎熬寻求平静。

实际上，城堡既高大又阴暗。不过，在大白天，酒足饭饱，心情高兴，米格尔的故事像他讲的那许多事件一样只可能是为使朋友们开心而讲的一个笑话。午饭后，我们惊讶地参观了八十二个房间，它们经历过一代代主人所做的各种各样的改变。米格尔把底层楼进行了彻底的修理，请人装修了一间铺着大理石地板的现代卧室，安装了蒸汽浴和物质文化设施，还开辟了我们用午餐的那块鲜花怒放的花坛。二层楼是几百年间最常使用的，那一溜房间却毫无特色，不同时代的家具被听天由命地丢在那里。不过在最高的一层，仍保留着一个原封不动的房间，在那里，时间忘记了流逝。

那是一个神奇的时刻。那里摆着一张床，床帷用金线绣成，用金银绦带纺织的奇异床罩由于被杀死的情妇的干燥血液而依然硬如纸板。壁炉里的灰烬已经冰冷，最后一块木柴变成了石头，衣柜里的武器装满了火药，沉思的骑士的油彩画像镶在金框里，是由那个时代没能幸运活下来的佛罗伦萨某位大师画的。不过，给我留下印象最深的是新鲜的草莓香味，它居然不可思议地滞留在卧室的空间里。

夏季的白天在托斯卡纳原野上漫长而缓慢,地平线在原地一直停留到晚上九点。 我们参观完城堡时已经十点多了。 但是米格尔坚持要带我们去圣芳济会教堂看皮耶罗·德拉·弗兰切斯卡的壁画,然后,我们在广场的葡萄架下喝了杯咖啡,进行了愉快的交谈。 我们回来取行李时,发现晚餐已经做好,我们只好留下来用餐。

我们进晚餐时,在只有一颗星的锦葵色天空下,一些孩子在厨房里点上几个火把,跑到黑暗的楼上去探险。 我们在餐桌上听到了他们那种野马般奔跑爬楼梯的声音,以及门扇的呻吟声和在黑暗的房间里呼唤卢多维科的快乐叫喊声。 我们留下来过夜的坏主意就是他们想出来的。 米格尔·奥特罗·西尔瓦高兴地支持他们的提议。 我们没有正当理由对他们说不同意。

和我的担心恰恰相反,我们睡得很好:我和我妻子睡在底层一个房间里,我的两个儿子睡隔壁房间。 他们两个的思想都是现代的,毫无鬼怪的概念。 我一边设法入睡,一边数着客厅里的钟敲打着让人失眠的十二下,同时想起了那个放鹅女人的可怕警告。 不过,我们实在是太累了,很快就睡着了,而且睡得很沉,直到天亮。 醒来时已经七点多了,灿烂的阳光透过窗口的爬藤植物照射进来。 在我身边,我妻子仍在梦中,像清白无辜的人们在平静的海面上航行。 "真蠢,"我对自己说,"如今仍然有人相信鬼怪存在。" 直到这时,新摘的草莓的香味才使我颤抖了一下。 我看到壁炉里的灰烬已经冰凉,最后一块木柴变成了石头,三个世纪以前的愁容骑士的画像从金框上望着我们。 原来,我们不是睡在前一天夜里睡的底层的房间里,而是睡在卢多维科的卧室里:飞檐和窗帘挂满灰尘,床单浸透了他那可恶的床上依然热乎乎的鲜血。

(朱景冬 译)

作家的秘密

[意大利] 迪·克扎蒂

后退，幸福。我还没有退到底，还有一小段距离。我想再尽情享受一下，因为我年事已高，在人世间不会太长久了。

很多年前我就成了鼎鼎有名的大作家，声望一天高似一天。但我知道迟早得退回来，这是无法抗拒的。世人们认为，我每发表一部作品就后退一步，一直退到今天这个地步。

这就是我的成就。我按照既定计划，为今天这一可悲结局艰苦卓绝地奋斗了三十多年。

也许会有人问，这个悲局是您所希望的吗？

对的，先生们，女士们。作为作家，我的成就可以说是辉煌灿烂、名利双收。要是我愿意，我本可以毫不费力地沿着成功之路一直走下去，走向世界荣誉的顶峰。

然而，我不能再走下去了。

我只得从这个高峰、从维佐山和喜马拉雅山一步步退回去，沿着跳上来的旧路退下去，退回到原来的可怜高度。我说可怜只是表面的。因为实际上我退回来后得到了各种安慰。我今晚写的这封信将密封住，等我死后世人才能知晓。在这里，我要解释一下后退的原因，披露一下长久以来埋在心底里的秘密。

在我四十岁上，正在成功的海洋上扬帆前进时，有一天，一线亮光照亮了我的心。我突然意识到，我所追求的，通往世界荣誉的道路，尽管它举世无双、令人神往、充满了人民的赞誉和胜利感，但它实际上是一条令人心寒的道路。

物质不能动摇我，因为我现在比什么时候都富。 那么其余的呢？雷鸣般的掌声、胜利的陶醉、灯红酒绿的生活……有多少人为了这一切而送掉了性命呀？每当我喝上一口甜蜜时，嘴里就留下股苦涩味。 那么什么才是最高的荣誉享受呢？难道就是在你走到大街上时，行人都回头望着你，并轻声嘀咕着说"瞧见了吗？这就是他！"荣誉的享受就这些吗？这种时刻确实令人飘飘然！然而，这种时刻并不多见，只有政界大人物和演员们才能体会到。 至于一个普通作家，在我们这个时代是很少有人能在大街上认出他来的。

没人认出来也有另一面，就是可以免去不少邀请、信件、记者招待会、电话、报告会、拍照、电台演说等等激励人心，但又毒化心灵的交际活动。 我的每一成就尽管给我带来的满足微不足道，但却给许多同行带来不少不快。 这从他们脸上可以看出来。 这真叫我为难。 他们都是正直、勇敢、勤劳的年轻人，和我是老朋友，我干吗要使他们难过呢？

后来我明白了，是我求名的雄心刺伤了他们。 我发誓，我从来没有想过为难别人，为这事我一直感到内疚。

我清楚，只要继续干下去，我肯定会得到更大更高的荣誉，当然也会因此使更多的无辜者感到痛苦。 我们的世界到处都有引起痛苦的原因，其中妒忌对人损伤最大、刺激最深，也最难治愈。 也正因为如此，往往会得到他人的共鸣。

我只好设法弥补一下。 于是我作出了如下决定：退却。 多谢上帝，在现在的地位还可以为别人做不少好事。 我对同行们的心灵造成的创伤愈深，我的退却就给他们的安慰愈大。 实际上，痛苦不除，哪儿来的幸福呢？幸福和痛苦不是成反比吗？

我必须继续写下去，不能不写，不能让人看出是故意退却，否则同事们就得不到应有的宽慰。我得悄悄地神秘地抛弃我的才华，去写粗糙的文章，给人以才华衰败的印象，使那些担心我还会创奇迹的人高兴地大吃一惊吧。

不费劲儿地粗制滥造似乎很容易，实际上困难很多。

第一，要能争取到批评文章。我是名作家，在艺术界威望很高，吹捧我的作品已是大势所趋。现在要来批评我的文章，就必须首先扭转广大读者的心理。

要是他们发现我是有意退却呢？难道他们不可能发现吗？那样他们会不会采取保守主义，继续吹捧我呢？

第二，血和水可不一样，要压抑沸腾的创作热血，并不是一件容易的事。在有意写平庸、粗糙作品时，激情也可能会神秘地挤进去。要磨灭作家的创作激情谈何容易。就是在他故意模仿粗糙文章的过程中也不容易办到。

然而我总算成功了。几年来，我一直压抑着心中的激情，巧妙地熄灭了才华的火花。能做到这一点就足以证明我是位才华出众的人。我写了一些不三不四、无头无尾、故事简单、语言干瘪、文法粗劣的书，一本坏似一本。这真是一种慢性文学自杀。

我每写一本书，同事们的脸色就变得好看一次。我要把这些可怜的朋友从忌妒的压迫下解放出来。他们开始有了自信心，又过上了平静的生活，恢复了对我的诚挚的爱。他们像枯树一样又开花了。过去，我是他们的眼中钉、肉中刺，现在这毒刺拔出来了，他们都舒心地松了一口气。

掌声少了，阴影开始罩在我身上。然而我却感到幸福，再也不必去听那些双关语式的赞扬了，现在听到的都是诚恳的肺腑之言。从同事们的言谈中，我又找到了天真烂漫的年轻时那种诚恳、清新和宽厚的感情。

也许有人要问,难道您就光为了这几十个人写文章吗?这就是您的全部理想和抱负?广大的人民大众呢?广大读者和后代呢?您的艺术价值就这么一点点吗?

我回答说,我欠同事们的债同欠全人类的债相比确实微不足道。但我并没有欺骗后人,没有从广大公众那里夺走什么,更没有做什么对不起两千年后代的事。这些年,我一直在做上帝交给我的工作,在偷偷写真正的书,这些书足可以把我托上九重天。我写罢一部就锁进床头旁的保险柜里,一共写了十二部。等我死后,你们就可以取出来读了。那时同行就不会责难我了,对死人,即使有不朽著作的人,他们也会原谅的。他们会好心地仰面大笑:"这头老骆驼,他还真有两下子。我们还以为他的才华用尽了呢!"

无论如何,反正我要……

信中断了,死神把老作家带走了。临死时他还坐在办公桌前,白发苍苍的头一动不动地伏在案头,一旁是信纸和一支被捏碎了的笔。

亲人们读完信就打开了保险柜。里面确有十二个大厚夹子,每个夹子里都有上百页纸。但纸上一个字也没有。

(张继双　张志春　译)

墙

[英国] 戴维森

尽管布莱尔牧师像往常一样地镇定,可当他被带上警车时仍不免思索这次被突访的原因。今天不是礼拜天,不该是警察局向囚犯提供忏悔的日子。

难道是自己教区的治安出了问题,那些"孩子们"又忘记了他的教诲?不可能!为了让那些无家可归的人也得到上帝的爱怜,几乎每一个圣日,自己都和他们共享主的圣餐。难道又是那些怨妇向警察局告发了她们有外遇的丈夫?不,这也不可能!因为这些年自己定期拜访她们,已经在很大程度上使她们淡漠了被抛弃的感受。更让牧师自豪的是,他事实上已成了她们公共的情人。毕竟多年教士生涯使布莱尔保持了当今已少有的绅士风度。

墙?坐到车上,布莱尔想起了那两个警官向他说明来意时,曾不怀好意地瞄了瞄自己身后的那堵墙,嘴上还挂着莫名的微笑。难道……不,不可能!牧师很快否定了自己的想法。

这堵墙是花费了他全部的存款造起来的。不仅防火、防水、防震,甚至防射线探测。这,足以保护……况且,它又和四周结合得如此完美,不经牧师指点,根本没人会想到那后面还有一间暗房。

布莱尔不禁暗怪自己多心了。或许,在昨夜的地震中,又有某个犯人被夺走了生命,正等着他去祈祷。那些可怜的孩子,在天堂洗脱你们的罪恶吧!牧师在心中默念,手下意识地在胸前画了一个优美的十字。

想到这里,牧师不禁思忖起等会儿的祷告了。甚至,他也盘算起了下周去索伦湖度假的行程。眼前仿佛又出现了自己在暖阳中读圣经的情形。

这根本就是一次寻常的访问,布莱尔更坚定了自己的猜测。

警车缓缓驶过街角。牧师很诧异他的后院竟拥挤了那么多的荷枪的警察。可当他的目光落在自家的后墙时,布莱尔的脸变得像死灰一样，血液霎时涨满了脸上所有的血管。布莱尔分明看到了，那幅数年前自己从德市大教堂窃来的，而今挂在那堵完好无损的隔离墙上的圣母像，已从破损的后墙裂缝中间向他露出阳光一般温暖的微笑。

（佚 名 译）

花园余影

［比利时］科塔扎

　　几天前，他开始读那本小说。因为有些紧急的事务性会谈，他把书搁下了，在坐火车回自己庄园的途中，他又打开了书；他不由得慢慢对那些情节、人物性格发生了兴趣。那天下午，他给庄园代理人写了一封授权信并和他讨论了庄园的共同所有权问题之后，便坐在静悄悄的、面对着种有橡树的花园的书房里，重新回到了书本上。他懒洋洋地倚在舒适的扶手椅里，椅子背朝着房门——只要他一想到这门，想到有可能会受人骚扰就使他恼怒——用左手来回地抚摸着椅子扶手上绿色天鹅绒装饰布，开始读最后的几章。他毫不费力就记起了人名，脑中浮现出人物，小说几乎一下子就迷住了他。他感受到一种简直是不同寻常的欢愉，因为他正在从缠绕心头的各种事务中一一解脱；同时，他又感到自己的头正舒坦地靠在绿色天鹅绒的高椅背上，意识到烟卷呆呆地被夹在自己伸出的手里，而越过窗门，那下午的微风正在花园的橡树底下跳舞。一字一行地，他被那男女主人公的困境窘态吸引了，情不自禁地陷入了幻景之中，他变成了那山间小屋里的最后一幕的目击者。那女的先来，神情忧虑不安；接着，她的情人进来了，他脸上被树枝划了一道口子。 她万分敬慕,想用亲吻去止住那血,但他却断然拒绝她的爱抚,在周围一片枯枝残叶和条条林中诡秘小路的庇护之中,他没有重演那套隐蔽的情欲冲动。 那把短剑靠在他胸口变得温暖了,在胸膛里,自由的意志愤然涌起而又隐而不露。 一段激动的、充满情欲的对话像一条条蛇似的从纸面上一溜而过,使人觉得这一切都像来自永恒的天意。 就是那缠住情人身体的爱抚,表面上似乎想挽留他、制止他,它们却令人生厌地勾勒出那另一个人的必须去经受毁灭的身躯。 什么也没有忘记:托词借口、意外的机遇、可能的错误。 从此时起,每一瞬间都有其精心设计好的妙用。 那不通人情的、对细节的再次检查突然中断,致使一只手可以抚摸一张脸颊。 这时天色开始暗下来。

现在,两人没有相对而视,由于一心执意于那等待着他们的艰巨任务,他们在小屋门前分手了。 她沿着伸向北面的小径走去。 他呢,站在相反方向的小路上,侧身望了好一会儿,望着她远去,她的头发松蓬蓬的,在风里吹拂。 随后,他也走了,屈着身体穿过树林和篱笆,在昏黄的尘雾里,他一直走,直到能辨认出那条通向大屋子的林荫道。 料想狗是不会叫的,它们果真没有叫。 庄园管家在这时分是不会在庄园的,他果真不在。 他走上门廊前的三级台阶,进了屋子。 那女人的话音在血的滴答声里还在他耳里响着:先经过一间蓝色的前厅,接着是大厅,再接着便是一条铺着地毯的长长的楼梯。 楼梯顶端,两扇门。 第一个房间空无一人,第二个房间也空无一人。 接着,就是会客室的门,他手握刀子,看到那从大窗户里射出的灯光,那饰着绿色天鹅绒的扶手椅高背和那高背上露出的人头,那人正在阅读一本小说。

(刘文荣 译)

马志尼广场上的马厩

[意大利] 贝隆奇

我很少经过马志尼广场(我住在城市的另一边)，现在我经过那里时，我发现那里有一种非同寻常的特点。 过去，我们谈起马志尼广场，总是把它比作想象中最糟糕的街区，那里是城市规划最差的地方，一幢幢小楼房显得非常灰暗惨淡。 如今，我却发现那段地带有宽阔和余地能让人喘得过气来，街道两旁不是紧挨着那些墙壁单薄、体积狭小、令人感到窒息的水泥楼房。 住在这些楼房里的居民们也不像住在郊外新街区的人们那样互不相识，也不动辄发火；住在这儿的人对别人还有几分热情，即使有点儿勉强。 可我在夜幕之下，站在广场中央，躲在人工建造的街心花园里在寻找什么呢？我在寻找一个马厩。

那年的圣诞节，对所有的人说都是痛苦的，大家既害怕又抱着希望。 这种矛盾的心理使有些人变得勇敢，有些人变得绝望，或者既勇敢又绝望。 那是1943年，当时我们知道形势会变得更糟糕，但我们不敢预料将来要发生的事。 但圣诞节是一次间歇，一次短暂的和平的间歇。 我们大家都竭力相互传递某种信息，以助于相互证明各自的存在。 有一次，轮到我去给一个躲藏起来的人送一个小包裹，包里没有什么重要的东西，只是一些小礼品、香烟、烈性酒、巧克力糖、刮胡子用的肥皂。 不过，当时即使是一张小纸片或一个名字都可以使一位自由的公民变成俘虏，成为他们报复的对象。 有人告诉我把小包送到市中心的一家小咖啡店，当有人靠近我时，我得说出暗号，对方就给我一定的回答。 我开始朝市中心走去，我感到那确实像是过圣诞节，尽管是悄悄地过：教堂的厚实的大门不时地开启，可以瞥见里面的烛光，金光的闪烁，发绿的铜塑像，甚至还有鲜花。罗马金壁辉煌的教堂在冬日午后所散发出来的气息是这样温馨，这样令人陶醉。这种与圣塔·黛莱莎教堂的贝尔尼尼的建筑风格很协调的气息缭绕着我，几乎使我忘却自己的存在了。这使我想起了孩童时期度过的所有幸福愉快的圣诞节，那光怪陆离的圣诞树，还有那用小雕塑装饰布置起来的象征耶稣诞生在里面的美丽的马厩，那是我用戴着羊毛手套长满冻疮的小手一个一个地捧回家的。马厩是由我设计，由我兄弟雷奥负责建筑，供小妹妹们来欣赏的。

　　我到了那家咖啡店。其实那不是什么咖啡店，而是一家乳品店，得下好几个陡峭的台阶才能到那儿。只有为数不多的几个妇女在那里购买严格定量供应的牛奶，并且聚精会神地查看供货证上的印戳，所以连看也不看我一眼。店铺尽头左侧有一间拱顶小屋，一幅天蓝色的巨型壁画一直延伸到墙壁底部的白方砖砌成的墙裙上。一切都显得那么惨淡，那么冷落，那么潮湿。在那潮湿和惨淡的气氛之中，屋子里摆放着的三张小桌子倒或许使人感到咖啡馆的温暖。那里只有两个情人在一个角落里窃窃私语，有个男人在那里看报。我在第三张桌子边坐下来。我思绪万千，始终被现在面临的苦难、过去的回忆和渺茫的未来所困扰。我面对那炎凉的世态有气无力地待在那里，头脑里只想着怎么待在家里。不知过了多少时间，我看到那男子折叠起报纸，用目光匆匆地扫视了我一眼，然后站起身来。他慢步向我走来，向我要了一根火柴，我突然忘了那句暗号了，怎么也想不起来了，我看着那位金黄色头发的男人，发现他头发的金黄色很不自然，就像很多褐色头发的人为了不让别人认出来用氧化氢把头发染成金黄色似的。他那茫然的目光和光滑的脸颊上毫无表情,他皮笑肉不笑地问我能否坐在我的桌旁。他说话的声音十分令人讨厌。会不会是他?或许只是一个普通的爱献殷勤的男子见过一个女子孤零零地坐在那小酒店里就凑过来了?如果是个密探怎么办呢?我浑身战栗。

"您冷吗?"陌生人用他那难听的声音问道,"这儿很潮湿。您想喝点热的东西吗?"

不。我当时什么也不想要。

"您见到马厩了吗?"他又说道,"这个城市的人们跟往常一样制作耶稣诞生的马厩。"

我沉默不语,急得心乱如麻。最后我结结巴巴地问道:

"马厩?哪个马厩?"

"在马志尼广场角落里的那个。"男人漫不经心地低声说道。

"在马志尼广场的角落里!"

这正是暗号,本该由我来说的。我突然高兴地想跳起来。我如释重负。

"那是个漂亮的马厩。"我回答说,"过来了一辆绿色的小汽车。"

这是他应该回答我的话。我们相互微微一笑。男人拿走了小包,我就回家了。我始终不知道他是谁,也从未再去想这件事。但每当冬天我走过马志尼广场时,就像现在这样,我总是情不自禁地环视四周,寻找一个马厩。

(沈萼梅 译)

桥边的老人

[美国] 海明威

一个戴钢丝边眼镜的老人坐在路旁,衣服上尽是尘土。 河上搭着一座浮桥,大车、卡车、男人、女人和孩子们在拥过桥去。 骡车从桥边蹒跚地爬上陡坡,一些士兵帮着推动轮辐。 卡车嘎嘎地驶上斜坡就开远了,把一切抛在后面,而农夫们还在齐到脚踝的尘土中踯躅着。 但那个老人却坐在那里,一动也不动。 他太累,走不动了。

我的任务是过桥去侦察对岸的桥头堡,查明敌人究竟推进到了什么地点。 完成任务后,我又从桥上回到原处。 这时车辆已经不多了,行人也稀稀落落,可是那个老人还在原处。

"你从哪儿来?"我问他。

"从圣卡洛斯来。"他说着,露出笑容。

那是他的故乡,提到它,老人便高兴起来,微笑了。

"那时我在看管动物。"他对我解释。

"噢。"我说,并没有完全听懂。

"唔,"他又说,"我知道,我待在那儿照料动物。 我是最后一个离开圣卡洛斯的。"

他看上去既不像牧羊的,也不像管牛的。 我瞧着他满是灰尘的黑衣服、尽是尘土的灰色面孔,以及那副钢丝边眼镜,问道:"什么动物?"

"各种各样,"他摇着头说,"唉,只得把它们撇下了。"

我凝视着浮桥,眺望充满非洲色彩的埃布罗河三角洲地区,寻思究竟要过多久才能看到敌人,同时一直倾听着,期待第一阵响声,它将是一个信号,表示那神秘莫测的遭遇战即将爆发,而老人始终坐在那里。

"什么动物?"我又问道。

"一共三种,"他说,"两只山羊,一只猫,还有四对鸽子。"

"你只得撇下它们了?"我问。

"是啊。怕那些大炮呀。那个上尉叫我走,他说炮火不饶人哪。"

"你没家?"我问,边注视着浮桥的另一头,那儿最后几辆大车正匆忙地驶下河边的斜坡。

"没家,"老人说,"只有刚才讲过的那些动物。猫,当然不要紧。猫会照顾自己的,可是,另外几只东西怎么办呢?我简直不敢想。"

"你的政治态度怎样?"我问。

"政治跟我不相干,"他说,"我七十六岁了。我已经走了十二公里,再也走不动了。"

"这儿可不是久留之地,"我说,"如果你勉强还走得动,那边通向托尔托萨的岔路上有卡车。"

"我要待一会儿,然后再走,"他说,"卡车往哪儿开?"

"巴塞罗那。"我告诉他。

"那边我没有熟人,"他说,"不过我还是非常感谢你。"

他疲惫不堪地茫然瞅着我,过了一会儿又开口,为了要别人分担他的忧虑:"猫是不要紧的,我拿得稳。不用为它担心。可是,另外几只呢,你说它们会怎么样?"

"噢,它们大概挨得过的。"

"你这样想吗?"

"当然。"我边说边注视着远处的河岸,那里已经看不见大车了。

"可是在炮火下它们怎么办呢?人家叫我走,就是因为要开炮了。"

"鸽笼没锁上吧?"我问。

"没有。"

"那它们会飞出去的。"

"嗯,当然会飞。可是山羊呢?唉,不想也罢。"他说。

"要是你歇够了,我得走了。"我催他,"站起来,走走看。"

"谢谢你。"他说着撑起来,摇晃了几步,向后一仰,终于又在路旁的尘土中坐了下去。

"那时我在照看动物,"他木然地说,可不再是对着我讲了,"我只是在照看动物。"

对他毫无办法。那天是复活节的礼拜天,法西斯正在向埃布罗挺进。可是天色阴沉,乌云密布,法西斯飞机没能起飞。这一点,再加上猫会照顾自己,或许就是这位老人仅有的幸运吧。

(宗白 译)

勇 气

[美国] 狄斯妮

在英国举行的一次军人午餐会上,大家谁也不认识谁。我坐在一个美国伞兵身边，他是第101空降师——巴顿英雄部队的。 他大约三十岁，像多数跳伞运动员一样，他长得比一般美国军人顽长些，不过肩膀很宽，显然是个孔武有力的硬汉子。 他胸前闪耀着的勋章绶带，比我记忆中中将级官衔以下的任何人都要多。 他对我说了下面一个故事：

在大规模进攻开始的前一天——进攻法国前二十四小时，盟军向诺曼底空投了伞兵，这个青年就是其中之一。 不幸的是，他在离预定地点好几英里的地方着陆。 那时候天差不多亮了，脑子里记熟的标志，他一个也没有找到。 他吹响集合队伍的警笛，也没什么响应。 他知道原计划出毛病了，他单枪匹马陷落在敌人控制的国土上了。

他必须马上找地方隐蔽。 在熹微的晨光里，他看见不远处有一栋小小的、红色屋顶的农家，他不知道住在里边的人是亲盟国的还是亲德国的，但是他总得碰碰运气。 他朝那房子奔去，一边温习着寥寥可数的几句法语，那是为应付紧急状况而学的。

听到敲门声，一个年约三十岁的法国女人开了门。 她长得并不漂亮，但是她的眼睛是善良而镇定的。 她的丈夫和她的三个孩子都惊异地盯着他。

"我是一个美国兵。"伞兵说，"你们愿意收留我吗？"

"哦，当然啦。"法国女人把他带进屋里。

"快点！你动作快点！"她丈夫边说边把他推进壁炉旁边一个大碗橱里。

几分钟后，六个德国兵来了。 他们看到伞兵在这里降落。 转眼间他们就找到了这个伞兵，把他拖了出来。

那位因收留他而犯罪的法国农民，来不及说声再见就被当场枪毙了。 他的妻子呜咽着,孩子也放声大哭起来。

德国兵把他这个盟军俘虏后,暂时关押在一间小屋里。

小屋后边有一个小小的窗口,外边就是树林。 伞兵蜷身挤出窗口,向树林奔去。 德国兵发现他逃走,一边追,一边向他射击,子弹没有打中他。 他躲在树林里,听到德国兵互相吆喝着,到处搜索。

伞兵决定往回跑。 他避开德国兵,再次跑进那个院子,院子里还躺着那个被杀害的法国男人的尸体。 伞兵又敲厨房的门。

女人来得很快。 她脸色苍白,泪眼蒙眬。

"你还愿意收留我吗?"他问。

"哦,当然。 快进来!"她毫不迟疑地把他送回壁炉边的碗橱里。 他在碗橱里躲了三天。 德国兵怎么也不会想到他第二次逃进了那户人家,并且藏在那个碗橱里。 三天后,他才找到部队。

我被这个真实故事里的两位主角迷住了。 我把这个故事多次讲给美国驻法国和意大利的战士们听。 不过我缺乏口才,总也不能满意地表达出我对这两位卓越人物的尊敬。 直到全欧胜利日以后,当我准备回国的时候,我碰上了一位空军将领,他才把我的感受确切地说了出来:

"伞兵有的是拼命的勇气,"他说,"在死亡面前,他看到而且抓住了唯一的出路。 而那位妇女呢,她也是一个有勇气的女人。"

"勇气?"我惊奇地望着他。

"对,勇气。"将军重说了一遍,"因为她懂得她信仰的是什么。"

(佚 名 译)

婚　戒

[法国] 乔克·邦德

彼得·马丁一进家门，便觉得应该给未婚妻梅里尔打个电话，告诉她晚上不要到他这儿来了。由于将要走进婚姻的殿堂了，两个人都有些激动与兴奋。他们本来打算晚上在一起高高兴兴地吃顿饭的，但是，彼得在这个时候失业了。他感到自己在短时间内无法承担得起婚姻的责任。

"呃……梅里尔，我真不知道该怎么对你说。"他在电话里吞吞吐吐地说，"我……我想我现在恐怕买不起结婚钻戒了。你知道，我多想把它作为结婚礼物送给你啊，但我失业了。"

片刻之后，他又说道："那好，既然你非要过来，那就过来好了。不过，这会儿我可没什么好心情。"

不大一会儿，门铃声响了起来。房门开处，风尘仆仆的梅里尔正站在寒风里拍打着身上的雪花。她那一头黝黑发亮的头发剪得短短的，显得既时髦又神气，衬托得她那张俏脸儿更加充满了青春活力。此刻，她正甜甜地微笑着。由于笑容的感染，彼得顿时感到心情舒畅了许多。"瞧你那傻样。"梅里尔轻轻地拥抱了他一下，然后迈着轻快活泼的步伐走进门厅，"其实，你根本就用不着担心，目前我还有我的秘书工作。而你呢，一定会找到比在那个卡片商店更好的工作。"

那天晚上的晚餐简单极了，但他们吃得津津有味，一边吃一边还谈论着他们的计划。梅里尔透露说，她省吃俭用，已经从工资中攒下了一笔钱，她打算用这笔钱买下那枚结婚钻戒。听着梅里尔充满自信的话语，彼得感到只要能跟梅里尔长相厮守，其他任何东西都不必在乎了。

在接下来的那个星期二的晚上，突然响起了几声敲门声。彼得打开门一看，是梅里尔。她正微笑着站在台阶上。"你看。"她一边气喘吁吁地说，一边展开戴着手套的手。她的手心里放着一个红色的小盒子。看她上气不接下气的样子，想必是一路跑着赶来给他看这个红色小盒子的。彼得把她让进屋子，从她的手里接过那个小盒子，并将它打开来。"结婚钻戒！"他满脸疑惑地注视着梅里尔，惊讶地叫道，"你真买得起?"梅里尔抬起胳膊，轻轻地把手压在他的嘴唇上。

在结婚之后的岁月里，他们生活得非常甜蜜和幸福。但是，有几次彼得看见梅里尔坐在梳妆台前，对着那只结婚钻戒暗自流泪。"怎么啦，亲爱的?"每一次，他都会用双手轻抚她的肩头，温柔地问。"噢，没什么，亲爱的。"而每次梅里尔都会勉强地挤出一丝笑容说，"我只是觉得这只钻戒太美了。"虽然彼得感到迷惑不解，但他不知道该如何问下去。

他们一直没有孩子，但是他们生活得如胶似漆。虽然在经济上非常拮据，但他们以自己的方式享受着生活。比如，每逢节假日，他们就会去纽约或者迈阿密度过一个廉价的假期。而彼得在一家保险公司找到了新工作之后，他们便为那简陋的小屋添置了新家具。

一转眼，很多年过去了。在一个非常寒冷的冬天，彼得得了肺炎。尽管采用了疗效最好的药物和最有效的治疗方法，也没有能留住彼得的生命。

在葬礼结束后梅里尔封上了房门，悄悄地搬出了这座曾经给她留下了无数回忆的小镇。在离开林肯镇之前，她做的最后一件事情就是到邮局邮寄了一个邮件。不久一篇新闻报道见诸报端：

内布拉斯加州林肯镇，2002年12月，一位曾经从内布拉斯加州林肯镇的一家珠宝行盗窃了一枚结婚钻戒的小偷在作案三十四年后将赃物完璧归赵。日前，一封匿名信寄到了萨特·海曼珠宝行，信里装着一枚老式的女用结婚戒指。信中写道："信中所附物品，是我1968年从贵店偷取的。在此，我衷心地向您表达我虔诚的忏悔和深深的歉意。"

（黎　伟　译）

不愿上天堂

[印度] 哈里希·约哈里

从前有个名叫拉拉的商人，他的乐善好施远近闻名。每当圣徒经过他的城镇，他都提供衣食钱物。

一天，一位道行高深的圣徒来到城里，受到了拉拉的热情接待。拉拉以美食招待，并请他留宿家中。圣徒很高兴，临睡前对他说："拉拉，你的义行为你在天堂赢得了一席之地。""谢谢你这样说，大师，"拉拉说，"也许有一天我会准备好。""今天就可以，"圣徒说，"我马上就能带你上天堂。"拉拉看起来很痛苦："哦，那是我最大的愿望，但是现在恐怕不可能。""为什么？""如你所知我没有妻子，她九年前去世了。我儿子才十岁，还需要我照顾。还需要些时间他才能长大到接管我的生意，到那时我会很高兴接受你的邀请。""你要多长时间才能准备好？"拉拉想了一会儿说："十五年后他二十五岁，该能打点生意了，那时我就可以去了。""就十五年吧，"圣徒说，"到时我会返回，履行我的诺言。"

　　十五年后,圣徒返回拉拉家。 门前躺着一条看门狗和一群小狗,当他敲门时,狗摇着尾巴欢迎他。 拉拉的老仆一开门,立刻认出了圣徒。 "欢迎您,先生!"仆人说,"这么多年过去了。 我的老主人不在了,现在是他的儿子照料生意。""拉拉在哪儿?""五年前他死于心脏病。 但是请进,先生,这房子跟从前一样,门永远为圣徒打开。 进来吃顿热饭吧。"圣徒进了门,狗也跟了进来。 圣徒坐着等候时,想到没能送拉拉上天堂,感到非常悲哀。 他闭上眼睛冥想,突然意识到拉拉已投胎为身边的母狗。 "拉拉!"他说,"你在干什么?""儿子二十岁时,我死于心脏病发作,"拉拉说,"当时他的新婚妻子怀孕了,虽然他生意做得很成功,我担心没有人保护房子和他的家人,所以决定回来做只狗。""我理解,"圣徒说,"现在你准备跟我走吗?"狗叹了口气:"非常感谢你返回履行你的诺言。 我极想跟你去,但恐怕现在不行。 这些小狗全靠我,两年后它们会长大,能保卫房子,那时我就自由了。" "好的,"圣徒说,"两年后我会返回。"两年后圣徒重返拉拉家,三个孩子正在和几只狗,还有笼中的一只鹦鹉玩耍,宅子显得生机勃勃,一派祥和气氛。 圣徒四处寻找,却找不到拉拉投胎的那只狗。 老仆迎接他时,圣徒问:"这些狗的母亲哪去了?""一年前被贼杀死了,先生。"仆人说,"你不知道它死前是怎样英勇地战斗。 请进来吃饭吧。"仆人将狗和孩子们从圣徒身边赶开,去盛了碗饭。 只剩下鹦鹉在圣徒身边了,它突然开口说:"嗨! 欢迎回来。 嗨! 欢迎回来。"圣徒陷入冥想,他确定拉拉投胎成了鹦鹉。 "嗨,拉拉,"他说,"你现在没有负担了。 房子受到保护,家人也过得很好。 是上天堂的时候了。"他打开笼子,向鹦鹉伸出手。

"请别带我走！"拉拉说，"我在这儿挺好。儿子儿媳都很喜欢我，他们会想我的。孙子孙女们喜欢和我说话，用手给我喂食。非常感谢你记得你的诺言，但我不想离开这个世界上的天堂。这个笼子就是我的天堂。很遗憾让你白跑一趟，我不再想要任何不属于我的东西了。如果无牵无挂没有责任，那我干吗还存在？"

圣徒感到震惊，但他尊重拉拉的愿望，不再返回找这个没有时间上天堂的商人。

（张霄峰　译）

金星人的挫折

[美国] 阿·布克华德

上星期，金星上一片欢腾——科学家们成功地向地球发射了一颗卫星！眼下，这颗卫星停留在一个名叫纽约市的地区的上空，并正向金星发回照片的信号。

由于地球上空天气晴朗，科学家们便有可能获得不少珍贵资料。载人飞船登上地球究竟能否实现？——他们甚至对这个重大问题都取得某些突破。在金星科技大学里，一次记者招待会正在进行。

"我们已经能得出这个结论，"绍格教授说，"地球上是没有生命存在的。"

"何以见得？"《晚星报》记者彬彬有礼地发问。

"首先，纽约城的地面都由一种坚硬无比的混凝土覆盖着——这就是说，任何植物都不能生长；第二，地球的大气中充满了一氧化碳和其他种种有害气体——如果说有人居然能在地球上呼吸、生存,那简直太不可思议了。"

"教授,您说的这些和我们金星人的空间计划有无联系?"

"我的意思是:我们的飞船还得自带氧气,这样,我们发射的飞船将不得不大大增加重量。"

"那儿还有什么其他危险因素吗?"

"请看这张照片——您看到一条河流一样的线条,但卫星已发现:那河水根本不能饮用。因此,连喝的水我们都得自己带上!"

"请问:照片上的这些黑色微粒又是什么玩意儿呢?"

"对此我们还不能肯定。也许是些金属颗粒——它们沿着固定轨迹移动并能喷出气体、发出噪音,还会互相碰撞。它们的数量大得惊人,毫无疑问,我们的飞船会被它们撞个稀巴烂!"

"如果你说的都没错,那么这是否意味着:我们将不得不推迟数年来实现我们原来的飞船计划?"

"您说对了。不过,只要我们能领到补充资金,我们会马上开展工作的。"

"教授先生,请问:为什么我们金星人耗费数十亿格勒思(金星的货币单位)向地球发射载人飞船呢?"

"我们的目的是,当我们学会呼吸地球上的空气时,我们去宇宙的任何地方都可以平安无事了!"

(唐若水 译)

大公无私的判决

[英国]帕 克

史密尔纳的一个食品商店老板的儿子,年轻时学得的那么一点儿知识，被认为是有学问的人，给指定在法官代表办公室工作。他的主要任务是，检查市场上零售的商品是否足秤，和有无短少尺寸情况。有一天，他要出去执行任务了，他要用官方的标准衡器来检查他父亲店里的秤具。那些左邻右舍，对他父亲做生意的手法都是一清二楚的，都劝他谨慎点，不要再使用假秤了，要把经得起严格检查的秤摆出来。这个食品店老板却一笑置之。他认为：儿子到底是儿子，永远不会在公众面前揭露父亲、羞辱父亲的。他满不在乎地站在店门前，等候检查员的到来。而这位作为检查员的儿子呢？早就怀疑他父亲的不法行为了。他打定主意不包庇自己的父亲。但是首先得查出父亲的违法行为，然后方能公开惩办他。他骑着马来到商店门前，对父亲说："把你的秤具拿出来吧，我们也许要验一验哩。"老板并不照办，却嬉皮笑脸来打岔。不过很快他就看出，他的儿子是极其认真的。因为他听到儿子命令他的随员去搜查他的店铺，查看那些进行欺诈的秤具。经过一番最严格的检查以后，这些秤具被宣告没收，并当场砸得粉碎。这太意外了，惊惶失措的老板木然地站着。他认为自己已经遭受了公开羞辱了，该可以恳求儿子免除处罚了吧，谁料他这又搞错了；检查员宣布的处罚，完全不把他是个父亲当作一回事，恰恰相反，把他的犯罪行为当作陌生人似的处理。他必须缴纳五十皮阿斯特（埃及的辅币单位）罚款，还要在他的脚底打若干板子（一种刑罚），而且立即执行。

这之后，检查员从他的马上跳下来，一下子扑倒在他父亲的脚下，这样对他说："爸爸，我对我的老天爷、我的国王、我的国家和我的工作单位，已经忠于职守了。现在，用我的对你的敬意和谦逊态度，请求允许我，付清我对一个父亲的欠债；法官是不由自主的，这是老天爷在人间的权力作用，它不考虑是父亲，也不考虑是儿子的。 老天爷的权利、我们街坊邻里的权利，都是高于情面关系的。 你触犯了公正的法律，你就应该得到这样的处罚；从你那方面来说，最后你会服气的。 我很抱歉，你从我这儿受到处罚，是你命中注定了的。 另外，我的良心也不能阻止我那样做。 这是为了你将来表现得好一些，请不要责怪我吧，你该可怜我才是，因为我曾经被迫陷入如此不近人情的处境。"他说完以后，又上马了。 全城人都为了这种不寻常的、大公无私的行为而欢呼喝彩。 他，在喝彩声中继续做他的工作。 当然，上级也没有少给他报酬。 苏丹王很快就接到关于这事件的报告了，便把他提升到法官的职位。 往后，他位至伊斯兰教法典说明官。 虽然他生活在高官厚禄之中，他仍然是法律的监护人，他仍然忠实于自己的祖国。

（黄桂珊 译）

鸽 群

[新西兰] 图沃里

我刚跨出一家小酒馆，就停下步子，眼睛眨了一下，让它适应过来。 街面上正在变干，蒸气直冒。 一切都在闪闪发亮。 我打算从街心花园穿过去，走一点近路。 花园里花枝招展，仿佛在迎候什么人，是任何一个人吧。 我从花坛中间穿过，好似一个被俘的将军，无意看花，心儿牵挂着别的地方。 我才卖了三份报纸。

花园里坐着一位老人，鸽群在他周围转悠，离他很近。 如同机警的牧羊犬，这些鸽子变换着方式打圈子，一会儿这样转，一会儿那样转。

"你好吗?"我挥动一卷共产党出的报纸说,"你想晓得谁是联邦铝业公司的后台吗?嗯!"

这位老人没有抬头,打着不明不白的手势,好像警告我什么似的。

"别惊动鸽子!"他眼睛盯着鸽子说。

"我觉得它们一年一年地瘦下去了……"

"嗯,是啊。"我搭讪着说,"也许像你这样喂养鸽子的人越来越少了吧。"

"哪里,哪是这码事。"他说时扫了我一眼。

我小心翼翼地在他身边放下一份折叠好的报纸。

"我没有忘记经济大萧条的年月。"他说着,斜瞟了报纸一眼,没有伸手去拿。

"我是从大战中过来的,"他说,"我清楚记得自己干掉了两名纳粹。……可是你看,尽管如此,并没使情况变得完全两样。"

糟了,我暗忖,他接着要对我讲他自己的身世了。我最好走开再去找一个酒馆转一转。

一个小男孩飞快地骑着自行车直冲进鸽子群里。鸽子扑动翅翼,飘然腾空。空中,羽翎回旋,好似飞机准备放纵地投弹了,但是没有——盘旋了一会儿以后,在老人身旁形似立体交叉公路的高速车道上降落,就好像他们早已在老人脚边修建起跑道似的。猛然间我变得慷慨了,将手伸进帆布背包,弄碎一块巧克力饼干,拿着饼干屑朝鸽群抛去。

"你不该这样做!"老人说,"你要宠坏它们的。"

"是吗?"我说,多少有几分失望,"给你,你来喂它们。"

我将饼干倒在老人的座位上,挪动身子慢慢地走开。

"近来,这份红色的报纸几分钱一份?"他问了一句。

"八分。"

"太贵了,"他说道,"拿五分钱去吧。"

我收下钱。

我走到街心花园的那一头,转身回望。老人好像一边在咀嚼巧克力饼干似的,一边出声地读着报纸。鸽群围得更近了,在老人那双擦得干干净净的皮鞋上,啄叼那几眼崭新的鞋带孔。

(冯 劼 译)

一九〇八年

[德国] 君特·格拉斯

这是我们家的习惯:父亲总是带着儿子。威廉·李卜克内西来哈森海德公园演讲的时候,我祖父就带上了他的长子,他在铁路做事,参加了工会。我父亲也在铁路干活,也是党内同志,提起俾斯麦当政的年代遭到禁止的大型群众集会,他总是实实在在地向我灌输那句颇有预言性的名言:"吞并阿尔萨斯—洛林给我们带来的不是和平,而是战争。"

威廉的儿子,就是卡尔·李卜克内西同志,来讲话的时候,他也把我这个九岁或者十岁的小毛孩带去了,要么是在露天,如果遭到禁止,就在烟雾弥漫的小酒馆。他还带我去过施潘道,李卜克内西在那儿为竞选演讲。〇五年,我甚至坐火车去了莱比锡,父亲是火车司机,可以免费乘车,卡尔·李卜克内西在普拉格维茨的岩石洞介绍鲁尔区的总罢工,当时的所有报纸都报道了这次罢工。他谈的不仅仅是矿工,也不只是鼓动人们反对普鲁士的容克地主和工业资本家，他讲的重点是将这种总罢工作为无产阶级大众未来的斗争方式，对此作了实实在在的、颇有预言性的详细论述。 他没有讲稿，想到哪说到哪。 他还讲到了俄罗斯的革命和沾满鲜血的沙皇统治。

掌声持续不断。 最后一致通过了一项决议，参加集会的人——我父亲说，肯定有两千多人——在决议中宣布，要与鲁尔区和俄罗斯的英勇的战士们团结一致。

当时挤在岩石洞里的人也许有三千。 我看得比我父亲清楚，因为我坐在他的肩膀上，当年威廉·李卜克内西或者倍倍尔同志来讲工人阶级地位的时候，他的父亲也是这么做的。 这是我们家的习惯。 无论如何，我这个小毛孩总是把李卜克内西同志增高了，可以说是居高临下地看，居高临下地听。 他擅长在大庭广众演讲。 从来不会有找不到话说的时候。 他特别喜欢去鼓励青年。 在露天场地，我听见他在数以万计的人头上面高喊：" 拥有青年的人，就拥有了军队！" 这又是多么具有预见性的话啊。 他对我们大声疾呼："军国主义是资本主义的凶残的执行官和铁血的防护堤！" 这时，我在父亲的肩膀上真的感到害怕起来。

我今天还记得很清楚，他刚一提到必须和内部的敌人作斗争，就让我实实在在地感到害怕起来。 我大概就是因此而着急要撒尿，开始在父亲的肩上动来动去。 可是，我父亲当时很兴奋，并没有觉察到我的需要。 我坐在上面渐渐地坚持不住了。 那是在〇七年，我终于透过背带裤把尿撒在了我父亲的脖子里。 此后不久，李卜克内西同志被抓了起来，不得不在格拉茨的一个堡垒里蹲了一九〇八年整整一年再加上几个月，因为帝国法院根据他反对军国主义的政治言论给他判了刑。

当我在极度紧张的情况下尿了我父亲一脖子之后，他把我从肩膀上揪了下来，不管集会仍在进行，也不管李卜克内西同志仍在鼓励青年，实实在在地揍了我一顿，以至于我很长时间都还能感觉到他的手。因此，就是因为这件事，当后来终于打起仗来的时候，我跑去参军，自愿报的名，由于作战英勇甚至还受到了表彰，在阿拉斯和凡尔登两次负伤之后被提升为军士，即使是在弗兰德当突击队长的时候，我也始终确信李卜克内西同志鼓励青年的那些话一百个正确，他后来被几个自由军团的士兵枪杀了，再后来，罗莎同志也遭到枪杀，他们俩中的一个，尸体甚至被扔进了护城河。

（蔡鸿君　译）

一位短跑运动员的孤独

[日本] 渡边浩二

我仅仅是为了短跑而诞生的一位男子而已。从我诞生之日起，我的短跑命运就已经决定了，这一点千真万确、毋庸置疑。

我的父母曾是奥运会百米短跑冠军。

可是，我从来就没见过他们。

父亲是我出生很久以前的那个时代的运动员。可是，他创造的世界纪录至今仍未被打破。

母亲是我出生数年前，在体坛上非常活跃的一位运动员。据说她刚过全盛时期就不幸死于非命。

不过，科学家成功地从母亲体内取出了仍存活的卵子，并作为政府的财产存入"卵子银行"。不久，遗传基因电脑管理系统发出了"可以结合"这样一条信息，即"具备了十分匹配的精子和卵子"。

也就是说：计算机把一直冷冻保存的父亲的精子和前不久登记的母亲的卵子的遗传基因数据计算后，得出了如下结论——能够孕育出一个具有百米跑最佳素质的婴儿。

为了能创造出百米的最好成绩，计算机就理想的人体条件进行了数万个数据的模拟试验。 如：最佳足长、肩宽、肌肉的成分与结构、动态视力等等，最后查明了究竟什么样的人种的遗传基因特性才能满足上述条件。

这种理想的遗传基因组合在资料情报中心终于凑齐了。

在符合"运动遗传基因保护法"的前提下，政府决定立即对其进行人工授精，然后由指定的女子来孕育、生产。

从那之后，我就在国家的设施中长大。 至今，我摄取营养、排泄、生活周期等一切都在计算机的控制之下进行。

我是根据国家的体育政策而诞生的超级运动员，在短跑方面是完美无缺的。

我体能的高峰期与下次奥运会的举办时间正好相符。

当然，像前文所述的那样诞生长大的人并不仅仅我一人，本次奥运会就有许多这样的选手参加。 如：身高三米的篮球运动员、体重三百公斤的无差别级摔跤运动员，或者脚像鱼鳍那样巨大而扁平的游泳运动员等。 他们都像我一样，是通过遗传基因计算而培育出的试管婴儿。 在奥运村，常常会因与形态怪异的人相遇而大吃一惊。 奥运会眼看就要变成超人大会了。

然而，在这类运动员当中，有一个人却格外引人注目。

他的打扮很怪异：全身裹着黑披巾，头上也蒙着头巾，只露出两只眼睛。

他经常与一个教练似的人在一起，从不到食堂与大家共同进餐，或是开开玩笑聊聊天什么的。我在走廊或院子里不时见到他，但令人不解的是：他总是扶住教练的肩膀，摇摇晃晃地走路。

据说他是东亚一个小国的短跑运动员，可奇怪的是，他从未到过训练场。我想：难道他得了连路都不能走的重病吗？倘若如此，为什么不去医院，而悠闲地待在奥运村里呢？

有一次，我终于忍不住问他："您的腿是不是有什么病？"

"不是……"他的教练微笑着答道，"请您别太在意。因为他是克隆人，所以身体的形态有点变化。"

他自己什么也没说，只是用那黑色头巾下闪光的眼睛瞥了我一眼。

身体的形态？

确实，克隆人有由于遗传基因的组合不同而身体发生异常变化的人，并且能在比赛中大显身手。比如：有的游泳运动员在水中能够像鱼儿一样自由自在，上了陆地却不能站直。

不过，他和我一样是短跑运动员，可为什么是这副怪样子？仿佛连走路的功能都要失去的身体，能跑得快吗？而且，他还把全身都遮掩起来……他究竟是什么种族的后代呢？

解开疑团的机会终于来了。

那是百米跑预选赛。我和他编在同一组，并且跑道紧挨着。他与往常一样，被教练搀扶着摇摇晃晃地来到起跑线，摆好了起跑姿势。

发令枪响了。

观众们顿时沸腾起来。我竭尽全力地奔跑，尚不知道沸腾的原因。可是不久,他的身影突然出现在我的斜前方。

多么惊人的速度!一眨眼,我就被远远地甩在后面。

咦?他正像动物似的手足并用地奔跑着!

简直不敢相信自己的眼睛,我的大脑也仿佛麻木了。这时,我突然发现他的运动裤后面有什么东西露了出来。

是条尾巴!

(曾妍泽 译)

第二辑　人生旅途

"万事通"先生

[英国] 毛　姆

我在知道马克斯·凯兰达之前就不打算喜欢他。

第一次世界大战刚刚结束，横渡太平洋的航线非常繁忙，客舱是很难预订到的。我很高兴弄到一个双人客舱，但想到在这十四天的旅途中（我从圣弗兰西斯科到横滨）将和一个叫凯兰达的人共用一间房就很不爽。上船后，我来到客舱，发现凯兰达的行李已经在那里了。衣箱可真难看，上面贴满标签。

我不喜欢凯兰达。他不但和我住在一个房间，而且一日三餐都非要和我在一张桌子上吃饭。不论我在什么地方，都无法摆脱他。

凯兰达擅长交际，在船上的第三天，就差不多认识了所有的人。他什么事都干，好像比谁都懂得多，出错这种可能性在他身上绝对不会发生。我们都叫他"万事通"先生，甚至在他面前也是这样。他把这当作我们对他的恭维。

一天晚上，我们坐在医生的桌旁，在座的还有拉姆齐（在神户的美国领事馆工作）和他的夫人。这次他是带着妻子重返神户的。他的妻子已独自一人在纽约待了一年。拉姆齐夫人的样子十分可爱，举止优雅，颇富幽默感。虽然她丈夫工资低廉，但她知道怎么着装，使她自有一番优雅而又与众不同之处。

这时，话题谈到精明的日本人正在进行的人工珍珠养殖。我看见凯兰达一开始还很激昂健谈，最后，他被拉姆齐的一句话激怒了，因为他敲着桌子在喊："我最清楚自己在说什么。我这次到日本就是去洽谈珍珠生意的。没有哪一个懂这一行的人不认为我刚才所说的都是千真万确的。"他得意扬扬地看着周围的人。

他指着拉姆齐夫人戴的项链:"夫人,你的这串珍珠项链就非常值钱,并且它的价格还在上涨。"

谦逊的拉姆齐夫人脸红了,她把那串项链轻轻塞进她的衣服。拉姆齐身体前倾,他看了看我们,眼角滑过一丝笑意。"当然,这不是我买的,但我想知道,你认为它值多少钱?"

"在有些市场要1.5万美元,但在美国第五大道,卖到三万美元也用不着吃惊。"

拉姆齐冷笑起来:"这是我夫人离开纽约前在一家百货商店里买的,只花了十八美元。你吃惊吧!"

凯兰达的脸一下子涨得通红。"胡说,这项链不但是真的,而且就其大小而言是我见过的最好的。"

"你敢打赌吗?我要用一百美元和你打赌这是仿制品。"

"可以。"

"不,亲爱的,你怎么能拿一件事实和人打赌呢?"拉姆齐夫人说道。

"为什么不呢?如果放弃这样一个轻易能弄到钱的机会,那才是一个傻瓜。"

"但你也不能证明它是仿制品呀?"她急道。

"把它拿给我看一看,如果是赝品,我马上就能告诉你。这一百美元我还是出得起的。"凯兰达说道。

"亲爱的,解下来,把它拿给这位先生看看。"

拉姆齐夫人犹豫着,她两手紧握。拉姆齐跳起身,"我来解开。"他把项链递给了凯兰达。

我突然预感到一件不幸的事要发生了。

凯兰达拿出一个放大镜,仔细地察看起项链来。 一丝得意的微笑闪现在他光滑黝黑的脸上。 他把项链递给拉姆齐,正准备开口说话时,忽然看见拉姆齐夫人的脸是那样的苍白,好像她马上就会晕过去。 她的眼睛看着凯兰达,那是一种绝望的哀求。 她丈夫居然没有看到这些,我真是奇怪。

凯兰达张着嘴,半天都没有说出话。 他的脸通红,你看得出他在努力地克制着自己。

"我错了。"他说道,"这是一个非常好的仿制品,这种次品十八美元正合适。"

他从钱包里拿出一百美元递给拉姆齐,没有再说一句话。

"年轻人,也许这能教会你以后不要太自以为是了。"拉姆齐接过钱说。

我注意到凯兰达的手在发抖。

这件事很快在全船传开了,那晚凯兰达不得不忍受着别人的戏弄和嘲笑。 "万事通"先生露了馅,这确实是一个不错的笑话。 但是,拉姆齐夫人再也没有出来过,她有点头痛。

第二天早上,我起来正在刮脸,凯兰达躺在床上抽烟。 忽然一阵轻微的刮擦声,我看见一封信从门下塞了进来。 我打开门向外望,外面没有任何人。 我捡起信封,信是写给凯兰达的。 名字用印刷字体写的,我把信递给了他。

他打开信封。 拿出的不是信,而是一张一百美元钞票。 他看了我一眼,脸变得通红,然后把信撕成碎片。

"没有谁愿意被别人看成是一个傻瓜。"他说。

"那珍珠是真的吗?"我问道。

"如果我有一个漂亮的妻子,我绝不会让她一个人在纽约待一年而自己在神户。"他拿出钱包，小心翼翼地把一百美元放了进去。

这时，我觉得我不那么讨厌凯兰达了。

（陈　刚　译）

火车上的女郎

[印度] 邦　德

火车开出后，包厢里只有我一个人。直到罗哈那站才上来一个女郎。前来送行的那对夫妇大概是她的双亲，他们好像对姑娘的这次旅行很不放心，那位太太耐心地告诉女孩子该把东西放在什么地方，什么情况下不可把头探出窗外，如何避免与陌生人交谈等等。

由于我是个盲人，所以无法形容出那女郎的容貌，但从她脚后跟发出的"啪哒啪哒"的声响，我知道她穿的是拖鞋。我喜欢听她说话的声音。

火车驶出站台后，我问她："您是到德赫拉顿去吗？"

可能因为我在一个幽暗的角落里，所以我的说话声吓了她一跳。她不禁轻声惊叫了一声说："我不知道这里有人。"

是啊，眼睛没毛病的人却常对眼前的事物视而不见，想必是需要他们看的东西太多了的缘故吧。相反，双目失明的人倒能凭着感官察觉周围的事物。

"起初，我也没有看见您，"我说，"不过我听见您进来了。"我想，只要我坐在原处不动，她就不一定发现我是一个瞎子。

"我到沙哈兰坡下车，"女郎说，"我的姑妈到车站接我。您到哪儿去?"

"我到德赫拉顿,然后去木苏里。"我答道。

"啊,您真运气!我也想去木苏里。 我喜欢那里的山峦,尤其是在十月份。"

"是啊,那是黄金季节。"说着,我的脑海里浮现出我眼睛没有失明时所见到的景象,"漫山遍野的太阳花,在明媚的阳光下竞相开放。 到了夜晚,坐在篝火旁,喝上一点白兰地,大多数游客都已离去,万籁俱寂,仿佛在一个阒无人烟的地方。"

她默默不语,是不是我的话打动了她?还是她把我看成了一个多情善感的白痴?随后我错问了一句话:"外面天气怎么样?"

她对我的问话似乎不以为然,难道她已发觉我是个瞎子了? 不过,她的一句话立刻解除了我的疑虑:"您自己往外看看不就知道了嘛。"语气十分自然。

我沿着铺位轻轻地挪到车窗边。 窗子开着,我面窗而坐,装出一副欣赏外面风光的神情。 我在想象中能看到电线杆飞快地从眼前掠过。 "您注意到没有?"我试探着说,"树好像是在动,而我们好像是静止的。"

"总是这样。"她说。

我朝她转过脸去,有好一会儿,我们谁也没有说话。 "您有一张挺有趣的脸。"我变得越发大胆了,我知道她是不会生气的,因为女孩子很少有人不喜欢奉承的。

她愉快地笑了,笑声像银铃般清脆。 "您这样说,我倒挺高兴的,"她说,"人们一张嘴就说我长得漂亮,我都听腻了。"

这么说,她一定长得很漂亮了。 于是我大声地说:"是啊,有趣的脸同样可以是漂亮的呀!"

"您真会说话,"她说,"不过,您干吗这么认真?"

"您马上就要到站了。"我唐突地冒出了这么一句话。

"谢天谢地,路途还不算远,要是在火车上再坐两三个小时,可真叫人难熬。"

然而,只要能听见她说话,我坐多久都没关系。她说话的声音,有如高山流水,清脆动听。我想只要一下火车,她就会忘记这次短暂的邂逅。然而对我来说,我会一直想到下车,就是在以后的一段时间里我也难以忘怀。

汽笛一声锐鸣,车轮的节奏慢了下来。女郎起身开始收拾东西。我不知道她是挽着发髻,还是梳着披肩发?也许剪着短发。

列车缓缓驶进站台,车外,脚夫的吆喝声、小贩的叫卖声响成一片,这时车门口传来一位女人的尖脆的说话声,我想一定是她姑妈来接她了。

"再见!"女郎说。

她站得离我很近,她头发上散发出的香水味扑鼻而来,我想伸手摸摸她的秀发,可是她已飘然而去,只留下一股清香缭绕在她站过的地方。

车门口一阵骚乱,一个男人结结巴巴地道着歉走进包厢。接着门"砰"的一声被关上,把我和外间世界又隔开了。我回到自己的铺位上,车长吹了哨,列车徐徐开动了。

车越开越快,车轮又发出有节奏的响声,车厢轻轻地晃动着。我摸到窗口,面朝窗外坐下来,外面分明是阳光灿烂的白昼,而对我犹如漆黑的夜晚。现在,我又有了一个新的旅伴,也许又会有新的节目了。

"对不起,我可不像刚才下车的那位那样有魅力。"他搭讪着说。

"那位姑娘很有意思,"我说,"您能不能告诉我,她留的是长发还是短发?"

"这我倒没有注意,"他好像有点迷惑不解地说,"不过她的眼睛我倒留意了,那双眼睛长得很美,但对她却毫无用处了——她是个瞎子,您没注意到吗?"

(宋韵声　施　雪　译)

二十年以后

[美国] 欧·亨利

纽约的一条大街上,一位值勤的警察正沿街走着。一阵冷飕飕的风向他迎面吹来。已近夜间十点,街上的行人寥寥无几了。

在一家小店铺的门口,昏暗的灯光下站着一个男子。他的嘴里叼着一支没有点燃的雪茄烟。警察放慢了脚步,认真地看了那个男子一眼,然后,向他走了过去。

"这儿没有出什么事,警官先生。"看见警察向自己走来,那个男子很快地说,"我只是在这儿等一位朋友罢了。这是二十年前定下的一个约会。你听了觉得稀奇,是吗?好吧,如果有兴致听的话,我来给你讲讲。大约二十年前,这儿,这个店铺现在所占的地方,原来是家餐馆……"

"那餐馆五年前就被拆除了。"警察接上去说。

男子划了根火柴,点燃了叼在嘴上的雪茄。借着火柴的亮光,警察发现这个男子脸色苍白,右眼角附近有一块小小的白色的伤疤。

"二十年前的今天晚上，"男子继续说，"我和吉米·维尔斯在这儿的餐馆共进晚餐。哦，吉米是我最要好的朋友。我们俩都是在纽约这个城市里长大的。从孩提时候起，我们就亲密无间，情同手足。当时，我正准备第二天早上就动身到西部去谋生。那天夜晚分手的时候，我们俩约定：二十年后的同一日期、同一时间，我们俩将来到这里再次相会。"

"这听起来倒挺有意思的。"警察说，"你们分手以后，你就没有收到过你那位朋友的信吗？"

"哦，收到过他的信。有一段时间我们曾相互通信。"那男子说，"可是一两年之后，我们就失去了联系。你知道，西部是个很大的地方。而我呢，又总是不断地东奔西跑。可我相信，吉米只要还活着，就一定会来这儿和我相会的。他是我最信得过的朋友啦。"

说完，男子从口袋里掏出一块小巧玲珑的金表。表上的宝石在黑暗中闪闪发光。"九点五十七分了。"他说，"我们上一次是十点整在这儿的餐馆分手的。"

"你在西部混得不错吧？"警察问道。

"当然啰！吉米的光景要是能赶上我的一半就好。啊，实在不容易啊！这些年来，我一直不得不东奔西跑……"

又是一阵冷飕飕的风穿街而过。接着，一片沉寂。他们俩谁也没有说话。过了一会儿，警察准备离开这里。

"我得走了，"他对那个男子说，"我希望你的朋友很快就会到来。假如他不准时赶来，你会离开这儿吗？"

"不会的。我起码要再等他半个小时。如果吉米他还活在人间，他到时候一定会来到这儿的。就说这些吧，再见，警察先生。"

"再见，先生。"警察一边说着，一边沿街走去，街上已经没有行人，空荡荡的。

男子又在这店铺的门前等了大约二十分钟的光景，这时候，一个身材高大的人急匆匆地径直走来。他穿着一件黑色的大衣，衣领向上翻着，盖住了耳朵。

"你是鲍勃吗?"来人问道。

"你是吉米·维尔斯?"站在门口的男子大声地说，显然，他很激动。

来人握住了男子的双手，"不错，你是鲍勃。我早就确信我会在这儿见到你的。啧，啧，啧！二十年是个不短的时间啊！你看，鲍勃！原来的那个饭馆已经不在啦！要是它没有被拆除，我们再一块儿在这里面共进晚餐该多好啊！鲍勃，你在西部的情况怎么样?"

"喔，我已经设法获得我所需要的一切东西。你的变化不小啊，吉米。我原来根本没有想到你会长这么高的个子。"

"哦，你走了以后，我是长高了一点儿。"

"吉米，你在纽约混得不错吧?"

"一般，一般。我在市政府的一个部门里上班，坐办公室。来，鲍勃，咱们去转转，找个地方好好叙叙往事。"

这条街的街角处有一家大商店。尽管时间已经不早了，商店里的灯还在亮着。来到亮处以后，这两个人都不约而同地转过身来看了看对方的脸。

突然间，那个从西部来的男子停住了脚步。

"你不是吉米·维尔斯。"他说，"二十年的时间虽然不短，但它不足以使一个人变得容貌全非。"从他说话的声调中可以听出,他在怀疑对方。

"然而,二十年的时间却有可能使一个好人变成坏人。"高个子说,"你被捕了,鲍勃。 芝加哥的警方猜到你会到这个城市来的,于是他们通知我们说,他们想跟你'聊聊'。 好吧,在我们还没有去警察局之前,先给你看一张条子,是你的朋友写给你的。"

鲍勃接过便条。 读着读着,他微微地颤抖起来。 便条上写着:

鲍勃:刚才我准时赶到了我们的约会地点。当你划着火柴点烟时,我发现你正是那个芝加哥警方所通缉的人。不知怎么的,我不忍自己亲自逮捕你,只得找了个便衣警察来做这件事。

吉 米

(罗国良 译)

好朋友卢克

[法国] 威尔伦

我的最后一个叔叔在法兰克福去世了。 当我得知我是他的唯一遗产——一幢两层楼住房——的继承人时,我内心的激动可耻地超过了悲痛。 我终于有机会向其他几位在天之灵证明,他们认为我是个败家子而不愿意把遗产留给我是一个多么大的错误。

在从里尔开往法兰克福的火车上,我按捺不住兴奋地同邻座谈起了这件事。 邻座是一个名叫卢克、看上去随和而可信赖的中年绅士,戴着一副金丝眼镜。 他不可思议地摇着头,向我要了一张餐巾纸擦眼镜。 我庆幸自己遇到了一位知音,忍不住又把酝酿了很久却从没有告诉别人的计划透露给他:我准备把房子出租,只给自己留一间最简陋的房间。 我私下打听过了，现在去法兰克福租房子的人很多，租金收入一定很可观。 至于几年后积累下来的一大笔资金的用途，我还没来得及作进一步的打算。 他很赞同我的意见，并且在沉吟了一下之后说，他原本计划一到法兰克福就转车去巴黎，但既然交上了我这样一个值得尊敬的朋友，他就没有理由不在法兰克福停留一下，为我的宏伟目标尽一点绵薄之力。 这太合我的心意了，午餐的时间到了，我极力邀请我的好朋友卢克到餐车就餐。 他彬彬有礼地推辞了一番，然后怀着友好谦逊的态度接受了。

一到法兰克福，我们就急忙去见识那份可贵的遗产。 我刚想对那座古老典雅的摇钱树发出赞叹，就听见卢克惊异地叹息了一声。 我赶忙问他为什么叹息，他犹豫了一下，然后说："您的这份家业真是古朴迷人……然而作为出租的住宅，它似乎有点儿……陈旧。请原谅。"他的惊异传染到我这儿很快就恶化成了失望。 但我随之又振奋起来，毕竟住宿条件本身才是最重要的。 我和卢克一起走进大厅。 我刚想说："好宽敞的大厅啊！"只见卢克疾步走到脱了漆的木制楼梯前，用力摇了几下，我立刻觉得如果他再摇下去，这旧楼梯准得散架。 他说："没关系，装修楼梯用不了400法郎。"我合计了一下，要是只装修这楼梯，我还是付得出这笔钱的。 我手头有450法郎，这一点，我可不会告诉任何人。

我跟在卢克后面，小心翼翼地上了楼。 房间的墙壁是白桦木拼接的，美得就像一幅画。 可是卢克说："天哪，您又得破费买防火涂料了，否则消防局……"我急忙打断他："墙上有灭火器！"他沉着地说："那早已过期了，我看过。"我泄气了："这一项我要付出多少？"卢克同情地望着我："50法郎。"我攥紧了口袋里的450法郎。

我们来到盥洗室。 里边竟然有水管和水龙头！这在老式住房中可不多见，可是卢克又说话了："唉，要是没有卫生局……"他看我迷惑不解的样子，于心不忍但又无可奈何地说："水龙头和水管都生锈了。"我呻吟道："天哪，我只有450法郎！"……

夜幕降临的时候，我决定把这份可怕的遗产转让给卢克。 因为即使按照卢克已经力求节省的计算，我也需要为这座房子付出2450法郎。 这对我来说简直是一个天文数字。 我这个梦幻中的债权人顷刻间成了事实的债务人！卢克说他只有2000法郎，所以当他对承担这笔沉重的负担犹豫不决时，我急得快要哭了。 我把我的450法郎塞进卢克手中。 这个可敬的恩人看在朋友的分上终于答应帮我的忙，并且在向我要了一张餐巾纸擦他的金丝眼镜后许诺，他可以出低价让我租一套这座房子中最简陋的住宅以容身。

卢克成了我的房东和最好的朋友。

（星　子　译）

匆匆人生

[德国] 库尔特·库森贝格

当他还是孩子时就令人惊诧不已，他像见了风似的疯长，一下子蹿得很高，可同样突然一下子就不再长个儿了；他说话颠三倒四，因为思想和表达合不上拍；他行走如飞，常常同时出现在多个场合；他每年都要跳一级，可这还不够，他希望一下子就从学校毕业。

离开学校后，他找了个听差的差使，他是唯一奔来奔去的听差小伙儿。他送完东西就马上返回，速度之快，令人难以相信他确实已办完一件事，所以就被辞了。他专心致志地练起速记来，不久就能在一分钟内写五百个音节，尽管如此却没有一家办公室愿意聘用他，因为他提前几周就给信件注上了日期，而且如果他的上司口授速度太慢时，他会无聊地打哈欠。

经过短暂的、在他看来却是无休无止的找寻后，人们让他做了一名公共汽车驾驶员。后来，他每每想到这个工作便不寒而栗，他常常得让一辆行驶着的车辆停下来，大街上那些奔跑的人们、等在站上的人们向他频频招手时，他得听他们的。

但有一天，他没去理睬招手的人群，而是把公共汽车高速开出了市区，这样一来，这个饭碗自然也就丢掉了。这件事情被登上了报纸，同时引起了体育界的关注，他从每周开六天公共汽车的驾驶员成为一名赛车运动员，这可是绝无仅有的一个奇迹。大公司争着向他献殷勤。最后，一个财大气粗的财团得到了他，让他做了合伙人。在领导岗位上他卓有成就，他是位咄咄逼人的谈判高手，先把谈判对手搞得晕头转向，再令他们一个个乖乖就范。

在作出成家决定后几小时，他就向奥林匹克运动会女子一百米金牌获得者求婚，把她从运动场赶到婚姻登记处，逼迫她马上与他结婚。共同的兴趣爱好把两个人结合在一起，这场婚姻结出了不同寻常的果实。年轻女子使出浑身解数，为的是不落在他的后面。她做起家务来动作敏捷，在冬天就穿上夏装，在预产期之前就把孩子生了出来，怀了五个月的胎，那是个在母体内只待了五个月的孩子。这孩子躺在摇篮里就能流利地说话，在会走路之前就已学会了跑步。她发明了新式快速食品，三下五下就能吞进肚里，而且马上就能在胃中消化。家中的用人每天更换一次，后来是每小时更换一次。 最后,她找了一位原来在火车餐车上干活儿的厨师到家中烧饭,又找了两名空中先生,这两位身手敏捷、动作利索——她在各个方面都是她先生的好帮手。

而他呢,继续加快着生活的速度。 由于他能比其他人更快地入睡,所以只需少量的睡眠。 他刚上床睡下,就已经进入了梦乡,但在开始真正做梦前,他又已醒过来了。 他在浴缸里用早餐,在穿衣时看报纸,一座自制的滑梯将他从屋里送进屋前已发动了的汽车里,然后箭一般飞驰而去。

他话说得不多,像电报用语那么简练,慢条斯理的人很少能听懂他在讲些什么;他从不错过那些比速度的体育比赛,出高价奖赏获得最好成绩的运动员,可谁也未得到过这些奖金,因为要求太高,条件过于苛刻。 他用短时间内赚来的一部分钱来制造火箭,第一枚发射升空的载人火箭,里面坐着的就是他,这是他一生中最美好的旅行。

这种匆忙的快节奏生活并不是没有负面影响的,他衰老的速度比起他周围的人要快得多,二十五岁就满头白发,三十岁时就成了个颤巍巍的老头儿。 在科学能解释这种罕见现象之前,他就死去了。 因为他没有耐心等待火化,在死亡的瞬间,立时就化为了灰烬。 令他失望的是,报纸在第二天才登出讣告。 他去世以后,一分钟又慢慢地恢复为原来的六十秒。

(陈晓春 译)

妈妈,您杀了我的孩子!

[印度尼西亚] 茜茜丽亚

接到女儿打来的长途电话时,邱太已乐得心花怒放,脑海里尽猜想着女儿、女婿会带些什么名贵礼物回来给她，而忘了问为何才去日、美两国就匆匆结束他们的蜜月旅行。

翌日，邱太到超级市场买了不少菜肉水果，准备晚上亲自下厨煮几样小两口爱吃的菜为他们洗尘。回到家时，赫然看见女儿已坐在客厅里，身边搁着两只大皮箱；原来他们刚下楼，女婿送她来后就直接到公司去了。

今天周末，公司里有何重大急事需要女婿赶去解决呢？望着一身鲜艳名牌穿戴、脸色却忧郁憔悴的女儿，邱太感到不对劲。

"小瑛，你们吵架了？"

"不！"小瑛一震，惊惶地摇头，"我，我——只是累，霍杰让我回来住些日子……"

小瑛的反应使邱太疑惑加深，她紧盯着女儿毫不放松地一再逼问，小瑛终于哭着承认："自婚礼后第二天去度蜜月时我们就开始吵，他不时对我冷嘲热讽甚至借酒装疯动手打我……"

"什么，才结婚就敢打你？以后那还了得？"邱太激动地怒吼，她最痛恨对妻子动粗的男人，"离婚！小瑛，即刻跟他离婚！"

小瑛垂泪不语，邱太又气又心疼，问她是舍不得离还是怕嫁不到条件更好的丈夫。

"他不值得我留恋，妈，"小瑛冷笑，美丽的眸子里掠过一丝怨悔，"我就是不能跟他离婚！"

"为什么？"邱太忽有不安的感觉。

"为了您，也为了邱家名誉，"小瑛痛苦地望着母亲，"若我与霍杰离婚，我的'身份'就如嫂嫂一样；您说，会有人愿意娶我为妻？又有哪一个母亲肯接受我这种儿媳妇？"

邱太胸口好似被人狠捶一拳。

啊,身份,名誉。 邱太才记起小瑛的"嫂嫂"——叫依欣的那个名女时装设计家;只因为她是死了丈夫拥有一幼儿的"寡妇媳妇",被邱太一直排斥,逼得她终于离开儿子,而儿子后来也离家出走,至今下落不明……

若不是女儿听话任由母亲摆布安排——与心爱男友分手,嫁给名流巨富之子霍杰的话,邱太真会为女儿此事羞愤痛心一辈子!

没想到女儿才出嫁不到一个月就出了"乱子",莫非是女婿他……

"他都知道了,所以他恨我,"小瑛仿佛读出母亲的疑虑,点头,哀伤又绝望地摸了摸她平坦的小腹,"他还拉我到妇科医生处去检验,发觉我堕胎过,当医生说我的子宫有毛病,今后恐怕不能再受孕时,他更气疯了,即日订票决定提前飞返雅加达……"

小瑛的话如晴天霹雳,把邱太震撼得心胆俱裂,把邱太的美梦炸个粉碎!她木然僵立,感到体内有股巨大热浪朝她头部冲击,眼前金星乱冒,耳畔恍惚听见女儿的悲凄声:"您杀了我的孩子,妈,您毁了我的一生……"

邱太发出一串凄厉尖叫,肥胖的身躯往后一倒。

维佳,往窗外看……

[俄罗斯]格·叶·雷克林

电车里挤得不能再挤了,不论是老爷爷,还是老奶奶,甚至连残废人都站着。

却有一位年轻的女读者坐在那儿吟诵着莱蒙托夫的诗句:"海边坐着一位年轻美貌的姑娘……"

过了十分钟，十五分钟，画面依然如故，还是那一页书，还是那一行诗："海边坐着一位年轻美貌的姑娘……"姑娘还是那样稳稳当当地坐着，装着在看书。七岁的小弟弟还坐在她身旁的位子上，她小声对弟弟说："维佳，往窗外看，装着什么也没有发现。"

一位乘客责备地说："姑娘！你们该让个座。小弟弟也那么大了，站一会儿没事儿。"

姑娘"没听见"，她还是一个劲儿地吟诵着："海边坐着一位年轻美貌的姑娘……"

维佳很不好意思，碰了碰姐姐，姐姐却回答说："没关系！谁也不会说。"

"你可知道……"

"住嘴！"

……

他们回到了家里。到了吃饭的时候，妈妈喊维佳吃饭，维佳却望着窗外不作声。

"维佳！该叫你几遍？"

维佳望着窗外，还是不作声。

"维佳！"

"住嘴，妈妈！"

"维佳！你这样说话不害羞吗？"

"谁也不会说……"

爸爸回来了，妈妈为儿子的表现同他议论了好长时间。

"他是从哪儿学会这些粗话？"

爸爸煞有介事地说：

"是外边呗,孩子是在外边学坏的,是在院子里的学坏的!不应该让维佳到院子里去。"

议论到此,他们又觉得心安理得了。

(张大贤 译)

旅游纪念品

[日本] 星新一

在一座大山的山腰上,设有一个瞭望台,在这儿放眼远眺,秀丽如画的景色尽收眼底。既能看到连绵起伏、郁郁葱葱的森林,又能看到那些蜿蜒曲折的河流和星罗棋布的村庄,甚至还能看到山峦尽头那一望无垠的平原。

在瞭望台的附近有一家小小的旅馆。有一天,店老板对那位前来投宿的旅游观光客人招呼道:"怎么样?买点儿旅游纪念品吧。明信片或是木雕的人像……"

"用不着,我从来就不买什么土特产或纪念品之类的东西。这些小玩意儿在街上到处都能买到。即使是有名的土特产,不管是国内还是国外的,只要出钱,随时随地都能搞到手。"

"且慢,请别这样说……"

"不,如果有时间为这微不足道的旅游纪念品动脑筋和花钱的话,那还不如好好眺望这迷人的景色,在头脑中留下更深的印象呢。"

"确实如此。这也是情有可原的。那么,请到这里面的森林里去散散步如何?在这古老的原始森林里,您一定会产生美好的回忆吧。"

"是吗?谢谢你的指点。"

游客走上了那条林间小道。 确实，这儿充满了令人心旷神怡的幽静。 可是，不一会儿这幽静就被破坏了，只见一头硕大的黑熊突然出现在面前。

他想立刻就逃跑，但由于过分惊慌和恐怖，竟然两腿直打战，无法挪动。 直到黑熊气势汹汹地扑上来时，他才手忙脚乱地抵抗起来。 为了保住性命，他竭尽全力，不顾一切地奋勇地和黑熊搏斗着。 他费了九牛二虎之力，最后总算击退了黑熊的进攻。

游客东倒西歪地走回旅馆，喘着粗气说："我遇上了可怕的事情。 刚才，在那儿有一头大黑熊……"

可是，店老板的回答却出人意料之外："我已经知道了。 那么，怎么样？我把您刚才那激动人心的浴血奋战场面摄入了八毫米的电影胶卷。 您不打算买下来吗？如此珍贵的纪念品可是别处无论如何也搞不到的呀。"

"什么？啊，原来这是圈套呀！不是驯化的熊，就是披着熊皮的人……"

游客不禁恼怒起来，但很快又转念了：把这电影胶卷放映给邻居的孩子们和相识的姑娘看的话，也许可以大吹一通自己的"英雄事迹"吧。 刚才的场景是非常逼真，不会被人看出破绽来的。

所以，他掏出钱包来说："好吧，价钱贵一些也没关系，这胶卷我买下了。"

（李有宽　译）

伤　痕

[日本] 小林多喜二

"红色救援会"打算在群众基础上发展壮大组织，决定以"小组"为单位，直接在各个地区的工厂中扎根。

××地区的××小组，每天一次会都要增添一两个新组员。 新组员在加入时都作简单的自我介绍。 有一次，新加入了一位四十岁左右的妇女。 组长给大家介绍说："这位是中山同志的母亲。 中山同志最近终于被关到市谷监狱里去了。"

中山的母亲显得有些局促不安。

"我觉得，因为自己的闺女进了监狱就冒冒失失地跑到救援会里来，总有点儿不好意思……

"闺女只要两三个月不回家，管区的警察局就打来电话，叫我到某某警察局去把她领回来。 我每次都大吃一惊，几乎是哭着跑去的。 他们把她从下边的拘留所里带上来。 她的脸又苍白又脏，不知在里头待了多少天了，浑身发出一股难闻的气味。 ——据闺女讲，她是因为当什么联络员被他们抓去的。

"可是她在家里只待上十来天，突然间又没有影儿了。 过了两三个月，警察局又来传我啦。 这回是另一个警察局。 我到那儿一个劲儿地鞠躬，说都怨我这个做娘的对孩子管教不严，认了错，赔了不是，才又把她领了回来。 大概就是这一次吧，闺女说警察嘲弄她说：'你还干联络员吗?'这使她很气恼。 我说这有什么可气的，只要你能早出来就比什么都好。

"闺女回到家里，给我讲了她们干的许多事情。 她说：'娘，您根本用不着给警察那么鞠躬。'闺女说什么也不肯放弃搞运动，我也只好由着她了。 没多久她又踪影不见了。 这回却半年多没有消息。 这样一来，我反而像傻子似的，天天眼巴巴地盼望着警察局来通知我。"（笑声）

"特务常到我家来，我每次都把他们让到屋里，端茶倒水，转弯抹角地探听闺女的消息，可是一点也探听不出来。——这样大约过了八个月，闺女突然间又回来了。 不知怎的，她脸上的表情好像比从前更严肃。 想到这期间闺女遭的罪，我的心好像被什么东西堵住似的。 不过，我还是和她有说有笑的。

"那天晚上我们娘儿俩一块儿上澡堂去，我们有很长时间——也许有一年没一块儿去了。 闺女很难得地说：'娘，我给您搓搓背吧！'我听了这话，高兴得把过去的苦恼忘得一干二净。

"可是，当进到池子里，一眼看到闺女的身子，我一下子呆住了，只觉得全身的血液都好像停住了似的。 闺女看到我的样子，也吓了一跳，问我说：'娘！您怎么啦？'我说：'什么怎么的不怎么的，嗳，嗳，你的身子是怎么搞的哟！'说着说着，我竟当着别人的面小声地哭了起来。 闺女浑身上下都是青一块紫一块的啊！

"'噢，您说这个呀，'闺女毫不在意地说，'是××的呗。'

"接着她笑着说：'娘，您要是知道我被毒打成这个样子，就会明白，说什么也不该给那帮家伙喝一杯茶的！'这句话虽然是闺女笑着说的，可是它猛烈地震动了我的心，真比讲上一百遍的大道理还要强啊！

"闺女打第二天起又不见了，这回可真的被关进监狱了。 闺女身上的伤痕，一直到现在我也忘不掉！"

中山的母亲说到这里，使劲地咬住嘴唇。

（刘光宇　译）

给爸爸买苹果

[德国] 施悌恩

慕尼黑,星期五晚十九点左右,警官舒斯特登上了开往科隆的火车。他走进软席车厢,里面已经坐着两个人了,于是就在他们对面坐了下来。

年长的这位靠窗而坐,在这么炎热的夏季里带着那足有两百磅的身躯旅行肯定够呛,因此他显得疲惫不堪。而他身旁的年轻人却精神十足,看起来他好像在全神贯注地看着窗外的景色,但却没有忘记时不时地关照一下身边的年长者——这个大胖子看来已经睡着了,深沉的呼吸声告诉我们他睡得很瓷实。

"嗨,打扰您了,"年轻人小声和舒斯特攀谈起来,"我真替爸爸担心,他又在车上睡着了!这太危险了,睡着了要出事的!"

"您爸爸会出什么事呢?"舒斯特笑着问他。

"会出什么事?!"儿子好像生气了,他提高了嗓门,"他身上的东西会被全部偷光!如今旅行谁知道会碰到什么样的人!有的人看起来老实巴交的,可却是骗子,要是碰到这样的人,父亲的金表肯定就要被偷走了——您瞧,他的表就那么随便地放在口袋里,有人拿走,他根本不会察觉。"

"不,我相信您父亲一定会发觉的。"舒斯特不紧不慢地答着他的话。可是这个儿子还真有点倔:"那我们就试试看!我把爸爸的表拿走,看他会不会察觉,怎么样?然后让他知道麻痹大意的后果,好吗?"

舒斯特心里不赞成他这么做,因为他觉得作为儿子不应该跟父亲开这样的玩笑。

可是还没有等他说出自己的看法，儿子已经把父亲的金表从口袋里掏出来迅速地藏好了。那位父亲真的一点儿也没有察觉，他还睡得很沉、很香呢。

就在这时火车进了普福尔茨海姆站。

儿子站起身来。"我去给爸爸买几个苹果，"他笑着说，"他旅行的时候爱吃水果。"

儿子走后不到一分钟，父亲睁开了眼，他的目光迟缓地环顾了一下车厢。

"您儿子刚刚出去给您买苹果了。"舒斯特先生热心地告诉他。

这个胖子瞪着两眼迷惑不解地瞧着舒斯特："我一点儿也不明白您说的话……"

"我是说，"舒斯特又重复了一遍刚才说的话，"您儿子刚走，给您买苹果去了，他马上就回来！"

"我还是不明白您说的话，"胖子乐了，"我根本就没有儿子！"

警官舒斯特一下子对普福尔茨海姆这个小站发生了兴趣，他要中辍这次旅行，去好好地看看这个城市——尽管这里并没有多少值得游览的风景名胜！

（华　霞　译）

我的那只狗

[澳大利亚] 劳　森

剪羊毛工人穆卡利出了事。真实的情况是，他在路边的一家小酒店里酗酒闹事，离开的时候，折断了三根肋骨，打破了脑袋，此外还带着各种不同的小伤痕。 他的狗塔里也参加了这次酗酒闹事，它虽没喝醉酒，打得却很凶，离开的时候断了一条腿。 事后，穆卡利背起背包，跌跌撞撞地挣扎着走了十英里路，到了镇上的联合医院。 天知道他是怎样挣扎过来的，连他本人也不十分清楚。 塔里用三条腿一瘸一拐地始终在后面跟着。

医生们检查了他的伤处，很为他的忍耐力吃惊。 当然，他们可以收留他，但是他们不能收容塔里。 病房里是不准养狗的。

"你得把那只狗赶出去。"剪羊毛工人在床沿坐下的时候，他们这样对他说。

穆卡利没吭声。

"我们不能让狗在这儿瞎逛，朋友。"医生提高了嗓门说，还以为这人是个聋子呢。

"那么用绳子把它拴在院子里好了。"

"不成，狗一定得赶出去。 医院里是不准养狗的。"

穆卡利慢慢地站起来，咬紧牙关忍住疼痛，痛苦地扣上了他毛茸茸的胸脯上的衬衣，拿起他的背心，跟跟跄跄地向放着背包的那个角落奔去。

"你想干什么？"他们问。

"你们不让我的狗留下？"

"不成，那是违反规则的。 医院里不准养狗。"

他弯下腰，提起背包，可是伤口疼得太厉害了，他只好靠在墙上。

"喂，怎么啦？"医生不耐烦地嚷道，"你准是疯啦！你知道像你现在这样的身体，是不能出去的。 让看护帮你把衣服脱了吧。"

"不成!"穆卡利说,"不成,你们要是不收留我的狗,也就不要收留我。它断了一条腿,跟我一样需要治疗。我要是有资格进医院,那它也就有资格——比、比我还更有资格呢。"

他歇了一会儿,痛楚地喘着气,又接下去说:

"我……我的那只狗,在这十二年漫长的岁月里,始终跟着我受苦挨饿,对我忠心耿耿。我这个人是不是活着,还是倒在那糟糕的道路上腐烂了,关心我的,恐怕就只它一个。"

他又歇了一会儿,接着说:"那、那只狗,是在路上出生的。"他说着,脸上露出一种凄惨的笑容:"一连几个月,我都把它随身带在洋铁罐里,后来它长大了,我就把它搁在背包里……那只老母狗——它的母亲,挺满意地跟在后边,不时拿鼻子闻着洋铁罐儿,看看它在里面可好……天知道她跟了我多少年了。她一直跟着我,到后来她的眼睛瞎了,她还跟了我一年。她就这样始终跟着我,一直到她实在不成了,连在泥土路上爬都爬不动了——那时我就把她杀了;我不能把她活着抛在路上!"

他又歇了一会儿。

"这只老狗,"他接下去说,一边用他并拢的指头碰了碰塔里向他翘着的鼻子,"这只老狗,跟着我也已经有……有十年了。它跟我一起熬过水灾,又熬过旱灾,过过好日子,也过过苦日子——多半是苦日子;在我没有伙伴,没有钱,独自个儿在路上流浪的时候,它安慰过我,使我不至于发疯;有时候我在那些混账的小酒店里中了毒,喝得烂醉,它就一连几个星期守护着我;它救我的命已不止一次了,我不但不感谢它,反倒常常骂它,用脚踢它;它倒完全原谅我,还、还帮我打架哩。在那边的酒店里,那伙下流的杂种跟我动手的时候,站在我这边帮我的,就只它一个——它还在他们一些人身上留下了记号。我也一样!"

他又歇了一下。

然后他抽了一口气,咬紧牙齿,背起背包,走到门口,又回过头来往四下望望。

那只狗一瘸一拐地从角落里出来,抬起了头,热切地看着他。

"那只狗,"穆卡利对医院里的全体人员说,"比我这个人还强——在我看来,似乎比你们都强,而且是个地道的基督徒。他是我的好伙伴,我对别人,或者别人对我,都比不上它对我那样好。它守护着我,好几次保护住我没让人抢走我的东西,还帮我打架,救过我的命。我非但不感谢它,喝醉了酒还踢它骂它;可是它都原谅了我。它是我真正的伙伴,对我规矩、忠诚、老实。所以,我现在也决不能丢下它不管。它现在断了一条腿,我决不能一脚把它踢到街上去。我——啊,天哪,我的背好疼!"

他呻吟了一下,身子突然向前一歪,但是他们把他扶住了,替他取下背包,让他躺倒在一张床上。

半小时以后,这个剪羊毛工人的伤处已经包扎妥当。"我的狗呢?"他一恢复知觉,就这样问。

"嗯,你的狗挺好,"看护很不耐烦地说,"别担心。医生已经在院子里给它治腿上的伤了。"

(施咸荣 译)

退休法官

[罗马尼亚] 保尔·杨

一个雾气弥漫的夜晚。里切尔法官退休生活的第一个夜晚。

老头子心绪不宁地在屋里踱步。他再没有案卷和证人,看不到目光忧郁的被告和昏昏欲睡的速记员,也听不见牢房门开关时发出的哐当声……里切尔心里烦闷透了。好不容易熬到凌晨两点左右,他才蒙眬睡去。

突然间,里切尔隐约听见餐室里有轻微、杂乱的人声。这不可能!他的豪华住宅有着全城最好的保险门锁和报警装置。他轻手轻脚地绕到阳台的门外,从暗处往明亮的餐室里看去。太不可思议了!里面坐着的十二个人都是被他在法官生涯中送上断头台的。这些家伙有的上了年纪,有的还很年轻,一个个肆无忌惮地高谈阔论,哈哈大笑,尽情享用他那储藏充足的小酒吧里的美酒。

"知道吗,"一个人说,"里切尔法官把我当成替罪羊判处了死刑。案子里真正的罪犯如今是全城最红火的商人。昨天我拜访了他一次,他还请我饱餐了一顿呢。"

"我也跟你有同样的经历。可我得到了一套西装。他还赏我一个靓妞。真是一夜销魂,如登仙界……"

里切尔惊呆了。他清楚地听见每个人说到的真凶的名字。太令人难以置信了!这些人当中难道没有一个是罪有应得?里切尔蹑手蹑脚地回到卧室,抄起一支自动枪,深深地吸了口气,走到餐室跟前,用脚点开房门,就朝屋里扫射了一梭子。他怒不可遏,也不看是否打中了目标。换上一个新的弹夹,又是一阵盲目地扫射,直打得镜子、家具和窗户的木屑四处乱飞……

里切尔筋疲力尽地倒在沙发上。他擦了擦眼睛,没看见一点血迹,没有受伤的人,也没有死者的尸体。竟然没有击中任何一个目标,这使他气得差点要发疯。突然,他似乎听到嘈杂的人声从卧室里传来。他重新装上了子弹,冲进卧室又是一阵猛烈地扫射,直打得枪管发烫。 结果，还是没有打中任何人，只有满地的碎玻璃和木屑。

里切尔终于静下心来。 他喝了一大杯烧酒，穿过夜雾向法庭走去。 他悄悄地进了门，直奔存放档案的保险柜，取出有关案卷，如饥似渴地阅读起来。 他记得那些人所说的每个真凶的名字。 他逐一核对案情和证人的证词以及不在现场的供状。 然后，他一口气填写了十二张逮捕证，每张都注明了原因。 离开法庭时，他把逮捕证放在门房的桌上。 看门人喝醉了酒，正在酣睡。

回到家，里切尔对着镜子久久地端详自己的脸。 最后，他终于下了决心，无怨无悔地朝自己的太阳穴开了一枪……里切尔法官倒在一摊乌血里。

没过多久，那十二个人默默地围在尸体旁。 其中一人说道："这次，他总算上了我们的当！"

（罗　汉　译）

雨哗啦哗啦地下着……

[新加坡]艾　禺

雨哗啦哗啦地下着。

我撑着伞走入山中，就遇见了她。

本来有点埋怨的，好好的天气说变就变。 幸好背包里还塞着把雨伞，可以及时罩住一小片没有风雨的天地。

溪水边，她坐在小岩石旁，像坐着一座白玉瓷雕，任由雨水滑进轻纱般薄的衣服，好似不规则的如跌撞的鹿，突然闯进了一个无生物的禁区，在高山和低洼地带亡命般奔驰。

我不是一个无情的人，我也很想在高山和低洼地带奔驰……

雨伞递了过去，她抬起头来，一双眼里不知道是盈满了雨水还是泪水，汪汪地望着我。

不要在这里淋雨，我说，然后把她拉了起来。

就在她站起来靠近我的刹那，我可以感觉到一股寒意逼了过来。 她的手臂好冰凉，一定是太冷了。

细雨飘入小亭中，纷纷飞飞，四周是如此的静寂，只有偶然的鸟鸣声在树梢间突然悲啼，还来不及辨别在何方，声音已戛然而止。

我不小心在这里迷了路，你一定要帮我，带我回去，好吗？她殷殷地哀求着。

我不是一个无情的人，我们的偶遇已经踏出了第一步，第二步我是一定要走的。 只是我真的不明白，她怎么会在这里迷路的，难道就没有人来找过她吗？

游览西子湖是我们团的最后一个景点，从上海至北京，走入历史又走出历史，前人很不应该地给我们留下太多解释得不清不楚的故事，要我们去怀疑推断。 现实生活的真假，我们尚且都没办法分得清，何以有能力去甄别五千年文化里有多少件赝品？！

来到杭州，我就把这"文化的包袱"丢到湖里去了。

西湖四面环山，在群山之中又深藏着什么烟霞洞和紫云洞等胜景，叫我说什么也不肯放弃观秘的冲动，决定入山一游。 虽然导游再三劝说，更绘影绘声地说在山里很可能会碰上千年树妖或洞中早已修炼成精的狐狸。 哈，如果真有这样的奇遇，碰碰又何妨！

当细雨走远，我陪她走出了山。 天色已经暗了下来。

你家在哪里？

要送人回家总要知道她家在哪里的。

我住得很远的,和你一样远。 她嘴角牵起了一个苦涩的笑。

开什么玩笑,她怎么知道我住得很远,我是从哪里来的,她会知道吗?

难道她的话里别有含意,在暗示着什么"远"、"近"的关系?

那我怎么送你回家?我"傻气"地再问。

你只要让我跟着你就行了。

果然被我猜中了,现代女子真不容忽视,她们的大胆度比男人还要勇猛!

你带我回去吧,我不会给你添麻烦的,我只是要回家。

我不是一个无情的人,要"回家"就来吧!

计程车来到酒店门口,刚一下车,带团的导游已扑了过来。

你不是要我死吧,去了那么久,狐狸精请你吃饭啊,吃到这么迟才回来?

说起狐狸精,我就想到他一定是看见了我带回来的女人,眼真尖哦,也够绝的,当着人家的面这么大声喊狐狸精,一点余地也不留!

喂,人家不是狐狸精……你不要那么没礼貌,好不好?!

我有点生气,把他拉过一边想解释,可是刚一回头,却发现"狐狸精"不见了,车前车后,一个人影也没有,怎么会走得那么快?

我不死心地奔出马路边往四处看,一样芳踪渺渺!导游跑了过来拉住我,问我找什么。 我正在气头上,感觉全是他破坏了我的好事,一句话也不想说,拿起躺在车后座的那把伞,气冲冲地回客房去。

回到家里,心境一直都不能平复下来,本以为要跋山涉水的,没想到连想多做一点热身运动也没有！

我不是一个无情的人啊！

收拾着背囊，发现了那把"曾经在异地起过某种作用"的伞，也真奇怪，这么多天了，怎么还是湿漉漉的？

我把伞撑了开来，只感到有一股寒意从我身边掠过。

好熟悉的一种感觉？

很多天以后，我无意间在网络上看到一则"寻人启事"。

"少女钟爱梅，与家人同游西湖，谁知神秘失踪，疑跌落湖水，但始终未搜寻到尸体，家人殷盼奇迹能出现，如有任何人看见她，请即刻通知。"标题底下是一张少女的照片和地址。

我终于知道我遇到谁了，原来她真的和我一样住得很"远"。

她——应该回到家了吧！

我打了个寒战，望望窗外。

雨又哗啦哗啦地下着。

沼泽地

[日本] 芥川龙之介

一个雨天的午后，我在某画展的一个房间里发现了一幅小油画。说"发现"未免有些夸大，然而，唯独这幅画就像因被遗忘了似的挂在光线最幽暗的角落里，框子也简陋不堪，因此说"发现"也未尝不可。记得标题是《沼泽地》，画家不是什么知名的人。画面上也只画有浊水、湿土以及地上丛生的草木。对一般参观的人来说，恐怕是名副其实的不屑一顾的吧。

然而奇怪的是，这位画家尽管画的是郁郁葱葱的草木，却丝毫也没有使用绿色。 芦苇、白杨和无花果树，到处涂有混浊的黄色。就像潮湿的土墙一般晦暗的黄色。 莫非这位画家真的把草木看成这种颜色吗？也许是出于某种癖好，故意加以夸张吧？——我站在这幅画面前，一面对它玩味，一面不由得心里冒出这样的疑问。

我越看越感到这幅画里蕴蓄着一股可怕的力量。 尤其是前景中的泥土，画得那么精细，甚至使人联想到踏上去时脚底下的感觉。这是一片片滑溜溜的淤泥，踏上去"扑哧"一声，会没过脚脖子。我在这幅小油画上找到试图敏锐地捕捉大自然的那个凄惨的艺术家的形象。 正如从所有优秀的艺术品中感受到一样，那片黄色的沼泽地上的草木也使我产生了恍惚的悲壮的激情。 说实在的，挂在同一会场上的大大小小、各种风格的绘画当中，没有一幅给人的印象强烈得足以和这幅小小的油画相抗衡。

"很欣赏它呢！"有人边说边拍一下我的肩膀。 我觉得恰似心里的什么东西被惊吓掉了，就猛地回过头来。

"怎么样，这幅画？"对方一边悠然自得地说着，一边朝着《沼泽地》这幅画努了努他那刚刚刮过的下巴。 他是一家报纸的美术记者，向来以"消息灵通人士"自居，他身材魁梧，穿着时新的淡褐色西装。

这个记者以前曾经给过我一两次不愉快的印象，所以我勉强回答了他一句："是杰作。"

"杰作吗？这可有意思啦。"记者捧腹大笑。

大概是被他这声音惊动了吧，左近看画的两三个人不约而同地朝这边望了望。 我越发不痛快了。

"真有意思。 这幅画本来不是会员画的。 可是因为作者本人曾反复念叨非要拿到这儿来展出不可，经他的遗族央求审查员，好不容易才得以挂在这个角落里。"

"遗族？那么画这幅画的人已经故去了吗？"

"死了。其实他生前就等于死了。"

终于，好奇心战胜了我对这个记者的反感。我问道："为什么呢？"

"这个画家老早就疯了。"

"画这幅画的时候也就疯着的吗？"

"当然喽。要不是疯子，谁会画出这种颜色的画呢？可你还在赞赏，说它是杰作哩。这可太有趣儿啦！"

记者又得意扬扬地放声大笑，他大概料想我会对自己的无知感到羞愧；要不就是更进一步，想使我对他的鉴赏力的优越留下印象吧。然而他这两个指望都落空了。因为他的话音未落，一种近乎肃然起敬的感情，像难以描述的波澜震撼了我的整个身心。我十分郑重地重新凝视着这幅《沼泽地》。我在这张小小画布上再一次看到了为可怕的焦躁与不安所折磨的艺术家痛苦的形象。

"不过，听说他好像是因为不能随心所欲地作画才发疯的呢。要说可取嘛，这一点倒是可取的。"

记者露出爽快的样子，几乎是高兴般地微笑着，这就是无名的艺术家——我们当中的一个人，牺牲了自己的生命，从人世间换到的唯一报偿！我浑身奇怪地打着寒战，第三次审视这幅忧郁的画。画面上，在阴沉沉的天与水之间，潮湿的黄土色的芦苇、白杨和无花果树，长得那么生气蓬勃，宛如充满生命力的大自然本身一般……

"是杰作。"我盯着记者的脸，斩钉截铁地重复了一遍。

（文洁若　译）

画猫的男孩

[希腊] 赫 恩

很久很久以前，在日本一个荒僻的小村庄，住着一家穷苦的农户。他们为人善良，但由于孩子多，日子过得连糊口都很困难。儿子们十几岁就得跟父亲下地干活，女孩们几乎刚会走路就得帮助母亲料理家务了。

最小的是一个男孩，由于先天不足，长得身单力薄，看样子日后难以胜任农活。但他却很聪明，比哥哥姐姐都伶俐。双亲认为他将来当一个和尚要比做农民更合适些。一天，父母领他到村中的寺院去见方丈，请求他收儿子入庙落发为僧，并希望他能传授给他僧人应当掌握的全部知识。

方丈和颜悦色地向孩子提了一些不易回答的问题，没料到他竟对答如流。方丈喜在心间，立刻应允收他为徒，并准备把他培养成为一名高僧。

这孩子的接受能力很强，而且非常听话。美中不足的是，他喜欢画猫，甚至在一些绝对不该画的地方也画。

没有人的时候，他就画猫。在经书的空白边页上画，在祭坛的屏锦上画，在墙壁上画，在柱子上画，总之无处不画。为此方丈训斥过他几次，但他都未能幡然悔改，因为他控制不住自己。人们说他有绘画天才，也正是因为如此，他才不适合当和尚的，一个虔诚的僧人是应该苦读经书的。

一天，当他又在一扇屏风上画了一些栩栩如生的猫以后，方丈郑重其事地对他说："徒儿，你得马上离开寺院了，你是绝无希望成为高僧的，不过你也许能成为一位伟大的画家。临别前我向你进一忠告，你要发誓永矢不忘，即：夜间要躲避大的地方，栖身小的地方。"

孩子不明白"躲避大的地方，栖身小的地方"这句话的含义，他一面收拾小包裹，一面琢磨，百思不得其解，但又不敢动问。他向师父道了别，便默默地离开了寺院。

出了庙门，他就犯起愁来。不知自己该投身何处，也不知该做些什么好。要是直接回家，准会由于不守寺规遭到父亲的惩罚，所以他不敢回家。正在犹豫不决之间，他突然想起距此十二英里远还有一个村庄，那村里也有一座庙，比这座庙还大，他听说那庙里有不少和尚，于是便下定决心到那里落脚。

谁知那座寺院已经关闭，原因是那里出现了一个妖怪，它把和尚们都给吓跑了，自己独占了那个大地方。过后也有过几个胆大的武士夜间到庙中去杀那个妖怪，但却有去无回。这些事从没人对这个孩子讲过，当然他心中毫无疑虑，甚至是满怀着能被收容接纳的心情勇往直前的。

当他到达那个村子时，已经是夜间了，村中一片漆黑，人们都在酣睡之中。那座庙在大街另一端的半山坡上，里面点着灯。据说，那个妖怪点灯是为了招徕过往行人去投宿的。孩子走到庙门前敲了几下，里面没有回音，他又敲了几下，仍不见有人出来开门。最后他试着轻轻地推了推门，出乎意料，门并没有闩，一时高兴，他就推开门走了进去。他看见殿上点着一盏灯，但没有见和尚。

他想，一会儿就会有和尚来的，便坐下来等候。当他四下张望时，发现寺内积满了灰尘，到处都是蜘蛛网。他心中反倒暗自高兴起来，他想这里一定是人手不足，肯定会愿意收一个徒弟打扫殿堂的。 不过他心中也有些疑虑：和尚们怎么能忍受得了让这神圣的地方落上这么厚的尘土呢？他虽然这样想，但有一处地方却使他高兴起来，那就是殿堂上有一些白色的大屏风，那正是作画的好地方。他一时性起，竟然不顾一路劳累，立即寻觅起能够充当画笔的东西来，找来找去总算找到了一件合适的东西，便蘸上墨水画起猫来。

他一连在屏风上画了许多猫，渐渐困得坚持不下去了，他刚要在一扇屏风前躺下睡觉，不由得想起了临行前师父的告诫：躲避大的地方，栖身小的地方。

庙堂又高又大，里面就他一个人。 他心里嘀咕着这句告诫的话，尽管还不能十分明白其含义，但恐惧之感不禁油然而生。 他还是第一次有这种恐惧的感觉。 他决定找一个小地方睡觉。 他发现旁边有一个小室，拨开拉门便进去了，然后回手把门拉严，就躺下睡了。

深夜，他被一阵极其可怕的声音惊醒了，那是一种厮打掺杂着尖叫的声音。 吓得他连扒门缝往外瞧一瞧都没敢，只顾屏住呼吸，缩成一团一动不动地躺在那里。

殿上的那盏灯已经熄灭了，但是那种令人心肺俱碎的可怕声音并没有停止，甚至越来越大，把整个庙宇都震得颤动起来。 过了好长一段时间那声音才平息下来，可孩子还是不敢动弹，他一直躺到朝阳的光辉通过小室的门缝照射进来。

这时他才小心翼翼地从藏身的地方走出来，他第一眼看到的是：堂前满地血迹斑斑，然后又看见一只比牛还要大的妖怪耗子的死尸，躺在地中央。

是什么人或什么东西杀死它的呢？看不见有人，也看不见有什么动物。 蓦地，孩子看见了他昨晚画的那些猫的嘴都是血淋淋的。

这时他恍然大悟,原来这只妖怪耗子是被他画的这些猫给咬死的。也只有这时,他才悟出为什么那位智慧的老方丈告诉他"夜间要躲避大的地方,栖身小的地方"的奥妙。

后来,这个孩子果然成为一位著名的画家,他画的猫名扬海内外。

(宋韵声 施 雪 译)

女 人

[多米尼加] 胡安·鲍斯

公路上空空如也,没有人,也没有什么其他的东西,细长的路伸向远方,像死人一样躺在那里。太阳有如烧红了的大钢球,悬挂在公路的上空。

这条路大概是几百年前人们用锹镐挖出来的。当时筑路的人们唱啊,掘啊,一个个累得汗流浃背,那个火红的大钢球映在筑路工人们的瞳孔里,就像一堆堆小篝火在闪动。

四周一片沉寂,唯有风吹动着尘土在飞扬,可是不久,那尘土也落在公路的灰色表面上不动了。

如此空旷的地方,令人感到很不舒服,公路两旁是荒原,远处是荆棘丛生的丘陵。偶尔有几只鸟,几只鹫鹰,落在仙人掌的顶端。只有这些远处的仙人掌,才给人以一点生气。

远处还有几座泥顶的草房,又矮又小,在火辣辣的太阳底下,那厚厚的屋顶干燥得似乎随时都会起火,草房由于从来得不到雨水的滋润而变得发白了。

在这条近乎僵死的公路上,有一个女人,一开始只是一个小黑点,然后渐渐地变大。她穿着破旧的衣服,一动不动地躺在公路上。她不怕毒日头的暴晒,但孩子的哭喊却使她痛心。那孩子,全身巧克力色,两只眼睛炯炯有光,他趴在母亲身旁,两只小手使劲地抓她。这个一丝不挂的小孩子感到,灼热的公路很快就会把他的身体烤焦。

他们的全家就在不远的地方,但是看不见在哪里。

奇克不停地向前走着,那个黑东西也随之增大。他心想:"莫非是汽车撞死了一头驴。"

他向四下张望,只见一片荒原,远处是山丘。眼前还有一道干涸的河床,似乎在思念着几千年前流经这里的河水。远处,稀稀落落地能看见几株上面立着猛禽的仙人掌。

走到很近的地方,奇克才看出那是一个人,还听清楚了孩子的哭泣声。

原来那个女人被丈夫打了,在他们仅有的那间像蒸笼的房子里,她男人扯着她的头发把她毒打了一顿。

"你这个臭娘儿们!今天我非打死你不可,我叫你不要脸!"

"怎么能怨我呢?契佩,没有人打这里经过呀!"那女人竭力争辩道。

"我让你嘴硬!"

说完又是一阵拳打脚踢。

孩子搂住爸爸的大腿。看见妈妈鼻子流血,吓得没命地号起来。

女人挨打的原因是她没有按丈夫的嘱咐卖掉羊奶,等男人出门四天后回来,她当然拿不出钱来。她撒谎说奶坏了。其实,她把奶给孩子喝了,她宁肯不要那几个钱,也不忍心看着自己的孩子挨饿哭叫。

她和孩子被赶出了家门。

"你再回来,我就打死你。"

女人躺在地上,失去了知觉。

奇克带的足够的水还够在路上喝两天的,但他却泼在这个女人的头上。女人苏醒过来,他搀扶着她向草房走去,他还从衬衣上撕下一条布给她擦净脸上的血。这时,契佩出现在小院子里。

"我不是说过了吗,不准你再回这个家!"

他被炽热的太阳夺去了理智,两眼冒火,好像根本没看见有生人似的朝女人猛扑过去。就在他举手要打的时候,被奇克给挡住了,于是两个男人之间展开了一场激战。

孩子吓得再次哭起来,紧紧地扯着妈妈的裙子。

这是一场无声的搏斗,两人谁都不说话。只能听见孩子的哭喊声和拳脚声。

女人看见奇克卡住了契佩的喉咙,她丈夫的嘴慢慢地张开,闭上了眼睛,憋得满脸通红。

正在这时,她一眼看见门前一块又黑又大的石头,她顿时觉得浑身都是力量。猛地举起那块石头朝奇克的脑袋上砸去,奇克立刻松开了手,双臂一张便无声无息地仰面倒在了地上。

鲜血不停地往外涌,契佩愣愣地看着血泊映出的闪光。

女人用双手捂住脸,两只眼睛好像要冒出来似的,她披散着头发飞步跑了出去,但觉得双腿发软。她怕这时有人从这里经过,然而,长长的公路早已像死去了一样,一个人也没有,唯有火辣辣的太阳悬挂在空中,荒原的远处,依然是荆棘丛生的山丘和依稀可见的几株仙人掌。

(宋韵声 施雪 译)

出色的业务员

[美国] 尼尔·鲍尔特

那天,为了赶往城外,我在我住的那栋公寓楼前拦下了一辆出租车。

当我在出租车的后座舒适地坐下之后,那位非常友善的司机开始和我攀谈起来。

"您住的这栋公寓楼可真漂亮!"他说。

"嗯,是的。"我心不在焉。

"我敢打赌,您的储藏室一定很小。"他以一种很有把握的口气说。

听他这么一说,我顿时来了兴趣:"你说得不错,它确实很小。"

"那您有没有听说过给储藏室进行重新改装的事?"他问道。

"呃,我听说过。"

"其实,开出租车只是我的业余工作,我真正的工作就是按照客户的要求为他们重新设计改装储藏室,来充分而有效地利用储藏室的空间。"

接着,他问我有没有想过对家里的储藏室进行改装。

"这我倒没想过。"我答道,"不过,我确实希望储藏室的空间能再大一点儿。我听说有一家著名的公司也在做这种生意。"

"哦,您说的是加州储藏室设计改装公司吧,那确实是一家大公司。不过,他们能做的,我也一样能做,而且价钱要便宜得多。"他说,"您可以打电话给加州储藏室设计改装公司,说您需要对储藏室进行改装,他们会派人到您家里进行估价。等他们估好价之后,您要做的就是让他们留一份设计图给您。他们肯定不会同意的。不过,如果您说您需要把设计图给女朋友或妻子看看,以征求她们的意见的话,他们就会给您一份设计图。然后,您打电话给我,我保证可以和他们做的一样,而且,只收您百分之七十的钱。"

"哦,这听起来真是太有趣了。这是我的名片,如果您愿意光临我的办公室的话,我想我们可以好好谈一谈。"

司机接过名片一看,惊讶地突然转动方向盘,差点儿把车开下了公路。

"哦,上帝!"他惊叫道,"您就是尼尔·鲍尔特!加州储藏室设计改装公司的创始人。我曾经在电视上见过您,当初就是因为觉得您的计划和想法非常好,我才做起这一行的。"他一边说一边从后视镜里仔细地打量着我。

"我刚才就应该认出您的,真是对不起,鲍尔特先生,我刚才的意思并不是说你们公司的价格太贵,也不是说……"

"哦,别激动,我很喜欢您的这种风格。您非常聪明,而且还非常有进取心,我很欣赏这一点。您知道乘客都是您最忠实的听众,因为他们不得不听你的宣传。说实在的,这样做需要很大的勇气。为什么不来找我呢?"

不必多说,他肯定到我们公司来工作了,不仅如此,他还成了我们公司最优秀的业务员。

(李 威 译)

入 殓

[新加坡] 林 高

他入殓时穿的是三十五年前的西装。

他最初是个演员,虽不是科班出身,也让他充上了主角。后来又跟着政要如影随形;后来听说又会水墨画,又会书法了;后来又听说他弄来一张大学文凭,教起书来。

其实,他最有兴趣的是名誉。为了上台从大人物手中领那张奖状,他特别定做了一套价格不菲的西装。为了做那套西装,倾其所有还不够,难怪他之后就一直用心收着,三番五次对老婆说:"我走的时候,要穿那套西装。"

三十五年后,一场恶病把他的三魂七魄都吃掉了,眼眶深陷,颧骨高耸,嘴巴塌了下去。瘦骨嶙峋的他再穿上那套西装,活像在田地里农家随意用几根竹竿撑起个空空洞洞的稻草人,滑稽得叫人难过。

他老婆不敢逆了他的意思,给他穿上,发觉束紧皮带,裤腰皱叠在一起了,仍会松脱掉下来的样子;不放心,便把一大叠冥纸塞进去,再束紧。

他儿子站在一旁说:"妈,还有贺词、相片。"这也是他临死前再三嘱咐妻儿要办好的事。他正当壮年的时候,精力足,靠着一腔声音,两条腿,东征西讨,哪里可以钻营就奔到哪里,达官贵人的门槛跨出、跨进也不计次数了,渐渐有些名气,头衔也就跟着来了,贺词也就跟着来了,簇拥的人群也就跟着来了。这可给他带来最大的满足。他是要把这一切的荣誉也带走的。

退休后这三年半以来，时不时他都拿着奖牌、奖盾、奖状，对着贺词，细细地看；内心却隐隐有些失落，眼睁睁看着心疼的东西掉进了狭谷深渊似的，急得直叫喊，却再也抓不回来了，只听见自己空洞的回音，最终嗡嗡地糊成一块。　报纸上的贺词，尽管他都剪贴妥当、收藏妥当，时日一久，到底不免衰老变黄，憔悴了，露出了像惨遭淘汰出局的选手、脸庞上泛起的那种无奈的神情。

　　时势！这是他近年来最常琢磨的字眼。　是"时与势"斗不过，还是"人与势"斗不过，还是"人与人"斗不过，还是……目光却又不自禁地移向那斗大、暖暖的文字："艺蕾绽放"、"孔门俊彦"、"社稷英才"。　而他最喜欢的是，那一次他从海外载誉归来，同道、亲戚朋友给他登的全版的贺词："八斗任挥洒，载誉又归来。"下面是密密麻麻的人名。　他一个一个地看，人名竟越看越生分。

　　他老惦着，多久呢？九年吧？他得病不再活跃奔走之后就没有贺词了，一下子，那一大群人竟都散了。　三年半前，他退休，足等了一个月，仍不见有亲戚朋友登贺词祝贺他荣休，逼得他撑起精神在酒楼宴请老友，趁着饭饱酒酣暗示、暗示他们，才见到那么一小块，草草率率四个字——"儒门典范"，连姓名都省下来了，什么"三十年老友祝贺"。　他看了不免动了肝火，自己掏腰包登了半版，用的当然是假名。

　　他的妻儿把一张一张的贺词铺盖在他身上，再把一张一张的相片也铺盖上去，他儿子移动了几张相片，他老婆也移动了几张贺词，让"典范"两个字在他胯下露出来，然后说："他还有什么遗憾呢！"他儿子也说："乍看好像是哪一国的国旗。"

　　看来一切都妥当了，就等明天发引火化。

晚饭后,他儿子猛然想起了什么,颇为焦急地对母亲说:"妈,怎么忘了把那些奖状、奖牌、奖盾也放进去?"

"怎么可以放进去,还拿什么留下来?"过了好一阵子,她又感慨地说,"你爸一辈子奔来奔去,够累的,可明天一把火就什么都没了。"

黑 影
[马来西亚]潘碧华

他发现自己的黑影会自我行动时,他才五岁。

那年,他唯一的妹妹才八个月大,像一个大洋娃娃,只会哭和笑。自从有了这个爱哭的妹妹,他的妈妈将所有的时间都花在抱妹妹、给妹妹洗澡、喂妹妹喝奶和哄妹妹睡觉上了。

他跟在妈妈后面团团转,可是妹妹一哭,妈妈便吩咐他自己洗澡,自己盛饭,自己玩。渐渐地,他学会了自己穿衣吃饭,学会了自己在黑漆漆的房间里睡觉。

有一天晚上,他站在妹妹的摇篮前,看着妹妹甜美的脸孔,小小红红的唇,咧开嘴对着他笑。他心中欢喜,连跑带跳回到房里,要把心爱的小毛熊借给妹妹玩。

当他抱着小毛熊从房里出来的时候,一眼便看到一个黑影站在妹妹的摇篮前。他心里突生出一股恐惧,尖叫着冲上前,可是黑影已把妹妹推落在地,然后向他走来。

他惊慌地动也不敢动,看着黑影迅速蹿到他的脚下。他还来不及弄清楚发生了什么事情,他的妈妈歇斯底里地把哭号着的妹妹揽在怀里。他想告诉妈妈他看到的东西,却换来妈妈绝望痛恨的眼神，他一句话也说不出来。

妹妹的额头受伤，小小的疤痕直到长大还没消去。妈妈没有骂他，父亲也没有打他，只是有好长的一段时间，大家都不理他。从那年开始，他变得格外沉默。他的童年是一整个儿房间的寂寞，房间外的天伦乐在妹妹受伤那天已和他隔绝。

十年之后，他已是一个十五岁的中学生，顽劣异常，逃学打架无所不为。他的心中一直有个秘密，从不为人所知。而那黑影自十年前躲进他的脚下之后，长驱不去，每到夜晚，必使他恐慌，他害怕在家。

那一晚也活该有事，他和一班同学经过一家卡拉OK，一眼看到训育主任的白色英雄车。想起训育主任平时作威作福，动不动将他们处罚示众，大家心里都窝着火。大家相视一眼，不约而同朝那辆车走去。

那时候，他有刹那间的犹疑，所以落在后头。可是十年前的情况再次发生，那个和他的身躯同样大小的黑影出现在车子前面，率先一手把望后镜折断，一脚把车门踢扁。其他的人一拥而上，划花的划花，刺轮胎的刺轮胎，直到有人从卡拉OK冲出来，把一伙人包括目瞪口呆的他捉住。

那年他进了少年感化院，出院之后就不曾回过家，他把家里的人和学校老师都忘得一干二净。此后十年，只有那条黑影相随，跟着他闯荡江湖。有时他独自行事，有时黑影代他作案。

二十五岁那年，他在抢劫银行时，被警方打死。据目击者说，案发时他是有机会逃走的，只是不知怎的，他没有跳上匪车，反而冲向闻讯而来的警队，死于乱枪之下。

没有人知道他为什么自寻死路，包括围捕他的警官父亲。

卖花女郎

[法国] 加尔科

"先生……先生……请买点花去吧。"

男人停了步,凝视着那在长椅子上一夜坐到天明的卖花小姑娘。

"什么花?"他问。

"这里,"可怜的小姑娘一面从破烂的背心里拿出干萎的两束堇花来,一面说,"就像我这样的花……都瘪得很的。"

"可以。"

"因为这是昨天早晨就拿着的。"

苍白的太阳已经上升了,充满着冬季的青光的克里西大街,在朝雾中模糊了下去。 那男人将右手伸入外套的袋子里,摸出一枚小银币递给小姑娘。 她接受了。

"哪一束好呢?"卖花姑娘马上问道。

"不,我都不要,你要的。"

"多谢,先生。"小姑娘说。

男人拔步寻汽车去了,小姑娘在人行道上拖着冷重的一双脚,从后面跟上去。 她是个十二岁的小姑娘。 黄金色的头发,同做生意的少女一样卷起来偏在前额上。 毛线的外衣不过到得膝弯,露着一对瘦削的小腿,那黑色的袜子,还显出迷人的妓女模样来。

"先生。"小姑娘叫道。

她急急地走上去。 男人回过身来,等她走近了,低声问道:

"什么事?"

"这，"她畏畏缩缩地说，"这一带找不着车子，我们还是到酒吧间去吧，怎样？"

"到酒吧间去？"

"是的，现在酒吧间已经开门了。在这等车的时间里，请我喝一杯咖啡可以吗？"

她的脸上浮着黯淡的微笑。不说别的，只抚着花朵。

"去吧。"男人爽快地说。

于是两个人走进了一家小酒店。睡眼蒙眬的堂倌正在擦着计算器。

"两杯加牛奶的咖啡。"卖花女喊道。

她用一双疲乏的蓝眼睛望着男人，一面低声地说。

"像我这样在外面过夜，真是很冷的。你总看得出吧，好在时常有些先生们邀约我……在那早晨……看完电影的时候……"

"哦！"

"真的。"小姑娘坚决地说。

男子感到不安，看着大路。他在这地方，被聚集的马口铁似的黯淡的阳光照得龌龌龊龊了。

"先生们。"他用奇怪的调子复述说。

"是的！"卖花女加以说明，"叫先生才高兴呢……我将花送上去，于是他便和我讲话。老实说，等候攀谈便是我的买卖。然而谈不下去的人却也有。"

"为什么呢？"

"为什么。"她一面学着得意的男人的惶窘模样给他看，一面说道。

"我……"男人说，"我不愿意……"小姑娘的脸上，又浮出黯淡的微笑来,但又即刻消失了。

"因为我的年龄不到呀。"她直率地说,……眼睛冷冷地发着闪……"要不然,那是为了种种的缘故,不中意我的,我便领先生们到这酒吧间里来,等到有电车走过的时候。但是,不跟我到圣图安街去的人,可真是少得很。……因为圣图安街我们的家里还有一个姊姊。"

她于是结束道——

"姊姊比我的岁数要大得多哩。"

(静 川 译)

马车上

[南非] 旭莱纳

前几天,我乘柯布公司的车子上这儿来。在路旁一个小旅店里,必须把原来的大马车换成小马车。我们一共是十个乘客,八个男的,两个女的。我坐在旅店里的时候,那些绅士走来悄悄对我说:"那辆新马车容不下所有的人,快坐上去吧。"我们急急忙忙走出去,他们给了我最好的座位,并且用毡子把我盖起来,因为天上正蒙蒙地下着细雨。接着,最后上车的乘客跑到马车跟前来了——一个老太婆,戴着一顶漂亮的无边帽,肩上的黑围巾用一根黄别针别着。

"没空位子啦,"他们说,"你得等下星期的马车才行。"可是老太婆爬上梯磴,双手紧紧地抓着窗户。

"我女婿病啦,我得去看他。"她说。

"我的好人太,"一个人说,"你女婿病了,我实在非常难过；可惜这儿确实没你的地方了。"

"你最好下去吧，"另一个人说，"轮子会碾着你的。"

我站起来，打算把我的位子让给她。

"哦，不，不要！"他们喊着说，"这样做我们过意不去。"

"我倒宁愿跪着。"有一个人说，他在我脚边蹲下来；于是那个女人就进来了。

在那辆马车里，我们一共有九个人，只有一个人表现了骑士般的眷顾——那就是一个女人对另一个女人。

有一天我也会变老变丑的，我也会寻求男人们的骑士般的帮助，可是我不会得到。

蜜蜂在采完蜜以前，对花一直是爱护的，以后就是从花上飞过，也不再理它们了。我不知道那些花感激不感激蜜蜂；要是真的感激，它们就是大傻瓜。

（郭开兰　译）

十八英里的惩罚

[西班牙] 杰森·班卡多

我成长在西班牙南部一个叫伊斯蒂普纳的小社区里。十六岁那年的一个早上，父亲说我可以开车载他到一个叫米加斯的村庄，大概十八英里之外的一个地方，然后我需要把车开到附近的一个加油站去加油。那时候，我刚刚学会开车，并且我几乎没什么机会可以操练。

所以我毫不犹豫地答应了。

我开车把父亲送到了米加斯，说好下午四点再来接他，然后我去了附近的一个加油站，把车放在了那里。因为我还有好几个小时的空余时间，我决定去加油站附近一家电影院看电影。然而，我完全沉浸在影片的情节之中了，以至于忘记了时间。当最后一部影片结束的时候，我看了看手表，下午六点。我迟了整整两个小时！

我想父亲如果知道我一直在看电影的话一定会非常生气，他肯定不会再让我开车了。我决定告诉他车出了一些毛病，需要修理，可是他们花了太长的时间。然后，我把车开到了我们约定的地点，父亲正坐在一个角落里耐心地等待着。我首先为我的迟到道了歉，再告诉他我本来是想尽可能快地过来的，但是这辆车的一些主要部件出了毛病。

我将永远不会忘记那一刻他看我的眼神。

"对于你认为你必须对我撒谎这一点，我感到非常失望，杰森。"

"哎，你说什么呀？我讲的全都是实话。"

父亲又一次看了我一眼，说："当发现你没有按时来接我，我就打电话给加油站问是否出了什么问题，他们告诉我你一直没有过去取车。所以，你瞧，我知道车没有任何毛病。"一阵负罪感顿时袭遍了我的全身，我无力地承认了我去看电影的事实以及迟到的真正原因。父亲专心地听着，一阵悲伤掠过他的脸庞。

"我很生气，不是对你，而是对我自己。你看，我已经认识到自己作为一个父亲其实是很失败的，如果这么多年你仍然感觉你必须对我撒谎的话，我很失败。我养了一个甚至不能跟他的父亲说真话的儿子。我现在要走回家去，并对我这些年做错的一些事情进行谴责。"

"但是父亲，从这儿回家有整整十八英里。天已经黑了，你不能走回去。"我的抗议，我的道歉，以及我后来所有的语言都是徒劳的。 我不能阻止父亲走在车外，并将要上完我生命中最痛苦的一课。

　　父亲开始沿着尘土弥漫的道路行走。 我迅速跳到车上并紧紧地跟着他，希望他可以发发善心停下来。 我一路上都在祈祷，告诉他我是多么难过和抱歉，但是他根本不理睬我，继续沉默着，思索着，脸上写满了痛苦。 整整十八英里的行程，我一直跟着他。

　　看着父亲遭受肉体上和心灵上的双重痛苦，我难过极了。 然而，它同样是我生命中最成功的一课。 自此，我再也没有对父亲说过谎。

（佚　名　译）

第三辑　品味哲理

双梦记

[阿根廷] 博尔赫斯

阿拉伯历史学家艾尔-伊萨基叙说了下面的故事:

"据可靠人士说(不过唯有真主才是无所不知、无所不能、慈悲为怀、明察秋毫的),开罗有个家资巨万的人,他仗义疏财,散尽家产,只剩下祖传的房屋,不得不干活糊口。他工作十分辛苦,一晚累得在他园子里的无花果树下睡着了,他梦见一个衣服湿透的人从嘴里掏出一枚金币,对他说:'你的好运在波斯的伊斯法罕,去找吧。'他第二天清晨醒来后便踏上漫长的旅程,经受了沙漠、海洋、海盗、偶像崇拜者、河流、猛兽和人的磨难艰险。他终于到达伊斯法罕,刚进城天色已晚,便在一座清真寺的天井里躺着过夜。清真寺旁边有一家民宅,由于万能的神的安排,一伙强盗借道清真寺,闯进民宅,睡梦中的人被强盗的喧闹声吵醒,高声呼救。邻舍也呼喊起来,该区巡夜士兵的队长赶来,强盗们便翻过屋顶逃跑。队长吩咐搜查寺院,发现了从开罗来的人,士兵们用竹杖把他打得死去活来。两天后,他在监狱里苏醒。队长把他提去审问:'你是谁,从哪里来?'那人回道:'我来自有名的城市开罗,我名叫穆罕默德-艾尔-马格莱比。'队长追问:'你来波斯干什么?'那人如实说:'有个人托梦给我,叫我来伊斯法罕,说我的好运在这里。如今我到了伊斯法罕,发现答应我的好运却是你劈头盖脸给我的一顿好打。'

"队长听了这番话,笑得大牙都露了出来,最后说:'鲁莽轻信的人啊,我三次梦见开罗城的一所房子,房子后面有个日晷,日曷后面有棵无花果树，无花果树后面有个喷泉，喷泉底下埋着宝藏。我根本不相信那个乱梦。而你这个骡子与魔鬼生的傻瓜啊，居然相信一个梦，跑了这么多城市。别让我在伊斯法罕再见到你了。拿几枚钱币走吧。'

"那人拿了钱，回到自己的国家，他在自家园子的喷泉底下（也就是队长梦见的地点）挖出了宝藏。神用这种方式保佑了他，给了他好报和祝福。在冥冥中主宰一切的神是慷慨的。"

（范维信 译）

我所发现的生活

[美国] 马克·吐温

那个人家住费城，小时候很穷，他走进一家银行，问道："劳驾，先生，您需要帮手吗？"一位仪表堂堂的人回答说："不，孩子，我不需要。"

孩子满腹愁肠，他嘴里嚼着一根甘草棒糖，这是他花一分钱买的，钱是从虔诚、好心的姑妈那里偷来的。他分明是在抽泣，大颗大颗的泪珠滚到腮边。他一声不吭，沿着银行的大理石台阶跳下来。那个银行家用很优雅的姿势弯腰躲到了门后，因为他觉得那个孩子想用石头掷他。可是，孩子拾起一件什么东西，却把它揣进又寒碜又破烂的夹克里去了。

"过来，小孩儿。"孩子真的过去了。银行家问道："瞧，你捡到什么啦？"他回答："一个别针儿呗。"银行家说："小孩子，你是个乖孩子吗？"他回答说是的。银行家又问："你相信主吗？——我是说，你上不上主日学校？"他回答说上的。

接着,银行家取来了一支用纯金做的钢笔,用纯净的墨水在纸上写了个"St. Peter"的字眼,问小孩是什么意思。孩子说:"咸彼得。"银行家告诉他这个字是"圣彼得",孩子说了声"噢"。

随后,银行家让小男孩做他的合伙人,把投资的一半利润分给他,他娶了银行家的女儿。现在呢,银行家的一切全是他的了,全归他自己了。

我叔叔给我讲了上述这个故事,我花了六个星期在一家银行的门口找别针儿。我盼着哪个银行家会把我叫进去,问我:"小孩子,你是个乖孩子吗?"我就回答:"是呀。"他要是问我"St. John"是什么意思?我就说是"咸约翰"。可是,银行家并不急于找合伙人,而我猜他没有女儿,恐怕有个儿子,因为有一天他问我说:"小孩子,你捡什么呀?"我非常谦恭有礼地说:"别针儿呀。"他说:"咱们来瞧瞧。"他接过了别针。我摘下了帽子,已经准备跟着他走进银行,变成他的合伙人,再娶他女儿为妻子。但是,我并没有受到邀请。他说:"这些别针儿是银行的,要是再让我看见你在这儿溜达,我就放狗咬你!"后来我走开了,那别针儿也被那吝啬的老畜生没收了。这就是我所发现的生活。

(肖 聿 译)

可怜的人

[缅甸] 何　峰

叶红是一位颇有影响的资深记者,又是一位小有名气的青年女作家。一直以来,她始终坚持深入到社会的各个阶层、生活的各个角落去采访调查,关注社会边缘人生的苦涩命运,关爱社会中弱势群体的生存困境，关心生活中可怜的人们，呼吁社会、呼唤人们用爱心温暖生活、净化心灵、澄滤社会。她部分作品中所反映的一些社会问题，曾引起很多社会学家的极大关注。

很多人都说：叶红的心中，与生俱来就充满着沉甸甸的爱；生活中的她有着强烈的社会责任感。一位评论家看过叶红的一些作品后说：心中有爱的人就有同情心，有同情心的人眼里就有可怜的人。叶红是一位可亲可敬的女作家。

生活中的叶红，在赢得社会的认同和肯定的同时，也得到了人们的喜爱和尊敬。

有一次，她到了一个非常偏僻的被丛林几乎淹没了的古老山寨。山寨的百姓生活极度艰辛，近百户人家的村寨，清一色的窝棚式茅屋；一户一座，一户比一户低矮，一座比一座残破。竹片胡乱围成的墙，穿壁漏眼，大洞小孔。赤条条的儿童瘦成病猴，白眼看人时，散射出白生生的光，盯在哪里就像钉在那里一样，死死不放。叶红看着看着，心惊肉跳，诚惶诚恐，从没想到还有如此贫民窟。

那天晚上，叶红留宿的那座茅屋是山寨里家庭条件最好的一户。睡觉的屋子好比一个较大的鸟笼，虽无法抵挡村民窥探的目光，还是可以隔住猫狗之类的小动物自由出入。

当晚男主人不在家。

热情好客的女主人是位不胖不瘦的中年妇女，很健谈，她也知道叶红是作家。叶红在油灯下拿着记录本正在写写画画。睡了一阵的女主人说睡不着觉，想和叶红说说话，加了衣服来到叶红的面前，想要打发时间似的。这当然方便了叶红。

山寨的夜里，有只漂亮的鸟笼里装着一盏灯，两个女人，准备来一次真情互动，心灵沟通。

两个女人一交心，不只是有缘，还有前世修来的福分，两颗落寞的心一碰就会产生热情。原来她俩的相逢并不那么简单：两个女人都姓叶，五百年前就是一家人。

两个女人是同年同月同日生。尽管看起来一个像女儿一个像母亲。

女主人出生的时候天还没亮开。

女作家出生的那天太阳已经升起来。

女主人自称是姐。

女作家自然为妹。

既然是姐妹，咋说都行，说啥都对。

姐姐讲她们村寨中的奇闻怪事一大堆。

妹妹听得认认真真、仔仔细细，越听越有劲。

妹妹讲她走遍千山万水，游览古迹名胜，外面的世界俏得很，讲得真情动人。

姐姐听得懵懵懂懂、含含糊糊，愈听愈糊涂。

虽然夜已很深，但天亮还早，不甘寂寞的两个女人开始瞎聊。三十年前死狗，五十年后死猫，南山北洼，东拉西扯，有一搭没一搭地瞎掰。

姐姐说没有男人的夜晚，有个妹妹在身边也不错。她的男人那个夜晚本属她，妹妹来了，客来客为大，男人借口女客女人陪，男人不方便，于是到了他那个两个月前娶的二老婆家过夜了。姐姐不恨她男人，最恨的是男人娶的那个女人。那夜让她占了便宜，她要让那女人加倍偿还，不然就是不服气。姐姐说完自己的男人，就想听听妹妹的男人是啥样的，让妹妹说来听听。

妹妹含糊其词，想混舟过河。

姐姐说："姐姐说了妹妹不说不公平，一定要说。"

妹妹嫣然一笑，却让姐姐看见。

姐姐取笑道："哈哈！都是过来人，还害臊，都是女人怕啥子？还怕羞？又不是大姑娘。又不叫你跟你男人做那事。羞个屁！哈哈……"

妹妹说："我还没有男人。"

姐姐倏忽一愣，急忙拉着妹妹的手愧疚地说："妹子啊！"很难为情地看着妹妹，连连几声叹息，"真可怜！妹妹，我们三十好几的人了，我哪知道……唉……没听说过，我知道了，你也别伤心，我们寨子里就有两个和你一样的女人，出去跑了两年，回来都两年了。没男人敢要，现在都闲着，丢人啰！我们姐妹一场，听姐一句话，这次回去，随随便便找个男人嫁了再说。女人没有男人，像我们三十几的女人，没个男人就是没家，那多可怜！可怜啦！我现在还有半个男人都觉得可怜，可你……唉！妹妹你也别难过，姐姐说话也直，连我儿子下个月都要结婚了。唉！可怜！"

妹妹那夜里听到这话，心里一懵，突然感到一片迷雾，糊涂了。

那个晚上，妹妹坐在床上到天亮，也还是没有想出什么来。

第二天早上，姐妹俩作了一次深情的告别。姐妹俩都是泪眼汪汪地挥着手，全寨的人无声无息地注视着这两个女人。全是疑神疑鬼的目光。

一佝偻的老人和一位十来岁的小姑娘坐在一座茅屋前的木凳上看着含泪满眶的妹妹独自向丛林的方向走去。小姑娘说："奶奶，那个姐姐哭啥？"

老人慢吞吞地说:"那么大的姑娘独来独往四处流浪,无家可归,不哭才怪呢!"

"真可怜!"小姑娘说。

叶红穿越在密林的小路上,还真感到自己有点可怜兮兮的样子,心中一片丛林似的荒芜。

叶红回望那个古老的山寨,座座茅屋如同芝麻似的漂浮在碧绿的大海。这时,叶红忽地一惊,突然明白:原来,在这个世界上根本就没有可怜的人,所谓的可怜人,只因为以不同的生活层面来审视生活而得出的错误判断罢了。

当玫瑰开花的时候

[智利]佩·普拉多

老园丁培育出了许多许多品种优良的玫瑰花。他像蜜蜂似的把花粉从这朵花送到那朵花,在各个不同种类的玫瑰花中进行人工授粉。就这样,他培育出了许多的新品种。这些新品种成了他心爱的宝贝,也引起了那些不肯像蜜蜂那样辛勤劳动的人的妒羡。

他从来没有摘过一朵花送人。因为这一点,他落得一个自私、讨人厌的名声。有一位美貌的夫人曾来拜访过他。当这位夫人离开的时候,同样也是两手空空没有带走一朵花,只是嘴里重复嘟哝着园丁对她说的话。从那时起,人们除了说他自私、讨人厌之外,又把他看成了疯子,谁也不再去理睬他了。

"夫人,您真美呀!"园丁对那位美貌的夫人说,"我真乐意把我花园里的花全部都奉献给您呀!但是,尽管我年岁已这么大了,我依旧不知道怎样采摘下来的玫瑰花,才能算是一朵完整而有生命的玫瑰花。 您在笑我吧？哦！您不要笑话我，我请求您不要笑话我。"

老园丁把这位漂亮的夫人带到了玫瑰花园里，那里盛开着一种奇妙的玫瑰花，艳红的花朵好像是一颗鲜红的心被抛弃在蒺藜之中。

"夫人，您看，"园丁一边用他那熟练的布满老茧的手抚摸着花朵，一边说，"我一直观察着玫瑰开花的全部过程。那些红色的花瓣从花萼里长出来，仿佛是一堆小小的篝火喷吐出的红彤彤的火苗。难道把火苗从篝火中取出来还能继续保持着它那熊熊燃烧的火焰吗？花萼细嫩，慢慢地从长长的花茎上长出来，而花朵则出落在花枝上。 谁也无法确切地把它们截然分开。 长到何时为止算是花萼，又从何时开始算作花朵？我还观察到当玫瑰树根往下伸展开来的时候，枝干就慢慢地变成白色，而它的根因地下渗出的水的作用，又同泥土紧紧地结合起来了。

"如果我连一朵玫瑰花该从哪儿开始算起都不知道，那我怎么能把它摘下来送给他人？要是硬行把它摘下来赠送给别人，那么，夫人，您知道吗？一种断残的东西其生命是十分短暂的。

"每年到了十月，那含苞待放的玫瑰花蕾绽开了。 我竭力想知道玫瑰是在什么地方开始开花的。 我从来也不敢说：'我的玫瑰树开花了。'而我总是这样欢呼着：大地开花了，妙极啦！

"在年轻的时候，我很有钱，身体壮实，人长得英俊，而且心地善良，为人忠厚。 那时曾有四个女人爱我。

"第一个女人爱我的钱财。 在那个放荡的女人手里，我的财产很快地被挥霍完了。

"第二个女人爱我的健壮的体格，她要我同我的那些情敌去搏斗,去战胜他们。 可是不久,我的精力就随着她的爱情一起枯竭了。

"第三个女人爱我的英俊的容貌。 她无休止地吻我,对我倾吐了许许多多情意缠绵的奉承话。 我英俊的容貌随着我的青春一起消逝了,那个女人对我的爱情也就完结了。

"第四个女人爱我忠厚善良。 她利用我这一点来为她自己谋取利益,最后我终于看出了她的虚伪,就把她抛弃了。

"在那个时候,夫人,我就像是一株玫瑰树上的四朵玫瑰花,四个女人,每人摘去了一朵。 但是,如果说一株玫瑰树可以迎送一百个春天的话,那么一朵玫瑰却只能有一个春天。 我那几朵可怜的玫瑰花,就是如此这般地一旦被人摘下,也就永远地凋零了。

"自此以后,从来没有人在我的花园里拿走过一朵采摘的花。 我对所有到我这花园来的人说:'你什么时候才能不热衷于那些被分割开来的、残缺不全的东西呢?假如你真能把每件事物的底细明确地分清楚,假如你真能弄清玫瑰长到何时算作花萼,又从何时开始算作花朵的话,那么,你就到那玫瑰开花的地方去采摘吧!'"

(严美华 译)

关于斑马的寓言

[苏联]弗拉索夫

从前有一匹斑马,它对谁也没有做过一点坏事,它从来也不会做坏事,可能就因为这一点,它被捉住,送进了动物园。

那时有两个雄辩家。 他们好像就是为了辩论、辩论,最终还是辩论而降生在世的。 他俩常常争论得声嘶力竭,神志不清。 辩论什么题目并不重要，主要是能争论起来就好。他们在自己的这门艺术领域里已达到了登峰造极的水平。你们可能也见到过这样的人吧，遗憾的是，这样的人现在还孳生了不少呢……

有这么一天，在动物园的斑马栏前，这两位雄辩家遇到了一起。

"不管怎么说，斑马是黑的。"头一个人装着无意地开了腔。

"哪怕考虑到地轴的倾斜度和我们站着的这块地方的地理坐标的位置，它也不会是黑的，就是说，"第二个人以胜利者的姿态讪笑着，同时以不屑的神气望望第一个人说，"就是说，它是白的。"

"黑的，就是因为……它是黑的。"头一个反驳着对方，并为自己论据的简洁感到一种自我陶醉。

"如果它是黑的，那么除非我的眼睛瞎了，我的朋友，若不就是您在讥笑我。"

"我的朋友，您怎么能把我想成这样的人呢？"他开始对第二个人感到气愤，"我是想追求真理，我的目的就是追求真理！"

他们就这样无休止地争论着。周围开始集拢人群。当人们听到第一个人滔滔不绝的雄辩之词时，觉得他是对的，斑马确实是黑色的；然而当第二个人结束他那热烈的、令人信服的发言时，所有的人又都同意了第二个人的观点，有些人还大喊起来："乌拉！我们到底找到了真理，斑马是白的。"

这个场面一直延续到铃响了，公园要关门了，两位雄辩家才一面继续争论，一面向出口走去（后边簇拥着人群）。斑马栏前只留下一个人。他是个聋子，没听到铃声。他也没听到整个下午两位杰出的雄辩家关于这只动物的争论，所以也没弄明白，为什么刚才在这里的那群人如此激动。

这个人又在那里站了很久,欣赏这匹漂亮的带条形斑纹的动物……

(苏 华 译)

老鼠夹与他人的重要性

[巴西] 保罗·科埃略

老鼠看到庄园主拿来一个老鼠夹,很担心:庄园主要来杀死自己!

它开始去向所有其他动物发出警告:"小心老鼠夹!小心老鼠夹!"

母鸡听到它的叫喊声,就叫它不要叫喊:"我亲爱的老鼠,我知道那对你来说是个问题,但是它对我根本没有任何影响,所以请你不要这么大惊小怪了!"

老鼠跑去告诉胖猪。胖猪感到很生气,因为它的午睡被搅了。

"房子里有一个老鼠夹!"老鼠说。

"我感谢你的关心,我也同情你。"胖猪回答,"所以,你放心,我今晚一定为你祷告,但这是我所能尽到的最大能力了。"

老鼠感到比以往任何时候都要孤独,就到母牛那里寻求帮助。

"我亲爱的老鼠,那跟我有什么关系呢?你看到过母牛被老鼠夹杀死吗?"

老鼠看到没有哪个动物愿意跟它团结起来,所以只好返回庄园主的房子,藏在它的洞穴里,整夜都不敢闭眼,害怕会发生什么悲剧。

天刚亮，老鼠听到了一阵响声，它想，老鼠夹一定是夹到什么东西了！

　　庄园主的妻子下楼去看老鼠是否被杀死了。她在黑暗中没有注意到老鼠夹只是夹住了一条蛇的尾巴，所以，在她走近老鼠夹的时候，被蛇咬了。

　　庄园主听到妻子的尖叫声后，赶紧起床，飞快地将妻子送到医院，在医院里做了适当的治疗后，回家了。

　　但是，她仍然发烧。庄园主知道肉汤对病人是最好的补品，就把母鸡给杀了。

　　他妻子的身体慢慢地康复起来。因为他们夫妻俩在该地区是一对很讨人喜欢的夫妻，所有的邻居都来探望他们。为了表示对邻居们来访的感谢，庄园主把猪杀了，热情地招待朋友们吃了一顿饭。

　　他妻子终于康复了，但是医疗费很贵，所以庄园主把母牛卖给屠宰场，用所得的钱支付那些医药费。

　　老鼠目睹了这一切，心中暗暗想道："我已经警告过它们。如果母鸡、胖猪和母牛明白一个人的问题会使所有的人都卷入危险的话，情况是否会好些呢？"

（陈荣生　译）

不平的镜子

［俄国］契诃夫

　　我和妻子走进楼下的大厅。大厅里很潮湿，有一股苔藓的气味。当我们点上蜡烛照亮四壁时，很多大大小小的耗子四处逃窜。这里的墙壁已经整整一个世纪没有被灯光照过了。我们随手把门关上，开门时刮进来的风吹乱了放在墙角里的一沓公文纸。烛光照到那沓纸上，我们看见纸上印着古代字母和中世纪的画像。由于年深日久而发绿的墙壁上，挂着祖先的遗像。列祖列宗们一个个傲慢而威严地望着我们，似乎想说："真该剥了你的皮，你这个不孝的子孙！"

我们的脚步声响彻整个大厅。我咳嗽一下，响应我的是回声，我的列祖列宗们在世时想必也常常听到这样的回声……

外面的风在呼啸，在哀鸣。壁炉的烟囱里似乎有人在哭泣，那哭声里仿佛饱含着绝望的情调。大滴大滴的雨点敲打着暗淡无光的黑糊糊的窗户，那雨点的敲击声勾起人的无限愁思。

"哦，列祖列宗们，我的祖先们！"我意味深长地叹了一口气说，"倘若我是一位作家，望着你们的遗像，我会写出一部长篇小说。因为你们这些老人中的每一位，不论是男是女，都曾有过自己的青春时代，都曾有过自己的有趣的罗曼史啊！就拿这位老太婆来说吧，她是我的曾祖母，别看她丑陋，却也有过极其有趣的浪漫故事。你看见了吗？"我问妻子，"你看见挂在墙角的那面镜子了吗？"

于是我指给妻子看挂在墙角上我曾祖母遗像旁的一面大镜子。那面镜子镶在发黑的铜框里。

"这面镜子有一种奇妙的魔力，它毁掉了我曾祖母。为了买这面镜子，她付出了一大笔钱，买到手后就再也离不开它，直至死亡。她白天黑夜不住地照镜子，就连喝茶和吃饭时也照。睡觉时，她总是把这面镜子放在床旁，临死前还嘱咐家人要把这面镜子和她一起放进棺材。这一愿望之所以未能实现，只是因为镜子太大，棺材里放不下。"

"她是个风骚女人吧？"妻子问道。

"也许是。 不过，她难道就没有别的镜子吗？为什么偏偏喜欢这面镜子，而不喜欢别的镜子呢？是不是没有更好的镜子？不，亲爱的，并非别的原因，这里面有个十分可怕的秘密。 祖辈留传下这么一个传说，说是这面镜子里有个魔鬼，而曾祖母偏偏喜欢跟魔鬼打交道。 这当然是胡说八道，不过毋庸置疑的是这面镶着铜框的镜子肯定具有一种神秘的力量。"

我擦掉镜面上的灰尘，往镜子里照了照，不禁哈哈大笑起来。我的笑声引起一阵闷声闷气的回响。 原来这面镜子不平整，我的面貌向四周扭歪了：鼻子移到了左边面颊上，下巴颏儿分成两半，各自向一边歪去。

"我的曾祖母有个奇怪的癖好！"我说。

我妻子犹豫不决地走到镜子前，也朝镜子里看了一眼——顿时发生了一桩非常可怕的事。 她吓得脸色苍白，浑身发抖，大声喊叫起来。 她手中的烛台掉到了地上，在地板上直打滚，烛光熄灭了。我们被一片黑暗所笼罩。 我立刻听到一个沉重的东西倒在地板上：倒下去的原来是我的妻子，她失去了知觉。

外面的风更加凄厉地呼啸起来，大老鼠又奔跑出来，小耗子在纸上爬，弄得那些纸沙沙作响。 一扇护窗板从窗上脱落，掉了下来，吓得我头发根子都竖立起来，浑身抖个不停。 这时窗口出现了月亮……

我抱起妻子，走出这座祖先的灵堂。 她直到第二天晚上才清醒过来。

"镜子！快把那面镜子拿给我！"她恢复知觉后说，"那面镜子在哪里？"

在此后的整整一个星期里，她不吃不喝，也不睡觉，一个劲儿要人把那面镜子给她拿来。她号啕痛哭，用力揪着自己的头发，折腾个没完。最后，医生声称，由于身体亏虚，她的病情极其危险，有可能死去。我只好克制住恐惧，又到楼下大厅里去了一趟，把曾祖母的那面镜子给她拿来。她看到那面镜子后高兴得纵声大笑，然后把它抓住，吻了几下，两只眼睛便死死盯着那面镜子照起来。

十年多的时间转眼就过去了，她至今仍不断地照那面镜子，片刻工夫都不肯离开。

"这难道是我吗？"她喃喃地说，脸上泛着红晕，流露出怡然自得和兴高采烈的表情，"是的，这是我！除了这面镜子，一切都是胡扯！仆人们在讪笑，丈夫在撒谎！哦，要是以前我能看到自己是这么个模样，要是以前我就知道我其实长得很美，我就不会嫁给这个人了，他配不上我，拜倒在我脚下的应该是那些英俊漂亮和具有高贵气度的骑士……"

有一天，我站在妻子背后，无意中往镜子里看了一眼——这才把那个十分可怕的秘密揭开。我在镜子里看见一个光彩夺目、貌美惊人的女人。我有生以来还从未看到过如此漂亮的女人。这是大自然的奇迹，这是美丽、优雅和爱情的和谐统一。问题在哪儿呢？这究竟是怎么一回事呢？我这个丑陋的妻子在镜子里为什么会显得如此美丽好看呢？为什么？

就因为这面不平的镜子把我妻子那张难看的脸向四周扭歪了，由于这种位置的调动，她的面庞便出人意料地变得非常美丽了。这就叫作负乘负等于正吧。

如今我们俩，我和妻子，坐在那面镜子前，一分钟也不肯离开地照着：我的鼻子移到左边脸颊上，下巴分成两半，各向一边移开；可是妻子的面容却令人陶醉——于是，一种疯狂的极其强烈的爱情支配了我。

"哈——哈——哈!"我古怪地纵声大笑起来。

妻子则用刚刚能听得见的声音说:

"我多么漂亮啊!"

(王健夫　路　工　译)

吃白食

[德国] 黑贝尔

古语说:"挖坑害人者,必自掉下坑。"——某镇有家"狮子"饭店,这饭店的老板还在没挖好陷人坑之前,自己就已经掉进去啦。

话说有一天,店里来了位衣着讲究的客人,一进门便叫老板尽他所有的钱给他来一份美味的肉汤。接下去又要了一块牛肉和一盘蔬菜,还是尽他所有的钱。老板毕恭毕敬地问,他是否还乐意喝一杯葡萄酒呢?

"啊,那敢情好,我是要尽自己所有的钱能享用一些好东西。"客人回答。

等他把一切都津津有味地吃完以后,他才从口袋里掏出一枚磨得光光的六芬尼的硬币来,说道:

"喏,老板,这就是我所有的钱。"

老板说:

"这是什么话?难道您不该付给我一个塔勒吗?"

"我可没有向您要一个塔勒的菜,我只是讲,尽我所有的钱,"客人回答,"喏,这就是我所有的钱。再多一个子儿也没有。 要是您多给我吃了,那是您自己的错。"

要说嘛,客人这主意也并非多么高明;需要的只是脸皮厚,能横下心:管他的,吃完再扯嘛。 然而,精彩的却在后头。

"您可真算个老滑头!"老板说,"本来是便宜不了您的。 可眼下,这顿午饭咱白送您吃了,这儿还再给您一枚二十四克罗采的钱。 您呢,只需要悄悄的,到咱隔壁的'大熊'饭店去,对那老板也照样来这么一下子。"——"狮子"饭店的老板这么干,是因为他与自己的邻居"大熊"饭店的老板抢生意,彼此失却了和气。 一个钉子一个眼儿,都想方设法地要整对方,而狡猾的客人呢?却笑眯眯地一只手伸过去接钱,另一只手就已经小心翼翼地开门去了,他向老板道了一声"晚安",然后说:

"您邻居'大熊'饭店老板那儿我已去过啦,而且让我来光顾您的并非别人,正是这位老板啰。"

正是:鹬蚌相争,渔人得利。 不过,要是他俩能从此汲取教训,和睦相处,倒也应该好好感谢那位狡猾的客人才是。 须知,和气能生财,不和遭损害。

(杨武能 译)

两个葬礼

[阿富汗] 古·帕·乌尔法特

同一天,同一个小时,从同一个医院里抬出了两副灵柩:那一个死于贫血,这一个死于高血压。 那副灵柩只有四个人抬在肩膀上;这付灵柩的后面却尾随着数不清的大小汽车。

那一个因为贫血死了;这一个却因为血量过多,血压过高,也不能久留人世。

他俩都死了，但死亡的原因不一样：一个因为喝了别人的血，需要请大夫抽血；另一个却因为血被人吸去，没有血了。

一个因为血量过多，另一个却因为血量太少而死。那一个是穷人，死于贫困。对于他的死，巴赫达通讯社毫无所闻；而这一个的死，各家报纸都深表遗憾，并且在版面上印了哀悼的黑色。

他们两人，一个是富翁，一个是雇工。不久前，富翁生病了，大夫把雇工的血输入病人体内。雇工强壮的身体变弱了，富翁却因尽情吃、喝、玩、乐，在短短的时间内就患上了高血压症。

哪里有这样的富翁，哪里就有这样的事情，而一个人的死要由两个人来代替。

使一个人变弱另一者变强，结果是两个人的死。压迫者与被压迫者的结局必然如此。

在我们看来，这两种死都是自然的死。但实际上却是杀人与被杀，是一笔血债。

在这两种死里也有杀人犯与被杀害者，但警察和官员们对此却一无所知。而这种精神上的杀害，他们已经司空见惯了。

这儿有这么个习惯：要是谁用枪杀了人或用巴掌打了人，他们也还是要受到审讯的。可是，要是谁把别人的饭吃掉了，使人死于饥饿，那么这种杀人犯不会受到任何惩罚，谁也不认为这样被杀的人是牺牲者，谁也不会为他祷告。

我们看到的只是非常表面的现象，没有看到实质。我们的医生也全都和我们一样，不知道真正的病症是"压迫"，而有效的治疗方法是"公正"。

（董择邦　译）

砸

[新加坡] 林 高

我被囚禁在储藏室里已十几年了。储藏室十分局促，空气又不流通，新主人大概暗地里祈祷我一声不响地死去。

谁也没料到我的处境会如此悲惨。

老主人在世时，我高高在上。逢年过节，老主人必吩咐用人替我沐浴，然后盛装。到底是我因老主人而得意，还是老主人因我而自豪，也不清楚了；反正我喜欢那种张灯结彩、喜气洋洋的日子。

老主人啊！我宁愿陪葬，也不愿这么窝囊地活着。

老主人归西后，我的境遇就一年不如一年了。新主人——老主人的孙子，根本就没有把我放在眼里。后来，新主人决定搬进高级公寓。搬迁当天，当新主人把我抱上货车时，女主人嚷道："留在这里算了，谁要给他！"

她的话把我的心砸了一下，痛得直叫。这时，我蓦地看见老主人的魂回来，就站在门外。他看着我，一言不发，只是掉泪。"老主人啊，我对不起您。"我喊道。老主人什么都没听见似的，只是掉泪。

新主人不知怎么，没有把我遗弃。不过，我的日子更难挨了——我又被囚禁在储藏室。我捶胸顿足、号啕大哭。新主人视若无睹、充耳不闻。我的泪哭干了，心喊累了。

老主人的魂又回来了，我清清楚楚地看见他站在我面前，还抚摩我的头、我的手，我们相对流泪。老主人无能为力了，他日渐消瘦，不久，就不见他再回来。

当年老主人擅长经商，也热心公益事业，尤其是对教育，他更慷慨解囊。有一次，一位姓蓝的校长来拜访，说校舍不够用了，得扩建，请老主人捐助。老主人知道这位蓝校长，久闻他办学认真，还是个书法家，便一口答应了。蓝校长十分感动，为了答谢，亲自把我送给老主人。老主人一看，连声说："好，诗礼传家，好！"

"好，诗礼传家，好！"有一天，新主人把我从储藏室里抱出来，竟然重复三十年前老主人的话。我吃了一惊，以为自己神志不清。

"大小正好哩。"女主人把我上下看了一会儿，乐滋滋地说。每字我都能听见，我的听觉没有失灵。

怎么回事？不多久，我看出来了，新主人近年经常到中国去做生意，捞得风生水起，还下乡探亲呢，他是聪明人，知道什么时候要标榜什么。

那天，新主人家里有位来自远方的客人。客人一眼看见我，赞道："好字！意思也好。不学诗，无以言；不学礼，无以立。"

"是，是，这匾是传家之宝。"新主人似乎听懂，又似乎没有懂，接下去说，"没有诗，没有礼，我们可就麻烦了。"

他的话把我的心又砸了一下，泪水夺眶而出。

乐园里的不速之客

[印度] 泰戈尔

这人从不追求单纯的实用。

有用的活儿他不干，却整日想入非非。他捏了几件小玩意儿——有男人、女人、动物，那都是些上面点缀着花纹的泥制品。他也画画，就这样把时光全耗在这些不必要的、没用的事儿上；人们嘲笑他，有时他也发誓要抛弃那些奇想，可这些奇想已根深蒂固了。

就像一些小男孩很少用功却能顺利通过考试一样，这人毕生致力于无用之事，而死后天国的大门却向他大大敞开着。

正当天国里的判官挥毫之际，掌管人们的天国信使却阴差阳错地把那人发配进了劳动者的乐园。

在这个乐园里，应有尽有，但独无闲暇。

这儿的男人说："天啊，我们没有片刻暇余。"女人们也在唏嘘："加把劲呀，时光不饶人！"他们见人必言："时间珍贵无比"，"我们有干不完的活儿，我们没有放走一分一秒！"如此这般，他们才感到骄傲和欢悦。

可这个新来乍到者，在人世间没做一丁点儿有用事儿就度完了一生的人，却适应不了这劳动乐园的生活规律。他漫不经心地徘徊在大街小道，不时撞在那些忙碌的人们身上；即使躺在绿茸茸的草坪上，或湍急的小溪旁，也总让人感到碍手碍脚，当然免不了要受那些勤勉人的指责啰。

有个少女每天都要匆匆忙忙地去一个"无声"急流旁提水（在乐园里连急流也不会浪费它放声歌唱的精力）。

她轻移碎步，好似娴熟的手指在吉他琴弦上自如地翻飞着；她的乌发也未曾梳理，那缕缕青丝总是好奇地从她前额上飘垂下来，瞅着她那双黑幽幽的大眼睛。

那游手好闲之人站在小溪旁，目睹此情此景，心中陡然升起无限怜悯和同情，好似在看一个乞丐一般。

"啊——嘿！"少女关切地喊道，"您无活可干，是吗？"

这人叹道："干活？！我从不干活！"

少女糊涂了,又说:"如果您愿意的话,我分点活给您。"

"'无声'小溪的少女呀,我一直在等着从您那儿分点活儿。"

"那您喜欢什么样的活儿呢?"

"就把您的水罐给我一个吧,那个空的。"

"水罐?您想从小溪里提水吗?"

"不,我在水罐上画些画。"

少女愕然:"画画,哼!我才没时间和你这号人磨嘴皮子呢!我走了!"她就离开了。

可是一个忙忙碌碌的人又怎能对付得了一个无所事事的人呢?他们每天都见面,每天他都对她说:"'无声'小溪的少女呀,给我一个水罐吧,我要在上面画画。"

最后,少女终于让步了。她给了他一个水罐,他便画了起来,画了一条又一条的线,涂了一层又一层的颜色。画完后,少女举起水罐,细细地瞅着,她的眼光渐渐迷惘了,皱着眉头问:"这些线条和色彩是什么呀,要表达什么呢?"

这人大笑起来:"什么也不是。一幅画本来就可以不意味什么,也不表达什么。"

少女提起水罐走了。回到家里,她把水罐拿在灯下,用研审的目光,从各个角度翻来覆去地品味那些图案。深夜,她又起床点燃了灯,再静静地细看那水罐;她终于平生第一次发现了什么也不是、也不表达什么的东西。

第二天,她又去小溪提水,但已远非以前那样匆忙了。一种新的感觉从她心底萌发出来——一种什么也不是、也不为什么的感觉。

看见画家也站在小溪旁,她颇感慌乱:"您要我干什么?""只想给您干更多的事儿。""那您喜欢干啥呢?""给您的乌发扎条彩带。""为什么?""不为什么!"

发带扎好,鲜艳而耀人。 劳动乐园里忙碌的少女现在也开始每天花很多时间用彩带来扎头发了。 时光在流逝,许多工作不了了之。

乐园里的工作开始荒芜,以前勤快的人现在也开始偷闲了,他们把宝贵的时光耗在了诸如画画、雕塑之类的事上。 长老们大为愕然,召开了一次会议,大家一致认为,这种事态在乐园中是史无前例的。

天国信使也匆匆而至,向长老们鞠着躬,道着歉:"我错带一人进了乐园,这都怪他。"

那人被叫来了。 他一进来,长老们即刻就注意到了他的奇装异服,及其精致的画笔、画板,也立刻就明白了这不是乐园中所需要的那种人。

酋长正言道:"这里不是你待的地方,赶快离开!"

这人宽慰地舒了口气,拾掇好他的画笔及画板。 就在他即将离去之际,那少女飞奔而来,"等等我,我和您一块儿走!"

长老们呆住了,在劳动乐园里,以前可是从未有过这等事呀——一件什么也不是、也不为什么的事。

(时宏伟 译)

两条路

[德国]里克特

新年之夜。 一位老人正伫立在窗前。 他睁开那充满忧伤的眼睛,仰望墨蓝色的天空。 天空中,点点繁星像浮在清澈、平静的湖面上的朵朵白荷花。 他又把目光移向大地;大地上,那为数不多的比他更希望渺茫的人们,正朝着自己那必然的目的地——坟墓挪去。 如果将一岁比作一站的话,在通往坟墓的道路上,他已经走过六十站了。 至今,他从自己的生活旅程中所获得的,除了错误和懊悔之外,别的什么也没有了。 他,如今的他,身体衰弱、头脑空虚、心情凄切,尽管已值花甲之年,还是鲜舒寡适。

逝去了的青春岁月幻影般地浮现在他的眼前。 他想起了那个庄严的时刻——他的父亲将他放在两条道路之起点的庄严时刻。 两条路:一条,通向一个阳光明媚、恬静宜人的天地,那里,大地上覆盖着丰硕的果实,天空中荡漾着甜美的歌声。 另一条,通向一个深远莫测的、黑乎乎的大山洞;这山洞没有出口,洞里流着的不是水而是毒液;一些大蛇在蠕动着,发出咝咝的声响。

他又抬起头来看了看天空,苦楚地叫道:"啊,青春,你回来吧!哦,爸爸,您重新把我放在生活道路的起点吧!我会去选择那条光明之路的!"然而,他的父亲已经死去,他的青春已经流逝。

他看见一道道游移着的光从一片片黑暗的沼泽地上空掠过去,消失了。 这些光仿佛是他那被虚度了的年华。 他又看见一颗星从天空中坠落下来,在黑暗中匿迹销声。 这颗星仿佛是他自身的象征。 懊悔,无济于事的懊悔,像一支支利箭直射他的胸膛。 接着,他想起了自己孩提时的伙伴们。 他们和自己同时踏入生活;但是,由于他们走上的是劳动之路,是道德之途,值此新年之夜,他们是荣耀的、愉快的。

高高的教堂楼上的时钟响了。 听见这钟声,他回想起父母亲早年对他——一个现在犯着错误的孩子——的爱抚;回想起父母亲教给他的知识，回想起他们为了他而向上帝所作的祈祷。他沉浸在羞耻和悲切之中，怎么也不敢再仰望夜空——那安息着他父亲在天之灵的夜空。泪水从他那被模糊了的眼睛里涌了出来，滴落下去。他绝望地晃动一下身子，大声地喊道："回来吧，我的青春！你回来！"

果然，他的青春真的回来了！这是因为上面这一切，都是他在新年之夜所做的梦。他还年轻；唯有梦中所提到的他的过失是真实的。他由衷地感激上帝——他还拥有时间。他还没有走进那深远莫测的、黑乎乎的大山洞。他仍然可以自由地踏上那第一条路，走向那阳光明媚、宁静宜人、硕果累累的天地。

那些今天仍然在生活的门槛前徘徊、对于生活道路的选择还犹豫不决的人们应该记住：当岁月流逝、当你发现自己的脚步已蹒跚在那通向山洞的黑暗的山路上的时候，你将会痛苦而又枉然的呼叫："啊，青春，你回来吧！啊，还我青春！"

（罗国良　译）

看　画

[美国] 马克·吐温

从前，有位画家画了幅十分精美的画，把它挂在一个他能够从镜子里看得到的地方，他说："这下看上去距离倍增，色调明朗，比先前更加可爱了。"

森林中的众兽从那家的猫嘴里听说了此事。它们对这只家猫向来推崇备至，因它博学多闻，温文尔雅，彬彬有礼，极有教养，能告诉它们那么多它们先前不晓、后为莫测的事。它们被这条新闻大大地激动，于是连连发问，以便充分了解情况。它们问画是什么样的。猫就讲解了起来。

"那是一种平的东西，"它说，"出奇地平，绝妙地平，迷人地平，十分雅致，而且，噢，是那么漂亮！"

这下众兽激动得几乎发狂，说无论如何要看看这张画。于是熊问：

"是什么使得它那么漂亮呢？"

"是它的美貌。"猫说。

这个答复令它们更赞叹不已，更觉得高深莫测。它们越发激动。接着牛问：

"镜子是啥玩意？"

"那是墙上的一个洞，"猫说，"朝洞里看进去，你就能见到那张画，在那难以想象的美貌中，它显得那样的精致，那样的迷人，那样的惟妙惟肖，那样的令人鼓舞，你会看得摇头晃脑，欣喜若狂。"

驴至此一言未发。这时它开始发出疑问。它说以前从没有过那样漂亮的东西，也许当时也没有。又说，用一整篓形容词来宣扬一样东西的美丽之日，就是需要怀疑之时。

显然，这种怀疑论对众兽产生了影响，所以猫就快快离去了。这个话题被搁了几天。但与此同时，好奇心在重新滋长。那种显而易见的兴趣又复活了。于是众兽纷纷责备驴把那也许能给它们带来乐趣的事弄糟了，而这种仅仅对那张画的漂亮产生的怀疑，却没有任何根据。驴不加理睬，安之若素。说，只有一个办法能发现它与猫之间，究竟谁是谁非。它要去看那洞，然后回来报告它的实地所见。众兽感到既宽慰又感激，请它马上去。驴便立即登程。

可它不知道该站在哪儿好，故此，错误地站到画和镜子之间，其结果是那画没法在镜中出现。 它回去说：

"猫撒谎。 那洞里除了有头驴，啥也没有，连什么平玩意的影子都没见。 只有一头漂亮的、友善的驴，仅仅是一头驴，没别的什么呀！"

象问："你看仔细、看清楚了吗？你挨得近吗？"

"我看得仔仔细细，清清楚楚。 唉，哈撒，万兽之王，我挨得那么近，我的鼻子和它的鼻子都碰上了。"

"这真怪了，"象说，"就我们所知，猫以前一直是可信的。 再让一位去试试看。 去，巴罗，去看看那洞，然后回来报告。"

于是熊就去了。 回来后它说："猫和驴都说谎。 洞里除了有头熊外，啥也没有。"

众兽大为惊奇和迷惑不解。 现在谁都渴望亲自去尝试一下，搞个水落石出。 象便一一派它们前往。

第一个是牛。 它发现洞里除了一条牛，啥也没有。

虎发现洞里除了一只虎，啥也没有。

狮发现洞里除了一头狮，啥也没有。

豹发现洞里除了一头豹，啥也没有。

骆驼光发现有条骆驼，别无他物。

于是哈撒大怒，说如果亲自前往的话，定会弄个真相大白。

它回来后将它的全体庶民训斥了一顿，因为它们撒谎。 对猫的无视道德及盲人摸象的做法更是怒不可遏。 它说："除非是个近视的傻瓜，否则，不论谁都能看出洞里没有别的，只有一头象。"

（卞慧明　译）

淘金者说

[波兰] 廖舍克·玛鲁达

本来，如果我什么工作也不做的话，我过得也会很快活，有我老婆养着我。可我的邻居却在我老婆跟前嘀咕："你丈夫应该干点什么，不能让他整天在家待着，游手好闲。"

结果，我老婆就开始跟我唠叨了："你也出去上班吧，先找个地方干点什么，以后慢慢就会升职，然后换个好工作……"

一听老婆的唠叨，我拿起一把铁锹就到了院里。说实话，那儿确实没什么好干的，因为烦闷我就随便找个地方挖起了坑。

一个小时后，邻居从窗户里探出头来："你在那儿挖什么呢？"他用怀疑的口气问我。

"挖金子呢。"我不过是想跟他开个玩笑，让这个家伙别再烦我。

"金子？"这个家伙的眼睛差点儿从眼眶里掉出来，"我们这个院子里能有什么金子？"

"怎么没有？你看。"我把我唯一的一颗金牙指给他看。

"噢，天！你等等，我现在就把我的亲戚都喊来。"

很快，楼里就传开了，说我们院子里发现了金矿。傍晚时，整个院子里都是淘金的人，我担当起了指挥工作："五个人到水龙头那儿去挖矿，六个人去划分作业区。"

第二天早晨，我们这个区的警察跑来了。"先生，"他边打着手势边絮絮叨叨地说，"不能这么开采金矿。要先到区警察局、区政府去申请许可证……要登记注册矿区，签订私人开采金矿的合同，还要到财政局备案。"

等来等去，私人采矿合同没批给我，但是区政府紧急成立了专门的市属采矿企业，我呢，就被任命为领导。

现在我的工资不少，手下有会计和仓库保管员，十个采矿工和四个洗矿工。

但是金矿的开采不能一直由市级政府管辖。首都方面对这种贵重金属的开采也产生了兴趣，而且还要检测黄金的纯度。我忐忑不安地找了一个牙医摘下了我那颗金牙……

金子的纯度检测通过了，我的工作得到了表扬，独立的国有黄金开采企业也成立起来了，总经理当然就是我了。

我的工资更高了，还配了汽车、女秘书和厨师，有一千名采矿工和四百名洗矿工。我们的工作进展得很快。我们挖遍了我们的院子，又挖遍了邻近的院子，最后挖到了街上……这样一来，我就和市政排水管理部门发生了矛盾，因为市政排水管理部门负责市内所有的挖掘工作。这时首都方面又出面干预了，结果我成了排水、自来水和金矿开采联合企业的经理。

随着战线的扩大，我的职权也越来越大：我们挖到机场下面的时候，我成了机场的经理；在我们毁了两个歌剧院、三个芭蕾舞剧院之后，我成了文化和艺术管理局的局长。

这些工作负担实在太重了，我去了部里，请求解除我其他的职务，只让我负责委托贸易局（这个局也被我们挖过），部里同意了我的请求。

我现在是委托贸易局局长。我过得很惬意，有了自己的汽车和别墅，工资也相当高。 我老婆的话没错：先找个地方，干点什么，以后就会升职，然后换个好工作……真是金玉良言！

金子嘛，当然是没找到了，但是已经用不着我操心了。

（李冬梅　译）

心　壶

[泰国] 司马攻

古语道"玩物丧志"，但我管不了许多，我玩古董玩了三十多年，越玩越有兴致，打从去年退休之后更是成为古董迷，尤爱收藏小茶壶。

有一天我到"越沙攀"佛寺去礼佛，在寺里方丈室的一个古老的木橱中，见到了五把造型古朴的名贵小茶壶。 我心一动，就和佛寺的住持巴空大师交谈起来，聊古说今，谈得很"投机"。 从此我便经常去找巴空大师。

醉翁之意不在酒。 我和巴空大师的往来，主要是看在那五把古老的小茶壶分上。

几个月后，我花了二百铢在"耀华力"茶行买了一斤"乌龙茶"。 又以八十铢买了一把宜兴出品的新制小茶壶，兴冲冲地向"越沙攀"佛寺来。

"大师！我特地拿来一把新的小茶壶，换一换橱中的一把旧茶壶。 还有一斤顶级的乌龙茶送给大师。"我一面说，一面打开橱，将新制的小茶壶放在橱里，随手将一把古老的小茶壶拿出来。

巴空大师瞪着眼看一看我的脸，我急忙从口袋里取出一个早已备好了的、其中放有一千铢的白信封放在桌上:"大师,还有一千铢善金奉献。"

大师眼一闭,不说什么。 我自言自语了几句,就拿着那把古朴的小茶壶回家了。

我以新茶壶四把、乌龙茶四斤,外加现金四千铢,在三个月内换到了四把名贵小茶壶。

方丈室里木橱中的第五把小茶壶,我当然是不会放过的。 一天,我重施旧法,再往佛寺里去,走到木橱前,心中吃了一惊,橱中的第五把古老小茶壶不见了,代替那把茶壶的是跟我所买来的一模一样的新茶壶。 一定有人依样画葫芦,用我的办法,换去了名贵小茶壶,我真后悔我来迟了!

"大师!是谁将另一把旧茶壶换去了?"

巴空大师把眼睛睁开:"颂吉施主,这个纸盒送给你,你拿回家去吧!"巴空大师以手指着桌子旁边的一个大纸盒,说完后又闭眼入定了。

我回到家里,把纸盒打开,我的心几乎要跳了出来。 纸盒里放着四把宜兴出品的新茶壶、四斤乌龙茶、四个里面各放有一千铢的白信封,还有我想得到的那把名贵小茶壶!

晚上,我整夜没睡,我不需付出什么就得到了五把名贵小茶壶,而这五把小茶壶整夜在我脑中转来转去。

第二天,我带了那五把名贵小茶壶到"越沙攀"佛寺里去。 巴空大师又在入定。 我将五把小茶壶轻轻地放回木橱里。

"颂吉施主,橱中有没有壶,是新的还是旧的,这对于我都是一样的。 但是对你……对你可能很重要。"巴空大师的声音在我背后传来。

我一转身,双手向巴空大师合十为礼,低下头来坐在巴空大师身旁:"大师!是的,很重要,这五把小茶壶对我一生很重要,我是真真正正地得到了五把小茶壶。"

我离开了佛寺,心中想着:"得失只在一念之间,失去的可能就是得到的。我虽然有不少古董,而永远留在我心中的是那五把小茶壶。"

遭 遇

[墨西哥] 帕 斯

我回到家,恰好在开门的当儿,我看见我走出来。我出于好奇,便决定跟踪我。陌生人(我经过考虑才用了这个字眼)下了楼梯,穿过街门上了街。我想追上去,但是他加快了脚步,跟我加快脚步用的步调完全一样,结果我们之间的距离始终如一。走了一阵后,他停在一个小酒吧前,随后走进了酒吧的红门。几秒钟后我也赶到了柜台前,坐在他旁边。我随便要了一杯饮料,一面偷偷地瞟着柜橱里那一排排瓶子、镜子、破地毯、小黄桌和一对悄悄交谈的男女。我突然转过身来久久地注视着他。他面红耳赤,不知所措。我一面望着他,一面想(我确信他听见了我的想法):"不,你没有权利。你来得晚一点,我比你来得早。你没有假装我的借口,因为这不是假装的问题,完全是取代。不过,我还是希望你自己明白……"

他淡淡地一笑,好像不明白。他竟然和身边的人交谈起来。我克制着怒火,轻轻地拍了一下他的肩,对他说:

"你别目中无人,你别装蒜。"

"我恳求你原谅,先生,我不认识你。"

我想趁他心慌意乱的时候一下子把他的面具扯下来:

"要像个男子汉,朋友,好汉做事好汉当。我要教你明白不要自讨没趣,干涉别人的事……"

他粗暴地打断我的话说:

"你误会了。我不明白你说的是什么。"

一位顾客插进来说:

"肯定是你搞错了。再说,这也不是待人处事的方式。我认识这位先生,他不可能……"

他听了很满意,便微微一笑,大胆地拍了拍我的肩膀说:

"真有意思。不过,我觉得好像在哪儿见过你。只是我说不清是在哪儿。"

他开始询问我的童年、我的出生情况和关于我生平的其他细节。不,好像我讲的任何事情都不能使他回忆起我是谁。我只是微微一笑。大家都觉得他挺和气。我们喝了几杯。他善意地望着我。

"你是外乡人,先生,你不要否认。我可以保护你。我会让你了解联邦区墨西哥城的!"

他那么平静使我不能容忍。我几乎含着眼泪揪住他的衣领,摇晃他,叫道:

"你真的不认识我吗?不知道我是谁吗?"

他狠狠地推了我一把:

"不要对我讲这些蠢话。不要在这儿捣乱,别寻衅闹事了!"

周围的人都不满意地望着我。我站起来对他们说:

"我向诸位解释一下此事。 这位先生欺骗了你们,他是个骗子……"

"你是个白痴,是个疯子。"他叫道。

我向他扑去。 不幸的是,我滑倒了。 当我扶着柜台想爬起来时,他劈头盖脸地给了我一顿拳头。 他一声不响,怒火中烧,死劲地揍我。

酒吧侍者劝解说:

"算了吧,他喝醉了。"

人们把我们拉开。 我被架出店外,扔在了街上。

"你要是再回来,我们就去叫警察。"

我的衣服破了,嘴巴肿了,舌头也干了。 我吃力地吐了一口痰。 浑身疼痛。 我一动不动地待了一会儿,窥伺着机会。 我想找块石头,找件武器。 但是什么也没找到。 店里的人在笑,在唱。 那一对男女走出来;女的恬不知耻地看了看我,大笑起来,我感到孤独,感到被赶出了人的世界。 我先是怒不可遏,随后便觉得无地自容。 不,我还是回家吧,回家等待另一个机会。 我开始慢吞吞地往回走。 在路上,我心中产生了一个使我至今不能安眠的疑团:"假若不是他,而是我……"

(朱景冬 译)

重要事情

[美国] 理查兹

有一天,管事天使急匆匆地行走在大街上,他连他的翅膀都收了起来,长袍也折了起来,因为他有急事要去做。 这时,一位公爵从他的城堡窗口探头出来,大声地叫他。

"请停一下!"公爵说,"我希望向你咨询一下我的公国继位问题。你知道我祖父,即大公爵……"

"我今天上午无法处理你的事情!"天使说,"我已经约好要去处理一些重要事情,你的事情必须等下次了。"说完他就走了。

"天啊!"公爵说,"还有什么事情比继位更重要呢?我一定得跟着他,看看这件大事是什么事情。"他就跟在天使的身后。

天使继续急匆匆地赶路,不久,他路过主教宫殿,主教从宫殿窗口探头出来,大声地叫他。

"请进来一会儿!"主教说,"我向你咨询一下即将召开的大主教会议……"天使摇摇头。

"我要去处理重要事情。"他说,"我上午无法处理琐事。"说完他就走了。

主教看着他的背影,想:"这会是什么重大事情呢?竟然会让大主教会议显得是一件琐事。我真的必须去看看。"他就跟在天使和公爵的身后。

不久,天使路过王宫,国王从王宫窗口探头出来,大声地叫他。

"请到这里来!"国王说,"敌人的军队已经越过边境,并威胁说要包围首都。我希望马上咨询你该采用什么措施。"

"以后再说!"天使说,"我现在要去处理重要事情,不能为琐事停下来。"说完他接着急匆匆赶路。

国王看着他的背影。他说:"这一定是一件与整个世界有关的重要事情,所以才能让我的王国被侵犯显得是一件琐事。我真的得去看看究竟是什么事情。"他就跟在天使、公爵和主教的身后。

天使从宽阔的大街转入到一条狭窄的小巷，走进一处昏暗的院子，院子里晾着很多破烂的衣服。 院子中央，一个小孩站在那里，眼睛闭得紧紧的，嘴巴张得大大的，大声哭喊，仿佛他的心要破裂了。

天使跑到小孩身边，跪到地上，把小孩抱到怀里。

"嘘！嘘！"天使说，"没事了，亲爱的。 你只是拐错弯了，没什么事。 她就在拐角那边。 快来，让我把眼泪擦掉！看！她马上就过来了。"

一位妇女从拐角处飞奔过来，她惊慌失措，气喘吁吁。 天使将小孩交到她的怀抱里，母子俩立即融为一体，一边哭诉，一边哈哈大笑地离去，渐渐地从天使的视线里消失。 天使深深地吸了一口气，拍了几下翅膀，然后掉转身子。 这时，他看到了公爵、主教和国王，他们全都上气不接下气，面红耳赤，眼睛睁得大大的圆圆的，盯着他。

"哦！你们都在?"天使说，"嗯，现在我可以处理你们那些小事情了。"

（陈荣生　译）

不同的语言

[巴西] 保罗·科埃略

一位狂热的佛教徒女人尽了一切努力去爱他人。 但是，她每次到市场去，一位商人都要用下流的语言来调戏她。

在一个下着雨的早上，那个男人再次烦扰她时，她失去了控制，用她的雨伞狠狠地打他的脸。

当天下午，她找到一位僧人，把所发生的事情讲给他听。

"我真是感到羞愧，"她说，"我无法控制我的憎恨。"

"你憎恨他是错的，"僧人回答，"但人生就是人们之间互相交流感情的过程，你需要明白人是不同的。下次无论他说什么，你都要在心中充满善良。然后用你的雨伞再打他一次，因为这是他唯一懂得的语言。"

（陈荣生　译）

第四辑 人间百态

想 象

[英国] 凯·杰罗姆

记得那天,我到大英博物馆去查阅有关接触性枯草热的治疗情况,我猜我大概得了这种病。

取下一本医书,我一口气读完了所有的相关内容。然后,我懒散地胡乱翻着书页,粗略地研究起疾病来。没等看完一连串的病症征兆,我便意识到自己得的就是这种病。

我坐在那里呆呆地发愣,陷入绝望之中。过了好一会儿,我又拿起那本书,翻了起来。翻到伤寒——仔细看了它的各种症状,我发现我又得了伤寒,想必我得此病已经好几个月了,竟然还茫然不知。不知我还患有其他什么疾病!

翻到舞蹈病,我发现,正如我预先想的那样,我也患有这种疾病。我开始对自己的病情产生了兴趣,并决定一查到底。我开始按字母顺序逐个检查——翻到疟疾,我知道自己已经出现了疟疾的某些症状,两个星期后就会进入急性发作期;翻到肾小球肾炎,我心中稍微感到一丝安慰——我得的只是其中较轻的一种,就目前状况而言,我还可以活上几年。此外我还染上了霍乱,并伴有严重的并发症。而白喉对我来说似乎是与生俱来的疾病。我不厌其烦地按照二十六个字母通通检查了一遍,结果发现,唯一没有得上的疾病就是髌前囊炎。

起初,我对此颇有些伤感,心中似有几分失落。为什么我没有得上髌前囊炎呢?不过,过了一会儿,我的心渐渐变得开朗起来。我想,从药理学讲,我不是已经得了其他各种常见的疾病了吗?没有得上髌前囊炎那就算了吧！反正痛风已经处于恶性晚期了。

我陷入了沉思。 我想，从医学角度来说我是一个非常有趣的病例，对于医学院学生来说，我更是一个极为难得的病例！如果学生们有了我，他们也就无须到医院去实习了——我就是他们的"实习医院"。 他们所要做的就是在我身上研究研究，然后就可以拿到他们的毕业文凭了。

我不知道自己究竟还能活多久，我得做一番自我检查。 我摸了摸自己的脉搏。 起初，我什么也摸不着，不久那脉搏又突然跳了起来。 我掏出怀表，测算脉搏的次数，大概每分钟140次。 我又摸了摸心脏，竟然发现它已经停止跳动了！后来，我渐渐意识到我的心脏还在那里，想必也没有停止跳动，只是我对此无法解释而已。我看了看自己的舌头——我尽量把舌头伸得长长的，闭上一只眼睛，用另一只眼来检查。 我只能看见自己的舌尖，得到的唯一收获是：我比以前更加确信我得了猩红热。

走进阅览室的时候，我是一个健康快乐的人；出来的时候，我变成了拖着衰弱病躯的重症病人。

于是，我去看了医生。 他是我的一位好友，他摸了摸我的脉搏，又看了看我的舌头，后来不知怎么地谈起了天气。 之后他问："你究竟哪里不舒服？"

我说："老兄，我不会告诉你我得了什么病，让你白费那么多时间。 不过，我可以告诉你我没有得什么病——我没有得髌前囊炎。 除此之外，什么病我都有。"

我还把自己是如何发现这些疾病的过程如实告诉了他。

随后他解开我的衣服，紧握着我的一只手腕，在我胸部一阵乱敲；又把脑门儿贴到我的身上。 最后他坐下来，开了一个处方，然后把它叠起来递给我。我接了过来，随手揣进衣兜里，走了出去。

我径直来到一家最近的药店，药剂师看了看处方，又将它退了回来。

他说他不收这种处方。

"你不是药剂师？"我问。

"我是药剂师。如果我经营一个合作商店兼营家庭旅馆的话，我倒是可以为你效劳。可我只是一个药剂师，我无能为力。"

我看了看那处方，上面写道："一磅牛排，外加一品脱苦啤酒，每隔六小时服用一次；每天早晨散步十英里；每天晚上十一点上床睡觉。此外不要满脑子都装些你不明白的东西。"

（佚 名 译）

犹大的面孔

[意大利] 达·芬奇

几世纪前，一位大画家为西西里城一座大教堂画幅壁画，画的是耶稣的传记。他费了好几年工夫，壁画差不多都已画好，就只剩下两个最重要的人物：儿时的基督和出卖耶稣的犹大。

有一天，他在老城区里散步，看见几个孩童在街上玩耍，其中有一个男孩，他的面貌触动了这位大画家的心，就像天使，正是他所需要写生的面庞。

那小孩被画家带回了家，日复一日，画家终于把圣婴的脸画好了。

但是这位画家仍然找不到可以充当犹大的模特儿。一年又一年过去了，这幅杰作没有完成的情形传遍遐迩。许多人替他充当犹大的模特儿,但都不是老画家心中的犹大:不务正业、利欲熏心、意志薄弱的人。

一天下午,老画家照常到酒店喝酒,正当他自斟自酌的时候,一个形容憔悴、衣衫褴褛的人摇摇晃晃地走了进来,一跨进门槛,就倒在地上,"酒、酒、酒",他乞讨叫嚷。老画家把他搀了起来,一看他的脸,不禁大吃一惊。这副嘴脸仿佛雕镂着人间所有的罪恶。

老画家兴奋已极,犹大的模特儿终于找到了,于是老画家如醉如狂地一连画了好几天。

工作正在进行的时候,那个模特儿竟起了变化。他以前总是神志不清、没精打采的,现在却神色紧张,样子十分古怪。充血的眼睛惊惶地注视着自己的画像。有一天,老画家觉察到了他这样激动的神情,就停了下来,对他说:"老弟,你有什么事这样难过?我可以帮你的忙。"

那个模特儿低下头,手捧住脸,哽咽起来了。过了很久,他才抬头望着老画家说:"您难道不记得我了吗?多年以前,我就是您画圣婴的模特儿。"

(佚 名 译)

侯爵夫人的粉肩

[法国] 左 拉

侯爵夫人躺在垂着黄色锦缎帐幔的床上。直到晌午,她听见时钟悦耳的铃声,才决心睁开眼睛。

卧室里温馨宜人。地毯、门窗的软帘挡住了严寒,使春闺成了安乐窝。温暖的空气里飘溢着香水的芬芳。春天常驻此间。

侯爵夫人刚一醒来,就惦记着什么事。她掀开锦衾,按铃召唤女仆朱丽。

"您叫我吗,夫人?"

"天气回暖了吗?"

哦!豁达仁慈的侯爵夫人!她问话的语调多么焦急!

她首先想到的是天寒地冻,朔风凛冽,虽然这些她并未感受到,然而穷人的茅舍陋室怎经受这肆虐的狂风。她问到苍穹是否怜贫惜贱!她希望能心安理得地饱享温暖,而不必为那些被冻得浑身瑟缩的人担心。

"街上雪化了吗,朱丽?"

女仆把晨衣在烧旺的壁炉上烘热,递给了她。"不,夫人,雪没化;天反而更冷了……刚才在公共马车上发现有个人被冻死了……"

侯爵夫人像孩子一样欢欣雀跃,拍手说道:"啊,这太好了!早餐后我滑冰去!"

朱丽小心翼翼地挽起芙蓉帐,以免强烈的光线刺痛娇媚夫人的温柔的双眸。积雪那令人赏心悦目的淡蓝色反光,映进卧室。天空灰蒙蒙的,它那美丽的色调使侯爵夫人想起昨晚在部长家庭舞会上穿的珍珠色的连衣裙。这条连衣裙所镶的白色花边,酷似此刻在灰色天空映衬下,显得如此淡雅的屋檐上积雪的花纹。

昨晚的侯爵夫人是妩媚风流的,她的崭新的钻石首饰对她太相宜了。她清晨五点才就寝,所以此刻有些头疼。但她仍坐到镜前,朱丽挽起她的金色云发。夫人的晨衣滑落下来,露出粉肩和玉背。

曾经陶醉于侯爵夫人粉肩的整整一代人,如今都已年老。 自从政权稳固,雍容华贵的夫人们能在杜尔里宫袒胸露臂地婆娑起舞以来,侯爵夫人在名流咸集的正式社交场合,是那样醉心于卖弄自己动人的粉肩,以致它成了第二帝国美女肉体的活样板。

她恣意新奇,把连衣裙有时从后背裁开,露出玉背,几及纤腰;有时从前面裁开,几乎露出胸脯。 亲爱的夫人渐渐地、接二连三地把天赋的一切诱人的隐秘都公之于众。 她的玉背酥胸没有一丁点是整个巴黎——从玛德琳娜教堂到圣福马、阿克文斯基——所不曾领教过的。 夫人恬不知耻地卖弄风骚的粉肩,似乎成了她那时代统治阶层淫艳的标志。

描绘侯爵夫人的粉肩是没有意义的。 它如同新桥一样大名鼎鼎,十八年来在一切盛大的宴会上,它始终引人注目。 不论何处,在沙龙、剧院或其他场所,哪怕只看到她那赤裸的肩膀的一丁点儿,就能一叶知秋:"啊,那是侯爵夫人! 我认得她左肩的黑痣!"

再有,这副粉肩的美丽:白皙,丰腴,撩人欲醉。 它被达官贵人的目光,盯得莹润丰泽,如同被人群的脚踩踏的人行道上的青石板,光滑异常。

如果我是她的丈夫或情人,我甘愿亲吻某位部长客厅里被造访者们的手摸脏的晶亮的门把,也绝不用嘴唇挨一下这副使巴黎名流们倾心的玉肩。 当你想到,挨着它曾有过多少次轻声细气的请求,你不禁会问自己,大自然究竟用什么材料造就了它,何以光阴荏苒,而它却经久不衰,犹如公园里露天屹立、饱受风雨侵袭的裸体像。

侯爵夫人是寡廉鲜耻的。 她凭借一副肩膀获得某种成功。 她披肝沥胆地报效于亲爱的政府,并充分运用了自己闻名遐迩的粉肩的魅力。 她历来手腕高超，不论是在杜尔里宫和部长们周旋，或是在大使馆应酬那些巨富豪商，她都应付裕如。 她以笑靥诱惑意志薄弱者，以白腻的乳房支持朝廷。 当朝廷受到威胁时，她就奉献自己最隐秘、最令人销魂的美人关，这一绝招比演说家的辞令更具说服力，比士兵的刺刀更能决定胜负。 在选举中她为了团结众人，尽量敞露胸怀，直到最固执的反对派倒戈支持她这一边。

夫人的粉肩青春永葆，屡奏奇效。 它承担整个世界，然而在这洁白如玉的肩膀上竟没留下一丝皱纹。

侯爵夫人在朱丽侍候下，进了早餐，修饰一番，便穿着漂亮的波兰服装滑冰去了。 她滑冰技巧极好。

公园里天寒地冻。 严寒使滑冰的夫人们的鼻子、嘴唇发疼，风好像将一把把细沙子扔到她们脸上。 夫人笑逐颜开，她觉得挨点冻很有趣。 她不时走到湖岸的篝火旁，烤烤自己的脚。 然后她又在冰上驰骋，像乳燕展翅，贴近地面，在严寒中飞翔。

啊，多么痛快！幸亏没有解冻，真太好了！夫人整个星期都可以滑冰了。

归途中，她看见在爱丽舍田园大街岔道的树下，有一个被冻得半死的讨饭女人。

"可怜的女人！"夫人以感动的口吻念叨。

由于四轮马车奔驰太快，夫人来不及掏钱包，于是将自己的花束，一把大约值五个路易的白丁香，扔给了讨饭女人。

（肖　伟　译）

独裁者

[奥地利] 贝恩哈特

在一百多个求职者中,独裁者挑选了一个擦鞋人。独裁者要他干的活仅仅是替自己擦鞋。对这个头脑简单的乡下人来说,这种活对身体有好处,因此,他的体重迅速增加,随着岁月流逝,他长得快和自己的上司——他直接服务的独裁者——一模一样了。也许,这是由于擦鞋人吃的伙食同独裁者一样的缘故。不久,擦鞋人长出了一个同独裁者一样胖乎乎的鼻子,头发脱落了,又露出了一个同样光秃秃的脑袋。他的那张肥圆的嘴巴朝前突出,咧嘴一笑便露出了牙齿。所有的人,甚至部长们和独裁者的亲信,都对这个擦鞋人畏惧三分。到了晚上,他穿着长筒靴,跷起二郎腿,拨琴弄弦,自得其乐。他常常给家里人写长信,家人便在全国各地为他宣扬。"谁要是成了独裁者的擦鞋人,"他们说,"谁就是独裁者最亲近的人。"说实话,擦鞋人也的确是独裁者最亲近的人,因为他必须时时刻刻坐在独裁者的门前,乃至在那里睡觉。不管出了什么事,他都不得擅离职守。

可是有一天晚上,他觉得自己已经有了足够的精力,便直接穿门进屋,叫醒独裁者,将他揍倒在地,独裁者就这样断了气。擦鞋人迅速脱下自己的衣服,给死去的独裁者穿上,自己则套上了独裁者的外衣。面对着独裁者的穿衣镜,擦鞋人确信,自己看上去确实和独裁者形同一人。于是,他果断地冲到门口,大声叫道,擦鞋人突然想谋害他,为了自卫他已将擦鞋人打死在地,你们快把尸体搬走,并且通知擦鞋人的家属。

（柳维坚　译）

白菜汤

[俄国]屠格涅夫

一个农家的寡妇死掉了她的独子，这个二十岁的青年是全村庄里最好的工人。

农妇的不幸遭遇被地主太太知道了。太太便在那儿子下葬的那一天去探问他的母亲。

那母亲在家里。

她站在小屋的中央，在一张桌子前面，伸着右手，不慌不忙地从一只漆黑的锅底舀起稀薄的白菜汤来，一调羹一调羹地吞下肚里去，她的左手无力地垂在腰间。

她的脸颊很消瘦，颜色很暗，眼睛红肿着……然而她的身子却挺得笔直，像在教堂里一样。

"啊，天呀！"太太想道，"她在这种时候还能够吃东西！她们这种人真是心肠硬，全都是一样！"

这时候太太记起来了，几年前她死掉了九岁的小女儿以后，她很悲痛，她不肯住到彼得堡郊外美丽的别墅去，她宁愿在城里度过整个夏天。然而这个女人却还继续在喝她的白菜汤。

太太到底忍不住了。"达地安娜，"她说，"啊呀，你真叫我吃惊！难道你真不喜欢你儿子吗？你怎么还有这样好的胃口？你怎么还能够喝这白菜汤？"

"我的瓦西亚死了，"妇人安静地说，悲哀的眼泪又沿着她憔悴的脸颊流出来，"自然我的日子也完了，我活活地给人把心挖了去。 然而汤是不该糟蹋的，里面放有盐呢。"

太太只是耸了耸肩，就走开了。 在她看来，盐是不值钱的东西。

（巴　金译）

代　价

［新加坡］尤　今

他把手插在裤袋里。

他的裤袋里有一把刀。 六英寸来长，尖而利。 握着刀的手，不但冷，而且抖。

"老天爷啊！ 求求您帮我一次忙吧！"他诚心诚意地祷告，"只要您让我渡过这个难关，我愿意付出任何代价！"

这晚有月，月亮很圆。 仰头看月时，他看到的不是月，而是小康那圆得灵活乖巧的脸，才四岁，却懂事得叫人心疼。 自从两个月前他娘离家出走、下落不明后，这孩子仿佛便在一夕之间长大成人，莫说无理取闹，即使有理时也不闹，成熟得叫他这做爹的感觉陌生。

他原本在一家货仓当看守员，收入不多，但省吃俭用，日子倒也不难过。 半年前，公司倒闭了，他目不识丁，又无一技之长，在全国经济不景气而处处裁员的情况下，要再重找一份工作，谈何容易！ 孩子的娘年轻，不懂得体谅，脾气又暴躁，伸手拿不到钱时吵、闹、喊、跳，最后，收拾包袱，一走了之。

妻子走了以后，他把自己的尊严完全典当了——能借的，能求的，能乞的，全都借了、求了、乞了。 借钱给他的，都明白表示是看在孩子分上借的;但是,也正因为这个孩子,使他更难找工作。就在他觉得自己快要撑不下去时,孩子却染上了肺炎,连夜送进了医院。 孩子入院四天了,但他不敢去看他,为的是没有钱缴医药费、住院费。

——孩子是命根,自然不能扔下不管。

他握着刀的手已被汗水浸透了。

"我只干一次,只干这么一次!老天爷啊,帮帮我!我愿付出任何代价!"他再次祷告。

这是一条僻静的巷子。 他已观察过了,晚上有人取道于此回家去。 在这里抢了,要逃跑很容易,因为巷子当中又分岔出一些支路,只要灵活地转几转,便能脱身。 他甚至已拟好了逃跑的路线。

昨晚,11 点过后,由这里走回家去的人,他算过了,总共有五个。 可惜都不是理想的羔羊。 男人,他不敢抢;老人,他不要抢;少年,他不愿抢;剩下的,就只有中年妇女了。

今天晚上,运气好像也不太好。 他拿着一份报纸,站在巷口的街灯下,佯装读报,一双眼却毫不放松地觊觎走进巷子去的人。 一个,两个,三个,都是男的。

11 点 45 分。 啊,来了。 一个约莫四十余岁的中年妇女,走下巴士,手上提着一个袋子,沉甸甸地,腋下挟着一个古老的黄皮手袋。 他听到了自己的身体发出了一种原始的鼓声:噗噗噗,噗噗噗。 整个胸膛,几乎承受不了这猛烈的心跳而要爆裂开来了。

等妇女走进了巷子,他扔下报纸,以猫样的脚步跟在后面。

巷子很长,月光很亮,妇女从地上的影子里猛然惊觉他的存在,惊醒地加快了脚步。

良机不可失!他一个箭步飞上前,一只手搭上了她的肩膀,另一只手绕过去，大力捂住她的口，压低嗓子说道：

"别动，别喊！我只是要钱而已！"

妇女蓦然受此侵袭，吓呆了，腋下的皮包、手上的袋子全掉落在地，发出了很大的声响。

他慌乱地说：

"你不要反抗，我一定不会伤害你！"

妇女拼命地点头，他松了手，没想到那妇女却"扑通"的一声跪倒在地，呜咽地说：

"大叔，你可怜可怜我吧！我皮包里的钱，是借来还我孩子的医药费的！"

孩子？医药费？他如遭雷击，脑子嗡嗡作响，但与此同时，小康圆圆的脸却浮了上来。 他不顾一切地拾起了地上的皮包，朝原先想好的路子逃遁，背后传来了妇女带哭的喊声，声音无力地撒在阒静的夜空里……

回家后，蒙着被子，嗦嗦地发抖，拼命地压抑自己想哭的冲动，电话铃响了好多次，他都没有去接。

凌晨2点，门铃声突然凌厉而尖锐地射进了他的耳膜。 他从被窝里弹跳出来，奔向门边。 从门孔望出去，他蓦然张大了口，惊得冷汗涔涔而下。 门口站着的，赫然是一名警察。

"怎么来得那么快！"

他头脑混沌，完全不能思想。

这时，门铃再度响起了。

他好似面临山崩似的拉开了门。

警察手上没有手铐，目光温和，语气平静：

"张平先生在家吗？"

"我就是。"他木然地答应。

"我来通知你,你的孩子昨晚11点45分在医院病逝了。"

孩子,病逝?11点45分?

他双脚一软,昏厥过去。 倒在地上时,他仿佛听到一个声音响自遥远的天边:

"你说过你愿意付出任何代价的!"

发生在一小时内的故事

[美国] 凯特·乔宾

知道麦拉德夫人患有心脏病,因此在告诉她丈夫的死讯时慎之又慎。

是她妹妹琼瑟菲断断续续地对她说的,遮遮掩掩地暗示着事实的发生。 她丈夫的朋友理查德也在场,在她身旁站着。 当报社接到那起铁路事故的报告时,他正在那里,死亡名单上布莱特利·麦拉德的名字在头一个。 他决定不能让任何冒失鬼知道这悲痛的消息。

如同其他女人一样,她没有听清妹妹说了些什么,突然她扑进妹妹的怀中,号啕大哭起来。 当悲伤的风暴渐渐平息了下来时,她不让别人跟着进了自己的房间。

面对着打开的窗户有一把舒适的家居扶椅。 她觉得筋疲力尽,把自己深深地埋进了扶椅中。

她可以看见院子里的大树已经布满了春芽,雨后的空气格外沁人心脾。 街道上一个小贩在吆喝着什么,远处有人在歌唱,遥远的音符隐隐约约传入她的耳中,无数的麻雀在屋檐下叽叽喳喳地叫个不停。

她的头靠在椅子的软垫上，偶尔一声抽泣窜上她的喉咙，使她一震，像一个哭着入睡的孩子在梦中的哽咽。

她年轻，有一张端庄平和的面容，脸部线条呈现出克制，甚至有一点坚毅的神情，暗淡的目光茫然地盯着远处的蓝天。

将会发生什么可怕的事，她正等着。 会是什么呢？她不知道，它太微妙，太难捕捉，但她感觉到了，从空中下来，通过声响、气味及色彩传达给她。

现在她的胸脯剧烈地起伏着，她开始知道什么来抓住她，她顽强地挣扎着摆脱它——但像她两条纤细的胳膊一样毫无气力。

当她放弃时，从微微开启的两唇中逃出几个喃喃的词语。 她一遍又一遍地重复着："解脱，解脱，解脱！"随之从眼中透出茫然和恐惧的目光，明亮而炽烈。 她的心跳加快，血流发热，放松着每一寸的肌体。

她知道当她看见那双仁慈、纤弱的手静静地交叉放在胸前时，看见那张僵硬、灰白和死寂的脸上还带有爱的表情时，她还要哭。但她从那个悲惨的一幕看到了更远的绝对属于她自己的长长的岁月。 她张开了双臂，伸出去迎接它们。

在今后的日子里，没有人可以依靠；她将独自生活，再没有权威的意志要加在她头上，因为男人和女人都盲目地坚持他们可以把个人意志加在他人身上。 一瞬间的想象使她认为不论是好意或歹意这都无异于是一种犯罪。

当然她爱他——有的时候。 很多时间她不爱。 这又有什么关系！她突然强烈意识到自己的存在，面对此时此刻的自我肯定，那谁也解释不了的爱又能起什么作用呢？

"解脱！身体和灵魂都要解脱！"她不住地自言自语。

琼瑟菲跪在门前，嘴对着钥匙孔："露易丝，把门打开，我求求你，把门打开——你会把自己弄坏的。"

"走开，我不会弄坏自己。"不，她正品味着从窗外飘进来的浓烈的芬芳。她的想象充满了对未来的憧憬。

她一下子站了起来，应妹妹的要求打开了门，眼中闪烁着成就的光芒，全然不知自己像一个胜利女神。她揽着妹妹的腰一块儿下了楼，理查德正在底下等她们。

这时有人在用钥匙打开前门，是布莱特利·麦拉德不慌不忙地走了进来，风尘仆仆，扛着提包和雨伞。出事时，他离现场很远，甚至不知道发生了事故。他站在原地惊异地看着琼瑟菲在凄厉地尖叫，理查德一个箭步挡住了他看妻子的视线。

但理查德已经晚了。

当医生来时，他们说她死于心脏病——致命的高兴。

（汪　彦　译）

英雄之死

［瑞典］拉格奎斯特

有座城市，那儿的人们总觉得任何娱乐消遣都不够过瘾。于是一家财团聘请一名男子让他在教堂塔尖上表演拿大顶，然后坠落下来摔死。为此他将拿到五十万赏钱。社会各界人士对这项活动兴趣盎然。参观票几天之内一抢而光。此事成了全市人谈话的唯一题目，每个人都认为这是个极其勇敢的创举。至于票价嘛，大家也考虑过，虽然昂贵，但还是划得来的。坠落摔死这事儿本身让你看着就够带劲儿的了，何况又是从那么高的地方摔下来呢。 不过，话得说回来，你也不得不承认，钱出得是够多的了。 出面安排整个活动的财团可真有点儿不遗余力，大家都为本市能有这样一家财团而感到骄傲。 当然，注意力也大多集中在承担此举的那名男子身上。 各报记者纷至沓来，满怀激情地对他进行采访，因为离表演开始只剩下几天的时间了。 他在本市第一流旅馆的套间里欣然会见了他们。 "咳，对我来说，这只不过是一笔交易，"他说，"他们给我出了这个价，我接受了，这你们知道，就是这么回事。" "但是，您得付出生命的代价，您就不认为这是件不幸的事吗？ 当然，谁都理解这是必要的，否则，就不是什么特别轰动的事件了，财团也应该不会像现在这样出那么多的钱。 但对您本人来说，这不可能是件愉快的事。" "对，你们说得有道理。 这事我自己也反复考虑过。 但是，为了钱有什么不能干的呢？"

各报根据这些谈话刊登了长篇报道，介绍这位直至当时仍然不为世人所知的人物，介绍他的经历、他对当代各种问题的看法、他的性格以及他的私生活。 翻开任何一家报纸都可以看到他的照片，从照片上看得出来，他是个年轻力壮的小伙子。 他身上倒没有什么特别引人注目的地方，但是他活泼潇洒、精力充沛、满脸朝气、神情坦然，是当代优秀青年的典型代表：意志坚强，身心健康。 大家都在期待着这场即将到来的轰动全城的表演，每个咖啡馆里都有人在研究这位年轻人的照片。 照片看上去不错，是一位令人喜欢的年轻人，女人们尤其觉得他可爱。 一些较有理智的人却耸耸肩说："这事干得真绝！"然而，有一点大家是一致的：这个主意是多么荒诞、多么离奇，这样的事只有在我们这个紧张激烈、可以牺牲一切的独特的时代才能发生。 大家还一致认为，财团为了举办这项活动，使全城有机会观赏这样一场精彩表演而慷慨解囊，确实值得高度赞扬。 当然，财团以昂贵的票房收入弥补了自己的支出，但是毕竟也承担着风险。

盛大的节日终于来临了。 教堂四周人山人海。 那种提心吊胆、焦虑不安的气氛是空前绝后的。 大家都屏住呼吸，极其紧张地等候着眼前即将发生的一切。

那人跌落了下来，只有眨眼的工夫。 人们为之震惊，然后就起身、上路、回家。 从某种意义上说，人们感到有点失望。 但这毕竟是个壮举。 他只是摔死了，这事情不管怎么说都十分简单，而为此付出的代价却是高昂的。 他已经被残忍地杀害了，但这又有什么好高兴的呢？ 一位很有希望的青年以这种方式葬送了生命。 人们悻悻地走回家，女士们撑起阳伞，遮住太阳。 是啊，确实应当禁止制造这类可怕的事情。 谁会从中得到享乐呢？细细想来，这一切的一切，的确是惨无人道和令人愤慨的。

（锐　之　译）

狗的夜宵

［厄瓜多尔］库阿德拉

当何塞·图比南巴从自己的茅屋里出来，朝着每天做工的那条熟悉的峡谷走去时，月亮——光荣之神已经挂在空中了。

时值黄昏，夜幕笼罩着群山。 天空高高地悬在雪山顶上。 那长年云霭缭绕、神秘莫测的雪峰，显得雄伟壮丽。 遥远的天际湛蓝湛蓝的，十分动人，仿佛艳阳高照的明亮的白天。 只有地平线上浮现着模糊不清、稀稀落落的暗褐色的云朵。 月亮赋予景物一种新的生命，它们熠熠发光，好像镀了银似的。

何塞·图比南巴走出茅屋，迈了几步，又从原路折回，搬起一块大石头从外面把窄小的屋门顶牢。茅屋里，他的两个孩子——三个月大的小女儿米奇和她五岁的小哥哥桑托斯，躺在一张生羊皮上睡着了，正做着甜蜜的梦。一想起米奇，这个印第安人不禁喜笑颜开，那孩子油黑发亮的身子，活像一块刚炸好的奶酪饼。

顶好屋门，图比南巴才离开。

"啊呀呀！"他冷得直哼哼，一面赶紧裹紧斗篷。

他环顾四周，只见自然景物悄没声儿的，没有理睬他。皎洁迷人的月夜能讲各种语言，可偏偏就不讲低贱的凯楚阿语，也就是图比南巴会讲的混杂着西班牙语的土语。

他冷得又叫出声来："啊呀呀！"

到了峡谷，他先是顺着山坡往下走，不一会儿，又爬了回来。"嘿！"他叫了一声，爬到后来，他一个箭步灵巧地跳上去，一时间，他全身悬空，没有任何支撑。

在离家不远的地方，他站住了。

突然，他感到羊在咩咩地哀叫，非常刺耳，便向四周望了望，用探索的目光在昏暗中寻觅着羊发出叫声的地方。

后来终于找到了。啊，在那儿，就在那儿，远处的小山沙丘下面，一个模糊的深褐色的小东西在瑟瑟地抖动着。

何塞·图比南巴明白了。桑托斯白天帮他放羊的时候，一只母羊掉在圈外，忘了找回来。对！正是那只羊。

他惊恐异常，立即朝小沙丘跑去。他不顾自身安危，沿着山路跑起来。斗篷像旗子似的在他身上随风飘动。两只麻鞋敲打着地面，发出急促的嗒嗒声。

他边跑边想。此刻，他那激动不安的思想，是无法用语言表达的。只觉得猪鬃帽盔下的那颗脑袋直冒火，心中万分焦急。对主人固有的畏惧，驱使他拼命奔跑，直到跑下山冈。

"哎呀！要是守护羊群的狗听见这只母羊的叫声，它肯定也会叫起来的！"何塞·图比南巴想，这么一来，胆小的小绵羊也会跟着咩咩惊叫起来，住在近处的管家什么都知道了。

想到这里，印第安人已经预感到即将临头的可怕的惩罚：鞭打……流放到远方的安第斯山区……在地底下的硫黄矿坑里做苦工，那儿不坚固的地层经常塌方，把矿工们活活埋葬。

不管怎样，惩罚是免不了的。尽管妻子查斯卡还像现在这样，在庄园里给主人当贴身用人，也无济于事。尽管可怜的查斯卡每天晚上都去满足老爷的性欲，让他随意玩弄印第安人结实的大腿，而不得不扔下正在吃奶的小女儿，留给慈爱但笨手笨脚的丈夫照看也无济于事。

啊！要是"本赛多尔"叫起来……

但是，没有。"本赛多尔"没有叫。大概它累了，正在打瞌睡。要不，也许它又像往常那样饿了，吃得不够，就得捕获一些小狐狸和耗子什么的，说不定它又跑到峡谷深处找食去了。但，这是很反常的，谁知是怎么回事？仁慈的上帝啊！

图比南巴终于到了离群母羊的跟前，小心翼翼地把羊抱在怀里，免得它惊慌乱叫，接着，他把母羊送回羊群。

印第安人悄悄地走向羊圈，呼唤着狗的名字："嘘……嘘……本西杜尔……嘘。"

可是，"本赛多尔"不在那里，它离开了自己的岗位。图比南巴没有走，他决定等狗回来，此刻无法干别的事了，他不能丢掉羊群不管。

印第安人等得不耐烦了，心里惦记着小女儿。也许，已经醒了，躺在茅屋里的生羊皮上，在熟睡的小哥哥身旁哭着、闹着。

但是，这羊群……这些绵羊……可怎么办呢？

好容易熬过了一个钟头，"本赛多尔"回来了。这是一条身腰细长、瘦弱肮脏、面目可憎的狗。

图比南巴迎了上去。这时，狗把嘴里叼着的一团东西丢在他的脚旁，随后夹起尾巴躲到羊群里，避开了主人……

借着明亮的月光，印第安人一眼就看清"本赛多尔"撕碎的猎物，是他的小女儿米奇的深紫色尿布和一只血淋淋的小胳膊……

(李永春 译)

圆不了的月

[印度尼西亚] 袁 霓

她一大早从中爪哇的乡镇出来，坐了八小时的车，到雅城的"戈罗科尔"车站时已是下午。夕阳把天织成一张巨大的橙红色的网，把她网在里面。她满身疲惫、满心忐忑和犹豫，在橙红色的网里踽踽而行。她希望这条路永无尽头，让她做着永不醒的梦。

一路上，她内心不停地交战——去？不去？挣扎中，那间梦魇的房子，蓦然间好似平地而拔，挡在她的面前，她站在门外踌躇。门——忽然悄无声息地打开，一个年轻俊挺的男人站在门后，黑幽幽的眸像一泓不可测的深潭。此刻，深潭正漩起万丈巨浪，铺天盖地地向她压来。她接着那眸光，眼前一阵昏黑，站立不稳地像要倒下去的样子。他伸手拉住了她，她却像接到了烫手的山芋，迅疾地挥开了他。他被淋了盆冰水般整个人僵住。等他回过神时，眸中的万丈巨浪已归于平静。"我远远看你走来，正要给你开门。"他平静地说，"请进。"

她默默地跟着他的脚步进门，在门后站住，熟悉的气味扑鼻而来，在她鼻端缭绕，她深深吸了口气，眼望着那熟悉的一桌一椅，装饰橱里那可爱的瓷娃娃和钢琴式音乐盒仍然摆在原处，不由自主地她眼里忽然就盈满了泪，这里曾经是她的家。

她像客人一样正襟危坐在沙发上，浏览着四周。屋子里到处是妈妈的照片，电影明星般搔首弄姿，看起来是那么刺眼，以前怎不觉得？她年轻貌美的妈妈十多岁时生下了她，后来和父亲离婚，她跟着妈妈，妈妈的男友多如过江之鲫，她没理，她当时只管读书。

他端着一杯茶放在她面前，犹豫了一会儿，终于和她面对面坐下，呆呆地望着她，千言万语无从倾诉的神态。她也望着他，心中的浪潮一波接一波汹涌，冲击着她已有裂缝的堤岸。他们互相凝视，短短的一刹，在他们中间却像天地洪荒般的悠悠然。

她在寂静中，总觉得四周有无数的目光在瞪视着他们。她抬头寻找目光的来源——是墙上妈妈那些照片！她恨死了那笑容和目光。他也看着那些照片，然后不约而同地冒出了一句："怎么会这样呢？"说完后，两人都沉默了。

良久，她终于开口问："妈呢？她怎么了？"他沉吟了一会才说："知道你要来，去买东西了。"她不相信地看着他，喃喃地说："她又骗我了，又骗了，她根本没被车撞……"她霍地站起来，脸因激动而涨得通红，"我走了。"她说完就急促地往大门走去，匆促间被地上的擦脚布绊了一下，差点跌倒。她稳住身体，一抬头看到门右上方一张放大的结婚照片，新娘灿烂地笑着。她盯着照片上的新娘，慢慢地眼眶里盈满了泪，终于忍不住，泪，急骤泻下。 那应该是我啊！怎么会是她呢？——自己的妈妈啊！她在心中痛喊！

当时，妈妈很关心她，她与男朋友的来往信件都要给她过目，妈妈很欣赏她的男朋友，催她快些结婚，还亲自替他们安排婚宴。婚前一周，妈妈对她说，风俗上此时一对新人不可见面，要她先回乡下保养，等日子到了，会派人去把她接回来，她相信了。

当时身为孤儿的男朋友还在离岛的油田工作，婚事全交女家料理，等他赶回来，一直到掀开新娘头巾时才发现新娘调了包。 她骗他说女儿在生病，由她暂时替代，他也信了她。 但晚上，她引诱了他。 等真正的新娘知道真相时，一切都已太迟了。

她眼泪不停地流，这时一双颤抖的手伸过来按着她的肩。 泪眼迷蒙中，她看着他的脸："我回来做什么？只为了叫你一声爸爸吗?"他一震，痛苦地扭曲着脸，眼眶里也满是泪，按在她肩上的手不受控制地激动颤抖。 她甩开他的手。

门外，橙红色的天网已收拢，黑夜开始笼罩大地，没有星，没有月，路灯却开始亮了。 她慢慢地走着，走着走着跑起来，他在后面叫着她，她越跑越疾，把他的声音远远丢去，最好让黑夜把苦痛和往事一起埋葬……

凶　手

[泰国] 黎　毅

雨声滴答，不大，不小，不停……

点点打落在屋顶的瓦片，打落在屋后的芭蕉叶，打落在……

难得潇潇夜雨，老二却不能酣畅睡个好觉。雨夜勾起了坎坷的过去、目前的纷扰、未来的茫然……

失眠……幻影……

楼下电话铃声有如一阵骤雨。

老二将睡又醒，望床头闹钟，凌晨二时十五分。

深夜电话，十之八九并非好事。不是近亲传报噩耗，便是知交遭到不寻常的麻烦。

老二打算不接这个电话，反正天亮消息便能传达；但不接，在良心上又说不过去。蹒跚下楼抓起电话听筒，尚未开口，对方女人声像连珠炮般直迫过来：

"粗猪呀，你这斩头杀千刀的还不爬返来。你……"

原来是搭错线，不该代顶对方一连串狗血淋头的毒咒。一肚鸟气，调儿僵僵地说："不回！"

随着砰然挂线。

电话铃又响。

玩笑开到底，老二再抓起听筒。女人连珠炮又迫过来："粗猪，你这早死，你不回……哼，你勿后悔。"

"等着瞧！"

老二又砰然挂线。虽被无端吵醒，无端顶受毒咒，内心却有种报复的快感。

静止，再登楼上床。

想着女人口中那头粗猪，想着连珠炮发那头母大虫，又睡不着觉。

猛然睁眼，阳光装满斗室，床头钟的指针搭在八时整。

早饭来不及，洗盥，匆匆上班。顺道到巷口伯顺油条摊买油条。

一个蓬头满脸油腻的少妇亦挤上来,有一句没一句地和炸油条的伯顺搭讪,好像记起什么地问伯顺说:"阿伯,你知不知对面母猪昨夜的事?"

伯顺头亦不抬,笑笑说:"你是说粗猪那个恶婆?"

老二心中一怔。

"还不是她!"

"有什么消息?"又是有一句没一句地搭着。

"粗猪滥赌,那头母猪深夜催电不回,死谏。"

伯顺停手,表情严肃,朝少妇问:"死了?"

对方没答,勾弯一食指晃动。

花园里的独角兽

[美国] 詹姆斯·瑟伯

从前,在一个阳光灿烂的早晨,有一个男人坐在厨房角落的小饭桌旁,刚从他的炒鸡蛋上抬起眼来,就看见花园里有只洁白头顶上长着金色角的独角兽(独角兽相传与马相似,前额正中长有一角,性温和有"神兽"之称,象征吉祥),在安详地啃嚼着玫瑰花。 这个男人上楼到卧室去,见妻子还在酣睡,他叫醒了她。 "花园里有只独角兽在吃玫瑰花呢。"他说。 她睁开了一只眼睛,不高兴地看了看他。 "独角兽可是神兽。"她说完就又转过身去。 男人慢慢下了楼,走出屋子来到花园。 独角兽还在那儿,正在郁金香花丛中慢腾腾地嚼着。 "来这儿,独角兽。"男人说,他拔起一枝百合花给它,独角兽悠然自得地把它吃了。 由于花园里有只独角兽,这个男人喜出望外，又跑到楼上叫醒妻子。"那只独角兽吃了一枝百合花。"他说。他妻子从床上坐了起来，冷冷地看着他。"你真是个神经病，"她说，"我要把你关进疯人院里去。"这个男人从来都不喜欢"神经病"和"疯人院"这种字眼，在这阳光灿烂的早晨，花园里还来了只独角兽的当儿，听来就更不入耳了。他想了想说道："等着瞧吧。"他走到门口时又对她说，"它前额当中还有一只金色的角。"说罢，又回到花园去看那只独角兽了。但是，这时独角兽已经走开，这个男人就坐在玫瑰花丛中入睡了。

妻子等丈夫一离开屋子，就飞快地起了床，穿好衣服。她兴奋激动，眼里闪出幸灾乐祸的亮光。她打了个电话给警察队，又给一位精神病医生打了个电话。她叫他们马上来她家，再捎上一件给疯子穿的紧身衣（这是一种白色紧身衣，有很长的袖子，可在疯人身后倒结使其动弹不得）。警察和精神病医生来到她家，坐在椅子上，颇感兴趣地看了看她。"我的丈夫，"她说，"今天早晨看见了一只独角兽。"警察瞧瞧精神病医生，精神病医生瞧瞧警察。"他对我说，它吃了一枝百合花，"她说。精神病医生瞅瞅警察，警察瞅瞅精神病医生。"他对我说，它的前额当中还有一只金色的角。"她说。这时警察见精神病医生发出的一个正式暗号，便一跃而起抓住了那个妻子。他们费了好大的劲才制服了她，因为她拼命挣扎，但是最后还是把她镇住了。就在给她穿上紧身衣的时候，她的丈夫走进了屋子。

"你对你妻子说你看见一只独角兽了吗？"警察问道。"当然没有啦，"那丈夫说，"独角兽可是神兽。""这就是我要知道的一切，"精神病医生说道，"把她带走吧。很对不起你，先生，可是你的妻子疯得跟一只樫鸟一样。"于是，她骂着、喊着，就被他们带走了。他们把她关进了疯人院。从此以后,这个丈夫过得很快活。

(杨 德 译)

给 S 夫人的报告

[日本] 星新一

大门铃响了。靠在长椅上心不在焉地看着电视的 S 夫人踌躇地站了起来,顺手关掉电视机开关,出去迎接来客。

"我是接到您的电话后从信用所来的。"一个手拿提包、看上去颇为诚实的青年彬彬有礼地说道。

"蒙你立即赶来,真是过意不去。请进吧。"

青年跟着夫人走进客厅,四下环顾,禁不住感叹道:"真是间考究的屋子啊!"

宽敞的屋子里样样齐备。进口的大型电炉向各个角落递送着舒适的暖气,壁上挂着一幅重彩浓抹的抽象派油画,地上铺着一张厚厚的大地毯,边上静静地躺着一只暹罗猫。

"丈夫外出挣钱,所以才……"

她做了个恰如暹罗猫似的漂亮的手势,示意青年坐下。

"我真羡慕您的丈夫,能和像夫人这样年轻美貌的女人结婚,过着如此美满舒适的生活。我不知到什么时候才有这份福气。"

他靠在椅背上,显出一副羡慕的神情。但马上转入正题:"夫人到底委托我去调查些什么事呢?"

"我是想麻烦你调查一下我丈夫的品行。"

一听这话，青年颇觉意外："什么？难道你丈夫不爱夫人了吗？"

"他非常爱我，我喜欢的他都给我买。 向他要钱时，他绝无二话，也从不问用途。 我晓得他是真正爱我。"

"那，还要调查什么呢？"

"可是，女人只有在丈夫只爱着自己一个人的时候才会感到心满意足。"

"您已经发现了什么没有？"

"就是他常常回家很晚。"

"可能是因为工作什么的脱不开身吧？"

"但究竟是什么样的工作呢？这可不清楚。 问他吧，只回答说是重要工作，闪烁其词，支支吾吾。 看来他肚里好像有什么见不得人的东西。 我一直非常担心。"

"这倒也是。"

"我想他也许另有新欢了吧！像我丈夫那样挥金如土的人，是会干出这等事来的。"

"但我难以理解，家里有像夫人这样的女人，他还会去寻花问柳？"

"可我就是担心。 我不愿让丈夫内心深处存有半点隐私，得让阳光将他的内心世界的每个角落都照个透亮。 因此，我想请你来彻底调查一下。"

"这是我们的工作，只要有委托就办理。"

"那么就劳驾了。"

两个星期后，信用所的青年给S夫人带来了调查报告。

"让您久等了，总算调查清楚了。"

"可真花了不少时间哪！那么，我丈夫到底在外面和什么样的女人乱搞呢？"

他从皮包里取出调查册："看了这报告，一切就会清楚了。不是什么男女情事！"

"那是什么呢？快让我瞧瞧。噢，先得付钱！"

"不，没关系，先看吧！"

夫人接过报告看着，美丽的脸颊上呈现了一丝复杂的表情。

"您的丈夫，确实是在干重要工作！"

青年说得不错，但她丈夫所干的实在难以称之为体面工作。这"工作"就是看准了别人的要害处进行要挟，每月定期地敲诈一定的金钱。

"这种事情，还是不知道的好。"夫人自言自语道。

"为了填补对夫人的爱情，您的丈夫正在干这种'工作'呢！"

"是啊，真不该怀疑他。我不知道为了我他竟在干这种事！"

"这钱……"

"我付。"

"怎么样，以后能否每月定期向您要！"

"你说什么?！"她惊叫了起来。

"迄今我还不知道世上有这么好的活计呢！我自己也得试试，因此我想先在您这儿开个头。"

"真是岂有此理！"

"可是您丈夫之事要是在社会上宣扬开去，就不怎么体面了。不但警察，便是税务局也不会袖手旁观，无动于衷的。所以，为了保守这一秘密，夫人您不管付多少钱也不会在意吧？"

"无论你怎样说，我总得……"

"我不会硬要您付许多的。我全调查了,夫人向您丈夫要多少钱都会如愿以偿,您只要将其中一部分让与我便行了。这样,一切将会平安无事。反之,要是您认为即使现在这美满殷实的生活彻底崩溃也在所不惜的话……"

S夫人斜靠在椅子上,向屋内环视了一眼。回答是不言而喻的:不能同优裕的生活告别,更不能同深深地爱着自己的丈夫告别。

"没法子,就按你说的办吧!"

看到S夫人无可奈何地点了点头,青年高兴地提高了嗓门:"托您的福,这下我也可以结婚了,娶像夫人一样出色的女人。"

(毕　耀　译)

胖子与瘦子

[俄国] 契诃夫

在尼古拉叶夫斯基铁路的一个火车站上,有两个朋友,一个是胖子,一个是瘦子,碰见了。胖子刚刚在车站上吃完饭,嘴唇上粘着油,发亮,跟熟透的樱桃一样。他冒出白葡萄酒和fleurd orange(香橙花)的气味。瘦子刚刚跳下火车,拿着皮箱、包裹、硬纸盒。他冒出火腿和咖啡渣的气味。他背后站着一个长下巴的瘦女人,那是他妻子;还有一个眯起一只眼睛的、高个子的男学生,那是他儿子。

"波尔菲里!"胖子看见瘦子,就叫起来,"是你吗?老朋友!多少个冬天,多少个夏天,没见着你啦!"

"哎呀!"瘦子惊奇的叫起来,"米沙!小时候的朋友!你打哪儿来呀?"

两个朋友互相拥抱,吻了三回,彼此打量着,眼睛里满是眼泪。 两个人都感到愉快的惊奇。

"我亲爱的!"瘦子吻过以后说,"真是想不到!真是出其不意!嗯,好好瞧着我!还是跟从前那么漂亮!还是从前那样仪表堂堂,大少爷!天呐!那么,你怎么样?发财啦?结婚啦?你看,我已经结婚了……这是我妻子露意丝,她娘家姓万增巴赫……路德派的教徒……这是我儿子纳发纳伊尔,三年级的学生。 这是我小时的朋友,纳发尼亚!我们小时候是同学!"

纳发纳伊尔想了一想,脱下帽子。

"我们小时候是同学!"瘦子接着说,"你还记得从前大家怎样拿你开玩笑吗?大家给你起了一个外号叫赫洛斯特拉托斯,因为你拿纸烟烧坏了一本教科书;我呢,外号叫厄非阿尔忒斯,因为我爱搬弄是非。 哈哈!……那时候咱们都是小孩啊! ……别怕难为情,纳发纳伊尔。 走到他跟前去……这是我妻子,她娘家姓万增巴赫……路德派的教徒……"

纳发纳伊尔想一想,躲到他父亲背后去了。

"那么,你的景况怎么样,朋友?"胖子问,热情地瞧着他的朋友,"你在哪儿做官?你做到几等官啦?"

"是在做官,我亲爱的!我已经做了两年八等文官,得了斯丹尼司拉夫勋章。 薪水很少……嗯,可是求上帝跟它同在!我妻子教音乐课;我呢,私下里用木头做烟盒。 挺好的烟盒!我卖一卢布一个。 谁要是一回买十个或十个以上,你知道,我就打点儿折扣。我们总算混着过下来了。 你看,我原在做科员,现在调到这儿来,仍旧在科里,可是做科长了……往后我就在这儿做事。 那么,你怎么样？恐怕你已经做到五等文官了吧？嗯？"

"不，我亲爱的，你还得说得再高点才成，"胖子说，"我已经做到三等文官了……我有两个星章了。"

瘦子忽然脸色变白，呆住了，可是他脸上的肉很快地向四面八方扭动，做出顶畅快的笑容，仿佛他的脸上，眼睛里射出火星来似的。他耸起肩膀，弯下腰，缩成一团……他的皮箱啊，包裹啊，硬纸盒啊，好像也耸起肩膀，皱起了脸……他妻子的长下巴变得越发长了；纳发纳伊尔挺直身体立正，系好制服上所有扣子……

"大人……我……荣幸得很！斗胆说一句：小时候的朋友忽然变成了大贵人！嘻嘻！"

"唉，算了！"胖子皱眉，"干吗用这种口气讲话？你我是从小的朋友，用不着官场的那一套奉承！"

"求上帝怜恤……您老人家说的什么话？……"瘦子赔着笑脸说，越发缩成一团了，"大人的恩情……有如使人再生的甘露……大人，这是我儿子纳发纳伊尔……我妻子露意丝，某种程度上的路德派教徒……"

胖子本想提出抗议，可是瘦子的脸上现出那样的尊崇、谄媚、恭恭敬敬的丑相，弄得那三等文官直恶心。他扭转头去不看那瘦子，伸出手去告别。

瘦子伸出三个手指头握一握手，全身伛下来鞠躬，像中国人那样地赔笑："嘻—嘻—嘻！"他妻子也赔着笑脸。纳发纳伊尔把两脚靠拢，制帽掉到地下去了。这三个人都感到愉快的惊奇。

（汝　龙　译）

老人与鸽子

[新加坡] 尤 今

总是无法忘怀阿根廷那个被夕阳染得璀璨的绚丽的傍晚。

布宜诺斯艾利斯虽然是个高度发展的大都市,然而,市区中心却处处辟有让行人歇足的广场。诸如:圣马丁广场、哥伦广场、康格尔士广场、五月广场,等等。这些广场都享有盛名,因为广场以内,各个立着气派慑人的巨型艺术雕刻,雕工精细、思想奇特,令人过目难忘。我曾特地花上大半天的时间到各个广场去细细的欣赏这些艺术杰作。

最喜欢的,是康格尔士广场。威严雄伟的铜雕武士骑在铜塑马儿上,气势万千。此外,不论日夜,都有大批的鸽儿麇集在广场上,给予整个广场带来了一种活泼的生命力。

那天到处观光,到了傍晚时分,双足疲累不堪,信步走到康格尔士广场来歇息。

卖鸽食的小贩已经开始做生意了,我买了一包干玉蜀黍粒,随意撒落在脚前的空地上。立刻,鸽子从四方八面扑过来,黑压压的一大片在我脚下争食。它们吃得津津有味、吃得理直气壮,似乎长久以来就是受着我饲养的。也有一两只鸽子误啄我的脚趾;很痛,但即也让人感觉到生命力的强劲与可爱。

这时,一名头已半秃的老人踽踽地向广场走来。他向小贩买了一包鸽食,走向鸽群。馋嘴的鸽子,纷纷地扑到他身上去,有的攀上他的肩膀,有的立在他的手臂上。他以枯瘪多皱的手抓了一把金黄色的干玉蜀黍粒放进自己嘴里去,正当我愕然之际,却见他轻轻地把一只鸽子揽进怀抱里,然后,以母鸟哺育幼鸟的方式,把玉蜀黍粒由他的唇传送到鸽子尖细的喙里。他眼皮松弛的眸子里,蕴含着柔和的笑意,将坠而未坠的夕阳那艳丽当中含着寂寥的余晖撒满了他一身,蔚成了一幅异常动人的图画——画中的人和鸟,正亲密的以一种超越语言的方式进行交流,教人不由自主地想到爱,想到和平。至于暴力和血腥,有这一刻,纯然是陌生的名词。我悄悄地用照相机把这个感人的景象拍了下来。

老人喂完鸽子后,消失于广场的尽头。他的格子衬衫,半塞在裤子里,一半拖在裤子外面;他的外表,是这样的不整洁,但是,油腻的衬衫底下,却跳跃着一颗充满了爱的心。

为了能在回旅馆以前再喂喂鸽儿,我再度走向了卖鸽食的摊子。

卖鸽食的,是个年轻小伙子,长长的脸老是溢着笑意。他指指吊在我背上的相机,说:"帮我拍一张,好吧?"

拍好了照,他友善地搭讪:"刚才你拍的那个老人,天天都来的。"

"哦?"我一边把相机的镜头盖好,一边漫应着:"很有爱心的一个人嘛!"

"爱心?"

不知怎的,他竟扑哧一声笑了出来。我狐疑地抬头看他。

"嘻嘻,他对不起鸽子,所以,天天来这里和它们说对不起。"

"怎么!"我要求他作进一步的解释。他用手朝远远的一个方向指了指,说:"他在那边一间中餐馆当厨师,拿手好菜是烧烤鸽子肉!"

暮色来得很快,只一忽儿,原来七彩缤纷的天幕便像错放了染料一样,幽幽地黑了下来,像我那颗出其不意地黯淡下来的心……

被欺压的女面包师的胜利

[德国] 布·克罗瑙埃

女面包师突如其来的举动，是件小事，当时，我毫无思想准备，回家的路上我才想起事情发生的经过。

首先，我想起了一次晚班火车。在一个小站上，上来一群年纪大的妇女，也不管有无座位，蜂拥挤上车厢，个个显得异常激动。她们衣着随便，穿的套裤和大衣全都褪了色。不论衣着还是体形，看上去都不顺眼，但她们根本就无所谓。有几个穿得好一点的，可也吓人，衣服紧绷在身上，恐怕也不太舒服。车厢里顿时像年轻人的宿舍似的，一片喧闹。这些来自小县城的妇女，身体健壮，此刻没有丈夫的陪同，马上就混入一群活泼的小姑娘中间，她们老是"我们，我们"的唠叨个不停。还不时地跑到女导游那儿去撒娇。她们相互指点和寻找货物发送站的表册，就像在上演精彩的木偶戏。其中有一个妇女还向别人讲述怎样在夜间将座位摆成卧铺。我想，女面包师也会在她们中间的。不行，就是在她们中间，她也不会自在。她大概还是不引人注目为好，就像小老太婆一样。她根本不是那一号人，她是个孤独的人，是个安分守己的人，是个一开始就被遗忘在一边的人。

不，她是个周末只在家里磨蹭的人。可她总弄不明白，平时的街上怎么可能有这么多的人，真是川流不息，有的匆匆忙忙，有的慢慢腾腾，尔后又消失了。而她一定要待在自己那间与世隔绝的房间里，有时还要将百叶窗放下，自个儿就这样打发日子。如果她星期一不露面，不按常规走出家门加入到人流中去，不向这个人那个人问好，人们或许就会将她遗忘的。

在我们这家洁净的、生意繁忙的面包铺子里，人们总是那么生气勃勃，精力充沛，她在里面怎么会不受排挤呢？她呀，简直称不上面包师，我只称她是个面包铺子的职工，或者只能算个辅助工。我第一次见到她便暗自给她取了个绰号，叫"倒霉鬼"，就像叫那个身体魁伟、面色红润的老板娘为"守护神"一样。这儿所有的面包，一天两次从中心店送往市内各销售点出售，一切都经过仔细估计，卖不掉的大小面包，晚上再送回来。由于核算准确，又通过电话落实当天的销售额，所以面包往往销售一空。碰上意外的好生意，准会使她们高兴。这儿的工作是两班制，售货员换班不规则，什么活儿都得干。有那么三四个人组成一个固定的营业点，对那些算账不够快，不能很准确、利索地分切大蛋糕，不能对繁忙的工作应付裕如的年轻姑娘常常要调换。而手脚熟练的同事，总是冷眼旁观。所以这个铺子在我看来，如同修道院的修女跑到街头去做买卖一样。售货员接待顾客的态度，时好时坏，变化无常，令人难以捉摸。有时她们热情地招呼你，服务也很周到；有时则冷若冰霜，使个眼色算是在问你"要什么"，到最后才很不乐意地把价格从牙缝里挤出来。在这种情况下，店里所有人员的做法总是一致的，谁要不这么干，要想长期待下去，没门儿！

一天，"倒霉鬼"站在那儿，个儿要比其他的人都高，灰褐色的皮肤就像干瘪的面包，瘦骨嶙峋，无精打采，还有那厚厚的嘴唇更显得厌烦，怏怏不乐。她压根儿就不知道面包的售价，不得不一再向同伴们发问。别人在顾客前面可随意支使她。显然是出于"守护神"和她的棍棒的威慑，大伙儿才将注意力集中到顾客身上。她们就像老相识似的同我打招呼，我刚一开口，她们就猜到我要什么了。 今天，她是新手，其他人，不论是站柜台前还是站在柜台后的，我都认识。 当然，面包铺伙计们这种热情的劲儿不会维持很久的。 不过，只要"倒霉鬼"站在一旁，这些有经验的售货员就比以往更饶舌，她们俨然以行家自居，将新来的排挤在一边。 她们能见机行事，干事利索，忙而不乱，和颜悦色，不费吹灰之力便把"倒霉鬼"的生意——也包括我在内——招揽过去了。 顾客们也宁愿从她们那儿买到小面包，就因为态度好。 假如有人到她们那儿去选购，"倒霉鬼"也是挺乐意的。 店堂里一旦有什么笑话出现，她也鼓起勇气一起笑，不过笑得太晚了，只是人笑她也笑罢了。 另外，别人算账，总是在人不经意的当儿，一眨眼就算好了；而她每次都得费尽脑汁，总是吃不准似的嘟起了嘴巴。

有时，也可能把她安置在指定的营业岗位上。 她们故意让她一个人到前面去站柜台，其他人干些记账、整理工作。 她站在那儿被人监视，觉得十分难看。 她们眨巴着眼，倒好像有义务来检查她似的。 她还是搞搞手工和面更加合适。

一次，她碰到接待三个年轻学生的机会。 他们不要马上把面包切开，而是要一只只地切，并且要切得一样。 女面包师觉得，可能是别人让她出丑，她必须一连三次切开各个小面包，中间夹上巧克力威化。 她夹起面包来很不稳，摇摇晃晃地把夹心面包从柜台里递给他们，年轻人用脏手伸到她那沮丧的面孔前，做了个示范动作：该怎样用力一夹，面包正好夹扁，这样才恰到好处，可往嘴里直送。

后来，进来一位先生，他一头银发，身穿笔挺的驼毛服装。 女面包师动作迟缓，一直让他久等着。 作为一个顾客，他认为这是对他的一种侮辱。 最后直到另一个售货员迈着轻盈的步子迎上前去，招呼了那位有身份的先生，这才挽回铺子的声誉。 三个青年故意全部用分尼，各自付了账。

  人们对夏季那灰蒙蒙的七月天已习以为常，所有的东西都沾满了灰尘。 各个角落和花园里，不时地传来孩子们的声音，这一切就像树叶长在树上那样，为人所熟知。 而"倒霉鬼"就关注着这些变化。 我被人流挤到了她的面前，想买四块苹果蛋糕。 她很自然地去拿隔夜面包——显然是规定她取货的地段，她的特点，就是能干其他售货员所不愿干的事，明显的差别就在于此——很熟练地拿起托盘，将一块圆蛋糕放在上面。 她突然停住了，紧张地扫了我一眼，厚厚的嘴唇蠕动着，嘀嘀咕咕的，像是警告我有危险，但我并没有很快理解她的用意。

  "什么？"我说的声音很响，想让她也大声些，起码能让人听得到。 她避开我的目光，提高嗓门，用做生意人的口吻，反问我是不是要樱桃蛋糕，而眼睛里却流露出焦急和恳求的目光。

  "不，"我说，"为什么不能买苹果蛋糕呢？"她后退了两步，走到货架边，小心翼翼地往两边瞅了瞅，又低声对我重复说了一下。 我觉得周围的一切确实有些蹊跷，我看到顾客们嘲笑的神情。 她突然抓起一只装有蛋糕的纸袋，在上面涂了一个字，幸好这时大家都很忙碌，别的售货员没有注意这一举动。 她像是很偶然的样子，将食品袋放到玻璃台面上，故作镇静，只差一点没有哼哼唱唱罢了。 可我还看不清是什么字，我猜不出葫芦里究竟卖的是什么药。 "这蛋糕不新鲜！"她默不作声，用责备的眼光看了我一眼就算是回答了。 难道我该压低嗓门不成，我太笨了，她好容易才忍住，没有做出不要声张的手势。 接着她的脸色刷地一下变得通红，血红血红的，真令人难以相信。 她到里面取了奶油蛋糕，然后又走到我的跟前，说"是否还要点什么？"我这才明白过来，她想要我跟她一起去，我马上跟她去了。 她弯下身子，我竭尽全力终于听清："别买苹果蛋糕，那是昨天的，是昨天的！"这一回这几句话是从她牙缝里迸出来的，算是说清楚了。 没有人偷听我们的话，既然她不愿让人听到，那也好！然后她惊恐地用手捂住那不断颤抖和抽搐着的嘴，急忙把纸袋从面前拿开，她在玩弄这一手法时，也顾不得外面等待的顾客了。 她再一次指着纸袋给我看，并读着上面写的字："昨天。""我不得把此情况泄露出去！"她轻轻地补充说，并当着我面将纸袋揉成一团，撕碎，将纸屑塞进工作服的口袋里。 当然，我这回买的是四块奶油蛋糕。 我怀着感激的心情向她表示谢意，她也带着一种胜利的微笑目送我走出店门，好像我们经历了一次冒险活动。

直到回家的路上，我才仔细回想起这件事的经过。 对我来说，至少是有愧于她的。 "守护神"老板娘会把女面包师私下辞退的，这是必然的、无法改变的结局。

（王润荣　译）

皮夹子的把戏

[美国] 阿·契尔屈列斯

玛琪……打零工真受教育！唔，我的意思是在不同的人家里做工，比你耽在一个地方能够学到的东西，要多得多……我告诉你，留心看看人们怎么对待你，真使你大开眼界。

什么？……不，玛琪，我不要帮你剥豆，我宁愿留下来同你一起吃晚饭，吃过饭我来洗盘子。 行吗？……

谁怎么对谁吗？……哦是的！ 是这样。 ……我给伊太太做过零工……一星期做一天有好几个月了,我发觉她有点儿古怪。唔,有一件事真使我不痛快,那就是她拿皮夹的习惯……不,不是那种小本的小说……我指的是她的钱包——她的手提包。

玛琪,她有一只旧而大的皮夹子,上面有两条很长的带子……每当我到她家里,她就在椅子里撑起来,把她的手提包用双股带子牢牢地缠在手腕上,她把那钱包抱在胸口,从这个房间走到那个房间……是的,姑娘!每次都是这样!不,除了我和她没有别人……玛琪,我不能对她说什么!这是她的钱包,对吗?只要她愿意,她就可以紧紧抱住它!

我好几个月闭口不谈这事,竭力在想,怎样来提出我的论点使她服帖……啊呀,谢天谢地,真巧得很! 今天就是那一年的那一天! ……玛琪,请你把豆继续剥下去,这样我们才能吃得到呀!我知道你在听,但是听只要用耳朵,不要用手……唔,总之,我差不多就要回家去了,这时候她走进房里来,像往常一样抱着手提包,说:"密尔屈列德,请你把管门人找上来修厨房的水龙头。""好,伊太太……"我说,"一离开这里就去叫他。""哦,不,"她说,"那时候他也许已经走了。请现在就去。""好的。"我说,我走出房门,身上还围着工作围裙。

我只不过沿着过道走去,在那里站了一会儿……然后拼命地奔回到房门口,用尽力气疯狂地敲门。她把门拉开说:"什么事?你见到管门人了吗?……""没有,"我说,一面沉重地喘着气,"我几乎已经走到楼下,忽然记起……我的皮夹子在这里!"

说着我冲进房去,一把抓住我的钱包,然后下去叫管门人!后来,当我回家的时候,她十分羞怯地说:"密尔屈列德,我希望你别以为我不信任你……"我立刻打断了她的话:"那没有什么,伊太太。……我懂得。如果我付别人工资像你付我的一样的话，我也会抱住我的皮夹子的！"

玛琪，你这傻瓜……当心！……你要把豆打翻到地板上去了！

（陈冠商　译）

冰　棍

[德国] 黑·玛·诺瓦克

一个年轻人穿过一块草地，他一只手拿着一根冰棍。他吮着这根冰棍。冰棍在融化，快要从棒头上掉下来了。年轻人忙不迭地吸吮着。他在一条长凳前停下脚步。一位先生坐在长凳上看报。年轻人站在这位先生面前吸吮着冰棍。

那位先生放下报纸，抬头看了一下；冰棍正好掉到沙地上。

年轻人说："您现在对我有什么想法？"

那位先生惊讶地说："我？对您？毫无想法。"

年轻人指着冰棍说："我刚才把冰棍掉到地上了，您就没有想过我是一个笨蛋？"

那位先生说："没有，我没有这样想过，再说谁都会碰上把冰棍掉到地上的事。"

年轻人说："啊，原来是这样。我使您感到遗憾，但您无须安慰我。您准是认为，我买不起第二根冰棍。您认为我是穷光蛋。"

那位先生把报纸折叠起来说："年轻人，您为什么如此激动？对于我来说，您要吃多少根冰棍就可以吃多少。您想做什么就可以做什么。"他又摊开了报纸。

年轻人将一只脚跷在另一只脚上,说:"正是这样,我要干什么就可以干什么。您管不着。我干的正是我要干的,您对这有什么好说的?"

那位先生又埋头看报纸。

年轻人高声说道:"您现在蔑视我,正因为我做了我要做的事。我可不是个胆小怕事的人。您现在对我有什么看法?"

那位先生大为恼火。

那位先生说:"请您让我安静安静。您走吧。您的母亲大概常常揍您。这就是我现在对您的看法。"

年轻人微笑着说:"这算您讲对了。"

那位先生站起来走了。

年轻人跟在后面,紧紧拉住他的衣袖,着急地说道:"但是我母亲太好了。请您相信,她什么都不会拒绝我。我回到家,她总是对我说:'我的小王子,你又脏成这副样子啦。'我说:'有人冲我扔东西。'她说:'那你应该自卫呀,不能什么都忍受。'我说:'我可进行自卫了。'她接着说:'不,这你没有必要;强者是无须自卫的。'我说:'我根本还没有来得及动手,他们就冲我吐唾沫。'她说:'如果你不学会叫人不敢碰你,那我真不知道你将成为一个什么样的人啦?'您想象得到吗?她曾问我:'你长大了究竟要做个什么样的人?'我答道:'黑人。'她说:'你好没教养啊!'"

那位先生走开了。

年轻人喊道:"我可给她的茶里加了点儿东西。现在您对我有什么看法?"

(杜淑英 译)

阿　南

[新加坡] 彭　飞

阿南杂货店是实龙岗上段老字号，传至阿南已是第二代。 阿南四十开外，个子不高，常年一张圆圆笑脸，说话时眼睛眯成细缝，全无生意人精明样。 闲聊谈及日子艰难，他总不自觉抚摩红鼻子，朗声说：活着，不过图几口饭吃。 眨眨眼，什么都过去了。

初次到阿南杂货店纯为应急，家里烧菜缺油，就近到杂货店挑了一瓶。 身边只一张百元大钞，店主翻开抽屉倒出所有零钱，仍凑不足数。 他眯着眼笑道："见笑见笑，货先拿去用，改天经过再还钱吧。"我有点儿不相信地瞪视着，他却指着门口横匾说："我们是老字号，几十年就是这样做生意，大家都是要吃饭的，给人方便嘛。"自此印象深刻，调整专到超市添购日用品的习惯，柴米油盐找阿南，价钱或许稍贵，但那种亲切与从容的感觉，在机械横行时代格外叫人怀念。

熟络后，阿南渐渐无所不谈，而店里经常清冷，声音稍高，回声不断。 店面是老爸留下来的，当年这地带人多气旺，生意红火，还铺设电话，可电话订货，专车送货上门。 老爸不识字，性格豪爽，仿佛江湖中人，出手慷慨，急人所难，重义气，讲信用，商家都肯供货，杂货店长年货源充足。 那年市面上面粉断货，店里却仍囤积数百包。 做买卖讲的是人面交情，小气量窄胸膛的成不了气候。

大哥和三弟后来也都开了杂货店。 大哥性格最像父亲，不爱读书，念中学时便成天随父亲订货送货，胆子又大，上万块钱的货，眉头皱也没皱，便擅自替父亲要了下来。 实龙岗新镇建成，父亲出资给大哥在中心开了个店面，二十岁当了老板，生意还真不差。 谁知后来交了班损友，沉迷赌马，生意差了，前几年杂货店终于关门。 如今四处给人打杂送货，周末必到赛马中心搏杀，赌马前他一定吃素，专点包菜和豆芽。

三弟最聪明，从小就有生意头脑，中二起帮父亲管账，个子小小，说起话来大人都让三分。 中学毕业到理工学院念商科，二十来岁在老爸帮助下也开了店，两三年便扩充营业，买下店铺，专人设计装潢，全间冷气，俨然小型超市。 后来市镇扩建，相隔一条街先后来了两家霸级超市，顾客流失很多。 接着，金融风暴袭来，三弟经常宣称别把所有鸡蛋放在同一个菜篮，投资金融股市的鸡蛋全都破裂，血本无归。 从洋房搬进组屋，再从五房换成四房，去年底也把店子顶让了。

阿南说，三兄弟里自己最没出息，从小在店里只能打杂，曝晒米谷干粮，拿着鞭子赶麻雀、鸽子。 晚上则在煤油灯下数银角，用锡箔纸一扎一扎卷起来，整整齐齐锁在铁柜里，而居然连一毛钱也不曾私吞。

老爸常骂他只会吃饭，没脑筋，没有老大的胆识，也远不如老三的精明，临终前却让他承继了老字号。 从来就不是做生意的料，也没宏图大志，他守着这间老店，吃几口饭，日子眨眨眼就过去了。

日前经过杂货店挑了个面包，遍寻不见阿南。 后门敞开着，他躺在后巷帆布椅中酣睡。

地上一堆细米，麻雀叫着啄食，中间夹杂两只斑鸠，咕噜咕噜，沉沉的，却也悠悠而远远的。 没有惊动阿南，把钱放在柜台上，轻轻地走了。

夜归人

[美国] 爱伦·坡

年轻的妇人静静地站在窗台前面,她像是盼望什么似的,倾听着屋外的动静。屋子里只有她一个人。窗外在下着大雪,这是今年冬季的第一场喜雪,大雪覆盖了窗外那荒寂的大草原。妇人隔着窗户痴痴地向外望去,但她什么也看不见,只有单身孤影投在那铮亮的窗玻璃上。

此时,她比任何时候都感到孤寂和害怕。她丈夫常常出门远走,一去就是好几天,只留下她一个人守在家里。但是,这次的情况就不大相同了;现在她已确知自己怀孕了。她恨自己为什么不把这件喜事早点告诉丈夫。

他已经对工作产生厌烦的情绪了,如果知道她已有了身孕,一定不会再出远门的。然而她却不愿意让他为自己而焦灼。她回忆起几小时前的一个插曲:他告诉她关于那一包钱的时候,正是站在这个窗台前,双手轻轻地搭在她的肩膀上。做丈夫的是一位边区的税务员,把一大包税款拿回了家,放到一个饼干箱里,藏到厨房的地板底下。

"为什么呢?"

唉,倒大霉了!小两口自己的那一点存款,存在老远的一家农村银行里了,现在银行就要倒闭了,他只好赶快去取回他们的钱。然而他不敢随身带着公款跑这么远,所以把它藏在家里了。

"你得答应我,我不在家你千万别离开屋子,"他说,"不许让任何人进房子,无论说什么都不能让人进来。"

"好的,我答应。"她说。

现在,他已经走了好几个小时了,天色已昏沉下来,夜幕降临了。 大雪和黑暗笼罩着孤寂的木屋。 她听到了声音。 这不是风声,风吹门窗的声音虽然像有人偷偷地进来,可是她能分辨得出,她听到的是一阵敲门声。 声音很低,但很急促。 妇人把脸紧贴在窗户边,只见有一个人靠在前门。

她连忙走开,从壁炉边取下了丈夫的手枪,真倒霉,这是一支没有用的手枪,好的那一支和火药筒都让丈夫给带走了。 她只好拿着空枪,快步走到紧紧锁着的大门边。

"是谁在外边?"她喝道。

"我是伤兵,迷了路,走不动了,请你做件好事,让我进来。"

"丈夫吩咐我,他不在家,谁也不让进来。"年轻的妇人实实在在地告诉他。

"那么,我只好死在你们家门口了。"

再过了一会儿,他又恳求说:"你打开门看看我,就知道我不会伤害你的。"

"我丈夫是不会饶恕我的……"她哭诉着,开门让他进来了。 这伤兵的确已筋疲力尽,似乎就要垮了。 他高个子,步履踉跄;苍白粗糙的脸,手臂上包扎着绷带,浑身是雪花。 妇人让他到火炉边,坐在她丈夫的椅子上,替他洗伤口,换绷带;又把准备自己吃的夜餐给他吃。 等他吃完,她已经在后房里用地毯为他铺了一张床。 他往床上一倒,似乎马上就睡了。

真睡着了还是假的? 是在骗她,等她去睡觉吗? 妇人在自己卧室里走来走去,心里忐忑不安,像是要出什么乱子。 深夜时,万籁俱寂,只有炉火噼噼啪啪地低声作响。 忽然有一阵非常低的声音;

很轻，显然是有人在干什么，鬼鬼祟祟的，比老鼠偷啃东西的声音还要轻。 这到底是哪儿来的声音呢？难道是隔壁房里的那个男人？想到这，她拿起灯，轻轻地走到狭窄的通道，站着静听。 伤兵的呼吸声音不会那样响，准是故意装的。 她把门推开，走进后房，俯身去看那个伤兵，只见他睡得很甜。 她走出房间，立刻又听到了那个声音。 这次她知道了：有人在撬前门的锁。 妇人立刻从工具箱里拿出丈夫的一把折式洋刀，然后轻轻摸到那伤兵床边，推醒他。 他哼了一声，睁开了眼睛。

"你快听！"她低声地说，"有人要偷进屋里来，你来帮一下忙！"

"谁要偷进来啊？"他困倦不堪地说，"这又没有什么东西可偷的。"

"有的，有很多钱，藏在那厨房地板底下。"这件事怎么可以告诉他呢？她恨不得咬断自己的舌头。

"那么，你拿我的手枪，我右手伤了，拿不了枪，你把刀给我。"他说。

妇人迟疑了片刻。 这时，又听到前门被撬的声音。 她立刻把刀递给伤兵。 自己拿起了他的手枪。

"你来对付头一个进来的人，"他说，"靠近门边站着，门一开就开枪，枪里有六发子弹，一定要打到他倒下来动不了为止。 我拿着刀，在你后边，应付第二个进来的人。 我们一站好位置就把灯吹灭。"

顿时，屋子里一片漆黑。 撬锁的声音停止了，传来了扳扭东西的声音，门锁被打掉了，门开了，溜进了一个人来。 刹那间，白雪衬托着那人的身影，她看清楚了，立刻一枪打去，那人倒下了，但马上又跟跟跄跄地站起来，妇人再开了一枪，他这才慢慢地倒下。脸碰着墙脚，再也不能动弹了。 伤兵俯着身子，咒骂了一声，然后叫道："原来只有一个人！好枪法啊，太太！"接着，他把尸体翻过身来仰天躺着，这才看到这强盗还蒙着一个面罩。

"认识这个人吗？"伤兵问。

"从没见过！"她说。 这时的妇人比任何时候都有勇气，盯着死者的脸，看着这个回来抢劫自己家的人——她的丈夫！

（芸　亮　译）

不鼓掌的人

[日本] 藤森成吉

我突然发现这家伙很不正常，唯独他一个人不鼓掌，真不可思议。

演讲者慷慨激昂，台下掌声阵阵。 大伙儿把手都快拍烂了，还是一个劲儿地向着讲坛报以雷鸣般的掌声，不，简直是在一齐鸣枪射击。 有人嫌鼓掌不过瘾，竟情不自禁地喊叫起来。 "对！一点不错！""我们都挨了打！""警察是我们的敌人！"

警察犹如街道两旁的树木，布满会场四周。 每当群众鼓掌、喊叫时，他们眼睛里就闪烁白光；佩剑仿佛是套在家犬脖子上的锁链，发出"咔嚓"、"咔嚓"的恫吓声。 不用说，这种举动纯属徒劳。 演讲者的谴责句句在理，具有法庭和陪审员的权威。 何况，警察现在又是被告。

警察要是胆敢在这种场合动手打人，大概到会者谁也不会袖手旁观的吧！这一点群众清楚，被告们心里也明白，正因为如此，他们至多只能白白眼、拨弄拨弄佩剑而已。

"谴责警察'五一'暴行大会"笼罩着法庭式庄严、激昂的气氛。 演讲的工人大声怒斥,听众的心里也在大声疾呼。 台上台下同仇敌忾。 然而这究竟是怎么一回事呢?唯独这家伙阴沉沉的,一声不吭,显得无动于衷。

他一动不动地端坐在我的邻座,仿佛波涛中的一块岩石。 面孔浅黑,身体似乎有点虚弱,鼻子向旁歪斜,目光锐利,身穿土黄色粗布工作服,看上去像是个中年工人。 他嘴唇紧抿,正出神地望着台上的演讲者。

"浑蛋!"我暗暗骂道。 居然巧妙地混了进来,你在拼命地看什么呢? 是把反抗者的面孔一一记入脑海中的手册? 还是像蜻蜓那样转动眼睛环视四周呢?……于是我对他严加监视起来,但这家伙依旧纹丝不动。 过了好大一会儿,他都没拍过一下手,也没喊过一声。 也许他压根儿没这种念头。

我不免纳闷起来。 恐怕是个新特务吧! 不!说不定是个狡猾的老狐狸也未可知。 我把注意力全集中在这家伙身上了,至于台上的演讲,早已丢在一边。 我决定和他打个招呼。 就在我正要把脸凑过去喊声"喂"时,突然发现他的双瞳像电光一样在闪亮。 啊呀!这条狗真怪,在哭哩,是不是有所触动了呢?……就在这当儿,雷鸣般的掌声又一次震撼了整个会场。 他失神似的举起迄今一直垂着的那只手,可是刚举到胸前又垂落在膝盖上。

这时,我才看到了一样东西。 可以说这是一个伟大的发现,其意义远比哥伦布发现新大陆要大得多,我的热血一下子沸腾起来。 四周一片昏暗,我极力睁眼凝视,确实没错,搁在膝盖上微微颤动着的东西是一双没手掌的手,不! 是研磨棒。

我的眼前闪电般地掠过一个幻觉:传送带宛如几十条耀眼的白

练，奔腾不息。马达隆隆鸣响，机器令人目眩地飞速旋转。突然，五根手指和手掌碰到磨得光亮的钩形加工品，顿时在一片浅红色的烟雾中飞舞……

我全明白了。泪水不禁夺眶而出。

"你！"

我失声抽泣，眼前一片模糊，还是伸出双手，紧握住他那山芋般的、无声地颤动着的物体。

（朱金和 译）

看这日子过的

[以色列] 伯斯顿

我以前的邻居莱克尔从克亚特·锑旺赶到耶路撒冷我的新家来看望我。动身之前她给我写过一封信，免得让我措手不及。她坐在桌旁，啜饮着咖啡，小口咀嚼着我的丈夫为她的到来而特意准备的小甜点。我拿出她的来信，夸奖着她的字写得不错。

她是最近才学会读书、写字的。多少年来我一直代她给她远在罗马尼亚的姊姊写信。有一次在我的一再要求下，她勉强在信的结尾签上了她歪歪扭扭的名字，她把一个简单的斜线写成了难以辨认的两点。当我让她再在她的名字后面画上一条横线时，她甩下笔，无可奈何地一笑说："咳，阿宕·尤瑟夫，我写不来。"她不是没有努力学习过。她曾经参加过成人教育扫盲班，但是最终仅坚持了一个星期就不去上课了。第二次努力也没有坚持多久，她最终放弃了学习。她说她这辈子不和字母打交道也能活下去。她总是抱怨命运的不济。她出生在罗马尼亚，在那里长大，并且结婚成家。

在战争中，她失去了丈夫以及她和那个男人的唯一的一个儿子。她的第二个丈夫也是个文盲，所以她没有别的办法，只能求助于别人帮忙写写画画。

"看这日子过的。"她叹息道。尽管她把家搬到了以色列，但是她的命运并没有因此而出现多大的变化——她的丈夫生病住进了医院，她的儿子被关押在监狱中，她的女儿带着三个还未成年的孩子离婚单过。她自己唯一的办法就是向别人哭诉自己的不幸，在食品杂货店里哭，在肉铺里哭。但是别人怎么能让她在这些地方哭呢？最后她连一块能痛痛快快地哭一场的地方都找不到了。有一次，她说，她的邻居去世，她去参加了葬礼，在她的邻居的葬礼上，她痛痛快快地大哭了一场。她醒悟到，只有痛快地哭上一场，她的内心才能获得某种解脱。从此她开始留意起别人的葬礼。克亚特·锑旺是一处建有很多老年人公寓的地方，几乎每天都有人死去。但是她是从什么地方得知某某人的葬礼什么时间举行，到什么地方乘坐往返于墓地的免费大巴呢？由于不准确的信息，她曾经常丧失掉参加别人葬礼的机会，这都是因为她看不懂张贴在树上或围墙上的讣告的缘故。明白了这个道理，她又一次从字母开始学起了文化。

呷了一口咖啡，用手指抹了抹嘴唇，她令人压抑地叹息道："咳，看这日子过的，阿宕·尤瑟夫。"

（纽保国　译）

裸　泳

[意大利] 卡尔维诺

在某海滨浴场洗海水浴时，伊佐塔太太遇上了一件麻烦事：当从深海游回岸边的途中，她突然发觉自己的游泳衣不在身上了。她弄不清事情是刚刚发生的，还是发生得有一阵儿了，总之，她穿的那件新比基尼泳装只剩下胸罩。可能是她臀部扭动时，扣子脱落，那个像布条一般的三角裤衩从另一条大腿滑了下去，也许正在她身下不远处往下沉呢，她试图潜入水中去寻找，但没有成功。

这是正午时分，海里四处都是人，有的在赛艇上，有的在小游艇上，还有的在游泳。伊佐塔太太不认识任何人。昨天，她丈夫把她送到此地后立即回城里去了。她心想，眼下别无他法，只能找一艘救生船，或者找一个可信赖的男子，向他呼喊和求救，并要求他严守秘密。好在没有人怀疑她下身赤裸，因为她游泳时，绝不把身子抬出水面，人们只能看见她的头和隐约可见的胳膊和胸部。这样，她就可以放心地去寻求援救了。为了弄清别人的眼睛到底能看清她身体的多少，她时不时停下来，几乎垂直地漂浮着，以便窥视一下自己的躯体。她惊讶地发现，阳光照射在水面，又变成水下清澈的闪光，她躯体上的一切在水中纤毫毕现。她急忙拢住双腿，旋转着身体，试图不让自己的眼睛看到它，但这一切都是枉费心机：她腹部光洁的肌肤在棕色的胸部和大腿之间显得白皙、醒目，波浪的起伏和不时摇荡的海藻都不能混淆小腹以下部分的深色和浅色。伊佐塔太太重又以她那不伦不类的方式游动起来，尽可能压低身子，即便如此，每划动一下臂，她那白皙的全身就显出来，轮廓清晰可见。伊佐塔太太心慌意乱，急忙变换游泳姿势和方向，夹紧双腿在水中打转。想不到她一向引为自豪的玉体现在却成了她的巨大累赘。

正午已过，是吃午餐的时候了，游泳者开始纷纷游向岸边。船只、游艇也不时从伊佐塔太太身边驶过。她研究船上男人的面孔，有时，她几乎下决心向他们游过去，但是，他们眼神那邪恶的一瞥，或者某种不友好的动作，都会吓得她逃之夭夭。她装作若无其事地划着双臂，冷静地掩盖着已经很严重的疲惫。结伴而行的男人扬扬下巴或使使眼色，互相示意她的存在，而单身男人则用一只桨刹住船，故意掉转船头，截住她的去路，她看见一个救生员经过，他是唯一乘船巡视海面、预防出现意外的人，但此人嘴唇肥厚、肌肉凸鼓，她连喊一声的勇气都没有了。她幻想的救星应是一个没有情欲、几乎像天使一般纯洁的人，看来这样的救星是不存在的。

在绝望的幻想中，伊佐塔太太所盼望的救星一直是男的，却没有想过女的，虽然和女人打交道，一切都应该变得简单一些，但她与同性别的人交往太少。如今，还有一个不便之处：大多数女人都是和一个男人双双坐在小游艇上，她们忌妒心强，总是远离着她，因为她那无可挑剔的躯体对她们便是一种挑战。有的船只驶过来，上面满是叽叽喳喳、兴高采烈的少女们，伊佐塔太太想到自己那有伤大雅、有损声誉的困境与天真无邪的少女们在情趣上相去太远，因而没敢贸然呼喊她们。有一位皮肤晒得黝黑的金发女郎倒是独自坐着一只赛艇驶过来，她神气活现，一定是去深海做裸体太阳浴的，而她绝不会认为这种裸露能算丢人或灾难。伊佐塔太太此时才感到自己是多么孤独，女人永远不会救她，男人又找不到，她感到筋疲力尽了。伊佐塔太太及时抓住了一个铁锈色的小浮标，要不然她会被淹死的。然而，从浮标那里游到岸边，要付出惊人的体力。这时，她看到一个穿长裤的瘦削男人站在一条停驶的汽艇上向海里张望，站在旁边的是个满脸稚气的鬈发男孩儿。伊佐塔太太用被水泡得起了皱、变得毫无血色的手指头抓住浮标的螺钉，感到自己被整个世界所抛弃。当她再次抬眼时，看见那个男人和小孩都一起站在汽艇上，向她打手势，似乎告诉她要老实待在那里，挣扎是徒劳的。 随即，汽艇飞快地开走了，艇上的人头也不回一下。 伊佐塔太太此时感到了末日的来临……不一会儿，汽艇又开回来，速度比刚才还要快，小男孩在船头扬起一条窄长的绿帆：一条连衣裙！

当汽艇停在她附近时，瘦男人向她伸出一只手拉她上船，同时用另一只手捂住自己的眼睛。 伊佐塔太太还没明白过来是怎么回事，便已经上了船。 一切忽然间变得这么完美，寒冷和恐惧已被抛诸脑后，她的脸色很快从苍白变得通红。 此时，她站在船上穿那条连衣裙，那男人和小孩则背过身去，眼望别处。 汽艇开动之后，伊佐塔太太坐在船头，看到船底有一个潜水捕鱼的面罩，明白了这两个人是怎样发现她的秘密的。 刚才，男孩戴着面具，拿着鱼叉，潜水游泳时看见了她，便上船告诉了那个男人，男人又下水看了一遍，然后，他们示意她等待，不过，她当时没看懂。 他们急忙向港口驶去，跟一个渔妇要了一件衣服来。 伊佐塔太太心想，这两个人看到她现在穿着衣服，说不定脑子里正竭力回忆刚才在水下看她时的情景呢，不过，她并不感到难为情，反正总得有人看见，她倒高兴恰是被这两个善良的人看见，他们一定会感到新鲜和愉快的！

（佚名译）

在钉子上

[俄国] 契诃夫

在涅瓦大街上有几个人慢悠悠地走着，他们都是十二等和十四等文官，刚下班，正由斯特鲁奇科夫领着到他家去过命名日。

"诸位，咱们马上就要大吃一顿！"过命名日的主人馋涎欲滴地说，"来个猛吃猛喝！我那口子已经把大馅饼做好了。 昨天晚上我亲自跑去买的面粉。 有白兰地酒……沃龙措沃出产的……老婆大概都等急了！"

斯特鲁奇科夫住在人迹稀少的地方。 走呀走呀，最后总算到了。 一进门厅，鼻子就闻到一股饼和烤鹅的香味。

"闻到味儿了吧？"斯特鲁奇科夫问大家，高兴得嘻嘻地笑起来，"请脱大衣吧！先生们！把皮大衣放到柜上！卡佳在哪儿呢？卡佳！各科的同事都来齐了！阿库利娜！来帮先生们脱衣服！"

"这是什么呀？"这伙人中的一个指着墙上问道。

墙上戳着大钉子。 钉子上赫然挂着一顶崭新的制帽，帽檐和帽徽闪闪发光。 老爷们你看看我，我看看你，脸都白了。

"这是他的制帽！"大家悄悄地说，"他……在这儿？"

"是的，他在这儿，"斯特鲁奇科夫含含糊糊地说，"他是来看卡佳的。 先生们，咱们出去吧。 随便找个饭馆坐一会儿，等他走了再说。"

大家把衣服扣好，走出房门，懒洋洋地朝着饭馆走去。

"怪不得你家有一股鹅味，原来屋里有一个大公鹅！"档案助理员打了句哈哈，"是什么鬼把他支使来了，他很快走吗？"

"很快，他在这里从来不超过两个钟头。 咳，可真是馋了，就想吃！咱们开头先喝一杯伏特加，就点儿鱼下酒……然后再来一杯。 诸位，喝完两杯，跟着就上馅饼，要不就吃不痛快了……我那口子馅饼做得挺不错，还有白菜汤……"

"沙丁鱼买了吗？"

"买了两盒，还买了四种肠子……我老婆现在大概也想吃东西……可他偏偏在这个时候闯进来，真见鬼！"

他们在饭馆里坐了足有一个半钟头，每人喝了一杯茶装样子，然后又回到斯特鲁奇科夫家里。进了门厅，香味比刚才更强烈了。隔着半开的厨房门，他们瞧见一只鹅和一碗黄瓜。女仆阿库利娜正从炉子里往外拿东西。

"诸位，又凑巧！"

"怎么啦？"老爷们的胃难受得缩成一团，饥肠难忍嘛！但是，在那可恶的钉子上又换了一顶貂皮帽子。

"这是普罗卡季洛夫的帽子，"斯特鲁奇科夫说，"咱们出去吧，先生们，找个地方等他走了再说……这个也待不长……"

"他那么个讨厌鬼却有你这么标致的老婆！"客厅里传来一个男人沙哑的低音。

"傻人有傻福嘛！大人！"女人声音应和着。

"咱们赶快走！"斯特鲁奇科夫呻吟着。

他们又回到了饭铺，这回要了啤酒。

"普罗卡季洛夫可是了不起的人物！"大伙儿安慰起斯特鲁奇科夫来，"他在你老婆那儿待一个钟头，你可就有十年的福好享啦。老弟，福星高照嘛！干吗伤心呢？用不着伤心嘛。"

"你们不说，我也知道用不着伤心。这根本没有什么关系！我着急的是咱们想吃东西呀！"

过了一个半钟头又回到斯特鲁奇科夫家里，貂皮帽子仍旧挂在钉子上。只好再来一次撤退。

直到晚上七点多钟钉子才空了出来。这才吃上了。馅饼发干，菜汤不热，鹅也烤糊了——一桌子的美味都叫斯特鲁奇科夫的官运给糟蹋了！不过，大家还是吃得津津有味。

（刘 芳 译）

教师的调遣

[斯里兰卡] 伊兰加拉特尼

再过十一个月，教师先生就满五十五岁了。退休后，他便可以用更多的时间料理繁重的家务了。他共有儿女九人。

两个月后，大女儿和大儿子就要高中毕业，可以叫他们去当临时辅助教员。一次领取的养老金也可以为其他孩子的未来教育作些安排。在退职前，应该递上一份申请书，请求发给一次养老金。

"还有十一个月了。"这句话，每天不知要被我们的教师念叨多少次，简直数也数不清，在他刚满五十三岁那年，他便开始唠叨起来。这并不是说他讨厌教书，而是期望从种种干预中求得解脱。

我们的教员先生是个性情直爽的人。他和古朗杜塞纳之流没有任何瓜葛。他恪守公职，热心教学，竭尽全力来维护教师职业的荣誉。且不提头两桩事，就说那第三桩，要做到可不是轻而易举的。在左邻右舍中间维护教师的好名声，倒不怎么费事。他不管在学生面前或邻居面前，立身行事，和成年人没有什么差别，这样便打破了"教师是孩子面前的大人，大人面前的孩子"的说法。

不过有人反对用民族语言授课，主张用人们不懂的外国语来统治人民；他们又说僧伽罗语教师是土包子等等。这一切对我们的教员先生来说，犹如毒药一般。他为此大动肝火。

"谁打了我，我可以忍受，但有人要侮辱我们的职业和语言，那就休想得到我宽恕。"他几乎是一个劲儿地说。

听了他这番话，有人就说："我们的教师先生是个参与政治的人。"他身裹白布，穿着短衫，因此权贵们也下了这样的结论。

不久以后，督学先生们拥到学校来。"公民学"是我们教员先生开的一门特别科目。正在他上这门课的时候，一位督学来了。教员先生只不过按照教学大纲在讲课罢了，并未替什么党派讲话。又有一位督学在孩子们吃午饭的当儿来了，但他不得不在日志中写道：该校提供给儿童的午饭比本地区其他学校提供给儿童的食品要好上一等。

一天，我们的教员先生收到一封教育局的来信。他站起来拆开信看了看，便跑去坐到自己的座位上去，又重复读了一遍。信中写道：从下月一日起他被调到宾旦那附近的一所学校教书。他接着又把信读了一遍。最后当他环顾四周的时候，看见那些正瞅着自己的学生们，便对他们说了声："我头发晕。"然后吩咐学生们默读课文。他没有回到学校的平房去，却走到教员休息室，掩上了门，躺倒在麻袋床上。

只有十一个月了。这是他生命中富有意义的时光。他的九个孩子，因为住在学校的平房里才有可能读书。他们在这所平房里整整住了十二年了。正是由于住在城市里，孩子们才可能受教育。他把乡间的房舍和稻田租赁出去了，正好到他退休的时候期满。就在这节骨眼上要他变换地方，好比收获时节遭临一场大雨。孩子们的前途被断送了。要上学，他们住在哪儿呢？九个孩子都能寄宿吗？寄了宿又拿什么交费呢？即便没有什么额外的花费，但不借债日子是没法维持的。有话去向谁说呢？有什么办法哪？

"不。把情况详详细细告诉教育局，让他们改变一下是可能的。为什么呢？教育局里总归也有好人。不过这话对谁说都没有好处。对妻子说吧，她会十分难过的。"教员先生自言自语地说道，接着就去请了一天假，出发到科伦坡去。

他递过一张"会客单"，大约等候了两小时，方才见到了官员。他得知那位官员也是在农村里长大的，便怀着莫大的希望走了进去。

"先生，不要提调工作的事吧！"

"我的境况有点……"

"境况，我全知道……那些对我来说没有什么用处，我们调遣委员会就这样决定了。"

"我有九个可怜的孩子……"

"先生，你参加教育局的工作，并未带着孩子呀！你可以走了。"他敲了敲铃，喊了一名听差，说道，"叫下一个。"

当我们的教员先生回到家里的时候，九个孩子和妻子正在吃饭。饭后他同妻子坐在校舍一侧的台子上，把事情的经过简单地讲述了一遍。

"我们官员说的那番话真令人伤心。"教员先生说着说着就捂着胸脯倒在台子上，把他的妻子吓坏了。母亲和孩子们把他抬进客厅，叫大孩子去找医生。医生来了，但已经无法挽救了。

第二天早晨，我们的教员先生又收到一封教育局的信。大儿子拆开来看，信中写道：

教员先生调任一事不得改变，也不能推迟。特此通知。

大儿子哭泣着把信放在父亲遗体的胸前。

（张成礼 译）

某国故事一则

[土耳其] 阿·涅辛

一天早晨，便衣警察队长对他的部下苏铁说："苏铁，我交给你一件非常重要的任务,要知道这将是您的警察生涯中最光荣的一件差事,不过,当然还得看你是否胜任。"

苏铁两眼紧盯着自己的张着嘴的皮鞋尖,不好意思地问:

"队长先生,给奖金吗?"

"只要干得出色,你将会得到三千元奖金。现在竖起你的耳朵好好听着!"警察队长滔滔不绝地交代任务,但此时苏铁却什么也没听进去,他的思想全在那三千元奖金上了:看起来三千元是一笔不小的数目,但如今物价飞涨,市场上的东西昂贵,这点钱就显得太可怜了。

队长说:"你不是在美国情报专家杰克·帕维尔的训练班里受过训吗?"苏铁还在想着那三千元,一时没有听清队长的问话,他说:

"啊?"

队长重复道:

"美国情报专家……"

"啊,是的,是的……我在他的训练班里曾名列前茅。"

"所以我相信你能胜任。苏铁,你仔细听着,你要巧妙地把自己化装成乞丐,到普孔路一幢粉红色的大楼对面的拐角处行乞,明白了吗?你要从早到晚守在那儿……"

"明白了,队长。化装成乞丐对我来说一点也不困难。"

"你要注意观察都是些什么人进出那幢大楼。我每天晚上都等你的报告。"

"遵命,队长。"

苏铁化装得十分出色,凡从他前面经过的人都以为他生来就是一个要饭的乞丐。一句话,找遍整个国家恐怕也找不到比他更像要饭的了。

苏铁行乞的第一天上午,队长装作行人从他前面走过时,朝他扔了五元钱,并悄声地说:

"祝贺你,苏铁,倘若不是我亲自交给你这项任务,连我都要把你当成真正的乞丐了。"

苏铁忙着把扔给他的零钱塞进口袋,根本顾不上执行上级交给的使命。 真想不到在这贫穷的国家里竟然有那么多善良的、富有同情心的人!那天他盘腿坐在街角,面前铺着一块手帕。 不一会儿,手帕上就扔满了钱。 苏铁对此大为惊奇,心想:他当警察辛辛苦苦为主子卖命,一个月所挣的钱,坐在这儿伸手要上三天饭就可得到。

第二个星期的一天上午,他猛然听到了一个刺耳的声音:

"苏铁,你至今还没交过一份报告!"

乞丐恐惧地朝队长抬起了头:

"向安拉起誓……我保证明晚把报告给您送去……仁慈的先生们,可怜可怜穷人吧……队长,报告我会给您送去的……老爷太太做做好事,可怜可怜我这孤苦伶仃的不幸的穷人吧……"

队长听了这些使来往行人听来莫明其妙的话以后说:

"我等着你的报告!"

苏铁当乞丐已经有一个来月了,一开始,他怎么也没想到会要到这么多的钱。 另外,这活儿有个方便之处,那就是自由自在不受人管束,他想干就干,不想干就歇着。 苏铁当机立断,一天清晨,来到队长面前。 队长问道:

"苏铁,你干了这么长时间连一份报告都没交过,这回总该得出什么结论了吧?"

"是的，"苏铁说，"队长请看，这是我的报告。"

看了苏铁递上的纸片，队长那蜡黄的脸一下子变白了。原来，苏铁递给他的是一张辞职申请书。

"你疯了吗？"队长说，"你不想干到退休了吗？难道你辛苦了这么些年就算白干了？"

"就算白干了吧！"

"像你这样有经验的……"

"没什么可惜的，白干就白干了吧！"

队长把手搁在苏铁的肩上，他以多年警察生涯所赋予他的具有敏锐洞察力的双眼，紧紧地盯住苏铁的眼睛，试图探测他心中的奥秘：

"苏铁，你瞒不了我，这里面有文章……"他说。

苏铁迟疑地打量了一下队长，然后从口袋里掏出一个小本子，把当乞丐期间每天讨来的钱数念给队长听，他说：

"我是托了您的福才得到这些钱的，所以把事情的真相告诉您，对别人我是不会说的，请您千万不要把这个秘密泄露给其他同事。"

队长高兴地望着苏铁说：

"苏铁啊，你也要当心，绝对不要走漏风声，这个秘密咱俩知道就行了，我也想在繁华的大街上选一个恰当的地方，开始干这个行当。"

（陆境明　译）

第五辑　大千世界

结　局

[阿根廷] 博尔赫斯

雷卡瓦伦躺在床上，微微睁开眼，望见了用灯芯草编织的倾斜的天花板。从另一个房间里传来一阵阵吉他的弹奏声，那曲调仿佛一座十分简陋的迷宫，曲曲折折，没有尽头……他渐渐回到现实中来，明白日常的事物绝不会被新的事物取代了。他毫不惋惜地瞧了瞧他那不中用的硕大躯体和裹着腿的粗糙毛斗篷。装着粗木栏的窗口外，是一片平原和黄昏；他睡了一觉，可是天色还是明朗朗的。他伸出左手摸索着，最后在床下摸到一个铜铃，摇了摇。简单的乐曲依然在另一个房间里作响。弹琴者是一个黑人。一天晚上他来到这里，想唱几支歌；却在这儿和另一个外乡人比赛唱了一支长长的对歌。他失败了，从此他便不断到这个酒铺里来，好像要等待什么人。但是他只是弹吉他，再也不唱歌；也许是对歌的失败给他带来了痛苦。人们天天看见这个不会伤人的黑人，已经习惯了。酒铺老板雷卡瓦伦不会忘记那次对歌，就在对歌的第二天，在搬动几捆干草的时候，他的右身突然瘫痪，话也不会说了。由于对小说主人公的不幸怀着同情，我们对自己的不幸也会不由地感到难过；顽强的雷卡瓦伦却不是这样。面对瘫痪，他像从前对待美洲的严酷和孤独一样忍受着。现在他已经过惯了这种动物般的生活。此刻，他望着天空，心中暗想：那红色的月晕可是下雨的兆头啊！

一个印第安人模样的男孩子（大概是他儿子）把房门打开一条缝。雷卡瓦伦用询问的目光望着他：酒铺里是不是来了顾客。沉默寡言的男孩对他打了个手势，告诉他没有；那黑人是不算顾客的。 萎靡不振的老板独自留在那里,用左手舞弄了一会儿铜铃,仿佛在行使一种权力。

在落日的余晖下,外面的平原恰似一派梦境,几乎深奥莫测。远远望去,地平线上有一个小点在晃动。 那小点愈来愈近,最后变成了一位骑手,向酒铺,好像向酒铺奔来。 雷卡瓦伦看见了那人的帽子、黑色的长斗篷和白花黑马,但是没有看到他的脸。 那人放慢马的速度,轻轻地跑了过来。 跑到离酒铺二百巴拉的时候,那人拐了个弯儿,雷卡瓦伦再也看不见他,但是听见他在说话,在下马,在把马拴在栅栏上,坚定地走进了酒铺。

黑人像寻找什么似的瞅着吉他,没有抬头,用温和的声调说:

"我就知道,先生,你会来的。"

对方用粗暴的口吻回答:

"你也没失约,黑家伙。 我让你等了好几天,可是我终于来了。"

一阵沉默。 黑人最后回答说:

"对于等待,我已经习惯了。 我等了七年了。"

对方不慌不忙地解释说:

"我有七年多没看见我的孩子们了。 那天我碰见了他们,但是我不愿意让别人看到我这个持刀杀人的人。"

"我照看着他们呐。" 黑人说, "希望你让他们健康地活着。"

已经坐在柜台前的外乡人满意地笑了笑。 要了一杯酒,喝了几口,但没有干杯。

"我好好地劝了他们一番," 他声明说, "他们从来也不是多余的,用不着花什么代价。 此外,我还告诉他们:男子汉不应该让男子汉流血。"

黑人轻轻地弹了一会儿吉他，回答说：

"你做得对。这样，他们就不会像我们了。"

"至少不会像我了。"外乡人说，然后又像自言自语似的说，"我杀人是我的命运安排的。现在它又把刀子塞在我的手里了。"

黑人好像没听见似的：

"入秋以来，天愈来愈短了。"

"外头够亮的了。"对方回答，同时站了起来。

他立正站在黑人面前，不耐烦似的说：

"快把吉他搁下吧，今天我要和你比赛另一种对歌。"

两个人向门口走去。出门的当儿，黑人喃喃地说：

"我也许会跟上次一样失败。"

对方认真地回答：

"上次你没有失败。问题只是你渴望进行第二次。"

他们一起走着，走到离开酒铺不太远的地方。在平原上，这儿那儿没有区别，月光都是挺明亮的。俩人突然对视了一眼，停了下来。外乡人猛地拔出了马刺。他们把斗篷脱掉搭在小臂上后，黑人说：

"在我们交手之前，我想求你一件事：在这次较量中，你要拿出全部的勇气和本领，就像七年前你杀死我哥哥那一次一样。"

在他们的对话中，马丁·菲耶罗也许是头一次听到仇恨的语言，他觉得热血像马刺一般冲击着他。俩人开始搏斗了。锋利的钢刺一闪，划破了黑人的脸。

傍晚有一个小时的工夫，大平原似乎有什么话要说，它从来也不说，要么就说个没完。我们不懂它的话；即使懂它的话，也会像音乐一样难以言表……

  酒铺老板雷卡瓦伦在他的床上看到了结局。在一次对攻中,黑人往后退了退,一跃而上,假装砍对方的脸,却把刀深深捅进他的腹中,对方倒在地上,接着又是一刀,老板没有看清。菲耶罗没有爬起来。黑人一动不动,仿佛在监视他的痛苦挣扎。然后他在草上擦了擦被血染红的尖刀,头也不回地慢慢向酒铺走去。他完成了伸张正义的使命,现在他成了个与众不同的人,更确切地说,他变成了另一个人:他在世界上没有运气,他杀死了一个人。

(解 崴 译)

罗马尼亚的大地主

[罗马尼亚] 卡拉迦列

  "那么,伊翁,照你说,你不该给我锄十天地,是我赖你的账,是不是?"

  "真怪呀!……我记得清清楚楚,已经给您做过了!"

  "我来到这儿两年了,哼,就没有法子制服你!"

  "哪儿的话呢,东家,一大家子人,生活困难啊……"

  "难道我的生活就不困难吗?你算一算,我这儿有四个孩子,城里有两个姑娘在上寄宿中学……"

  "可真是的,您在城里还有……"

  "还有两个儿子在巴黎。"

  "苦啊!您不是不清楚,我的负担也很重。"

  "这么说,你要我养活你的孩子吗?"

  "不能这么说,东家,我是说计算农活儿也该有个公道。"

"你等等，我给你个公道瞧瞧！"

东家走近农民，挥起拳头照准他的脑袋猛打。农民被打得头昏眼花，踉跄地跑到镇公所去告状。

一小时以后，镇长手里拿着皮帽子，出现在财主家门口。

"东家！伊翁这个浑蛋干了什么事？"

"这事你不用管，你最好是设法别让我的地里明天缺人。还有，别忘了你欠的债，哼，不然……"

第二天，伊翁又到县里去递状子。县长批了状子，还给伊翁，叫他带回去找镇长查办。

镇长看到县署的官印后，向这个农民说：

"把这个交给我干什么？拿去给财主看看。"

"啊，好叫他再打我呀？你自己给他去吧。"

"你以为我敢吗？我欠人家的钱，他会逼着我还账的。"

伊翁只好来到省里，向省长呈交诉状，控告大地主侵害和殴打他。

省长十分为难，因为执政党的地方组织眼看就要分裂，政府如果再失去一些拥护者，他这个省长就当不成了……何况，他的家庭负担还不轻哩。

于是，省长把农民的状子批给了县长，叫他认真处理。偏巧县长同这个大地主有一些私事要办，就打发农民先回去，说他自己随后赶来。

县长果然赶来了，甚至跑到了农民的前头。

他来到村里，不用说，一直进了大地主的家。

他用过饭，喝得酩酊大醉，睡了一两个钟头的午觉，然后同大地主手挽着手来到镇公所，叫人把原告传来问话。

大地主一见农民进来，马上大发雷霆：

"浑蛋！穷鬼！臭要饭的！哼，你敢公开诬蔑我？"

他慢条斯理地走到农民跟前，挥起拳头，又是劈头盖脸地一通打。

县长温声细语地从旁劝道：

"唉，阿尔吉尔先生，何必呢，阿尔吉尔先生……"

大地主正在气头上，哪里听这些，仍然不停地打，直到打累了才住手。临走时他怒气冲冲地说：

"让你尝尝打官司的滋味儿！"

农民好容易才缓过气来，县长问他：

"现在，你对我说说到底是怎么回事？"

"说什么，你没有看见吗？"

"别提这个了，我是为另外一件事来的。"

"那件事和这件事一样。他要是再给我来这么一下，我整个夏天都得躺在床上养伤，到冬天就得饿死。我还是依了他，给他干十天活儿……听凭上帝安排吧……"

"是啊，这才是明白的话！喂，好老乡，你听着，农民和大地主和睦相处，对两下里都好；农民和大地主搞好关系，是上帝赐给两方的福。所以你要知道，人老实……不惹是生非……你要知道，就可能……你明白我的意思吧？……就可能……总之，就会一切顺利，我们大家和睦相处。"

县长用这种腔调接连说了一个钟头，进行了一番劝告，也没忘记讲政府对农民的关怀和保护农民的法令，等等。

县长然后复命省长，说两方已言归于好。

（黎　星　译）

独臂村

[泰国] 克立·巴莫

我是个医生,又是个狩猎爱好者。 有一次,我去森林里打猎,离开帐篷不到半天就迷路了,施展了作为猎人的全部本事,也没有找到归路。 天色越来越黑,我步履匆匆,一心想找到人家。 突然,有一只像铁钳般的胳膊卡住了我的脖子,然后我的猎枪也被夺走了。 我回头一看,只见一位中年男子,黝黑的脸庞,长得又粗又壮。 他开口问道:"是来拉选票的吧?"

我忙双手合十施礼,说:"不,不是!我是来打猎的,迷了路。"

他把我从头到脚打量了一番,说:"那你得去见见我们的村长。"

"大……大哥!请问这是什么村哪?"

"独臂村!"他干巴巴地回答。

我对这个村名并没有在意,林区稀奇古怪的名字多着哪。 谁知,一进村,跑出来一帮孩子围住我看热闹。 我打量了一下那帮孩子,忽然发觉他们个个都只有一只左胳膊,右肩膀以下光秃秃的没有手臂。

我感到愕然。 这时,独臂村的丁村长把我迎进木楼,我忙向他通报了自己的姓名、职业以及当天的遭遇。 没多一会儿,他的家人给我端来了饭菜,于是我就吃了起来。 吃饭过程中,我听见旁边的木楼里传来女人的呻吟声,就问丁村长:"村长,有人生病了吗?" 村长长长地叹了口气,凑到我身边说:"大夫,那是我女儿阿严,去年嫁给了阿初,现在要生孩子。可肚子痛了一天一夜,还没有生下来。"我赶紧把饭吃完,洗了洗手对村长说:"您领我去看看,兴许能帮上一点儿忙。"

丁村长看了我好一阵,才说:"看样子您不是那种爱管闲事多嘴多舌的人。我们村里有些不同一般的风俗,您可别……"

"村长,我是一个大夫,只管救死扶伤!"

"谢天谢地!"丁村长双手合十举过头顶对我施礼,随后便领我去他女儿的木楼。在楼下,我看见一群男人正坐着,一个小伙子站了起来,村长说那就是他女婿阿初。我上了楼,走到产妇身边,为她做了检查,号了号脉。

婴儿终于生下来了,还是个小子呢!两只小胳膊完好无缺,这就是说,这个村里的人肯定不是天生的独臂畸形。我正这么想着,阿初走进来说:"大夫,把孩子给我!"我递给他,然后转身回来照料阿严。忽然,我听见婴儿异乎寻常的哭声,就探头朝屋外看去,只见楼下的那群男人把婴儿的右臂拉得笔直,然后用刀子将整个胳膊齐着肩头砍了下来。我马上明白了:怪不得这村子里的孩子个个都只有左臂!

虽然我是医生,见过许多血淋淋的肢体,但看到这种手术,不禁汗毛倒竖,眼前一黑,晕倒了。我苏醒过来的时候,已是在丁村长的家里了。村长微笑着说:"大夫,您真是个软心肠的人。"我竭力使自己镇静下来,然而最后还是忍不住问道:"村长!我不明白,为什么要把一个好端端的孩子弄残废?"

"这是我们村的风俗,大夫。"

"什么鬼风俗!有生以来,我还没见过这么残忍的风俗!"

"残忍的事情往往有它残忍的原因,大夫!"丁村长继续说道,

"我们已经选过好几届议员了。每次他们来拉选票时,都答应做这做那,保证让普天下的人民同享幸福。可是,他们一旦当上了议员,就开始出卖灵魂,变成一个表决机器。至于选民的饥寒死活,却不闻不问。他们这样对待我们,您说残忍不残忍?我们怎么能不愤恨?!于是,我们开会决定:在这村里,不管谁家生孩子,一出娘胎就得砍掉右臂,只留下左臂干活谋生,免得他们成人之后去举手投票,出卖灵魂,使父母伤心……"

现场做戏

[日本]古贺准二

M百货商场的地下12层里正在举办商品展销。采购完的顾客们手里拎着鼓鼓的袋子在高速电梯前排着长长的队伍。这部电梯三秒钟就能到达地面上。不一会儿,电梯下来了。电梯门刚一敞开,排好的队伍就乱了套,顾客们一拥而入地跨进了电梯里。

转眼间电梯就满员了。在电梯刚要关门时,又有两位客人几乎是同时跨进电梯里。与此同时电梯里的信号器响了。接着扬声器说话了。

"超重了。实在对不起,最后进来的那位顾客请您出去吧。电梯一会儿就返回来了。"信号器仍在鸣响,可最后进来的两位顾客谁都不想出去。

这两位顾客,一个是穿着华丽的胖胖的中年女性;一个是着牛仔装的十七八岁的女孩。

"如果你们俩谁都不肯出去,这电梯就不能动。"开电梯的小姐在一边嘟哝着。

中年女性觉察到拥挤在一起的顾客们的冷冰冰的目光在投向自己，于是她开口道："我在这里的 4 楼上买了个价值 10 万日元的钻石戒指，我有权利乘这电梯。要我给你们看看收据吗？再说，是我比这女孩先进来一步的。"说完，她气冲冲地扭过脸去。尽管铜臭味似乎令人厌恶，可中年女性的话也不无道理。于是顾客们的视线转向了那女孩。"我不像这位女士那么有钱，我只买了一本价值 500 日元的笔记本。可这 500 日元是我打工洗了一周盘子积攒下的。对我来说这 500 日元不是个小数目。这位女士的确是在我之后挤进来的。"女孩小声说道。

"哎哟……受不了。仅仅超重一公斤呀，能不能……"扬声器仍在唠叨着。

开电梯的小姐愁得不知如何是好。一会儿，小姐像忽然想出什么好办法似的，一拍手说道："这样吧。这个百货商场的 26 层里有个医药品专柜，从下个月起那里开始试销'立竿见影减肥灵'药品。我口袋里正好有一瓶。请你们两位每人吃一片试试看。据说吃了马上就见效。"

两位女性半信半疑地将小姐递过来的药吃了下去。于是乎电梯里所有的顾客都在目不转睛地看着她俩。三秒钟过后，信号器不响了。"实在对不起，让各位久等了。超重问题解决了。要关门啦，请各位留神。"开电梯小姐那明快的话语回荡在电梯里。

大约过了三十分钟，在一家小咖啡馆里，方才那两位女性坐在同一张小桌前正喝着冰镇咖啡。那女孩朝着正在吸烟的中年女性说道："妈妈，时间不多了，我们该去 H 百货市场了。今天还有三家百货市场等着我们去做'立竿见影减肥灵'的现场广告宣传呢。"

（苏讯江　译）

聘 任

[英国] 埃克斯雷

西奥·霍迪尔先生身材修长，面庞消瘦，两鬓斑白。他生性温和，平日寡言。研究学术问题，他精力充沛，记忆力惊人，而对日常生活的琐碎小事，却不甚了了。

坎福特大学需要聘请一名工作人员，上百人要求申请该空缺位置，西奥也递上了申请书。最后，只有西奥等十五人获得面试的机会。

坎福特大学地处在一个小镇上，周围仅有一家旅店，由于住客骤增，单人房间只好两个人同住了。跟西奥同住的是一位年轻人，叫亚当斯，足足比西奥年轻二十岁。亚当斯自信心甚强，且有一副洪亮的嗓音，旅店里时常可以听到他朗朗的笑声。这是一个聪明伶俐的人，这一点是显而易见的。

校长及评选小组对所有的候选人进行了一次面试，筛选后只剩下西奥和亚当斯两人了。小组对聘请谁仍犹豫不决，只好让他俩在大学礼堂进行一次公开的演讲后，再行决定。演讲题目定为《古代苏门人的文明史》，三天后开讲。

在这三天工夫，西奥寸步不离房间，废寝忘食，日夜赶写讲稿。而亚当斯却不见有任何动静——酒吧间里依旧传出他的笑声。每天他很晚才回来，一边问西奥的讲稿进展情况，一边叙述自己在弹子房、剧院和音乐厅的开心事。

到了演讲的那天，大家来到礼堂，西奥和亚当斯分别在台上就座。直到此时，西奥才惊恐万状地发现，自己用打字机打好的讲稿不知什么时候不翼而飞了。

校长宣布说，演讲按姓名字母排列先后进行。亚当斯首当其冲。情绪颓丧的西奥抬头注视着亚当斯——只见他神情自若地从口袋里掏出窃来的讲稿，对着在座的教授们口若悬河、振振有词地讲开了。连西奥也暗自承认他确有超人的口才。亚当斯演讲完毕，场内爆发出雷鸣般的掌声。亚当斯鞠了一个躬，脸上露出微笑，回到座位上去。

轮到西奥了，他的一切东西都写在稿子上面，由于心情不好，要另开思路是不可能的了。他觉得脸上火辣辣的，唯有用低沉疲乏的声音逐字逐句重复亚当斯刚才振振有词的演讲内容。等他讲完坐下来时，会场上只有零零落落的几下掌声。

校长及全体评选小组成员退出会场，去讨论该聘任哪位候选人。礼堂内的人仿佛对决定的结果早已有了数。

亚当斯向西奥探过身来，用手拍了拍他的背，微笑着说道："厄运呀，老兄。没办法，两者只选其一。"

这时，校长及小组成员回来了。"诸位先生，"校长说，"我们做出了选择——聘请西奥·霍迪尔先生！"

所有的听众都惊呆了。

校长继续说："让我把讨论的情况向诸位披露吧。亚当斯先生口才过人，知识渊博，我们大家都深感钦佩，我本人也为之感动。但是，请不要忘了，亚当斯先生是拿着稿子去作演讲的。而霍迪尔先生呢，却凭着记忆力，把前者的演讲内容一字不漏地重复了一遍。当然啰，在这以前，他不可能看过那份讲稿的一字一句。我们缺的那项工作，正需要有这样天赋的人！"

大家陆续走出会场。校长走到西奥面前，见西奥面上仍然挂着那副惊喜交集、不知所措的样子，便握着他的手，说道："祝贺您，霍迪尔先生。 不过我得提醒您一句，日后在咱们这儿工作，可要留神点儿，别把重要的材料到处乱放呀！"

（陈伟雄　译）

美丽的女店主

[德国] 歌　德

五六个月以来，我一直发现，每当我经过一座小桥时，总有一个美丽的女店主——她的店铺招牌上有两个小天使——深深地反复地向我鞠躬，然后尽量从远处目送我渐渐远去。 她的举动使我感到奇怪，我同样也打量着她，并且认真地向她表示感谢。 有一回我从枫丹白露骑马前往巴黎。 当我再次踏上这座小桥时，她走到商店门口，并在我路过时对我说：

"先生，您的女仆！"

我回答她的问候，同时继续前行。 当我偶尔回头望一眼时，发觉她仍然向前探着身子，好尽量能从远处看到我。

一个仆人和一个情书传递者跟随我旅行。 我还打算当天晚上派他们返回枫丹白露给几位女士送信。 仆人按照我的吩咐下马向着那位年轻妇女走去，以我的名义告诉她，我早已注意到她想看见我和问候我，倘若她希望进一步认识我，我愿意按她要求的地点去探望她。

她回答用人说，她本以为他不会给她带来更好的消息；她愿意到我为她指定的地方去，但是有一个条件，准许她与我在一个被窝里度过一夜。

我接受了这个主意,同时问仆人,他是否了解有什么地方我们可以用来约会。 他回答说,他打算把她带到某一个老鸨那里去,不过他劝告我,先让人把我住所里的床垫、被子和床单送到那里去,因为到处都有疫病流行。 我采取了他的建议,他向我许诺,一定把床给我铺得舒舒服服的。

当天晚上我去了。 我看到一位非常美丽的妇女,她大约二十岁,头戴精巧的镶边睡帽,身穿一件华美的衬衣和一条绿色毛料短衬裙,脚上着一双拖鞋,肩上裹着一件扑粉时用的披衣。 她让我一见钟情。

因为我有些放肆,想冒昧从事,她以十分巧妙的方式拒绝我的抚爱,同时还提出了一点要求。 我满足了她的要求。 可以说,我从来没有认识过一位比她更可爱的女人,也没有从任何一个女人那里享受过比这更多的快乐。 第二天早晨我问她,我是否可以再一次见到她,因为我星期天才从这里动身,我们可以一起度过从星期四夜晚到星期五清晨的这段时间。

她回答我说,毫无疑问,她比我更迫切地希望能再一次约会。但是,如果我不是整个星期天都留在此地,她不可能再来,因为只有在星期天到星期一的夜里她才能再见到我。 当我表示有困难时她说:

"您大概此刻已经对我感到厌恶,所以就想星期天出外旅行。不过您将很快又会想念我,而且您肯定会多留一天,好与我一起共度良宵。"

我轻而易举地被说服了,我答应她,星期天留在这里,并让她那天夜里仍旧到老地方见我。 紧接着她回答我说:

"我知道得相当清楚,先生,为了您的缘故,我才到这种有损名声的龌龊之地,但是我心甘情愿这样做。因为我心里有一种不可抗拒的热望。只要能与您在一起,任何条件我都可以接受。我是出于狂热的爱情才到这个令人恶心的地方来。不过,倘若再让我第二次回到这个地方来,我会把自己看成一个娼妓。除了我的丈夫和您之外,只要我再委身或渴望得到其他任何一个男人,但愿我不得好死!然而一个人为了自己所爱的人什么事情不能干,尤其是为了一个巴松皮埃尔为了他的缘故我来到这座房子,为了一个男人,一个由于他的光临,连这种地方也能蓬荜生辉的人。如果您还愿意见我一次,那么我允许您进入我姑妈家。我将在那里接待您。"

她详详细细地向我描述那座房子的特征,接着又说:

"我愿意从十点钟开始等您,一直等到午夜,甚至还可以晚一些。我让门开着。您进来后首先会发现一个小走廊,您不要在那里停留,因为临走廊的是我姑妈的房门。然后您马上迎面见到一截楼梯,它把您带上二楼,我将在那里张开双臂欢迎您。"

我把屋子收拾好,让手下人带我的东西先走一步,我自己则急不可待地期盼着星期天之夜,那时我该去见美丽的小妇人。

十点钟时我已经到达指定地点。我立即找到她向我描述过的那扇门,但是门锁着,整座房子里都有光,有时简直像火焰一样,仿佛在猛烈地燃烧。我心急如焚开始敲门,通报我的到来。但是我听到一个男人的声音,他问我,谁在外面。

我于是返回,在几条街上来来回回走了几趟,最后,想见她的渴望又把我拉回到那扇门前。我发现门开着,急忙穿过走廊上了楼梯。但是让我大吃一惊,我发现屋子里有一些人在烧床上的草垫。大火照亮了整个屋子,借着火光我看到桌子上伸展着两具一丝不挂的尸体,我急忙往后退,往外走时撞见几个掘墓人,他们问我找什么。 为使他们与我保持一定的距离，我拔出剑来。 我无法做到对所见到的古怪的情景无动于衷。 回到家里我立即一口气喝了三四杯酒，因为在德国，酒被看成是消除晦气的灵丹妙药。 在我休息过后，第二天我踏上旅程前往洛林。

我归来后尽一切努力想打听出一点有关这位妇女的情况，但均为枉费心机。 我甚至去了挂着两个天使标记的小店，不过那里的伙计不知道在他们之前谁在这里居住过。

（王宝印　周正安　译）

地　窖

[法国] 塞斯勃隆

国王陛下颁布了一道诏令，宣称他将每月一次亲临一个臣民的家，并在那里进餐。 朝廷的反对派就立刻散布舆论，说这种做法是"收买人心"。 国王无论干什么，反对派准会发表点攻击性的评论，把国王贬得一钱不值：什么"好大喜功"啊，"怯懦无能"啊，等等，不一而足，向来如此。 在他们眼里，国王跟他们最为格格不入之处，就是陛下的所作所为虽然达到了与他们一致的目标，但竟采取了他自己的方法。 这也是他们最不能原谅国王的一点。 这回，国王去臣民家里进餐一事，他们只报以耸耸肩膀，鄙夷地斥之为"收买人心"。 哪里知道，这次他们可错怪了国王。 因为国王的这项决定，看来事情不大，却有深刻的用意。 国王自来研究历史，深知曾有许多王朝由于不懂得跟人民保持接触的重要性，不察民情，进而失掉民望，最后归于灭亡。 而国王本人，自从登基以来，已经觉察到显赫的王权在他跟臣民之间正在垒起一堵无形的墙壁，而且越垒越高，根本用不着设岗戍卫，却比王宫的高墙更加难以逾越。 猜疑本身就是卫兵，从隔阂发展到互不体谅是顺乎情理的。 而今国王就是想打破这种局面，方法虽然天真一些，却是体面的。 总之，陛下的主意已定：每月都要到他治下的百姓家里进餐一次。 内阁的好几位大臣为此很不高兴，警察总长尤为惶恐。 他对付街头群众集会、防范爆炸暗杀事件之类是装备有余的，而对付一家一户、日常生活诸环节的问题，例如菜里放毒等，却毫无经验。 其他大臣害怕的却是另一回事，过去，他们是国王得到消息的唯一来源，现在如果陛下忽然发现大臣们自己原来一无所知，而他们却一直在谎称民意，那可如何是好！那些高官显贵、朝廷的在野派、新闻界、各种工会无不声称自己是代表民意的。 可是当人民真有机会开口说话的时候，他们又惊恐万状。 谢天谢地！好在老百姓早已丧失了讲话的可能，甚至失掉了讲话的兴趣；可是谁又能保证在家庭场合的饭桌上……

国王陛下对受到的款待和吃的饭菜都非常满意。 在豪华的王宫里，有一道菜是国王不好意思点的，那就是布纪依风味牛肉。 但是这个普通的家庭主妇怎么就偏偏猜到了国王想吃这个菜呢？她又怎么知道国王一直盼望能大杯痛饮都兰纳的葡萄酒？

国王陛下询问了五个孩子的情况：名字叫什么，学习怎么样，身体有没有病等，然后，他很不自然地笑笑，试探着说道：

"咱们来谈点政治吧！"

"谈这个有什么用，"孩子们的父亲说道，"俺倒不是恭维您，我们在这玩意儿上想的跟您一样。 俺常叨咕——不信您问孩子的妈，俺说，俺要是个当官儿的，想办的事也不是别的，就是现在他们办的那些。"

他的妻子表示同意,但又有点难为情地补充说:最好能改动一下学校放假的日期。

国王听了大为高兴,说:"这正是最近教育大臣向我提出的建议。年轻人,你们呢?没有什么不顺心的事要说一说吗?——太太,能不能给我再来点儿布纪依牛肉?"

"要说的事倒没有,"大孩子的话音渐渐平稳起来,"但是关于服兵役,我有个请求。"

他所提的问题,同样是在内阁会议上有人提出过的。这时候,孩子们的胆子越来越大了,每个人都提了一条建议,每条建议都是同样年龄的孩子所感兴趣的改革,而且这些建议几乎全都是在朝里议而未决的问题,其中有几个,恰恰是国王本人在内阁会议上一直持反对意见的。这时,他嘴里不说,心里暗记着,准备予以重新考虑。这是个好心眼儿的国王。

半夜十一点,国王和老百姓分别了,彼此都感到十分满意。一直在简陋的屋门外,焦急地等候着的三位大臣和警察总长从国王的脸上看出了这一点。

一位大臣说:"我们冒昧地给这户人家带来了一些礼品,请陛下俯允!"

"这个主意不错,"国王说,"如果以我本人的名义来送,倒可能引起误解。明天见吧,先生们,我真非常高兴!"

四位大臣向国王行礼告别,然后他们进了屋,向出场的七个演员付了预定的酬金。正当他们要离开的时候,忽然听到脚底下似乎有些什么响动。

"哎呀,"警察总长大声喊叫,"我差点儿把他们忘了(原来,三个半钟头以来,这所房子的真正主人一家一直被关在地窖里,悄悄地待着,感到时间太漫长了)。我希望还能剩下点儿布纪侬牛肉给他们……"

(蔡若明 译)

举世无双的珍品

[德国] 威塞尔

"这颗钻石精美绝伦,是本店最贵重的宝石。"珠宝商本德尔向他的顾客介绍着。

"你喜欢不喜欢这个坠子,亲爱的?"那位男顾客温情地问站在他身旁的少妇。

身着华丽服装的少妇一脸不高兴的样子:"还问我喜欢不喜欢?这颗钻石的确是精美无比,我还从来没有见过……"

"这个坠子多少钱?"男顾客问。

本德尔的心都有点颤抖了,如此爽快的顾客他还从没有碰到过呢!"这颗钻石的价格肯定不会低哟。"本德尔的口气是试探性的。

"那当然啰,"男顾客不屑一顾地说,"多少钱?"

珠宝商本德尔深深地吸了一口气,仿佛要费很大力气才能说出这个数目似的!"十万。"店堂里好大一会儿没有一点儿声息。那位衣着华贵的女顾客啊了一声,睁大了一双美丽的眼睛瞧着她身边的男人。而男顾客仿佛没显出什么犹豫就问道:"我可以用支票付款吗?"本德尔好半天没有转过神来,他感到太突然了,就连站在店堂后首的两个女营业员也面面相觑,仿佛不相信她们刚刚听到的问话。

"怎么?"男顾客显出不高兴的样子,"您该不会以为我会把十万马克的现金带在身上吧?"珠宝商怔怔地望着面前的顾客,好半天才说:"当然不是。 不过您是知道的,为了安全起见我们不得不对支票进行验证。 你们请到会客室稍候片刻!"本德尔把这一对男女请进了会客室,男顾客拿出一张支票填好之后交给了他。 本德尔只看了一眼支票上的签名就把它递给一个女营业员。 签名是"卡尔·舒尔曼"。

十分钟之后本德尔就放下心来了! 支票完全正常。 他暗自在心里笑了——像这样的生意可不是每天都有啊。 这颗钻石确实价值千金,而且做工也极其考究。 然而遗憾的是这颗钻石有一点小小的瑕疵,就是因为这一点点美中不足,使宝石的身价一落千丈。 好在这点瑕疵外行人是看不出来的,只有宝石专家才能发现。 因此本德尔仍将它按正品出售,而且没有影响他在此价格上再加上四万马克。他知道,珠宝不遇穷人。 几个星期后的一天,珠宝店里又走进了那个叫卡尔·舒尔曼的人。 本德尔一眼就认出了他,顿时他的心跳加快了:难道他发现了……

卡尔·舒尔曼从口袋里掏出一张名片递给了本德尔:"这是我们的新地址。 今天我来是为了一件事。 自从我妻子从您这儿买了那个钻石坠子以后,整天话不离钻石。 这倒使我犯难了,怕是再也找不到能够使她更高兴的礼物了。 我想如果能再送她一颗一模一样的钻石,她肯定会非常高兴的。 不过这次要是镶嵌在手镯上就更好了。 价钱我不在乎。"

"这恐怕是不可能的,"本德尔叹了口气说,"世界上是不会有两颗完全相同的钻石的。"

"那就太遗憾了,"舒尔曼怅然若失,"唉,你们同行之间有没有往来,能不能跟他们联系联系?""有,有,先生,我们都有联系的。"本德尔先生简直不知道说什么好了。

"那太好了,如果您找到了请跟我电话联系。"

本德尔派人四处查访,又分别给一百多家珠宝行去信联系。如今几个月过去了,仍一无所获。正在这时,被派出去的人当中有个人从远东打来了电话,说他在缅甸的仰光发现了一颗与所需钻石质量相仿的钻石。本德尔先生对着话筒发了话:"只要能弄到手,不管多少钱!"当本德尔以三十五万马克将这颗钻石弄到手之后,简直欣喜若狂,可是他总觉得与卖给舒尔曼的那颗有点相像,于是他又请来了原先那位珠宝鉴定专家。

这位专家一看见宝石就禁不住叫了起来:"咦!您这颗钻石不是已经卖掉了吗!"

"您搞错了!您讲的那颗早就卖掉了,这又是另外一颗。不过这一颗也已经有人买了!"

专家仔细地看了看宝石后说:"确切的鉴定结果过两天才能出来。不过我记得那颗钻石也是在这个部位有一点瑕疵——如果真是这样,那就肯定是同一颗钻石!"

本德尔先生的脸刷地一下全白了,他慌了神,但还是跑到电话机旁拨了舒尔曼的电话号码。话筒里传来了一位女性的声音:"这里是豪华大酒店……非常遗憾,舒尔曼先生和他的妻子两天前就走了,他们没有留下地址。"

(佚 名 译)

存库的人们

[美国] 奎　因

　　无数支雪茄冒出的轻软的白烟悠悠地上升，在大厅的镶木天花板上结成了密云浓雾。它缭绕着枝形的水晶吊灯，古怪地盘曲着，不停地变化着形状，正和在这大厅里聚会的外交家们的不安思绪相似。

　　十二个大国的代表们，各自深深地陷在皮安乐椅里，忧心忡忡，一本正经。他们裤管上的那些刀削似的折痕叫人想到大马士革匕首，他们雪白的衬衫耀人眼目。可是他们那处心积虑的脑袋里的思绪却阴暗而苦恼，像燃尽了的雪茄烟头。他们很舒服地瘫在柔软的椅垫上，竭力要使自己的混乱的脑筋宁静下来，可是白费劲儿。尽管身下坐的是舒适考究的安乐椅，当心境龌龊时，还是如坐针毡。

　　一个虚弱的家伙站在这非同小可的会场前面的讲台上，他那两只眼睛的位置靠得那么近，眉毛都简直并成一条线了。在他那长长的尖鼻子上，触目地架着一副厚厚的夹鼻眼镜，仿佛是一只翅膀特别巨大的畸形甲虫。这也算是从娘胎里生出来的人，真叫人难以相信——看起来，倒像本来是一段扭弯了的铁丝，不知被哪个无赖汉把它泡在烂泥浆里，然后再放在太阳底下晒干了似的。

　　"诸位先生，"这个家伙开腔说话了，"你们到这儿来聚会，是为了打听敝国经济稳定的秘密。你们光临敝国，因为我们建立了一个理想的法西斯国家。在其他国家处于日益困难的境地的时候，我们却成效卓著地使一切社会问题迎刃而解，并且已经找到了一种足以使资本主义高枕无忧的方法。

"我们的方案的基础是古代瑜伽苦行派的修行法,用了那种修行法,能叫人沉睡随便多少时候。处于沉睡状态的人既无须饮食,也不要人照料,同时,他们无疑要比具有理智和感情的正常状态时期更为幸福。他们能沉睡经年累月而丝毫不会损害健康。"

这时,外国政府要人之中有一位打断了这个发言人的话头。

"这还不就是等于把人杀掉吗?"

"完全不是,"这位躯干佝偻的法西斯经文家回答说,"我们可以在任何时候把这些人喊醒并且再叫他们去做工。在敝国,我们根本没有失业现象,任何地方,一旦有人没有工作,我们就使他们陷入休眠状态,把他们送入库房。在库房里,他们按特长和职业分类,并且依字母顺序编号放好。每逢有工厂主需要补充人手时,就可以依据卡片挑选。这时,我们就把所需要的男女如数喊醒,派他们去做工。如果一旦发生战争,那我们在库房中存有五百万以上训练有素的士兵,我们随时可以喊醒他们。"

"这真是理想的制度!"一位外交家赞叹道,"照这个方案做去,我们就能解决任何难题啦!"

"并不尽如人意,"发言人指出,"我们还没有达到完善的地步。有一桩棘手的事情我们还不能克服。在我们实行这一方案的时候,我们有二百万失业工人,他们全被催眠后存入库房。这样一来,我们就有可能停止各种失业救济,减低有钱人的捐税。但是,市场既然丧失了这二百万顾客,货物销售额也就降低了,于是,工厂主又不得不再解雇二百万人。这二百万人也被我们催眠了而藏入库房。因此,顾客人数又缩减了,这势必又要解雇一批工人。"

"现在,敝国已经有四分之三以上的人口处于休眠状态被存入了库房，而每个月我们还得催眠几十万人。长此下去，敝国人口在三年左右就要全部入库了。"

"那你们打算怎么办呢？"一位外交家问道。

"我们已经全面研究了这个问题，"这佝偻的家伙说，"我们的结论是：解决的途径只有一条，那就是为敝国的商品夺取国外市场。我们本国人民不能购买我们制造的全部商品，因为他们都沉睡在库房中呢。我们又不能把他们喊醒，因为我们没有工作可以给他们做。

"其他国家也在生产它们本国的商品，不愿意输入我国生产的商品。这就是整个经济问题的症结所在。如果其他国家拒绝购买我们的货物，我们就要强迫它们购买。我们要向它们宣战！我国政府已借催眠术解决了国内的经济问题。但这还不够，必须解决全世界的经济问题。到那时，我们的国家才算完成了自己的历史使命，并且使库房不至于有人满之患。"

(张　名　译)

好　险

[日本] 星新一

"真逗，我哪是什么美人啊！您说得再动听，我也不信哪！"

住在这里的女人说。这女人已是徐娘半老，真的称不上是什么花容月貌的美人了。

"哪里，您太美了。您从里往外渗透出一种真正的美。我想同您结婚。"

年轻人从方才就开始一直不停口地倾诉着爱慕之情。他虽然是个穷光蛋，但小伙子长得漂亮。 他靠着自己的美貌进行婚姻诈骗已不是一天两天的事了。 他看上了这女人的大笔钱财，便设法同她厮混到这么熟的地步。

"您都想到这一步了?!"听女人这语气，有门儿！年轻人心中暗喜：趁热打铁，再加把劲儿，一大笔钱可就到手了呀！

这时，门外喊道："开门！是警察……"

年轻人闻此大吃一惊。 我的妈！是不是以前作的案犯事儿了?!费了半天的牛劲儿，本来只差一点点就成了，如今却……可话又说回来了，要是被逮住，岂不一切都完蛋了。 他从窗户逃走了。 那房间是在二楼，跳下去他把脚扭伤了。

一位警察一边扶起蹲着连声喊疼的年轻人，一边对他说："疼一点有什么？算你走运吧！我们是来逮捕那女人的。 那女人一次次巧妙地迷住男人之后就结婚。 接下来便为那男人办人寿保险，然后再制造意外死亡把他杀掉。 她已经作案多起，轻易捞取了大量金钱……"

（郭允海　译）

旋工的苦恼

[苏联] 达·谢尔盖

一次，我待在家里，突然有人按门铃。 我开门一看，原来是位老太太。 她的衣着普普通通，肩上披件小披肩，手里提着个日用手提包。

"您好。"她问了声好就脱外衣。

我一边帮她脱外衣，一边暗自思忖："会不会是妻子塔木勃夫的哪家亲戚又来看望了?"

老太太坐到椅子上说:

"您猜对啦,我是来做模特的。"

"做什么的?"我怀疑地睁大眼睛。

"这有啥不明白的,就是模特儿嘛!"

"什么样的模特儿?"

"平平常常的,您的同行兄弟,年轻的画家们模拟着画画的那种模特儿……"

"大娘我不是画家,我是旋工,这是其一;我从小就没画过什么画,这是其二……"

后来才弄清楚,老太太已经退休了,从前曾在美术学院干点事。她显然把地址搞错了,找错了门户。我心里直乐,正待要替她去拿大衣,可没来得及——老太太固执地说:

"别瞎叨叨了,画吧,有啥好说的!旋工嘛,以前当旋工,如今当画家,有啥不可以的。反正吉泽安、丘尔列尼索夫如今都不在了,正缺画家。画吧,有啥好说的!我这么大岁数来求您,总不能白来一趟吧?拿起您的颜色和彩笔,画吧,您是位年轻有为的画家,画吧,会画好的……"

"我没有颜色呀!"

"嗯,别着急,我这儿还有点陈货。"她说着便从提包里取出两筒。

磨蹭了约莫一小时,我觉得不画不行,老太太总缠着,只好画起来。我拿起画纸,便尽其所能地涂抹着。颜色只有蓝、紫两种,所以画出的画有点阴森可怕,更何况我本来就画不了什么画。

老太太舒展开画卷,品评地打量着我的作品。

"不错啊，孩子！对一个年轻画家来说已经够好的啦！真的，一看便知，是表现主义学派的，可也挺时兴的。 ……你在背面留上个姓名吧。"

她收藏起我的画，拿着走了。

过不多久，听说，城里举办了个青年画家作品展览，我涂抹的那张也挂出来了，还放在一个精制的镜框里……

于是我的痛苦的艺术生涯开始了。

车间主任喊我去见他。

"你真行啊，瓦夏！大伙都听说了……风华正茂嘛……有文艺细胞。 好啊，我们大伙来协助你！"

"维克多·彼得洛维奇，我不想……"

"别谦虚好不好，我们应该把方便让给你嘛。 你是想让后辈人说我们扼杀天才还怎么的？这哪成啊！"

我一再推辞，可没人能听得进我的话。 工会委员会很快就给我弄来了一大车颜料、画笔、画布等；连旋工活都不让我干了，专事画画。 厂方还给照顾了三间一套的新住宅。

"画家人人都有画室吧？有的！ 你也会有的。 努力创作啊！大伙都为你的事操着一份心，写回忆录时可别忘了加上一笔……"

不得已，只好画画了。 不能辜负集体的一番好心，我涂抹了二十幅画，拿去给名家裁决。 心想，嗨，这下可大出其丑，我的艺术生涯也要到此为止了。 全然出乎意料的是：名家们阅毕，个个赞不绝口：

"嗯，有功夫，堪称佳作！ 一个满手打茧的工人，一个满腿是泥的农民，对艺术的造诣竟有如此之深，令人敬佩……"

"这哪称得上什么佳作！"我说，"你们不都看得出，这是瞎涂抹呀!"

"不必谦虚啰,这对一个年轻画家来说,已经很不简单啦!"

"我这还算年轻啊!眼瞅着就是四十岁的人了。"

"唉,老兄,您就是五十岁也还是年轻的艺术家呀。问题不在年龄嘛……"

我不以为然地吐了口唾沫,只好回家再涂抹。使我感到不安的是:工厂里的群众代表常有人来家看望我。须知,这是在他们的亲爱的集体里栽培起来的一位天才人物,谁个能不感兴趣呢?可是,哄弄人怎么得了?不过,如今我心中油然而生的却是对那些已经上了年纪的青年作家、导演和作曲家们的同情。……谁知道,会不会再有哪位老太婆也把他们好端端的生活给断送掉呢?

(张根成 译)

鹰 巢

[挪威] 比昂松

恩德雷是一个又小又偏僻教区里一个农庄的名称,周围是崇山峻岭。农庄位于一个平坦而肥沃的山谷。发源于群山丛中的一条大河,从山谷中穿流而过,注入教区附近的湖泊,给四周的山乡添上一片绮丽的风光。

农庄主人原先是到恩德雷湖摆渡的,他第一个在这个山谷里披荆斩棘,开垦荒地;他叫恩德雷,如今住在这儿的是他的后裔。据说恩德雷是犯了杀人罪才逃到这儿来的,他的家庭之所以这样神秘,原因也就在这里,不过也有人说,这是由于大山的关系,仲夏的午后,五点就不见阳光了。

教区有一处上空孤悬着一个鹰巢。 鹰巢筑在一座大山的悬崖绝壁上。 人人都能看见雌鹰落在鹰巢上，但是谁也无法攀登上去。雄鹰在教区的上空盘旋翱翔，一会儿猝然下降，抓走一只绵羊，一会儿猛扎下来，攫去一只小山羊；有一次它甚至拎着一个小孩，然后冲天而去。 因此，在这座大山上，庆父不死，鲁难未已。 当地居民有个传说，说是古时候，有两兄弟攀登上山，捣毁了鹰巢；但是如今已经没人能上了。

在恩德雷农庄，不论什么时候，只要两个人碰在一起，就谈论着那个鹰巢，然后抬头看看。 在新年中，当这对兀鹰再次出现的时候，人人都知道它们原先猛扑下来杀生的地方；也知道谁最后作出最大努力，想攀上悬崖绝壁。 当地的小伙子们从儿时就开始练习爬山、上树、搏斗、扭打，为的是有朝一日能够仿效古时两兄弟的壮举，攀登大山的绝顶，捣毁鹰巢。

在讲述这个故事期间，恩德雷农庄有个最聪明的孩子叫利夫，他并不是恩德雷家族的人。 鬈曲的头发，小小的眼睛，在一切游戏中他聪明伶俐，而且欢喜漂亮的小姑娘。 他很早就立下豪言壮语，说有朝一日，他一定要攀登这座大山，直捣鹰巢。 但是上了年纪的人却说，他不应该夸下海口。

这话大大刺伤了他的自尊心，因此，在他还没有成年就开始爬山了。 那是早春一个阳光灿烂的星期六上午；雏鹰一定快要破壳而出了。 一大群人聚集在山脚下，观看利夫的壮举；老年人极力劝他放弃这种危险的尝试，小伙子们则尽量怂恿他上去。

但是利夫自有主意。 他等待着，一直等到雌鹰离巢飞去，于是他纵身一跳，攀住离地几米高的一棵大树的树干。 这棵大树生长在岩石裂缝里，他从这个裂缝开始往上爬。 小石子儿在他的脚下松动起来,泥沙和砾石滚滚而下,除了背后奔流的山涧发出压抑的、没完没了的哗哗声以外,一片宁静。 不久,他就攀到大山开始凸出的地方了。 他在这儿用一只手攀在岩石上,把身子悬空了很长时间,同时用一只脚探索立足点,因为脚下的情况他根本看不见。 很多人,特别是女人,都背过脸去,说要是他的生身父母还健在的话,绝不会允许他干出这种玩命的行径来。 他的脚终于找到了立足点,不断探索攀登,一会儿用一只手,一会儿用一只脚,抓牢、站稳;他有时失手,有时滑脚,接着又把身子悬空吊起来。 站在山脚下的人们静得连彼此的呼吸都听得见。

一位远离大家、坐在一块岩石上的高个子小姑娘,蓦地跳了起来;据说她从小就许配给利夫了,尽管他跟她没有宗族关系。 她张开双臂,大声喊叫:"利夫,利夫,你干吗要往上爬哟?"人人都扭过头来看着她。 站在旁边的姑娘的父亲严厉地盯了她一眼,但是她根本没有理睬。 "利夫,还是下来吧,"她叫喊,"我爱你,你在山上只会落得一场空!"

大家看见利夫正在犹豫不决;他迟疑了一会儿,然后继续往上攀援。 有长长一段时间,他的进展十分顺利,因为他踏得稳当,握得坚实;但是一会儿以后,他仿佛渐渐变得筋疲力尽,因为他常常爬爬停停。 不久一块石头像是不祥之兆似的滚了下来,在场的人不能不注视着这块石头落下来的途径。 有的人再也不忍心看下去,转身走了。 那位小姑娘仍旧站在岩石上,绞着手,目不转睛地朝山上凝望。

利夫再次用一只手攀住岩石,但是手一滑没有攀住;小姑娘在山下看得一清二楚;然后利夫使尽气力用另一只手去抓岩石,但是他的手又滑下来了。 "利夫!"小姑娘呼喊,喊声响彻群山,所有的人都跟着她喊叫。

"他滑下来啦!"大家一声惊叫;男男女女都朝他举起双手。他真的夹带着沙粒、石子、泥土滑下来了,滑下来了,不停地往下滑,越滑越快。 大家都背过脸去,接着就听见他们身后传来一阵阵沙沙声和嚓嚓声,这以后就听见什么沉重的物体,仿佛是一大堆湿土,轰然一声落在地上。

当大家能够四下看看的时候,只见利夫躺在地上,跌得粉身碎骨,血肉模糊。 那位小姑娘一下昏倒在岩石上,她父亲立刻把她抱在怀里走了。

原来下过一番功夫,煽动利夫从事危险的登山活动的小伙子们,这会儿连帮忙把他抬起来的勇气也没有了;有的人甚至不敢对他看一眼。 因此,老年人不得不走到前面来。 年纪最大的一位老人,一面抱住死者的尸体,一面说:"太惨了。 不过……"他又说,朝山上瞥了一眼:"鹰巢筑得那么高毕竟是件好事,不是人人都能上得去的。"

(余 杰 译)

滑雪橇

[德国] 诺瓦克

一幢私宅坐落在园子中。 园子很大,一条小溪从园中穿过。此时,园子里有两个小孩子,一个还不会说话,另一个稍稍大一点。 他们同坐在一只雪橇上。 小的那个孩子在哭泣,大一点的说,该把雪橇给我玩啦。 小的那个大哭起来,连喊带叫。

从房子里走出一个男人,他说,你们谁闹,谁就给我进屋来。

说罢走回房子，随手关上了门。

小一点的孩子继续哭叫。

男人又出现在房门口，他说，进来，快点，你给我进来。别磨蹭。谁闹，谁就进来。

给我进来。

男人走进去，门"砰"的关上了。

小一点的孩子死死地攥住雪橇的绳子不放，还在抽泣。

男人打开房门说，你可以滑雪橇，但不许闹。谁闹，谁就进来。对，对，对对对。从现在起谁也不许再闹。

大一点的孩子说，安德烈亚斯总想一个人滑。

男人说，谁闹，谁就给我进来，不管他叫安德烈亚斯还是什么。

他关上了门。

大一点的孩子从小一点的孩子手中夺过雪橇。小一点的孩子又开始抽泣，尖叫，怒号，哭闹。

男人走出房子。大一点的孩子把雪橇还给了小一点的孩子。小一点的孩子坐上雪橇滑走了。

男人朝天上看了看。天空蔚蓝。太阳又大又红。气温很低。

男人很响地吹了一声口哨，重又走进房子，随手关上门。

大一点的孩子喊道，爸爸，爸爸，爸爸，安德烈亚斯不再给我雪橇。

房门打开，男人伸出头说，你们谁闹，谁就给我进来，房门关上。

大一点的孩子高声呼喊，爸爸，爸爸爸爸爸爸，爸爸爸——！安德烈亚斯掉进小溪啦。

房门开了一条缝,传来男人的吼声,还要我说多少遍才管用,你们谁闹,谁就给我进屋来。

(舒雨 译)

逗 乐

[法国] 莫泊桑

世界上有什么事情比开玩笑更有趣、更好玩?有什么事情比戏弄别人更有意思?

啊!我的一生里,我开过,我开过玩笑。人们呢,也开过我的玩笑,很有趣的玩笑!对啦,我可开过令人受不了的玩笑。

今天我想讲述一个我经历过的玩笑。

秋天的时候,我到朋友家里去打猎。当然喽,我的朋友是一些爱开玩笑的人。我不愿结交其他人。

我到达的时候,他们像接待王子那样接待我。这引起了我的怀疑。他们朝天打枪;他们拥抱我,好像等着从我身上得到极大的乐趣。我对自己说:"小心,他们在策划着什么。"

吃晚饭的时候,欢乐是高度的,过头了。我想:"瞧,这些人没有明显的理由却那么高兴,他们脑子里一定想好了开一个什么玩笑。肯定这个玩笑是针对我的。小心。"

整个晚上人们在笑,但笑得夸张。我嗅到空气里有一个玩笑,正像狍子嗅到猎物一样。我既不放过一个字,也不放过一个语调、一个手势。在我看来一切都值得怀疑。

时钟响了,是睡觉的时候了,他们把我送到卧室。他们大声冲我喊晚安。我进去,我关上门,并且我一直站着,一步也没有迈,手里拿着蜡烛。

我听见走廊里有笑声和窃窃私语声。 毫无疑问,他们在窥视我。 我用目光检查了墙壁、家具、天花板、地板。 我没有发现任何可疑的地方。 我听见门外有人走动。 一定是有人来从钥匙孔朝里看。

我忽然想起:"也许我的蜡烛会突然熄灭,使我陷入一片黑暗之中。"于是,我把壁炉上所有的蜡烛都点着了。 然后我再一次打量周围,但还是没有发现什么。 我迈着大步绕房间走了一圈——没有什么。 我走近窗户,百叶窗还开着,我小心翼翼地把它关上,然后放下窗帘,我并且在窗前放了一把椅子,这就不用害怕有任何东西来自外面了。

于是我小心翼翼地坐下。 扶手椅是结实的。 然而时间在向前走。 我终于承认自己是可笑的。

我决定睡觉。 但这张床在我看来特别可疑。 于是我采取了自认是绝妙的预防措施。 我轻轻地抓住床垫的边沿,然后慢慢地朝我面前拉。 床垫过来了,后面跟着床单和被子。 我把所有的这些东西拽到房间的正中央,对着房门。 在房间正中央,我重新铺了床,尽可能地把它铺好,远离那张可疑的床。 然后,我把所有的烛火都吹灭,摸着黑回来,钻进被窝里。

有一个小时我保持醒着,一听到哪怕最小的声音也打哆嗦。 一切似乎是平静的。 我睡着了。

我睡了很久,而且睡得很熟;但突然之间我惊醒了,因为一个沉甸甸的躯体落到了我的身上。 与此同时,我的脸上、脖子上、胸前被浇上一种滚烫的液体,痛得我号叫起来。

落在我身上的那一大团东西一动也不动,把我压得喘不过气来，我伸出双手，想辨明物体的性质。我摸到一张脸，一个鼻子。于是，我用尽全身力气，朝这张脸上打了一拳。但我立即挨了一阵耳光，使我从湿漉漉的被窝里一跃而起，穿着睡衣跳到走廊里，因为我看见通向走廊的门开着。

啊，真令人惊讶！天已经大亮了。人们闻声赶来，发现男仆人躺在我的床上，神情激动。原来，他在给我端早茶来的路上，碰到了我临时搭的床铺，摔倒在我的肚子上并把我的早点浇在我的脸上。

我担心会发生一场笑话，而造成这场笑话的，恰恰正是关上百叶窗和到房间中央来睡觉这些预防措施。

那一天，人们笑够了！

（辛　林　译）

大小通吃

[印度尼西亚] 林万里

上午，诊室的门铃响了两下。我就知道看病的人来了。我一开诊室的门，就看到候诊室里坐着三个人。左边的长板凳上坐着两位年龄大约都在四十上下的女人。其中一位愁容满面，散发不梳，身披牛仔夹克，我暂时称她为A；另一位呆头傻脑，眼屎未除，颈项上缚一条灰色围巾，我姑且叫她为B。这两位污垢满脸的女人，从她们邋遢的样子，一眼就能看出是病魔缠身的人。她们的对面，右边的铁椅上坐着一位明眸皓齿的红装女人，衣裙、嘴唇和指甲全是红红的，光彩夺目。看上去三十岁左右，端庄、秀气、俏丽。我敢断定地说，这种女人肯定人见人爱。她不像是有病的人。凭经验我心里猜想,她八成是陪送 A、B 来的。

人们常说宁可做导演,不要做医生。 因为导演是对着漂亮美丽的明星;而医生总是对着愁眉苦脸的病人。 今早我可走好运了,总算对着一位美丽的女人。 她比明星还要明星。 我注视着她,心里美滋滋地十分舒坦。 医生和常人一样都喜欢欣赏美的东西。

"医生,早安。"一见到我立在门旁,那一位"全是红红的"便开口说,她不但人长得妩媚,声音也十分悦耳。 说了"早安"以后,她转过头对着 A、B 说:"你们两位先看吧,你们一起进去吧。"回头又对我说:"医生,她们是我亲戚。 先给她们看吧,她们都病得不轻。 等下轮到我,诊费跟我的一起算,由我来付。"

瞧,这美丽的女人,心地多好!

A、B 进来了,我心不在焉地给她们检查了一下,发现 A 是患了流行性感冒,B 是吃错东西拉肚子。 我给她们各打了一针并配了药方,前后不到几分钟就解决了 A、B 的问题。 她们似乎发现我给她们看病时的心猿意马,也发觉我是要尽快地把她们打发走。 老实说,这时候我脑海里想的是在候诊室正在候诊的那位"全是红红的",好让她快点进来,好让我好好欣赏。

当我开门把 A、B 送走,正要招呼那位"全是红红的"时候,发现我的候诊室里空无一人。 开始我以为她上厕所去了。 这时厕所的门敞开着,证明里头无人。 我走去巡查,里头空空如也。

我便问 A:"你们的亲戚怎么还没看病就不见人影了?"

"什么我亲戚? 我根本不认识她,刚才在你这里初次见面。"A 不悦地回答道。

"那么你们两位是亲戚吗?"我指着 A、B 问道。

"我们三个人,谁都不认识谁,怎么会是亲戚呢!"B 答道。

"你们跟她是亲戚或者不是,都不要紧。 她不想给我看也没关系。 她走了,那么诊费你们自己付好了。 每人一万五千盾。"

"诊费我们已经付了。"A、B异口同声地答道。

"是什么时候付给我的?"

"不是付给你,我们已经付给她了。"A答道。

"你们为什么要付给她?"

"刚才我们等你看病的时候。 她走进来,问我们在这里看病,一次要付多少钱,我说看一次要一万五千盾。 她说这里的医生是她爸爸的好朋友。 她给我们省钱,要我们假认是她亲戚。 诊费有折扣,说我们每个人交给她一万盾就够了。 我们心里想,这个人真好,帮我们每人省五千盾,我们就把钱交给了她。"

"你们就相信了她的话,钱就给她了?"

"是呀!她还说,一个人看病跟三个人一起看病,收费应该不同,就像批发价钱跟零售价钱不同是一样的道理。 刚才你也听到了,诊费全部由她来付的。"

我听了挠挠头,无可奈何地对A、B说:

"你们可以走了,因为你们都付了诊费。"

好家伙,大小通吃。

喜 鹰

[新加坡] 黄孟文

太阳悬在西边两座山之间的凹处。 天气旱热。 四周云霞血红。

盘旋于低空,我睁大眼睛俯视着不远处的一个形同废墟的村落。翅膀稍一挥动,激起一阵劲风,仿若一架快要着陆的微型军用直升机。

感谢上苍,让我出生在非洲的土地上。这里的人比先进地区的老鼠还要卑贱。天天有人在内战弹雨中身亡,不然就是饥饿而死。每天我都吃肉吃得不亦乐乎,养得身强体壮,哪里要像穷人那样为生活、为儿女而疲于奔命呢?

看!那里有个黧黑的小女孩!她枯瘠的右手握着一个小铁罐,在地上小洞中汲点污水。整十岁的人了还赤身裸体,比飞禽更不知耻——飞禽还有遮羞的羽毛!

望着小女孩那摇摇欲坠的瘦弱身躯,那呆滞的眼神,经验告诉我,机会来了,今晚肯定又有盛餐。

孩童的身躯虽然也一样是皮包骨,但是吃起来毕竟鲜嫩一些呀!

日落鹰翔霞满天……

小女孩仰颈喝下那仅存的几滴污水,啧啧嘴唇,蹒跚地退到近旁的一个垃圾堆,用瘦手挖掘着,颤颤然。真是笨蛋,垃圾堆里除了一些被我们吃剩的残肢断骸以外,还会有什么可以下肚的东西呢?

这个小女孩我早已把她盯紧了。我最憎恨的就是她那个小个子的黑妈妈。他们一家七口,有五口就先后饿死了,都被我们啄入腹中了。黑妈妈特别疼爱这个小女儿,每次觅得些许残羹,就全部让给女儿"虎咽",宁可自己饿昏。更可恶的是,她整日把女儿牢牢护卫着,我每次想要偷袭都无从下手,只好知难而退。可是,现在好啦,时机成熟啦,再也没有人可以保护你了,看你这个小鬼还能躲到什么地方去?

黑妈妈昨天饿死了,就在这堆垃圾旁。临死时还紧抱住女儿不放,生怕她被我的鹰兄、鹰弟们攫去。我抿喙暗笑。自己已是泥菩萨过江，还要保护女儿？

我当然还是优先啄吃黑妈妈啦。死尸如果不趁早啄吃，很快就会腐烂掉，白白损失。黑妈妈的肉又干又韧，啄得我喙痛，肠胃也不舒服。吃剩的残骸都散落在垃圾堆里，东一块西一块。

我索性飞落到近旁的平地上，面对面地注视着小女孩。

小女孩还在垃圾堆里挖掘，有一下没一下的，数度跌倒又爬起来。她的四肢显然已经疲弱无力，颤抖得厉害。良久，她捡起一块骨头，急急放到齿间啃咬。嘴角嚅动，双目无神，茫茫然。嘻，傻东西，至亲妈妈的肋骨也会啃得津津有味！

好像咬不到什么可以入腹的残肉，小女孩绝望了，挣扎着站起来，举起小铁罐。罐内滴水全无。

小女孩终于支撑不住，全身一阵痉挛，倒下去了，再也爬不起来了。

我大喜，舌尖沮出了唾液，一步步地向小女孩跳过去。

夺　妻

[不丹] 达里姆·齐特里

卡尔下了车，走进朋友家宽敞明亮的宴会厅。今晚这里将有一个热闹的聚会。

卡尔是一个有钱的商人，三十多岁仍孑然一身，正打算物色合适的人选成家。一进朋友家，卡尔的目光就被一位迷人的姑娘所吸引。

随后的活动中，卡尔心中再无他物。他寻找一切机会与那姑娘接近。她叫比玛，在一家公司做秘书。她对卡尔似乎也很有好感。

两人谈兴正浓时,聚会却已接近尾声。 于是,卡尔主动提出送比玛回家,她欣然同意了。

很快,卡尔的车停在一所幽雅的寓所前,两人依依不舍地道别。 让卡尔略略有些失望的是,比玛并没请他上楼坐坐。

随着时间的推移,他们开始不断约会。 一切都进展顺利,卡尔很高兴,终于找到了一个意中人。

但有一天,卡尔在与比玛共进午餐时,发现她神情有些抑郁。 卡尔关切地问:"怎么回事,比玛,有什么需要我帮忙吗?"

比玛未作回答,眼泪却止不住地流了下来。

卡尔心都痛了:"亲爱的比玛,我想娶你为妻,为你分忧。 你愿意吗?"

可令他窘迫的是,比玛先是泪珠滚滚,继而失声痛哭起来,引来饭店里不少顾客好奇的目光。 后来,比玛终于平静下来,说:"卡尔,很遗憾,我已经结婚,我已属于别人。 他是不会同意跟我离婚的。"

在卡尔惊愕的目光中,她拎起手提包,哭着离开了饭店。

打那以后,卡尔始终心神不宁,他放不下比玛,常常想起他们相处时的甜蜜时光,他们本就该是天造地设的一对! 于是,他决定采取极端行动。

卡尔先作了一番周密调查,然后雇了个杀手,准备把比玛的丈夫除掉。 杀手临行前,卡尔还一再提醒他行动要干净利落,以免被人发现。

计划能否顺利实施? 那天晚上,卡尔焦虑地在屋中踱来踱去。 终于,电话铃响了。

"喂！"他迅速抓起话筒。

"老板，您交代的任务完成了。"

"很好！"卡尔说，"一切是否顺利？"

"是的，嗯，不过……"

"不过什么？"卡尔心脏狂跳。

"不过，当我离开时，被一个女人发现了。"

"你这个傻瓜！我一再提醒你要小心。"

"没问题，老板，"对方回答说，"那好像是他妻子，我已经把她一起干掉了！"

（郁葱 译）

演 戏

[新加坡] 怀 鹰

我不明白自己为什么会有那股傻劲，在众目睽睽之下假装昏倒？我要证明什么？新加坡人的冷漠感？老实说，这个灵感还是来自长堤彼岸的一则新闻，一个记者，为了测试人的反应，与一个警察合作，他扮演抢匪，与扮演警察的警察在大街上追逐。结果他获得了满意的答案：没有人加入追逐的行列。由此而证明人类的自私等等，据说很是轰动。

我请芬和我合作，我们扮演一对情侣，我们的目标是乌节路的一座购物中心。

我们选择人最多的时刻走进去，然后按照计划，我仿佛喝醉了酒，一颠二摇就倒在地上。芬发出了尖锐的叫声，叫得蛮像的，多亏她练了三天的尖叫。这叫声果然奏效，一下子吸引了几个人上前来看。 我虽然闭着眼,但两耳很清楚地听到皮鞋和高跟鞋的声音,心里稍稍感到温暖。

"请你们帮帮忙,我的男朋友昏倒了。"芬以颤抖的声音说。她是我们戏剧团的成员,这点儿演技当然难不倒她。

我正期待有一双强而有力的手,往我胳肢窝一夹,把我从地板上扶起来。 然而,几分钟过去了,除了耳边嘈杂的声音外,那双手始终没出现。 忽然肩膀被人拍了一下,芬的声音钻入耳根:"起来吧,戏演完了。"

我站起来,拍拍身上的尘土。 周围的人还是那么匆匆忙忙,仿佛刚才那一幕未曾发生过。 倘若地上躺的是一具死尸,会不会有人走过去看一眼呢?

我们转移阵地到另一座购物中心去,如法炮制再昏倒一次,我始终无法接受那个叫作冷漠的现实。 这次,倒有一对情侣上前来看几眼,不过也仅仅是几眼,什么话也没留下就走了。 我正要睁眼的时候,一个洋妇(大约六十岁)走来了,我听见她问:"怎么回事?"

芬说:"我男朋友昏倒了。"

"快送医院吧,需要我帮忙吗?"

芬还没回答,我已经忍不住爬起来了,老妇有点儿惊异,我把原委告诉她,她笑笑走开。 我和芬都笑得很苦涩,

"还要试下去吗?"芬问。

朋友,你说呢?

虔诚的猫

[波兰]伊·雷·斐莱兹

房间里有过三只鸣禽,它们先后被那只猫结束了生命……

她并非普通的猫,而是很虔诚的灵魂,她有的是真正的犹太的美丽,长着反映出天空的眼睛……她很虔诚,很遵守礼节,那只猫!在白天她要洗十次脸……她在屋角悄悄地吃着……她整天吃着牛奶什么的,在黄昏之后不久,她才吃肉,很像样的老鼠肉……

但是她从来不匆匆忙忙,也不像老虎那样狼吞虎咽;她总是慢慢地、愉快地吃着……让小老鼠再活一会儿……让它再跳舞、发抖、忏悔一会儿……虔诚的猫吃起东西来一点儿也不匆忙……

当他们把第一只鸣禽带到房间里来的时候,这只猫立刻就同情它;这只猫立刻感动了……"那么美,"她舔着嘴唇道,"那么小,那么好,没有在'第二世界'享福!"

"它到不了'第二世界'的",这只猫断定说,"第一,因为它用的是全身都浸在水盆里的先进洗澡法……"

"第二,如果有人放了它,它就成了野鸟;虽然它很年轻、可爱、善良,然而小鸟是与其爱礼节,宁可爱炸药的!"

"况且,还有那歌声!那无耻的歌唱和吹啸,而且胆大妄为地向天空仰视!而且渴望逃出笼子——向着罪恶的世界,自由的空气,向着打开了的窗户……"

"猫曾经关在笼子里吗?虔诚的猫曾经这样无法无天地吹啸吗?——真可惜,"这虔诚的猫的纯洁的心感到难受,"小鸟正是生物,贵重的灵魂,高天的星火!"

这只猫哭了:这整个的不幸都是由于肉体的美丽而来的;"这世界"也因此而那么可爱,诱惑天使也因此而那么动人……

这样可爱的小鸟怎么能抵抗可怕的诱惑天使?它活得愈久,它犯的罪就愈多,而应得到的惩罚也就愈大……唉!

神圣的复仇之火在这只猫的内心燃烧着……她突然跳上搁着鸟笼的桌子,于是——羽毛就在房间里飞着。

他们打这只猫……但是她一点儿也不抱怨……这只猫虔诚地咪呜着恐怖的忏悔……她不再犯罪了……这聪明的猫知道,他们为什么打她。 她不会再挨打了……

他们打她,因为房间里满是羽毛;他们打她,因为她把绣花的桌子沾上了血迹。 我们应该适当地、虔诚地、安静地执行那样的判决,不要让羽毛飞着,也不要让血滴下……等到他们把第二只鸣禽带来的时候,这只猫就扼死了它,连羽毛也都吞下去……

他们打猫……到这时候,这只猫才明白,她的挨打并非因了羽毛,也并非因了桌布上的血迹……主要是不准杀!大家应该相爱,应该宽容……因为屠杀不能改善这罪恶的世界!大家应该非难和同情犯罪的人们!

一只悔过自新的金丝雀能够达到最虔诚的猫所不能达到的境界!这只猫很快乐!糟糕的时代已经过去了!大家可以避免流血了……

同情、同情和同情……她同情地靠近了第三只金丝雀!

"不要怕,"这只猫咪呜地叫着,用了最温柔的声音,"你常常犯罪,可是我一点儿不会损害你的,因为我同情你!我连笼子也不打开,我碰也不碰你一下!"

"你摇着自己,摇吧,当然不是对我,是为了那位造物主。 你一声不响?好极了!与其无耻地歌唱,不如……我更喜欢沉默!安静点,纯洁点,你摇着吧……我要帮你摇!我要呼吸着,用我的虔诚的灵魂使你安静、可爱和虔诚……让我的呼吸用信仰充实你的身体,而且——用悔悟充实你的心!"

这只猫因为改善和宽容，觉得很快乐……最虔诚的猫的最虔诚的心因为快乐而生长着，但是那只金丝雀却不能呼吸这虔诚的猫的空气。它闷死了。

（席 孜 译）

公 正

［西萨摩亚］温 特

我国当代历史上的一次最轰动的审判，使人们连续兴奋了十天。

我出席旁听了（旁听的还有其他许多关心的人）。我在第二排有个预定座位，管理法庭的警官是我的堂哥。

被告（在审判过程中，每个人也包括辩护律师都称他为被告，几乎未提过他的名字）谋杀了一名白人修女。他才二十岁。一开庭，他就坚持说，他爱那修女，他犯了谋杀罪，应上绞刑架。可是那位素以仁爱公正闻名的法官，决定对此案作绝对公平的审理。甚至不惜花费许多钱从新西兰请来一名精神病医生给被告做了一番检查。这位医生是个胖得圆滚滚的神经质白人，讲话声音太低，因此在长达一小时的做证时，法官不断地要求他提高嗓音。他宣称被告是精神病患者——有点"神经失常，精神分裂"（你知道，这些庸医经常运用莫名其妙的行话！）。他还说，被告迫切需要专门的精神治疗，最好是去另一个国家，因为西萨摩亚没有足够的医疗设备医治如此严重的病情。我们都认为法官会因此终止审判，可他并不如此（为此，我们有许多人感到高兴）。原告一方的二十五名证人被传上法庭，一个个经过反复的详细盘问；被告一方的十五名证人也受到了传讯。

根据他们冗长而吸引人的证词,我推断在5月20日,即星期六早晨,被告从瓦埃莱莱的女修道院开始跟踪那位修女(在整个审讯过程中,人人都说这修女是受害者),他们一前一后进了城,又在城里兜了一圈。 辩护律师问被告,受害人是否知道他一直尾随其后,被告说:"是。 她知道,因为她爱我,我也爱她!"(我们听到这亵渎的话都大为震惊,但却原谅了他,因为他显然疯了。)在那修女走进一家大商店之后,他便去隔壁的五金店买了一把面包刀——他身上带钱不多,买不起其他类型的刀子。

他站在人行道上,面对着修女进去的那家店门,贴身的左胳膊里藏着面包刀。 他眼睛里噙着泪水说,受害人出了店门,径直朝他走过来,面带微笑,伸出两臂想要拥抱他。 他记得的就是这些,他说。 在店门前叫卖手工艺品的两名小贩做证,宣称他们见到被告举起面包刀,在那可怜的被害者向后退时,被告将刀子捅进修女的左乳房,随后朝大街那头逃跑,那把残忍的刀子(法庭上证物)就插在不幸的无辜受害者身上。 小贩之一是个五大三粗的胖女人,她做证时像演戏一样,激动得凸出眼珠,叙述得津津有味。 她当时奔上前去,搂住摇摇欲倒的受害者。 修女的洁白服装上沾着斑斑血迹,脑袋痛苦地偎在她怀里。 这位证人还坚持说(我们大家都相信她的话),受害者在她粗壮的胳膊里奄奄一息时,露出淡淡的微笑,还嘟哝着说,杀手将会得到宽恕。 审讯到这里,被告跳了起来,大声叫道,他不配得到宽恕,因为他杀害了美丽圣洁的修女,罪当绞死! 法官对被告的请求置若罔闻,继续审讯。

最后一个走上证人席的是被告的父亲。 他老态龙钟,在本村以足智多谋、公平正直、慷慨大度而闻名,高度受人尊敬。 他且哭且诉，要求人们宽恕他的家族，虽然他的不肖之子犯下了滔天大罪。他的儿子——他觉得很难把这样一个"畜生"称作儿子——三年前从家里出走，生活在他母亲的家族里（他母亲早在几年之前就去世了），显然交上了坏朋友。 老人说，他儿子并不疯——他的其他七个儿子和三个女儿神经都挺正常——最后他请求法庭把他这个使他本人和家族在上帝面前蒙羞，使他村庄和心爱的国家受辱的儿子绞死。 我们大家听了老人的这番话都深受感动（有许多妇女流下了眼泪），并为他而感到非常难过。 他和他的家族将难以靠日后的行为去洗清污名（我当时暗暗发誓说，如果我的哪个儿子——我有四个儿子，其中一个与被告同年——使我这样蒙羞受辱，我要亲手把他绞死，即使他是疯子也不管！）。

法庭在宣称被告是疯子之后，当即判处他终身监禁，并由国家花钱送他去国外治疗。 被告的父亲跳了起来，以拳击面，再次请求——这样做十分正确——绞死他儿子，埋葬后不立墓碑。

两名法警开始押走被告。 被告转身向听众鞠一躬，说他曾经爱过她，应当为谋害她而受绞刑。 在经过哭泣的父亲身边时，他停了片刻，向他父亲耳语。 他父亲吓得向后倒退，可怜地张口喘气，随后昏晕倒地，如死人一般。

一个月后，被告在送往新西兰治疗的前夕，在囚室里自尽了。

直到现在，我还不断向出席旁听的人们打听，问他们是否知道被告向他父亲耳语的内容。 看来没有哪个人知道。 至于他父亲，我们听说，目前衰老多病，足不出户，从没对任何人透露过半点信息。

在执笔写作之前，我曾竭力回忆被告和受害人的姓名，可就是记不起（现在仍无法想起）。 目前我也只能记得被告外貌上的一点不同寻常之处：左颈上有颗黑痣，状如婴儿的手。我没见过受害人的照片，所以她的形象在我脑子里是一片空白。

在审判过程中，关于她的身世，几乎无人提起。法庭上那幕激动人心的戏剧全是以被告为中心而演出的。

（马　霞　译）

惨　败

[德国] 迪格尔

弗兰克·凯斯特纳在酒吧门口愣住了：一名五十岁左右的男子正与他的女友艾尔柯坐在吧台上。男子穿着时髦，黑发卷曲，两鬓斑白。他们在兴奋地聊天。

"你好，弗兰克！"艾尔柯说，"让我来给你介绍一下马尔克·博内，从萨沃伊来的老朋友，我在那儿的酒吧干过活……"

博内与弗兰克握了握手就马上告辞了。

"看样子像是个有钱人，"弗兰克对艾尔柯说，"他做什么生意？"

"宝石，"艾尔柯·梅纳丝回答道，"他可是腰缠万贯呢。"她疑惑地注视着弗兰克，继续道，"我们的打算怎么样了？"

弗兰克耸耸肩，"不行呀，没有贷款。"他突然莞尔一笑，"宝石，那倒是好东西。要是能弄到莱因霍尔德的宝石就好了。"

"莱因霍尔德是谁？"

"我的一个叔叔，"弗兰克解释道，"他先前做珠宝生意，等他赚足了钱，有了一幢湖滨别墅就洗手不干了，现在正悠哉游哉地颐养天年呢。他比我大二十岁，五十五岁左右。"弗兰克叹息着，

"他将宝石藏在保险柜里。 自从妻子死后，他一直独身。 我在想，总有一天那些宝石全都会归我的。 我是他的继承人。"弗兰克欲言又止，眼睛看着艾尔柯，"这个博内也买那些来路不明的宝石吗？"

"我想是的，"艾尔柯回答，"你那位莱因霍尔德的全称是什么？"她顺便问道。

"莱因霍尔德·拉里……"

位于湖滨的一幢白色别墅的大门被打开了，艾尔柯·梅纳丝看见一位留着大胡子、头发蓬松、脸色黝黑的宽肩膀男子。

艾尔柯身穿迷你裙，腋下夹着一只公文包。 她嫣然一笑："您好，拉里先生。 我们在编制一份此地湖滨环境状况的公文，所以倾听附近居民的看法是至关重要的。 有什么建议或是不满的地方……"

拉里闪过一边："您请进。"他站在看得见风景的窗子旁边的家庭酒吧前门问，"您想喝点什么？"

"您喝什么，我也喝什么。"艾尔柯回答。 她的包打开着，就搁在她身旁的椭圆形的桌子上。

艾尔柯左手拿起一杯马提尼酒。 拉里笑眯眯的，紧紧地靠近她。 他只感觉臂部被针刺了一下，后来就什么也不知道了。

艾尔柯架起二郎腿坐在桌旁。 莱因霍尔德·拉里戴着手铐被反绑在橡木椅上，口里塞着东西。

"这是一种没有副作用的镇静剂，"艾尔柯说，"您只是小睡了半小时。 我正好浏览了您的房子，也找到了保险柜的钥匙。 我现在还需要的就是密码。 我这就把堵口物拿走。 您清楚得很：叫喊是没有用的。"

拉里抿了抿嘴唇，问她到底想怎么着。"真是蠢货，"艾尔柯回答，"我只有知道了密码才能得到想要的东西。这幢房子我已经观察好久了，谁也不会来的——即使有人来，我也不会去开门。"

拉里考虑了一会儿，紧张地看了看眼前的这位红发女郎。"一定是有人向你通风报信了，"他说，"大概是那个弗兰克吧？"

肯定是我认识的某个人，他想道。也就是说，只要他死不了，她就休想溜走。难道有人到此掠走价值百万的宝石，是想日后蹲班房的吗？

当他不再说话时，她重新拿东西堵住他的嘴。现在刚过下午四点。在弗兰克面前她从没暗示过她的计划。

约八点半时，门铃响了。艾尔柯吓了一跳。这个时候谁会来呢？她站起身，脱下鞋，蹑手蹑脚地走到门口，朝门上的警眼向外面望去……

"弗兰克·凯斯特纳先生在吗？"

弗兰克点点头。正是他所期待已久的人：两名刑警。事情已经过去了差不多两个礼拜，他对此不觉得有什么好奇怪的。莱因霍尔德·拉里家里难得有客人来访，因此人们发现他的时候已经过了好长时间。

"是有关您叔叔的事儿，"警官说，"莱因霍尔德·拉里先生，他……死了。"

当然是他死了，弗兰克想。这些先生们无疑也知道他是何时死的，他们一定是来问弗兰克，这阵子他在哪儿。没有问题：他跟艾尔柯谈起过出差的事儿，十四天前，后来他确实出过差，再后来他并没有在艾尔柯那儿露过面。尽管在这期间他曾神不知鬼不觉地匆匆去了一次那儿的湖滨……

"您是他最近的亲属,"警官迟疑说,"拉里先生立下了遗嘱,将全部财产捐赠了。不过我们来这儿是想告诉您:您叔叔死得非常特别——他是渴死的。"

"他是……什么?"

"对了,他被绑在椅子上,后来邮递员向我们报了警。我们打开门,发现除了他之外还有一名女尸。她躲在门后,大门的警眼上方有一个弹孔。那个女人显然是想看清门外是谁,而外面的人等到窥视孔由明亮变成暗黑时,马上开了枪。或许她正好将头凑到门后,替拉里先生他……"

"那个女人……她是谁?"弗兰克低声打断他。

"她是艾尔柯·梅纳丝。您认识她吗,凯斯特纳先生?"

(沈锡良 译)

第六辑　真情花瓣

读者来信

[美国] 海明威

她坐在卧室里的桌前,面前摊开一张报纸,只是停下来看看窗外下雪,雪落到屋顶上就化了。她写了这封信,写得从从容容,用不着画掉或重写。

亲爱的医生:

请允许我写信有要事向你请教——我要作出一个决定,不知谁最信得过,我又不敢问父母——所以只好求助于你——无非因为我用不着看见你,甚至还可以向你吐露心事。情况是这样的——1929年我嫁给一个美国现役军人,同年他奉命派往中国上海——住了三年——回到国内——两三个月前他退了伍——就到阿肯色州海伦那他母亲家。他写信叫我回家——我去了,发现他正在接受注射期间,我自然不免问他,才知他在治疗一种我不知怎么拼写的病,不过这字发音像是"Sifilus"——你知道我说的是什么吧——请你告诉我,我跟他重新一起过日子是否安全——自他从中国回来以后,我任何时候都没同他亲近过。他向我保证,等医生治完这一疗程,他就没事儿了——你看对不对——我经常听我父亲说,一个人一旦得了那种病,只有但求一死了之——我相信我父亲的话,可是我应该相信我丈夫。请你千万告诉我怎么办才好——我有一个女儿,是她父亲在中国时出生的——

谢谢,万望指教。

1933年2月6日
弗吉尼亚州罗阿诺克

写完信后签上名。

也许他能告诉我该怎么办，她自言自语地说。 也许他能告诉我，报上这张照片里他的模样像是知道该怎么办似的。 他看上去挺聪明，一点不错。 他每天都告诉人家该怎么办。 他应当知道的。 凡是正确的我都要照办。 可是这段时间多长啊。 这段时间真长啊。 这段时间过得真长啊。 天哪，这段时间过得真长啊。 我知道，人家派他上哪儿，他就得上哪儿，可我不知道他干吗非得生这种病。 唉，我真希望他没得过这种病。 我不在乎他干过什么勾当才得这种病的。 可我真希望他从没得过这种病。 看上去他并不是非得这种病不可的。 我不知道该怎么办才好。 我真希望他没得过任何病。 我不知道他为什么非得这种病不可。

（刘文澜　译）

八十五年前的棕色漂流瓶

[英国] 可克威尔

六年前，我辞掉了工作，开始出海捕鱼的生活，那是我向往已久的生活状态，悠闲自在无拘无束。 某天下午，我在小渔船上收起最后一张网。 在拉上来的渔网里，除了一大堆活蹦乱跳的鱼和杂乱的海草外，还有一个闪闪发亮的棕色旧瓶子。

令我感到意外的事情是，旧瓶子的瓶塞竟然还在。 我仔细撬开瓶塞，惊喜地发现瓶子里干干净净，没有进水。 我用工具从瓶子里取出一个封了口的信封，收信人是英国彻特纳姆市的伊丽莎白女士。 除了信外，瓶子里还有另外一张小字条，简单地写着：请拾到瓶子的人转交此信，并接受一个可怜的英国士兵的祝福。 信封和字条都已泛黄，看上去年代久远。

犹豫再三，我决定拆开这封信。我惊讶地发现这封信竟然来自八十五年前！信上所署的日期是1914年9月9日，当时第一次世界大战爆发不久。写信人托马斯在信的开头写着："伊丽莎白，我亲爱的妻子，我正在船上给你写信，我将把此信扔进大海，看它能否奇迹般地到达你的手中。"信的结尾，托马斯说想在上战场前，向亲爱的妻子保证，对她和家人的爱将亘古不变。

怎么处理这封信呢？这是一封被扔进大海里的信，瓶子在海上已经漂流了八十五年，也许托马斯战后回到了家，和妻儿过着幸福安定的生活，早已忘记这个瓶子的存在。他和伊丽莎白也都应该早已不在人世。

这个旧瓶子是否和我以前发现的其他瓶子一样，被我扔掉就完事了？还是我应该多做一点什么？也许托马斯和伊丽莎白的孩子还活着，这样一封信对他们来说将会意味着什么。我突然感到一种重大的责任，似乎有某种使命感在催促我赶快行动。如果他们的孩子还活着，恐怕也接近九十岁了。这些年来，这个装着两个家庭亲人信息的瓶子一直在滚滚波涛中等待，我应该想办法把它转交给他们。

我想，如果能找到某家报纸，写一篇有关这个漂流瓶的报道，托马斯和伊丽莎白的亲戚中也许有人能读到，然后可能和我联系。第二天，我给当地的《太阳报》打电话说了漂流瓶的故事，一位记者随即赶到，很快写了篇报道，并且附上了我和瓶子的照片。报道一登报，其他媒体的记者纷纷来到我的渔船，询问有关瓶子的故事。

过了大约两个星期，《太阳报》的记者给我打来电话："托马斯和伊丽莎白有一个女儿,她现在还活着!她叫爱米莉,托马斯上战场那一年,她才两岁,现在她已经八十七岁了,住在新西兰。 托马斯写这封信时,由于特殊的原因,不可能在信中过多地谈论当时的情况,他是秘密特种部队的士兵,当时正奉命前往法国。 写下这封信仅仅十二天之后,他就在战场上遇难了……他是那场战争的首批英国牺牲者之一,当时年仅二十六岁……"

事情似乎到此结束,我知道了瓶子的谜底,得到了相关信息。但我却睡不安稳,我不断想到当年爱米莉和她的母亲这一对孤儿寡母,一定生活艰难,迫使她们离开英国,到了遥远的新西兰。 她们在那里靠什么过活? 在我内心里,觉得这事到此还不能算真正结束。

令人意想不到的是,几天后,我居然接到一个来自新西兰的国际长途电话,新西兰邮政服务局的人在电话里询问我,想不想亲自转交这封来自八十五年前的信。 新西兰邮政服务局将为我提供机票,我将作为特别信使完成这份特殊使命。

时隔一周,我坐飞机从英国飞到了新西兰,捧着棕色的漂流瓶站在了爱米莉的家门口。 当我把旧瓶子和信亲自转交给八十七岁的爱米莉时,她紧紧拥抱了我,热泪纵横,泣不成声。 她说这是她毕生收到的最棒的礼物。 这个藏着信的旧瓶子,是她父亲留下来的最好的纪念品,她说我一定是上天派来的传递她父亲的爱的天使。

(周 昊 译)

命名记

[菲律宾] 柯清淡

我整妥行囊,准备夜乘"苏洛王"号赶赴诗椰屿的墟日,却见高尧舜手持红纸寻上门来:"拜托你为我男孙重新命名吧!我的孙女全都被号上美国电影女明星的名字,这个男孙由不得他们了,说什么都要照我的心愿起个'唐山名',洋名洋字怎上得族谱?昨晚先生那句话正说中我的心事……"

昨晚,高老在其"福建餐馆"为男孙设"弥月宴",亲朋毕至。 我见儿童们拉拽着庆祝气球,上面印着的婴儿名字是 BUSH,居然是美国现任总统!

看着对方黄脸孔上的焦虑神色,我有感于"千岛之国"的新一代华人一味追求洋名,日渐忌讳汉名,顿觉对高老的要求义不容辞。 厨妇露丽丝端上新沏的"铁观音",我们于是一面品尝这来自福建安溪的名茶,一面畅谈用故国传统方式命名的深意和汉字为其增添的特色。 眼前此公取名"尧舜",足见其仰崇效法圣贤之意。周围一些中、老年华人,不乏名曰"华兴"、"巾帼"、"振邦"者,盖当洋人侵华及抗日战争危难之际,借为儿女命名以振奋民族之决烈也。 有叫"怀桑"、"祖德"的,即知其以命名寄托异邦游子思乡爱国、景仰先人之情。 至若"山川河海,梅兰菊竹,金玉珍宝,富贵康寿……"无不蕴含命名之向往和愿望。 讲到或以吉祥物"龙凤鹤麟"等取名时,尧舜特别有兴趣。 这位来自闽南农村的客子,谈龙起敬,他崇奉龙是神圣、权威、伟大的化身,确信中国人的祖先是金色的飞龙。

蕉风徐来,良茗爽心,谈兴愈浓。 由于话题多涉及神州习俗,我们自然地评说起数千里外的故国风物和前景,我抚杯阔论海峡两岸分久必合的大势,论证 21 世纪因何必然是炎黄子孙的世纪……兴高而采烈,不禁摆动手掌,做出巨龙飞腾的态势。

"正理!风水轮流转,巨龙要翻身!"高老倍加振奋,却又轻叹,"可惜我今生难看到了!"

"我们虽难,你男孙就一定看得到!"我突然心有灵犀一点通,抓起神来之笔,在红纸上挥写"高观龙"三个大字。

高尧舜双眼一亮,雀跃而起,一手擎纸,一手随我做巨龙翻腾的掌势:"观龙,好!观龙,观龙……"

这位颇受土著赞誉的中国菜厨师,他主有的"福建餐馆",是镇上唯一挂汉字招牌的店铺。 四十三年前为逃避"抓壮丁",他离乡背井南渡到这海角僻村来投靠堂叔,日后娶了菲妇,现在有了八个不会讲华语的儿孙,他盼望这唯一的男孙有个"唐山名",有朝一日把他写上祖家族谱。

不知高老是在庆幸观龙得名,还是在祝愿巨龙腾飞,还是兼而有之,见他手舞足蹈,我异常欣慰。 五百多年前郑和浩荡的船队经过这个海岛,但于今已如潮退沙平,不留痕迹,而代之以西方文化的浸渍。 而今晚,我用宗邦的国粹,借传统的命名构思和典雅无比的汉字,造就出一个寓意颇深的命名。 用"观龙"取代"BUSH",我毕竟用中华文化完成了一项使命。

"嘟——嘟——"开航的笛鸣震破静夜,宣布我这靠轮渡赶墟谋生的售货员已因误时而蒙受金钱损失。 我却仍很惬意,为自身浸沉于洋文中数十年还能识得圣贤书,而且"学以致用",总算不负仓颉,堪慰仲尼。 令我更加神往的是,黄河连同她孕育的文化永远被证实"不废江河万古流"!

乞 丐

[俄国] 屠格涅夫

我从街上走过……一个衰弱不堪的穷苦老人拦住了我。

红肿的、含泪的眼睛,发青的嘴唇,粗劣破烂的衣衫,龌龊的伤口……哦,贫困已经把这个不幸的生灵啃噬到多么不像样的地步!

他向我伸出一只通红的、肿胀的、肮脏的手……他在呻吟,他在哼哼唧唧地求援。

我摸索着身上所有的衣袋……没摸到钱包,没摸到表,甚至没摸到一块手绢……我什么东西也没带上。

而乞丐在等待……他伸出的手衰弱无力地摆动着、颤抖着。

我不知怎样才好,窘极了,我便紧紧地握住这只肮脏的颤抖的手……"别见怪,兄弟;我身边一无所有呢,兄弟。"

乞丐那双红肿的眼睛凝视着我;两片青色的嘴唇浅浅一笑——他也紧紧地捏了捏我冰冷的手指。

"哪里的话,兄弟,"他口齿不清地慢慢说道,"就这也该谢谢您啦。 这也是周济啊,老弟。"

我懂了,我也从我的兄弟那里得到了周济。

(智 量 译)

离 别

[俄罗斯] 弗·索罗金

轻盈、透明的雾在东方突然变得粉红了,闪出一片黄色的火花来,几分钟迅速地飞驰而过,太阳的边缘从森林的顶端露了出来。

康斯坦丁从他坐着的那只腐烂的大树桩上站起身来,树桩的底部在夜间会闪出非常神奇的亮光。 他裹紧大衣,走到悬崖边。

一条宽阔的河在下方流淌,两岸长满了一丛丛墨绿色的芦苇。

河面非常平静,既没有涟漪,也没有水流的痕迹。 只是在那碧绿的水底，勉强可以看到一些不住摆动的水草，就像是些神秘的生物。

康斯坦丁掏出一盒烟，打开了烟盒。香烟就像清晨那样干燥，在他冰冷的手指间噼啪作响。他抽了一口。烟雾是柔和的，不太浓烈。

看着从森林中冉冉升起的太阳，康斯坦丁笑了笑，疲惫地揉了揉腮帮。"不管怎么说，离开故土，这可让人感到难以置信的沉重，"他忧郁地想到，"那是你长大的地方，每一株小草、每一棵树木你都熟悉……而我昨天还在谢尔盖面前吹牛，说我挥挥手就能一走了之。远方的道路，新的城市，新的人们……"

他抖了抖烟灰，于是，灰色的小圆柱便落到了芦苇丛中。

河的中央泛起了波浪。一条大鱼激起了浪花——一下，两下，三下。三道不断扩大的涟漪荡漾着，涌向两岸。

"可能是条狗鱼。你瞧它是怎么翻身的，连尾巴都弯了过来。可能有四公斤重。个头小的是游不到这里来的……"

他贪婪地吸了口气，回忆起自己是怎样在十岁时抓到第一条狗鱼的。那也同样是一个晴朗无云的夏日的清晨。河里一个人都没有。他等了很久，可是一条鱼也没咬钩。他已经准备听从老渔夫米赫依爷爷的建议，把挂着他贴身铜十字架的布条拴在鱼钩上，这时，浮子突然不见了，钓线带着响声在水面上滑动，鱼竿弯成了拱形。于是，在一个长着一头乱蓬蓬的浅色头发的少年和一条看不见的鱼之间，开始了一场斗争。他把它拽了出来，他浑身湿漉漉的，因为激动而发抖。他把它拽了出来，甩在沙地上，那时，沙地上还没长出芦苇……

他又吸了一口烟，之后慢慢地从鼻孔里把烟吐出来。

"是啊,这一切多么熟悉。 上帝啊,要知道我在这里住了三十七年。 青年时代,我喜欢在这里坐着,读一些描写遥远的国家和无谓的旅行者、描写爱情的书籍。 后来,我自己也恋爱了。 我爱得热烈、疯狂而又坚定。 就在这里,在这片白桦林里,我第一次亲吻了自己心爱的人。 我吻了她那柔软而又动情的双唇……"

他和塔尼娅就是在那里见面的,他是多么爱她啊,爱这个身材匀称、穿一件轻盈的花布连衣裙的姑娘,她纤细的手臂晒得黝黑,散发着稻草和草地花朵的芬芳。

他吻她,让她紧贴在那平整、新鲜的白桦树干上,那些树干到了晚上也是温暖的。

一开始,她还在无力地躲闪,可后来,她就抱住他,吻他,她吻得很笨拙、很温柔,也很可笑。

"你就像只雄鹰。"她经常一边抚摸着他的脸颊,一边微笑着对他说。

"像只雄鹰?"康斯坦丁笑了,"那就是说,我长了身羽毛!"

"你别笑,"她打断了他,"别笑……"

然后,她又快速、热烈地对他低语道:"我……我是爱你的,科斯佳。"

这一切都曾发生过。 发生在这里……

康斯坦丁把没抽完的烟头扔了下去,他双手抓住大衣的领子,深深地吸了一口气。

清晨这凉爽的空气散发着河水的气味,它那淡淡的雾霭能让人感到非同寻常的兴奋。

"故乡,它到底是什么呢? 是国家? 是人民? 也许,是光着脚丫的童年以及那根核桃木钓鱼竿和那罐鲫鱼? 或者,就是那位梳着淡褐色辫子的姑娘?"

他又吸了一口气。充盈着光线的空气迅速变得暖和了,燕子在透明的水面上方鸣叫。

一个明亮的夏日的清晨。

是的,是的。一个明亮的夏日的清晨。

这样的清晨过去有,今天有,将来还会有。

(刘文飞 译)

父母心

[日本] 川端康成

轮船从神户港开往北海道,当驶出濑户内海到了志摩海面时,聚集在甲板上的人群中,有位衣着华丽、引人注目的、年近四十的高贵夫人。有一个老女佣和一个侍女陪伴在她身边。

离贵夫人不远,有个四十岁左右的穷人,他也引人注意:他带着三个孩子,最大的七八岁。孩子们看上去个个聪明可爱,可是每个孩子的衣裳都污迹斑斑。

不知为什么,高贵夫人总看着这父子们。后来,她在老女佣耳边嘀咕了一阵,女佣就走到那个穷人身旁搭讪起来:

"孩子多,真快乐啊!"

"哪的话,老实说,我还有一个吃奶的孩子。穷人孩子多了更苦。不怕您笑话,我们夫妻已没法子养育这四个孩子了!但又舍不得抛弃他们。这不,现在就是为了孩子们,一家六口去北海道找工做啊。"

"我倒有件事和你商量,我家主人是北海道函馆的大富翁,年过四十，可是没有孩子。夫人让我跟你商量，是否能从你的孩子当中领养一个做她家的后嗣？如果行，会给你们一笔钱作酬谢。"

"那可是求之不得啊！可我还是和孩子的母亲商量商量再决定。"

傍晚，轮船驶进相模滩时，那个男人和妻子带着大儿子来到夫人的舱房。

"请您收下这小家伙吧！"

夫妻俩收下了钱，流着眼泪离开了夫人舱房。

第二天清晨，当船驶过房总半岛，父亲拉着五岁的二儿子出现在贵夫人的舱房。

"昨晚，我们仔细地考虑了好久，不管家里多穷，我们也该留着大儿子继承家业。把长子送人，不管怎么说都是不合适的。如果允许，我们想用二儿子换回大儿子！"

"完全可以。"贵夫人愉快地回答。

这天傍晚，母亲又领着三岁的女儿到了贵夫人舱内，很难为情地说：

"按理说我们不该再给您添麻烦了。我儿子的长相、嗓音极像死去的婆婆。把他送给您，总觉得像是抛弃了婆婆似的，实在太对不起我丈夫了。再说，孩子五岁了，也开始记事了。他已经懂得是我们抛弃他的。这太可怜了。如果您允许，我想用女儿换回他。"

贵夫人一听是想用女孩换走男孩，稍有点不高兴，看见母亲难过的样子，也只好同意了。

第三天上午，轮船快接近北海道的时候，夫妻俩又出现在贵夫人的卧舱里，什么话还没说就放声大哭。

"你们怎么了?"贵夫人问了好几遍。

父亲抽泣地说:"对不起。昨晚我们一夜没合眼,女儿太小了,真舍不得她。把不懂事的孩子送给别人,我们做父母的心太残酷了。我们愿意把钱还给您,请您把孩子还给我们。与其把孩子送给别人,还不如全家一起挨饿……"

贵夫人听着流下同情的泪:

"都是我不好。我虽没有孩子,可理解做父母的心。我真羡慕你们。孩子应该还给你们,可这钱要请你们收下,是对你们父母心的酬谢,作你们在北海道做工的本钱吧!"

(小 竹 译)

如果我能重新开始一生

[美国] 爱·洛蒙贝克

如果我能重新开始一生,那我一定要对我传统的生活方式作出变更——

我会邀请朋友来吃饭,即使地毯很脏、沙发很乱;

我会在考究的起居室里大吃"爆玉米花",要是有人想生个火,我决不会计较满屋灰烬;

我会耐着性子,倾听老祖父唠叨他年轻时的事情;

严冬,会穿着火红的裙子,赤足在雪地上一边漫步、一边沉思;

盛夏,我再也不怕赤日炎炎——我会让阳光将我的全身灼得发痛;

我会背上我女儿的小书包,天真的女中学生,在亮晶晶的雨珠中欢笑、奔跑；

我会同我的孩子一起坐在草地上而全然不顾斑斑草渍；

当粉红色的蜡烛燃尽之际，我会将它雕成一朵玫瑰花；

毫无疑问：我会更多地分担丈夫肩上的责任；

如果我生了病，我就上床休息——我再也不会傻乎乎地认为：要是我卧床不起，家里会乱作一团，地球也不会旋转；

当我的妻子突然奔来吻我时，我再也不会说："等等，先去洗个脸……"

我会有更多的爱情，也会有更多的遗憾……不过，有一点却可以肯定：如果我再有一次人生，我要让每分钟都充满奇异又朴素的美。

（唐若水　译）

奥利和特鲁芳

[美国] 辛　格

辽阔的森林，树木丛生，密密麻麻，望不到尽头。每年到了这个时候通常是很冷的，甚至要下雪了，可今年的这个十一月，相对来说却比较暖和。要不是整个森林遍地撒满了橘黄、酡红、金色和其他杂色的落叶，你还以为是夏天哩！数不清的树叶，经过日日夜夜的风吹雨淋，在森林的地板上铺上了一层厚厚的地毯。尽管树叶都已干枯，可它们仍然散溢出一种宜人的芳香。太阳透过树枝照射着它们，那些不知怎么从秋天的风暴中活过来的虫子和苍蝇在它们上面爬着。树叶下面的空隙，为蟋蟀、野鼠和那些泥土中寻找庇护的其他许多动物提供隐蔽之所。

在一棵光秃秃的树梢细枝上残留着两片叶子，奥利和特鲁芳。由于他们弄不清楚的原因，奥利和特鲁芳熬过了无数的凄风苦雨的寒夜。谁会知道为什么有的萎落，有的仍留枝头呢？可奥利和特鲁芳相信这答案就存在于他们伟大的互爱之中。奥利比特鲁芳略微大点，也年长几日，但特鲁芳却更为漂亮和纤弱一些。每逢刮风落雨，或者开始下冰雹的时候，叶儿本来彼此帮不了什么忙。可奥利仍然抓住一切机会鼓励特鲁芳。当风暴来临、电闪雷鸣之时，飓风不仅遍扫树叶，甚至撕裂了整个树枝，这时奥利便为特鲁芳祈祷："挺住，特鲁芳！用全力挺住啊！"

在风雨交加的寒夜里，特鲁芳抱怨道："我完了，奥利，可你一定要挺住！"

"为什么？"奥利问道，"没有你，我的生命毫无意义。如果你被吹落，我就跟你同归于尽。"

"不，奥利，别这样！只要还能留住一片叶子，你就不要落下。"

"那得看你是否能和我一道留下，"奥利回答，"白天我注视着你，礼赞你的美。夜里我闻着你的香气。要我枝头独秀？不，决不！"

"奥利，你的话儿真甜，但并不确切，"特鲁芳说，"你很清楚，我已不再那么美了。你看我满脸皱纹，身子萎缩成什么样子了啊！只有一件事还没有变——那就是我对你的爱。"

"这不就足够了吗？在我们的全部力量中，最高最美的就是爱，"奥利说，"只要我们留在这里相互爱着，任凭风吹雨打或是电击雷劈都摧毁不了我们。告诉你吧，特鲁芳——我从来还没有像现在这么深地爱着你哩！"。

"为什么，奥利？为什么？我全枯黄了呀！"

"谁说只有绿色美，黄色就不美呢？世上的五颜六色各有千秋，同样美嘛！"

正当奥利说着这话的时候，特鲁芳几个月来所担心害怕的事情发生了——一阵大风刮来，把奥利从枝头吹落。特鲁芳开始颤抖和摇晃，就像她很快也要被吹走似的，但是她挺住了。她眼看着奥利在空中摇曳飘落，她用叶儿的话语呼唤着："奥利！回来！奥利！奥利！"

但是，她话还没有说完，奥利就不见了。他混在其他的叶子群中零落在地，树上只留下特鲁芳孤单一片。

要是白天，不管怎样，特鲁芳还能勉强忍受着她的痛苦和忧伤，可一到夜幕降临，寒气和暴雨袭来，她就陷入失望之中。她总觉得所有树叶的不幸应归咎于枝繁的树干。树叶落了，树干仍然高高地、密集地矗立着，牢牢地把树根扎在地里。风雨冰雹都动不了它。这对于或许会永远生存下去的一棵树来说到底有什么关系呢？一片叶子的遭遇又是什么呢？对特鲁芳来说，树干简直就是上帝。树干用树叶遮盖着身躯几个月后，便把他们摇落。它用树液滋养他们高兴多久就多久，随后就任他们渴死。特鲁芳恳求树干为她唤回奥利，让夏日再现，但树干却不屑一顾。

特鲁芳没有想到，黑夜会如此漫长、如此黑暗、如此严寒。她向奥利诉说，希望得到他的回答，但奥利无语，也丝毫没见他的身影。

特鲁芳对树干说："既然你把奥利和我分开，干脆也把我送走吧。"

但连这个请求，树干也没有理会。

过了一会儿，特鲁芳瞌睡了。 这并不是什么睡眠，不过是一种异常的困倦。 待她醒来，特鲁芳惊讶地发现自己不再悬挂在树上了。 原来在她打盹的那会儿，风已把她吹落在地。 这跟太阳升起时，她在树上通常所感觉到的不大一样。 一切的恐惧和焦虑都已烟消云散。 猛然醒来，使她感到一种以往从未有过的清醒。 她明白了，她并不是一片以风儿的多变奇想为转移的叶子，而是整个宇宙的一部分。 似是受了一种神秘力量的启示，特鲁芳懂得了她的分子、原子、质子和电子的奇迹——她代表的巨大能量和她也包括在其中的超凡宏图。

奥利依偎在她的身旁，用一种他们从前没有意识到的爱默默地互相致敬。 这不是那种单凭机遇和反复无常的爱，而是一种高尚、强大同宇宙本身一样永恒的爱。 从四月到十一月，他们曾经日夜惧怕的结果不是死亡，而是永生。 微风轻拂，奥利和特鲁芳徐徐飘升在空中，带着唯有那些自我解放并投身永恒者所能理解的无上幸福，翱翔。

（吴德安　译）

"金桂，你等等我！"

[新加坡] 张　挥

"金桂，你等等我！你等等我！我不再欺负你了！"

金桂没有停下来等他，只顾迈开小脚步往前跑。 两条小辫子在后脑勺一下一下地弹跳着，像在远处跟他招手。 小辫子跳啊跳的就隐没在通往水井的那条乡间的小路上了。 他气得直想哭，把握在手里的一只椰叶蚱蜢扯个稀烂。

"金桂,你等等我!你等等我!我不会再骗你了!"

金桂没有停下来等他,只顾迈开脚步往前跑,一条马尾的发辫在后脑勺一下一下地弹跳着,像在远处跟他闹别扭。马尾发辫跳啊跳的就隐没在那辆红色的小轿车里了。小轿车绝尘而去之后,他气得把身旁的一个垃圾桶一脚给踢翻了。垃圾桶翻倒的时候,发出了一阵撕心裂肺的咆哮。那一晚,他把一腔懊恼全倾倒在冷冷的街道上。

"金桂,你等等我!你等等我!我知道我错了!"

金桂没有停下来等他,只顾迈开脚步往前走。一头蓬松凌乱的头发在风中乱舞,像在远处对他倾诉她的苦楚。乱发在风中舞啊舞的就隐没在那道铁门外了。他站在铁门内痛苦地数着手指头。一个手指头就是一年,他一直在铁门内把手指头数了好几遍!

"金桂,你等等我!你等等我!你不能就这样地走了!"

金桂终于停下了蹒跚的脚步,回过身来时已一头栽倒在他的怀里。他抚摸着金桂的一头白发凄苦地说:

"你终于肯停下脚步来等我了!你已原谅了我的这一生,是不?"

回乡魂

[新加坡] 连　秀

据闻福水叔是操劳而死的,享年五十四岁。

他殁时,四个子女和一个媳妇都带着欢愉和如释重负的笑容办理丧事;唯独两个年幼不懂事的孙儿,擎香拜祭时给香火烫着,哭了个稀里哗啦,须劳动母亲又哄又吓的才止了哭,令丧堂上仅有的那么一点悲戚气氛也消殆了。

来吊丧的亲戚朋友开始议论纷纷。

"那些不肖子孙,真是大逆不道。老爸过世,一滴眼泪也没流,居然还笑呢,天打雷劈呀!"

"等分财产嘛,他们恨不得老爸早点咽气!"

"财产?福水叔一穷二白的,哪来的财产?"

"那块地呀!你懂什么!这些年经济好呀,加埔路到处在发展,以前两百元钱买到的烂泥巴,现在值二十万元咧……"

福水叔的遗照似浮漾着一些感慨。他是由唐山南来的。韩战爆发那年胶价好,他把新婚妻子留在乡下,随着淘金梦的浪潮涌到星洲大伯的胶园干活。后来发觉大伯只当他是廉价劳工,一气之下跑到雪兰莪开荒!真正是披荆斩棘,辟出良田,有一种"含恨立志出乡关,淘金未成誓不还"的意味。

子子孙孙们披麻戴孝的,排成队伍,轻步走过乡间小路,过桥,越过北山的老橡树林……从山溪里汲起半桶清水;复慢慢地,静悄悄地回到乡居……他们脸上仍带着欢悦的微笑,像是去郊游一样悠闲!然后依照福建人的习俗,做大儿子的用毛巾蘸了清水,小心翼翼地洗涤父亲的遗体,拭抹干净,才穿上寿衣。

福水叔脸上带着安详。他仿佛在临终前已彻悟了,这辈子的一淘金梦是幻灭了。守在福建乡下的妻儿等待的是他每年两封的家信!而守在南洋这头的他却仍然一锄一耙的开沟筑堤,保护着那三英亩的可可园,免得被黄泥浆及工业垃圾所淹埋……他就是这样累垮了,含恨归不了乡!

道士做法事的诵祷声嗡嗡扬扬。

孝子、孝媳们仍然保持那愉快的笑容,不敢稍露一丝一毫悲伤神色。

吊丧的人们还在七嘴八舌。

"不是吧？福水叔要是有钱，这些年早就回唐山了，就是筹不到旅费，不能衣锦还乡，跟唐山的妻儿团聚……唉，你们知道吗？他连做梦都希望自己死后能葬在故乡……"

"说来说去，都是那些不肖子孙……唉，也难怪，娶了半唐番的女人，生的孩子是差了点……改天没把祖宗的牌位拿去烧，谢天谢地啦！"

"半唐番？半唐番也是人吧？家里死了人呀，哭也不懂？太不应该了！"

丧事到了尾声。子孙们站在坟前，将麻纱和孝服除下，投入熊熊焚烧着的冥纸堆里，一瞬间便化为飞灰……孝子、孝媳仍带着笑意擎香朝坟头叩拜，始离去。

回到乡居，大儿子带头跪拜父亲的灵位，再次焚香祷告："爸爸，我们都依照您的吩咐，在丧事期间不敢悲伤流泪，怕真如相士所言，子孙一哭，您回头一望，灵魂便找不到回唐山的路……"

跪在灵位前的媳妇、子孙们这才抑制不住地号啕大哭！悲痛的泪水似决堤般泛滥……

在柏林

[美国] 奥莱尔

一列火车缓慢地驶出柏林，车厢里尽是妇女和孩子，几乎看不到一个健壮的男子。在一节车厢里，坐着一位头发灰白的战时后备役老兵，坐在他身旁的是个身体虚弱而多病的老妇人。显然她在独自沉思，旅客们听到她在数着："一，二，三。"声音盖过了车轮的"咔嚓咔嚓"声。 停顿了一会儿，她又不时重复起来。 两个小姑娘看到这种奇特的举动，指手画脚，不假思索地嗤笑起来。 一个老头狠狠地扫了她们一眼，随即车厢里平静了。

"一，二，三。"这个神志不清的老妇人又重复数着。 两个小姑娘再次傻笑起来。 这时那位灰白头发的战时后备役老兵挺了挺身板，开口了。

"小姐，"他说，"当我告诉你们这位可怜的夫人就是我的妻子时，你们大概不会再笑了。 我们刚刚失去了三个儿子，他们是在战争中死去的。 现在轮到我自己上前线了。 在我走之前，我总得把他们的母亲送往疯人院啊。"

车厢里一片寂静，静得可怕。

（希　望　译）

白皮鞋

[苏丹] 阿·白·哈里德

天色暗下来了，水汽预示着将有一个不愉快的黑夜。 我坐在市场的一家咖啡馆里，苦苦地思索着下月的日子该怎么过……我在责怪着自己由于一时冲动买了一双白皮鞋。 按我这样地位的小职员来说，真不该如此，就是想买也该等下月再说。 我埋怨我干的荒唐事儿。 正在烦恼的时候，耳旁传来一声声叫擦皮鞋的声音……

抬头一看，面前站着一个约莫十一岁的孩子，披着一件不称体的长衬衣，两条瘦腿活像竖在地上的两根细棍，苍白的圆脸庞上长着一对炯炯发光的、满是孩子气的大眼。 或许他早就以为我会坐下

275

来的，所以竟没来得及等我张口告诉他这双皮鞋还是刚上脚的，他的两只小手就已经在身旁的小木箱里匆忙地翻寻着什么了。

他严肃而又小心翼翼地卷起衣袖，从木箱里取出一个铁匣，立刻埋首在这项"艰巨"的工作里。

我百般无聊地看着电影院前熙来攘往的人群，现在不比公共假日那样，很少见到中学生的影子。站着的尽是些套"吉尔巴"或穿着形形色色衣衫的童工，男女摊贩杂在人群里跑来跑去兜售吃食。

我本以为这个孩子很快就会擦完的，而他不时顾盼着影院前的观众，低声问身后另一个孩子：

"听，开演了吧？"

"我早就看过了，你要瞧，你自个儿去吧！"

这孩子一边说着，一边玩弄着手里的木棍，一面又频频抬眼留心一个闲散着等着友人赴约的青年。

擦鞋的责备而又痛苦地扫了他一眼，便拿起我那擦好鞋油的一只白皮鞋放在墙脚下，稍晾一会儿再打光。熙熙攘攘的顾客不知是谁在鞋上踩了一下，这一脚几乎使他前功尽弃，他掸掉灰尘，狠狠地骂了一句："你怎么不长眼哪！"

说着又伸出两只小手聚精会神地开始他的擦鞋工作。

片刻间天空里越积越厚的乌云又一次吸引了他的注意力，我听到他自言自语地在嘟哝：

"真主保佑，这场雨下来，看不成电影还没什么，断了我的粮可怎么办？！"

雨说下就下，稀疏的大滴雨点开始落了下来。人们蜂拥地躲进咖啡馆，渐渐把我和孩子的距离越挤越远了。

滂沱大雨，倾盆如注，我端着座椅退进屋里，坐下后先忙着把两只光脚丫子塞进桌肚里，但心里止不住胡思乱想起来：这孩子哪儿去了呢？准拿走了我的皮鞋……唉，多讨人喜欢的一双新皮鞋，不用费多大劲就可以脱手的，本来嘛，眼看着浓云蔽日，预示有一场大雨，大街小巷尽是泥水，我干吗还一定要让他再擦鞋呢？真是活见鬼！

根本的问题倒还不是对这双丢失的鞋感到特别惋惜，问题是要我光着脚在这么一个漆黑的夜晚步行回家，倒是生平第一遭。

折磨人的整整一小时过去了。在这一小时里，我的心简直是随着表上的分针在移动。而这个小东西看来却毫不在意地计算着这一寸寸蚕食我的耐心，让我神经都快爆裂的时光。

希望孩子送回皮鞋的幻想已成泡影了，这个该杀的家伙竟这么拿着我的皮鞋就溜跑了。

我开始认真地考虑回去的那条道，当然，最好能雇一辆车，可是车都停在大马路上，还有钱呢？看来唯一的办法只能光着脚在我们那条既窄又危险的巷子里冒上一次险了。

又过了一小时，雨还是下个不停，咖啡馆里挤得水泄不通，等着孩子把鞋送回来似乎没什么希望了，抑制不住气恼和郁闷阵阵袭上心头。播音机沙沙响了好长一阵终于静下来了。靠在躺椅上、捏着帽子站久了的人都活跃起来，坐在一旁长凳上的还在热心地讨论着雨……

时针将近午夜，雨势渐弱，最后天空里只飘落着星星点点的雨丝儿，人们可以回家了。

人们开始离开咖啡馆，不到半小时，屋里便走空了。侍者动手收拾桌椅，示意说：你也该走了。

老实说，我本也打算最末一个离开这儿，因为不相信我的神经能经受得住自己光着脚在众目睽睽下走回家去。

我低着头走出大厅，刚穿过活动门，冷不丁地一下子怔在那儿了，两条腿似乎瘫陷在淤泥里，半步也提不起来。张大了的嘴不知说什么好：一个不到十一岁的孩子——好熟的脸哟——光着上身，胳膊肘支着一只小木箱，倒在墙角睡着了。他的另一只手紧紧捏着一包东西，我过去轻轻地摇醒了他，他跳起身来，小手揉了一阵眼睛，迷糊中蓦地忆起了我是谁。他连忙打开布包，一边怩怩地向我道了歉。我这时才发现他是那么困倦，瞌睡沉重地压着他的眼皮。

付了钱，帮他披上那件不称体的、包过我皮鞋的长衬衣，我默默地踏上了归途。

满街的泥水，人们早就浸入香甜的梦乡……周围是一片漫长、寂静得怕人的黑夜，电线杆上的街灯散出一团团灰白的光芒，似乎连这个也给雨水浇了个透湿。这种时刻四周见不到一点活的东西，哪怕是一只丧家的狗还是一只迷途的猫。

一幅使我无法入眠的景象萦回在我的脑际，那个孩子——我们的孩子仿佛就坐在我床边，胳膊肘支着一只小木箱，另一只手里紧握着一双白皮鞋。

（陆孝修　译）

离别的礼物

[美国] 弗·达尔

一个初秋的晚上，清风徐徐吹来，夜色迷人。十一岁的彼得和爷爷坐在院子里，却没心思欣赏这明净的秋夜景色，一个劲儿地直想着屋里那床毛毯。他没想到爸爸真的会把爷爷送走。现在，事情已经明摆着了，爸爸给爷爷买来了离别的礼物——一床大毛毯。

今晚，是他和爷爷相处的最后一夜了。爷爷看出他的心思，说："我去把口琴拿来，吹一支古老的曲子给你听听！"

然而，爷爷从屋里拿出来的不是口琴，而是毛毯！

"啊，这毯子真好！"老人抚摩着毯子说，"你爸爸真是个好人，这要花不少钱呢！寒冬到了，有了这床毛毯，在那地方就不愁了。那里不会有这么漂亮的毛毯的！"爷爷总是把事情说得那么轻松。每当彼得提到离别，爷爷就说是他自己的主意。

可彼得想：一个孤老头，离开自己的亲人，到政府盖的那幢楼房——孤老院里，和别的老头住在一起，能算是幸福吗！他真不相信爸爸会做出这种事情来。彼得难过得真想哭，但他忍住了，他已经是大孩子了。他走进屋子拿来爷爷的口琴。

爷爷吹起了一支欢乐的曲子。彼得听不进去，他呆呆地凝望着峡谷，想着："爸爸就要和那个女人结婚了。不错，那女人曾吻过他，并说过要当他的好妈妈。除此之外，再没别的事了……"

乐曲突然中断了。

爷爷好像知道他在想什么似的，对他说："你爸爸要娶的是位好姑娘。同这么漂亮的妻子在一起，他会变得年轻起来。我这老头子在这里只会碍手碍脚，整天叫唤腰酸背痛的……"停了不多会儿，爷爷接着说："再说，不久就会有婴儿诞生，我也不愿听婴儿啼哭，还是走的好。来，再吹一段我们就去睡。明天我就要带着新毯子上路了。你听听，这一段虽然有点悲伤，但今晚听起来还是蛮好听的。"

忽然传来两个人的脚步声，那是爸爸和那个脸蛋光得有点儿刺眼，活像个洋娃娃的女人回来了。口琴声戛然而止。

爸爸没说一句话。那女人走过来娇声娇气地对爷爷说:"明天,我就不送您啦!我是来向您道别的。"

"您的心地太好啦!"爷爷说着,低下头,望着地面,望着他脚边的毛毯。然后,他弯下腰,拿起毯子说:"请您看看这个,我儿子送给我一条多好的毛毯做离别的礼物。"

"嗯,"姑娘摸了摸毛毯,"这毯子真不错。"她忽然转身向着爸爸,冷冷地说:"肯定花了不少钱!"爸爸清了清喉咙,吞吞吐吐地说道:"我,我想给爸爸买一床最好的……"姑娘好像被钉在那里,两眼没离开过那床毯子,半晌,终于开腔了:"哟,还是一床双层的啊!"

"是的,"爷爷说,"是双层的,一床漂亮的毯子,给我老头做纪念!"

爸爸默默地进屋去了。那女人马上跟进去,喋喋不休地说那毯子太昂贵。爸爸像往常一样,逼得没法只好发火了。她一转身要走,正好遇到想进屋的彼得。她又转身嚷道:"不管怎么说,他无须一床双层毛毯!"爸爸望着彼得,眼里露出尴尬的神情。

彼得忍不住了,对爸爸说道:"她是对的,爷爷不需要一床双层毛毯。来,把它剪开,成为两床。"爸爸和那个女人愣住了。

"爸爸,听我说,剪成两半,一半给爷爷,另一半保存起来。"

"这个主意不坏。"爷爷温和地说,"我不需要这么大的毯子。"

"是的。"彼得又说,"一层毯子足够送走一个老头,省下一半,留着以后用得着的。"

大家都沉默了。

好半天，爸爸走到爷爷面前呆呆地，没有一句话。爷爷望着儿子喃喃地说："没关系，孩子，我知道你不是这么想的……我知道……"

这时，彼得哭了，但没什么，因为爷爷，爸爸都哭了，哭成了一团……

（徐志国 译）

雨 伞

[日本] 川端康成

天空飘洒着薄雾般的春雨，虽淋不透衣服，却也令肌肤黏黏渍渍。跑到门外来的少女，看见少年打着雨伞，便问："怎么，下雨了？"

少年之所以打伞，与其说是遮雨，不如说是为了走过少女等候着的店铺时，遮住自己羞赧的脸。不过，他还是默默地把伞伸过去，想遮住少女，少女却只让自己的半个身子钻进伞下。雨丝淋在少年身上，尽管他让少女进到伞下，可自己却羞怯得不能将身子靠过去。少女虽然心想伸出一只手，两人共同把住伞柄，却又忸怩得恨不能从伞下跑出去。两人走进照相馆。少年的父亲身任官职，要调往远方，这是离别的纪念照。

摄影师指着长凳说："请吧，请二位并排坐好。"然而，少年并未挨在少女身旁，而站到了她的身后。他心里巴望着两人身体的某一部位，能联结在一起，便用把着椅背的手指轻轻地挨上少女的外套。这是他初次接触少女的身体，凭那从指尖依稀传来的体温，少年似乎感到两人赤身紧紧搂抱时的温暖。此生此世，只要看到这张照片，就会回味起她的温馨吧！

"再照一张如何？这回二位并排而坐，上半身突出些。"

少年只是点点头，轻声提醒少女说："头发！"少女蓦地仰首瞅了眼少年，双颊绯红，眼里闪着明快、喜悦的光亮，像孩子一样毫无造作地向化妆室走去。刚才，她一看见少年路过店铺，便飞跑出来，没顾上梳理。本来早就意识到自己那如同刚摘掉游泳帽似的蓬乱头发，可是，她毕竟是个当着男人的面连拢拢乱发都害羞的少女。而少年则担心，直说让她整整发型，会损伤女孩的自尊心。看见少女走向化妆室时的明朗表情，少年的心头也豁然开朗。其结果，两人如同其他恋人一样，相互依偎着坐到长凳上。

临离照相馆时，少年寻找那把伞。忽然发现先走一步的少女，手持雨伞，正站在门外。她发现少年瞅着自己，这才察觉自己把伞拿了出来，不由一惊，这无心的举动，不正是自己以心相许的流露吗？

少年没有说要伞，少女也未将伞递过来。不过，与来照相馆的路上不同，两人骤然成熟许多，怀着夫妇般的情感踏上归途。——伞完成了它的使命。

（王金方　译）

蓝眼睛

[泰国] 曾　心

大儿子考上美国哈佛大学，全家喜不自胜。唯有老伴既喜还忧地说："到外国留学虽然好，但怕日后娶个红毛妻子回家！"

几年来，每当我给远方的孩子写信时，老伴总站在身旁，唠唠叮叨要我在信尾加上几个字，提醒孩子注意这件事。

有一天，接到孩子从美国寄来的信。信中夹着一张照片：一位窈窕淑女，穿着裙衩及膝的绿色旗袍，站在果实累累的苹果树旁，笑容可掬。老伴眼明手快，夺了过去，嘻嘻地笑着说："嗯！头发是黑的，很像个上海姑娘！"一会儿，她拉着我的手说，"你看，她的鼻子长得那么高？"我戏谑说："你喜欢扁鼻的媳妇吗？"她好焦急地说："哎呀！还开什么玩笑！我是问你，她那样高的鼻子，像不像中国人？"我戴起老花眼镜凝视片刻说："嗯！有点像西方人。"她声音立即变得有些颤抖地问："她的眼睛呢？"由于相片中的肖像太小，加上她那对含情脉脉的眼睛又微微眯着，尽管我与老伴都凝神屏息地细看，还是辨别不出是黑还是蓝的来。

老伴急得手心渗出冷汗。我说："何必焦急，你看信，她有姓有名呢！""真的吗？""她姓李名密，还专门研究中国历史呢！"老伴缓和了紧张的神色，嘴角露出一丝笑意。

假期，孩子要带李密到泰国来。老伴在耀华力路的珠璇行买到一枚红宝石戒指。她对我说："要是李密的眼睛是黑的，我就送给她！"我故意问："要是蓝的呢？"她毫不犹豫地说："那就自己戴！"

那天，由老伴与女儿到机场接机。下午五时，老伴从飞机场挂来的电话，声音有些哽咽说："她虽很美丽，但眼睛却是蓝的！"我知道老伴内心的凄楚，便安慰说："当今世界变了，情人的眼睛里是没有国家和民族的界限了。"

当晚，我安排全家大小几十人在湄南大酒店用餐。李密身着红色的中国旗袍，一双娇滴滴、滴滴娇的蓝水眼。在我与老伴跟前，微笑合十为礼，并用中国普通话叫："爸爸！妈妈！"我诧异地问：

"你会讲汉语吗?"她莞尔一笑说:"会!我父母是汉学专家,母亲是美籍华裔。我们在家里常用汉语会话。"孩子在旁用泰语补充说:"李密的博士论文是研究中国太平天国的历史。"老伴听得张大嘴巴问:"外国人也研究中国历史吗?"李密亲昵地笑答:"多的是,妈妈!"

席间,以唱卡拉OK助兴。我的黑眼睛、黑头发、黄皮肤的孩子们,唱的全是英文歌或泰国歌,唯有蓝眼睛的李密唱的是一首中国歌《龙的传人》。歌声悠扬悦耳。老伴暗暗给我递了喜悦的眼色,并挪动了椅子,靠近我的身旁耳语说:"真想不到,她却有一颗执着的中国心!"

散席前,老伴拿出一个红红的小盒子交给我。我打开一看,是那枚闪耀光彩的红宝石戒指。我半开玩笑似的把它戴在自己的小指上。老伴嗔睨,拧着我的腿,做着手势,要我把它送给未来的洋媳妇——李密。

欢乐和痛苦之花

[西班牙] 塞 拉

正值青春妙龄的智利姑娘爱莱娜,手捧婚礼的花束,脸上绽开甜蜜的微笑,正在迎候前来恭贺的宾客。

对爱莱娜来说,一种崭新的生活——夫妻生活已展现在眼前。她要在这新生活中,竭力使自己成为贤妻良母。

然而,可不!她的这群来客,却是一些没有教养的粗鄙之徒,这时竟用不堪入耳的污言秽语争骂起来,这还不够,他们最后竟拔刀殴斗起来。

在你来我往的乱刀之中，一刀戳了爱莱娜的腰肋，爱莱娜是个纯真的少女，哪里经受得起这一击。于是她犹如被狡猾的猎人打中的小鸟，一命呜呼了。

可怜的爱莱娜，洞房花烛之夜未能入新房，倒被盖着白布送去打官司。

她丈夫年纪轻轻就成了鳏夫，实在始料不及，真是苦泪成河。然而那个由于人们不知其名而得以逃脱的杀人者，却挂着神秘莫测的微笑，到酒店喝酒去了，不知酒精能否冲淡他心头的愧疚。

当年轻的丈夫罗贝托领悟到这场不幸的含义时，立即跪倒在地，呼天号地喊了起来：

"我的心肝，我温柔甜蜜的爱莱娜！没有你，我活着有何意思，还是让我命归黄泉吧！"

说时迟，那时快！只见他一个转身从窗口跳下了楼。不过，由于只是从二楼往下跳，他只摔断了一条胳膊。

"为了爱情摔断了胳膊！"在文明的法庭上旁听的小姐们纷纷议论着，"多可敬的男人，这样的男人才会创造幸福！就是最挑剔的女人，他也会给她带来幸福！"

由于他骑士般的行动和高尚的行为，罗贝托备受赞扬，他也因此而受到鼓舞，于是便开始在成群围着他打转的姑娘之中物色了一位可以为之带来幸福的人。男人们都一个样，铁石心肠无情郎！

"瞧，伤疤未好倒已忘了痛，罗贝托又开始与姑娘们调情了。"

"是呀，是呀！真不像话！"

"说得对，说得对！"

对象选择好了之后，罗贝托就解下了服丧的黑领带，并宣布，罗莎丽欧·科林德斯要代替他的亡妻。

"恰丽托，我亲爱的，你是爱情的白鸽，你驱散了我悲凉的心中的痛苦的乌云，我爱你！"

"我早就知道，罗贝托，我的罗贝托，我亲爱的罗贝托！"罗莎丽欧·科林德斯认为一切都理所当然。

罗莎丽欧·科林德斯沉思了片刻，然后，瞪着一双水灵灵的大眼睛，喊道：

"这是心灵的表白，我们决不反悔！"

"什么？"

"这是心灵的表白，我们决不反悔。"

"啊，对，心灵的表白，我们决不反悔。"

蔚蓝的天空，胆怯的鸽子咕咕地叫了，这对情人相互握住了对方的手。

罗莎丽欧·科林德斯那挂着白飘带、边沿饰着六只像嘴唇那样鲜红透亮的樱桃的窄边草帽上，突然落上了一样奇怪的东西。

"罗贝托，这是怎么回事？"

罗贝托打开他的瑞士亚麻手帕：

"没什么，恰丽托，是一只鸽子。"

罗贝托和罗莎丽欧择好了吉日良辰，然而他们在宴请宾客的问题上慎之又慎。

"喂，罗贝托，要是我们请客人来，一定要让他们把短刀留在更衣室，对吗？"

思考良久之后，罗贝托答道：

"这事就算了，亲爱的恰丽托，与其治病，不如预防嘛！"

罗莎丽欧·科林德斯——亲朋好友们都叫她恰丽托，脸上露出了笑容，陶醉在爱情和幸福之中，对罗贝托佩服得五体投地。

"我的罗贝托，你可真有学问！"

罗贝托搂着罗莎丽欧，贴着她的耳朵悄悄地说道：

"亲爱的，我想尽方法，为的就是保护你，让你免遭歹徒的暗算……"

两颗珍珠般的热泪，从罗莎丽欧的面颊滚下，被轻拂的习习凉风吹干了。

"恰丽托！"

"罗贝托！"

（倪华迪　译）

一个老人的问题

［埃及］阿　里

酒店快关门的时候，一个衣衫褴褛的老汉迈进门来。酒店伙计惊奇地望着这个陌生客人。看上去，他是位饱经风霜的老人，满面皱纹，步履蹒跚，走起路来甚至跌跌撞撞，鼻梁上架着一副老花眼镜，右手拄着一根看上去已伴随他二十多年的拐棍。

老人一屁股坐在门口的凳子上，打了个手势，请酒店伙计过来，声音颤抖地问："有人问起过我吗？"

伙计闹懵了，忙说："没有啊！"

老人抬起右手,用手指揩了一下脸上的汗水,伤感地说:"那么,请给我倒一杯酒来,先生。"

老人叹着气,两只眼睛忧愁地望着门口,慢慢地饮完了酒。 随后,他用拐棍支着地、哈着腰、低着头,好像寻找坟地似的步出酒店。 伙计目送着他,觉得他既可怜又古怪。

十多天过去了,顾客不断光临酒店,酒店伙计几乎忘记了那可怜的老人。 但一天夜里,当酒店最后一个顾客走出门时,老人的面孔又出现在门口。 他一声不吭地挪进屋内,又坐在门口的凳子上,悲伤地问:"有人问起过我吗?"

伙计不安地答道:"没有!"

老人抬起右手,用手指揩了一下脸上的汗水,像受了伤似的喃喃地说:"那么,请给我倒两杯酒来,先生。"

老人一口一口地抿着酒,两只眼睛呆呆地凝视着门口。 酒杯空了,老人用拐棍拄着地,慢慢站起身来,缓缓地挪动着步子,磨蹭着出了酒店大门。

几个月过去了,老人一直未再"光临"酒店。 一天夜里……

"有人问起过我吗?"

几年过去了,酒店伙计的答复仍是那两个字:"没有!"

老人凄惨地说:"那么,请给我拿一瓶酒来,先生!"

伙计同情地问:"一瓶酒?"

老人点点头,抬眼看了看他,好像明白了他正在故意找话说。

酒拿来了,老人喝着、喝着,喝光了一瓶酒。 伙计的眼睛始终注视着他的脸。

老人用拐棍吃力地撑起身,向酒店大门方向挪动着步子,但一个趔趄,拐棍滑出手,他一下子跌在地上。

他的两腿神经质地勾住一张桌子，颤颤巍巍地伸出右手，抓住桌子腿，挣扎着想站起来，但桌子倒了……

伙计赶忙奔过去，两眼涌着泪水，哭着说："最近好像有人问起过您，爸爸！"

（张　亮译）

似花非花

[菲律宾] 秋　笛

下班回家的途中，一片枫叶落在我的肩上，我这才警觉到又是落枫的季节了，也记起了我的诺言——摘下一片枫叶，寄给你。

我抬起头，望着那满树深浅不一的红叶，在风中飘舞着，该摘下哪一片寄给你呢？我站在树下静静地寻觅着，该选哪一片呢？乍看起来，似乎没什么差异，但当我细心地看它时，才知道每一片枫叶都有它的美。有的颜色好看，有的形状好看，就像女孩子，各有其优点，我真不知该摘下哪一片给你。

你曾说过，拣一片落枫给我。但，我真不愿俯身捡片落枫，要嘛，就该选一片美好的。归途中的落枫好多，然而都是残缺的，不值得送给你。

我在树下静立了十多分钟。几个过路的小孩都凑过来看热闹似的和我站在树下仰视着。最后，我闭上眼，举起右手，纵身一跳，抓住了一枝树丫，当我再次站定时，掌中握住了两片树叶。"你采枫叶做什么？"有个金发碧眼的男孩问我。我眨眨眼说："寄回中国，给我的女朋友。"他们嘻嘻哈哈地走开了。

我把枫叶拿在手中细细端详着。神，真是奇妙，同是枫叶，但色泽、形状都有差异,很可惜,没办法在一日之中邮寄给你。 我把枫叶夹在记事本中,为自己刚才摘枫叶的傻劲而笑,要是找老婆也能像摘枫叶般地,那该多好。

两年来,我走过了好多地方,碰到了好多女孩子,可我就不曾有过成家的欲望。 心底中,我觉得总该先把生活安定下来再成家。现在,生活是安定了,但我还是不想成家,因为总有一种不安定的感觉存在着。

我始终不知道自己为何不能安定。 直到有一天,我到邻居钟顺家时才明白自己为何惶惑不安。

钟顺是个和蔼的美国老人,他的儿女都已成家,各居一方,留下钟顺老夫妇独居小石屋里。 星期天,百般无聊的时候,我常会到他那里下棋。 有时帮他整理后园,洗洗他的老爷车。 起初,他曾塞几张钞票给我,但都被我婉拒。 我告诉他,我们中国人不兴这一套的。 后来,周末的时候,钟顺老太太就会捧一碟苹果糕或是什么香喷喷的东西过来。 对这色香味皆诱人的东西,我便不客气地收了下来。

又是一个星期天下午,我又到钟顺家去。 我看见老钟顺蹲在他十多盆玫瑰丛中忙着。 我好奇地蹲在他的身旁,只见他手中拿了一把小刀子,在玫瑰花旁轻轻地挖着,挖出一株小草来丢在一旁。 我拾起来一看,与玫瑰花叶一样的锯齿边的叶子,像是玫瑰的嫩枝,我问老钟顺:"为什么拔掉它?""那是棵野草,会吸取玫瑰的肥料。""它不是玫瑰?""不是。 你仔细瞧瞧。"我再详细察看手中的小草,那叶子真像玫瑰花叶,可它就少了那细细的小刺,茎儿也没有玫瑰的坚硬。 不小心察看,实在不会发现它。 不幸的是,偏偏就有像老钟顺这种小心眼的人来发现它,甚至来除掉它。 看看老钟顺这么耐心地拔掉这些极力在玫瑰花中挣扎生存的小草,我心中涌起了一份悲哀,因为,我突然明白了心中那份不安的根源。我,一个在异邦生活的黄种人,像极了老钟顺手中要拔掉的小草。所以,小湘,我还是不敢成家立业,我必须回去,回到我的国土!那里可能不是玫瑰园,但毕竟是属于我的国土,那里,我无须挂虑老钟顺手中的小刀。

(凌 彰 译)

父 亲

[挪威] 比昂松

故事中要讲的这个人,是他所属的教区中最富有、也是最有影响的人,名叫索尔德·奥弗拉斯。 一天,他来到牧师的书房,神情肃穆,趾高气扬。

"我生了个儿子,"他说,"我想带他来接受洗礼。"

"他取什么名字?"

"芬恩——仿照我父亲的名字。"

"教父母是谁?"

名字说了出来,是索尔德在这个教区的亲属中被认为是最合适的人。

"还有什么事吗?"牧师抬头问道,农夫迟疑了一会儿。

"我很想让他能单独接受洗礼。"

"这么说要在礼拜天以外的日子了。"

"就在下星期六,中午十二点。"

"还有什么?"牧师问。

"没什么了。"农夫摆弄着他的帽子，仿佛就要离去。

这时牧师站了起来。"还有一件事，"他说着便向索尔德走去，拿起他的手，庄重地凝视着他的眼睛，"上帝断定这孩子会给你带来幸福的！"

十六年后的一天，索尔德又一次站在牧师的书房里。

"真的，索尔德，你保养得这么好真令人吃惊。"牧师说道，因为他看到索尔德几乎没有任何变化。

"这是因为我无忧无虑。"索尔德回答说。

牧师对此没说什么。 过了一会儿，他问："今晚有何贵干？"

"今晚是为我儿子来的，他明天要来行按手礼。"

"他是个聪明的孩子。"

"在没听到明天他在教堂里排列的次序之前，我不会把钱付给牧师的。"

"他将名列第一。"

"这么说我听到了，这是给你的十块钱。"

"还有什么事要我做吗？"牧师问道，他两眼注视着索尔德。

"没了。"

索尔德向外走去。

又过了八年。 一天，牧师的书房外传来了一阵喧闹声，因为来了不少人。 索尔德走在人群的前面，第一个进入书房。

牧师抬起头来，认出了索尔德。

"今晚随你来的人很多，索尔德。"他说。

"我来这儿是请求为我儿子公布结婚预告的。 他马上要迎娶古德蒙特的女儿卡伦·斯托莉迪，她就站在我儿子的身旁。"

"啊，她可是教区里最富有的姑娘。"

"大伙也都这么说。"农夫回答说,一只手把头发向后掠了掠。

牧师坐了片刻,似乎在沉思,随后把名字写在簿子上,没再吭声了。 他们在名字的下面签了字。 索尔德把三块钱放在桌上。

"一块钱就够了。"牧师说。

"我完全清楚,不过他是我的独子,我想把事情办得体面些。"

牧师拿起钱。

"索尔德,这是你第三次为你儿子来这儿了。"

"如今我总算了结了心事。"索尔德说,他扣上钱包便道别了。

人们缓缓地跟在他的后面。

两星期后的一天,风平浪静,父子划船过湖,为筹办婚礼前往斯托利登。

"座板放得不牢。"儿子说着便站了起来,把他坐的那块座板放直。

就在这时,他从船舷上一滑,双手一伸,发出一声尖叫,落入湖中。

"抓住桨!"父亲嚷着,旋即站起来递出船桨。

可是儿子经过一番挣扎后,不再动弹了。

"等一等!"父亲叫道,开始把船向儿子那儿划去。

儿子这时仰浮了上来,久久地向他父亲看了最后一眼,沉没下去。

索尔德简直不相信会有这种事,他把船稳住,死死盯住他儿子的没顶之处,好像他一定还会露出水面。 湖面上泛起了一些泡沫,接着又是一些，最后一个大气泡破裂了，湖面上水平如镜。

人们看见这位父亲绕着这块地方划了三天三夜，不吃不喝，目不交睫。

他一直在湖中荡来荡去，寻找他儿子的尸体。 直到第四天早晨，他找到了。 他双手捧着儿子的尸体，越过丘陵向家园走去。

大约一年后，一个秋天的黄昏，牧师听到门外的走廊上有人在小心翼翼摸索着门闩的声音。 他打开大门，一个身材高大、瘦骨嶙峋的男人走了进来。 他弯腰曲背，满头银丝。 牧师看了很久才把他认了出来，是索尔德。

"这么晚还出来？"牧师木然不动地立在他的面前问道。

"啊，是的！是晚了。"索尔德边说边坐了下来。

牧师也坐下了，似乎在等待着。 接着，一阵长时间的沉默。索尔德终于说道：

"我带了些钱想送给穷人，我想把它作为我儿子的遗赠献出去。"

他站起来把钱放在桌上，又坐了下去。

牧师数了数。

"这笔钱数目很大。"他说道。

"是我庄园一半的价钱。 我今天早上把庄园卖了。"

牧师坐在那儿，沉吟了许久。 最后，他轻声问道：

"索尔德，你现在打算做什么呢？"

"做些好事。"

他们坐了一会儿，索尔德双目低垂，牧师目不转睛地盯着他。没多久，牧师说道，声音温存而缓慢：

"我想你的儿子最终给你带来了真正的幸福。"

"是的，我自己也这么想。"索尔德说着抬起了头，两大滴泪水慢慢地沿着脸颊流了下来。

（黄　峻　译）

电　话

［德国］布卢姆

"喂！是我，我是罗伯特！你怎么还不来？我在酒店等你半个小时了。你说准时来，出什么事儿了吗？昨天你还说，晚上七点半前有空，七点之前不会来电话的。马上就六点了。你身体不舒服？没有？——好吧，赶紧来吧。"

"我还想穿件大衣。"电话机旁的女子说道，尽量把嗓门压得低一些，尽管房间里没有别人。

"大衣？干吗穿大衣？这么热的天，热得很，是的，气温没有降下来。你怎么啦？一开窗户你就会感到热的。来吧，五分钟就可以到这里，否则我又要给你打电话了！"

"好吧！"她说，"过五分钟我就到你那里！"她挂上耳机，犹豫不决地朝门口走去。她不想穿大衣，也根本没有这样的意思。她身着浅色的夏装。她干吗要提到大衣的事？她为何动作如此缓慢，双脚仿佛粘在地上。当她来到门口时，电话铃又响了。她并没有转过身去。五分钟还没有过去。她本不想让他久等。她干吗不赶快走呢？电话又响了。这一次她终于折了回去，摘下耳机。

"是你吧！是，我是盖尔达！不，我很好，非常好！当然我有点激动。是医生诊断错了，最新的结果完全两样。左眼保住了全部的视力！对，对，是全部。右眼还是瞎了，但是一只眼睛够了。

我在前厅打电话,在医院里。 我可以在这里等。 为什么?我得尽快动手术。 喂!你怎么这么沉默?你没哭吧?"

"没有,"那女子说,"我没哭,这太突然了,我……"

"是的,是的,你感到高兴。 我明白,不,请别哭。 我们还会去看戏的。 你不需要给我讲解了,不必为我朗读了,我为你朗读。 我能继续留在公司里工作,当电话员,不改行。 我有些担心。 是的,我从来没告诉过你。 你那么沉默?我又能认出你来了,不再像过去那样模糊不清,我能看清楚了!但你怎么一声不吭?"

"什么时候做手术?"她问。

"后天,一大早,手术后要保养四个星期。 我不得不忍耐四个星期,还有你。 四个星期,喂,喂!你还在听吗?"

"我正听着,"那女子说,"我今天就把你要的东西送去。 就四个星期,一个月的时间,这不算长。"

"我早就知道,你很理智。 我早对大夫说了,不管四个星期还是六个星期,我妻子绝不会介意的。 重要的是,我重见光明!"

"对,"她说,"根本不会介意的!"

(金 弢 译)

金翅雀

[葡萄牙] 托尔加

一家三口人正在不声不响地吃饭,孩子突然开口说:

"我找到了一个鸟窝!"

母亲抬起头,瞪大了黑黑的眼睛。 父亲像往常一样心不在焉,连听也没有听到。 也许是为了回答母亲询问的目光，也许是为了引起父亲的注意，孩子又重复了一句：

"我找到了一个鸟窝！"

父亲总算抬起沉重的眼皮，也开始聚精会神地听儿子说话。

孩子高兴了，指手画脚地讲起来。 他说，今天下午赶着羊回家的路上，看见一只金翅雀从一棵大白松树树冠里飞出来。 他看呀，看呀，在浓密的树枝里搜寻，终于在高处一根树杈上发现有一团黑黑的东西。

母亲把儿子的话句句吸入心田，还用整个灵魂吻着可爱的宝贝。 父亲则又开始吃饭了。

孩子没有在意，接着讲下去。 他说，把羊拴在一棵金雀枝上，开始往松树上爬。

父亲又抬起疲倦的眼皮，和母亲一样提心吊胆地听着，几乎屏住了呼吸。

孩子一直往上爬。 巨大的松树又粗又高，他那纤细的身子紧紧贴在树皮上，慢慢往上挪动，每一步都要分两次进行。 先用胳膊抱住，接着两条腿尽量往上蜷，最后才停下来，四肢牢牢抓住坚硬的树皮。

用了很长时间才爬上去，中间不得不在结实的树杈上休息三次。 现在只能靠手，因为前面都是脆弱的新枝了。

父亲和母亲都惊呆了，谁也没有吱声。 就这样，两个人战战兢兢、一声不响地让儿子爬到树上、爬上树冠，用两只天真的眼睛看到鸟蛋——窝里仅有一个鸟蛋。

听到这里，父母的心脏都停止了跳动，完全忘记了儿子在什么地方，似乎还在高高的树巅，紧挨着天际，完全忘记了他脚踏在地上，无须两只胳膊小心翼翼地攀附树枝。 突然，两个人看见孩子身子一斜，从高处、从松树顶上栽下来，掉在硬邦邦的地上，看来是必死无疑了。

但是，孩子无意中表明，他站在树巅，完全不曾意识到飘在空中、面临深渊的可怕，并且也没有掉下来。 倒是发生了另外一件事。 拿起鸟蛋以后非常高兴，情不自禁地吻了它一下。 蛋壳得到了孩子嘴唇上的这点热气，突然从中间裂开了，里面露出一个还没有长羽毛的金翅雀。

说这件怪事的时候，孩子的表情天真无邪，如同复述从邻居那里听来的《出埃及记》的故事一样。

随后，他满怀怜爱地把小鸟放到毛茸茸的鸟巢里，从树上下来了。 现在，他心境坦然，非常高兴——发现了一个鸟窝！

晚饭吃完了，屋里气氛严肃，谁也没有开口。 后来，一家人回到暖烘烘的壁炉旁边，看着里边燃烧的橄榄木时，父亲和母亲才交谈了几句。 他们的话说得晦涩难懂，孩子没有猜透。 何必要知道他们说了些什么呢？他只想把那只还没有长出羽毛的小鸟的形象深深保存在记忆之中。

（范维信 译）

美人鱼图案的气球

［美国］博艾威达

戴瑟莉是个美国的小女孩，她的父亲杰肯因为车祸而突然去世了。 在葬礼两个月后，戴瑟莉仍很伤心，于是外祖母特里施带戴瑟莉去了杰肯的墓地，希望能使她接受父亲的死，孩子却把头靠在墓碑上说:"也许我使劲听,就能听到爸爸对我说话了。"

2004年11月8日的这一天,本该是杰肯的二十九岁生日。戴瑟莉问道:"我怎么给爸爸寄贺卡呀?"

特里施想了一会儿,说:"把信捆在气球上,寄到天堂去怎么样?"

戴瑟莉的眼睛立刻亮了起来,她选了一个画着美人鱼的气球,图案上方写着"生日快乐"。以前戴瑟莉经常和爸爸一起看美人鱼的录像。

在墓前摆放鲜花时,戴瑟莉口述了一封给爸爸的信:"生日快乐!我爱你,想念你。但愿你在天堂能收到这个气球,在我一月份过生日时给我写回信,好吗?"特里施将戴瑟莉的口述和她们的地址记在了一张小纸片上,裹上一层塑料,然后戴瑟莉放飞了那一个气球。

在一个微雨而冷的早上,在加拿大东部的美人鱼镇,三十二岁的维德出去打猎,但这天他没去经常打猎的地方,而突然决定去两英里外的美人鱼湖。在湖边的灌木丛中,他发现杨梅树丛的枝条钩住了一个银色的气球,上面印着美人鱼图案,线的顶端系着一张包着塑料的小纸条,已被雨浸湿了。

回到家,维德小心地将潮湿的纸条摊开晾干。

妻子唐娜回来时,维德给她看了气球和纸条,上面是戴瑟莉的信和她的地址以及寄信日期。

维德说:"现在才11月12日,仅仅四天这个气球就飞越了三千英里!而且你看,气球上印着美人鱼的图案,又正好落在了美人鱼湖边。我们应该给戴瑟莉写信,也许我们命中注定要帮助这个小姑娘。"

在美人鱼镇的书店里，唐娜买了一本改编的《小美人鱼》。 圣诞节过后几天，维德又买回了一张生日卡，上面写着："给我亲爱的女儿，最温馨的生日祝福。"

　　2005年1月3日，唐娜坐下来给戴瑟莉写了封信，然后将信夹在贺卡中，与书装在一起寄了出去。

　　一个星期以后，维德夫妇的包裹寄到，那时戴瑟莉和她的母亲已经回尤巴市，外祖母特里施决定立即把包裹送过去。 到了戴瑟莉的家，特里施先为戴瑟莉读生日卡上的贺词，然后开始读唐娜写的信："我代你爸爸祝你生日快乐，我想你一定会奇怪我是谁。 其实一切都是从我丈夫维德11月去打野鸭的那一天开始的。 你猜他发现了什么？是你寄给你爸爸的美人鱼气球。 天堂里没有商店，但你爸爸希望有人能帮他给你买一份礼物，所以他就选中了我们，因为我们就居住在一个叫作美人鱼的镇上。 我知道你爸爸一定希望你能快乐，而不要为他伤心，我知道他非常爱你，并会一直注视着你的成长。 爱你的：维德夫妇。"

　　戴瑟莉的脸颊上闪烁着一颗泪珠，说："我知道爸爸不会忘记我的。"

　　特里施眼含泪水，搂着戴瑟莉又读起了维德夫妇送的那本《小美人鱼》，这个故事与杰肯给戴瑟莉读过的那一本有些不同，以前那本讲的是小美人鱼后来幸福地与英俊的王子生活在一起，而在这一本中，邪恶女巫割断了小美人鱼的尾巴，杀死了她，三个天使将她带走了。

　　特里施读完，担心悲惨的结局会使外孙女戴瑟莉伤心，但戴瑟莉却快乐地用双手托住了脸颊说："爸爸送给我这本书，是因为小美人鱼就像爸爸一样进了天堂！"

过了半个月，维德夫妇收到了戴瑟莉母亲的信："收到你们寄来的包裹时，我女儿的梦想，竟然实现了。"

以后的几个星期，戴瑟莉母女经常与维德夫妇通电话。三月份，戴瑟莉和她的母亲到美人鱼镇探望维德夫妇。两家人一起到美人鱼湖边维德发现气球的地方。戴瑟莉母女俩都沉默不语，好像杰肯就在她们的身边。

如今戴瑟莉每次想要和爸爸说话时，就会打电话给维德夫妇，这种方式竟能安慰她幼小的心灵。戴瑟莉的母亲常说："美人鱼图案的气球能落到那么远的美人鱼湖边，我认为是杰肯挑选了维德夫妇，将自己的爱带给戴瑟莉。她现在懂得了父亲的爱会一直陪伴在她的身边。"

（周　吴　译）

古九谷瓷瓶

[日本] 井上靖

桑木大二郎在能登半岛 W 镇看到一只古九谷小瓷瓶（指日本石川县南部九谷产的古瓷器——译者），还附有鉴定标志，证明是宽文（1661—1672）年代的珍品。这是十多年以前的事了。

那时，大二郎结婚还只有两三年光景，现在大女儿已经上中学了。他是因公司里的事出差到 W 镇的。这是个渔镇，全镇弥漫着鱼腥味儿。他在一家古董商店不太整洁的橱窗里发现这只红花小瓷瓶时，异常惊奇，心想要是能亲手托着欣赏一下，那该有多美呀！

一问价钱，回答是 500 元。

"500 元！"

对于月薪只有 70 元的他来说，价钱实在太高了。

"要是 200 元嘛，倒还可以……"

"别开玩笑。在古九谷瓷器中，它也算是最古老的了，这可是我家的传家宝啊！"

一眼可以看出，这位四十开外的商人脾气执拗，即使让他减一分钱也不会答应的。

说起来兴许有些夸张吧。实际上，桑木大二郎自从在能登半岛 W 镇上见到古九谷瓷瓶到如今，十年中简直是被迷住了心窍。他曾先后五次借口有公事跑到 W 镇，欣赏这个古瓷瓶。他越看越想买，然而对于工资微薄的他来说，那瓷瓶真不啻是悬崖峭壁上的一朵鲜花。

最近一次，即第五次看到那只古瓶，是在前年夏天。不管时代怎样变迁，唯有那只瓷瓶依旧装饰在临海的不太干净的橱窗里，只是十年前 500 元的价钱涨到了 7 万元。据物主说，十年中间，这里遭到过一次海啸袭击，近处失火一次，即便在这种时候，最先被抢出屋子的总是这个瓷瓶。在战争打得最激烈的时候，他还专门修了一座水泥防空洞收藏它呢。

从前年夏天至今的整整两年中，桑木大二郎在生活上节衣缩食，连旁人都觉得他实在可怜。这是由于大二郎已下定决心，说什么也得从本来就够拮据的开支中挤出 7 万元钱来。

为了能登半岛上的这只瓷瓶，他的妻子连尼龙围裙都舍不得买一条。大女儿竟连郊游也都不能去了。有时，大二郎也想过，这样做，大人孩子真可怜。可他自己也戒了烟酒，和同事的交际应酬之类的一切都给免掉了，为瓷瓶他什么都不惜牺牲。

这样，他好不容易凑齐了 7 万元钱，摆在那家古董店脏乱程度与当年无二的柜台上。

"其实,我也是最近才听说的,这东西是假的呀。前些日子,家父去世十三周年那天,母亲告诉我,父亲在世时说过,那是假的,于是,我拿到金泽市,请大学里的先生鉴定,果真是假的啊!"

十年前满头蓬松的乌发如今一根不剩的店主,仿佛有些过意不去似的说完后,脸上泛起一丝苦笑。

大二郎一听说那是假的,顿时觉得瓷瓶黯然失色。但是,一想起这十年来的执着,这二年的苦日子,他还是想弄到手。然而,物主却执意不肯脱手,尽管得知它不是真品,对它有些漫不经心,却似乎依然对它怀有一种莫名其妙的偏爱。

结果,大二郎出 2000 元成交。这价格,比真货便宜,但比赝品要贵。当夜,他和店主把瓷瓶放在中间,一起对饮。不知为什么,两人只是默默无言地举杯,直到皎月临窗。

(何少贤 译)

窗

[澳大利亚] 泰格特

在一家医院的病房里,曾住过两位病人。他们的病情都很严重。这间病房十分窄小,仅能容得下他们两人。病房设有一扇门和一个窗户:门通向走廊,透过窗户可以看到外界。

其中一位病人经允许,可以分别在每天上午和下午起身坐上一个小时。这位病人的病床靠近窗口。

而另一位病人则不得不日夜躺卧在病床上。当然,两位病人都需要静养治疗。使他们感到尤为痛苦的是,两人病情不允许他们做任何事情，借以消遣，既不能读书阅读，又不能听收音机，看电视……只有静静地躺着。而且只有他们两个人。噢，两人经常谈天，一谈就是几个小时。他们谈起各自的家庭妻小，各自的工作，各自在战争中做过些什么，时间一到，靠近窗户的病人就被扶起身来，开始一小时的仰坐，每当这时，他就开始为同伴描述起他所见到的窗外的一切。渐渐地，每天的这个小时，几乎就成了他和同伴生活中全部内容了。

很显然，这个窗户俯瞰着一座公园，公园里面有一泓湖水，湖面上照例漫游着一群群野鸭、天鹅。公园里的孩子们有的在扔面包喂这些水禽，有的在摆弄游艇模型。一对对年轻的情侣手挽着手在树荫下散步。公园里鲜花盛开，主要有玫瑰花，但四周还有五彩斑斓、争相斗妍的牡丹花和金盏草。在公园那端的一角，有一块网球场。有时那儿进行的比赛确实精彩，不时也有几场板球赛。虽然球艺够不上是正式决赛的水平，但是，有得看总比没有强。那边还有一块用于玩滚木球的草坪。公园的尽头是一排商店。在这些商店的后面，闹市区隐约可见。

躺着的那位病人津津有味地听着这一切。这个时刻的每一分钟对他来说都是一种享受。描述仍在继续：一个孩童怎样差一点儿跌入湖中。身着夏装的姑娘是多么美丽动人。接着，又是一场扣人心弦的网球赛。他听着这栩栩如生的描述，仿佛亲眼看到了窗外所发生的一切……

一天下午，当听到一名板球队员正慢悠悠地把球击得四处皆是时，不能靠窗口的病人，突然产生了一个想法：为什么偏偏是挨着窗户的那个人，有幸能观赏到窗外的一切？为什么自己不应得到这种机会呢？他为自己会有这种想法而感到惭愧、竭力不再这么想。

可是，他愈加克制，这种想法却变得愈加强烈……直到几天以后，这个想法已经进一步变为：紧挨窗口的为什么不该是我呢？

他白昼无时不为这一想法所困扰，晚上，又彻夜难眠。结果病情一天天加重了，医生们对其病因不得而知。

一天晚上，他照例睁着双眼盯着天花板。这时，他的同伴突然醒来，开始大声咳嗽，呼吸急促，时断时续，液体已充塞了他的肺腔，他两手摸索着，在找电铃的按钮，只要电铃一响，值班的护士就会立即赶来。但是另一位病人仍然继续盯着天花板。

第二天早晨，医护人员送来了漱洗水，发现那个病人早已咽气了，他们静悄悄地将尸体抬了出去，丝毫没有大惊小怪。

稍过了几天，医护人员把他抬了过去，把他舒舒服服地安顿在那张病床上。医生刚一离开，这位病人就十分痛苦地挣扎着，用一只胳膊肘支起身子，口中气喘吁吁……他探头朝窗口望去。他看到的只是光秃秃的一堵墙。

（朱中伟 译）

水灯变奏曲

[泰国] 司马攻

是秋天了。

今晚的月亮圆得有点儿古典。我独自走在北风轻拂的路上，这是一个既传统又浪漫的节日——水灯节。我拿着一盏水灯，在月色和灯光里走向河边。

熙来攘往的人群荡在沿河的路上，有前来放水灯的，也有观水灯的。而我则两般皆是。

雪姐老是对我说:"霞,在水灯节的晚上放盏水灯,许个心愿,将来是会如愿以偿的。"

去年这个节日,我买了一盏小小的纸制的水灯。可是,我并没有将这盏水灯拿到河里去放,它置于我案上已整整一年了。我保存这盏水灯,也保留了我的心愿。

今晚我打定主意,一定要把这水灯放到小河里去。

我走着走着,找到一处较为幽静的河边,屈膝蹲下身去。我把我的情绪浓缩在水灯里,轻轻地将它荡在小河上。

我终于放了一盏水灯。

可是,我没有许下心愿。

也许我不习惯于许愿。也许我怕这盏小小水灯载不了我的心愿。我在暮色与思绪两苍茫之中将水灯拨向河心。

放了水灯我站起身来,一个漂泊的愁绪涌上心来。多么可怜又多么可笑,我何必放水灯?其实我就是一盏飘零的水灯。

我茫茫然走在路上,一个汉子迎面而来,冲着我唤:"苏婉娜,苏——婉——娜……"

我吃了一惊,停住步。那汉子也一怔,流露出一脸腼腆与失望,低着头说:"对不起,我认错了人……"

我定了定神,接着是怦然而起的心跳。这汉子脸上的腼腆和忸怩的神态多么像"他"。

一阵短暂的犹豫和迷惑过后,我抬头向前望去,那汉子已没入人群里去。他在我怅惘之中悄悄而来,又在我激动之中突然消失。

大大小小的各种各式的水灯,它们在水上划起一线线希望之光。我回首寻找刚才我放落的那盏水灯。只见水波潾潾,灯光闪闪,究竟哪一盏是我的水灯?

天上的月亮和河里的水灯是今晚最好的装饰,而我却在美丽的景色之外。

悠悠的惆怅,丝丝的寒风,以及那眼熟的忸怩正伴着我回家。

(石　鸣　译)

父亲的悲哀

〔埃及〕台木尔

过去,我常去我们那儿的一个农庄。认识了一位长者阿萨法,他以纺织为业。我常去他家拜访,看他干活。他操作一部简陋的织布机。我每次去,他都热情欢迎,并给我端上一杯自产的咖啡。他精神矍铄,口齿伶俐,胡须整齐,头发斑白。他的妻子已去世多年,给他留下一个儿子——他唯一的亲人。阿萨法倾心培养儿子,教他纺织技术,直到他娴熟此业,成为他最得力的助手。他的儿子体健形美,身强力壮,聪明伶俐,活泼可爱。父亲对他百般怜爱,经常在别人面前如数家珍般地谈论他的优点。

一次,我像往常一样去那座农庄,一则骇人听闻的消息令我心惊胆战——他儿子给火车轧死了。我赶紧到阿萨法家,对他的不幸表示慰问。他接待了我,并像往常一样给我端了一杯自产的咖啡。但此时的他如同一台没有灵魂的机器,他面如土色,毫无表情,讲话时吞吞吐吐,异常吃力,似乎搜肠刮肚也难找到合适的话题。我由衷地安慰了他几句,他只是简单地应了几声。临走时,我默默地抓着他的手深情地握了很久很久。

过了几天,我再次去田庄,一提到阿萨法,人们便告诉我:他近来深居简出,很少能见到他。在一种无形的力量的驱使下,我去看望了他。 和他待在一起时，我发现他明显地消瘦了，脸色苍白，表情凄苦，话也少了，干巴巴的，问一句，答一句。

墙角里织布机一声不响地蹲在那儿，房间犹如废墟，死气沉沉，充满了荒凉和沉寂的气氛，恰似一座无以掩尸的荒坟。

一次，他来看我，喝了点咖啡后，他抬起头问我："你说死在火车下的人会有什么感觉？他一定很疼吧？"

我心中猛地一惊，我想竭力掩饰自己内心的恐慌，但很快就发现这无济于事，于是只好对他说："我想那时他是毫无感觉的，因为人死得特别快。"他提高了嗓门，肯定地说："一定非常疼噢！"他涨红着脸，皱纹消失了许多，灰色的双眼红润了，他脖子发粗，直喘着粗气。 见他这副痛苦的样子，我也就默不作声了。 我俩默默地相互看着，他渐渐地平静下来，很快又像开始时那样无精打采了。

又过了几天，我重访田庄，阿萨法的身体愈来愈坏，瘦成了一副骨架。 稍一走动便显出疲惫的神色。 这次，我在田庄住了一周。 在此期间，我见过他一次。 动身的前一天晚上，我疲惫不堪地独自躺在花园里，花园里一片沉寂。

阿萨法气喘吁吁地走了过来，跟我寒暄了几句后，在我跟前坐了下来，稍息片刻后，他便说道："我是来求你……行吗？"我以为他缺钱花，便说："行！阿萨法先生，你需要多少钱？"他惊异地看着我，说道："先生，我不需要钱！""那你要什么？""明天你可以陪陪我吗？"他说道。 我诧异地看着他，未予答复。 他微笑着说："我想到外边去看看，散一会儿步，看看真主的造化，看看我一生只见过一次的那个大城市……我这个要求过分吗？"他平声静气地说着，脸上恢复了往日的神采。 他抓着我的手，急切地抚摸着，说道:"你不答应我的要求?"我尚在犹豫,见他这样,便说:"如果能使你高兴的话,我可以陪你去走走。"他眼睛一亮,说道:"我太高兴了。"

他只和我坐了一会儿,就起身告辞了。临走时,他一再向我道谢,并再三要我陪他进城。

次日清晨,我们准备了一辆两只瘦骡拉的车。头戴毡帽、身着长衫的车夫先上了车,他右边放着赶骡用的长而软的鞭子。我和庄园主上了车,坐着等阿萨法的到来。等了好久,仍不见人。庄园主说:"我想他不会来了吧,我真怕赶不上火车。"我回答他说:"我也是这么想的。"车刚启动,我们就听到了声嘶力竭的叫声,扭头一看,原来阿萨法正冲我们竭尽全力地跑来。他示意我们停车,我叫车夫把车停下。阿萨法跑过来上了车,便像昏迷了似的倒在了座位上,嘴里还嘟囔着:"差点没有赶上!差点没有赶上……"

我们出发了,阿萨法渐渐缓过气来,他竭力和我们攀谈,但力不从心,他的话含糊不清语无伦次,他痴呆呆地愣着,显出一副闷闷不乐的样子。

他是着了凉,还是在发烧,他的身体不时地战栗着。

我们终于到了,下车后,我们便向车站走去,到站后,我们坐下等火车。我发现他面色苍白,双唇抖动着。我掏出表看一看说道:"再过五分钟,火车就到了。"阿萨法抬起头,起身说:"走!……"

我们向站台走去,一会儿便听到了列车的汽笛声,接着便见它疾驶而来,呼啸进站。我和庄园主及车夫正在打点包裹时,突然传来了一声尖叫。随后便是一阵骚动声,我看见站台那边非常拥挤,有人说:"已经轧成肉酱了!"

我赶紧向拥挤的站头冲去,但见车轮下,血肉模糊,布条横飞。 回头再找阿萨法先生,他早已无影无踪了。

(葛学忠 译)

金 果

[新西兰]拉蒙特

我与玛丽·特拉弗斯是偶然相识。 她是一个孤儿。 在青霉素这种药还没有发明之前,她的父母在几天之内就相继死去。 这种悲剧在我们那个小村子里可不是轰动的新闻,不过七天就会被人遗忘。 哈里·特拉弗斯和他的妻子赫提,理所当然地收养这个孩子。他们自己没儿没女,而且全村都赞成他们应该这样做,所以,不管怎样,他们对此事没有选择的余地。 这事发生在两年前,那时玛丽只有五岁。

我好歹算是个画家吧,对于真和美的追求已把我引入歧途,我变得相当自私,甚至对存在于我眼皮底下的真和美也视而不见。

我既不是出于病态,也不像格雷那样,特地到乡村教堂的墓地去发思古之幽情,而是因为这夏日的夜晚,我发现我们乡村的墓地是一块宁静的地方。 它给我以无穷的沉思遐想。 就在那一天,人们在这块墓地上举行了一次葬礼。 可怜的老卢汾去世了,他是留在村里唯一的中国人,淘金热那个时代的遗老,至少有九十多岁年纪。 我曾经把这位老人画入一套反映这个地区早期风貌的组画中。他住在村外的一间小草棚里,从不与任何人来往。 人们发现他死在床上,便立即将他安葬了。 据我所知,只有教区的牧师和殡仪员两人参加了他的葬礼。

我大口大口地吸着烟斗，沉思地望着这位老人坟头上的新土，试图想象卢汾的童年生活——假如他曾有过的话——这时，我瞥见了玛丽·特拉弗斯。

她沿着两边栽有白杨的小道走来，手捧一大束黄色玫瑰花，后来，她跪在卢汾的墓前，把那束玫瑰花放在肥沃的黑土上，泪流满面，泣不成声，两手平整着那马马虎虎翻整过的草皮。

我忘记了吸烟，惊骇地呆视着。这是我第一次真正看到玛丽·特拉弗斯。

随后，她也看见了我。

她那对深思的棕色眼睛虽然仍是泪水盈眶，但却好像看穿了我整个面目。我觉得我那卑贱的灵魂仿佛已暴露无遗。

"你是卢汾的朋友吗？"她问。

我只好顺水推舟地说："是的。"

"我爱他。"她直言不讳地说。

在那一刹那间，我意识到我的寻求已告结束。

"告诉我，姑娘……把有关卢汾的事情说给我听听。"

"卢汾照管赫提婶婶的玫瑰花。赫提婶婶只爱她的玫瑰，哈里叔叔只爱他的书本，只有卢汾疼爱我。放学归来时，我总能在他的园子里见到他，而且他总是不厌其烦地解答我的提问，他还送给我一件礼物。"

"孩子，是件什么样的礼物啊？"我轻声问道，生怕我的问话会中断她的叙述。

"您看。"她说时出乎我意料地拿出了一块纯金的小匾，上面精致地雕刻着中文。

"你知道这上面说的是什么吗?"我严肃地问道。

"知道,"她说,"黄金酬商贾,金果报人生。"

她眼里饱噙着泪水。

"我不知道可怜的卢汾是否真的找到了金果,所以我从赫提婶婶的花园里给他带来了这些金色的花儿。"她这样结束了她的叙述。

"我的孩子,"我说,"他确实找到了金果,卢汾在他临终之前找到了金果。"

我激动地握着她的小手,领着她走出了教堂的墓地。

(章于力 译)

标错的价签

[美国] 洛林·格雷格尔

一天,我和老伴路过一家体育用品商店,里面人头攒动,叫卖声不绝于耳。店门口的牌子上写着:停业,甩卖!

我想进去看看,但性格倔强的老伴坏脾气又发作了:"有什么好看的,卖的肯定是些没用的破烂玩意儿,好东西为什么要甩卖?"

"这可是一家体育用品商店,"我试图说服他,"没准儿有你想要的渔具什么的。家里挂了那么多年的那张独木舟照片也该换换了,说不定里面就有呢。"

"你怎么这样说?"他怒目圆睁,"那可是我做梦都想要的独木舟,只要我一攒够6000美元,我就立马到厂家定做一条。"

"我过去看看热闹,什么也不买。你到对面的咖啡馆去坐坐,半小时后我去找你。"说着,我快步走进商店。商店的走廊上堆满了各种体育用品，我在拥挤的商店里走来走去，看看这，看看那。突然，我看到商店的后面摆着一条银光闪闪的独木舟，上面还放着短桨、救生衣和各种渔具。

我向前快走了几步，想看个究竟。 是的，和我丈夫喜欢的独木舟一模一样，这可是他朝思暮想的独木舟呀！我心跳得厉害，不敢相信这是真的。 独木舟上挂着两个价签，打印的价签上标着"厂家建议零售价6750美元"。 在它旁边还有一个手写的价签：亏本处理，750美元！"天呀，不会弄错了吧，一定是弄错了。"

我找到一个正帮顾客挑选商品的售货员，他的胸卡上写着：你好，我是马修。 我使劲挤到他面前，抓住他的衣袖迫不及待地问："马修，告诉我那个独木舟有什么问题，为什么只卖750美元？"

"它哪儿都没坏，还是新的呢。 我们要关闭这个商店，所以要打折出售。 我想这个价格还包括上面放置的救生衣、短桨和一套钓鱼用具。 你等一下，我去看看。"

几分钟后，马修回来对我说："夫人，十分抱歉，我们把价格标错了，独木舟及其配套用具加在一起，折价后应该卖4750美元。我刚才问了我爸爸，他负责处理商店里的商品，他说要是按正常价格来买的话，整套装备值8000美元。"

我强忍着泪水对他说："噢！当然值这么多钱了，标价750美元确实有点让人不敢相信，不过我老伴多年来一直梦想着能买一条这样的独木舟。 当我看到价签时，我想我老伴的梦想快实现了。他到星期五就六十二岁了，由于身体原因，他退休有点早。 你知道，仅凭一点退休金，生活不会很宽裕。 不过我老伴的性格很坚强，好几年了，他坚持每星期节省10美元，为的就是买一条这样的独木舟。 他总说他渴望能驾着自己的独木舟去钓鱼。 唉，这真是个傻老头的白日梦！什么时候才能攒够这么多钱呢？"说着说着我的声音都有点哽咽了，我赶快转身向店外走去。

在我就要走出店门时，马修追上我，说："夫人，你能拿出750美元、外加25美元的运费和几十美元的税费吗？"

"当然能，这些钱我还是有的。"我连忙回答。这是我几年的积蓄，本来想用这钱给自己做白内障手术的。

"那就好，星期五上午十点你让你丈夫来，到时我和爸爸把这个独木舟安装好交给他。我们还会给他准备一份生日礼物呢。"

我差点哭出声来，签支票时，激动得手直抖。我把支票递给马修，我发现他也在哽咽。"夫人，我想有些事还是告诉你吧。这个商店是我爷爷开的，他辛辛苦苦经营了三十多年。爷爷一直想早点退休，他说他想过一段轻松的晚年时光，驾着独木舟去钓鱼。他去年向厂家定做了这条独木舟，可是他还没来得及用就……"马修哽咽得更厉害了，"我爷爷上个星期突然去世了，他刚刚六十八岁。我想，如果爷爷知道你丈夫将得到他这条心爱的独木舟的话，他会感到很欣慰的，我爸爸也这样想。你能向我保证你丈夫会爱惜这条独木舟并充分利用它吗？"

我递给马修一张面巾纸，让他擦眼泪，"我向你保证。"说完，我便冲出了店门，跑向咖啡馆去找老伴了。

（木　木　译）

第七辑 幽默与荒诞

天堂之门

[英国] 马 克

一个人死后,升进了天堂。在天堂的门口,他遇见了圣彼得。圣彼得对他解释道:"今天,这里实在太忙了,所以,我只能接受那些死得特别窝囊的人。"

"好吧。"这个人便讲述道,"今天,我正在上班,一个同事向我吐露出一个秘密:我的妻子正在家里与情人幽会。我气急败坏地跑回家,发现妻子躺在床上,但是,她的情人却不见了踪影。于是,我朝阳台外面望去,看到一个男人吊在阳台外面,两手抓住阳台的栏杆。我朝他的手上猛击了几下,可他还是死死不松手。我走进厨房,找来了一个榔头,照着他的手狠狠地砸下去,他终于松手了,从25层楼落下,却掉到了一棵灌木中。他只是晕了过去,并没有死。因此,我又跑进厨房,搬起了冰箱,朝阳台下扔去,向他砸下去,那家伙立即毙命了。不幸的是,恰在那时,我的心脏病发作了,很快便永别了人世。"

"哎呀!"圣彼得感叹道,"这确实是非常不幸的一天。你可以进去了。下一位!"

圣彼得又拿着排得满满的日程表向来人解释。

那个男人说道:"我本来在26层楼自己家的阳台给花草浇水,一不小心失足滑了下去。所幸的是,我抓住了楼下阳台的栏杆,悬在阳台下面。倒霉的是,一个男人朝我的手上猛击了几下。这还不算,他后来竟然还拿来一个榔头猛砸我的手,我实在受不了了,便松手从25层楼落了下来。不过,一棵灌木救了我。我认为自己这下可以大难不死了，没想到不知从哪里又飞来了一个冰箱，将我砸得粉身碎骨。"

"哇，确实死得窝囊。"圣彼得说道，"你可以进来了。 下一位！"下一个人说道："也许你很难想象得出来。 我那时是一丝不挂，情急之下，我便躲进了一个冰箱里……"

（闻春国　译）

最佳减肥方案

[美国] 史密斯·泰勒

杰克长得非常胖，一百六十六厘米的身材竟重达二百五十多磅（约合225斤）。 为此，医生郑重警告他必须将体重减掉七十五磅。

一天，杰克在报纸上看到了一则减肥广告，广告声称他们的减肥方案如何能"保证"减肥效果。

"保证个屁！"杰克心里骂道。 不过，先看看他们的减肥方法再说。 于是，他决定试一试。 通过电话联系，他选择了他们的"3—10减肥方案"，即三天内将体重减掉十磅。

第二天，果真有人来敲他的门。 杰克打开门，眼睛一下子亮了。 眼前站着一位十分性感的妙龄女郎！这位性感女孩身穿超短裙，脖子上挂着一块牌子，上面写着一句诱人的话：只要你能抓住我，你就可以拥有我。

太好了！杰克二话没说就跟在这位女郎后面穷追不舍。 他跑得上气不接下气。 但是，一想到前面那位妙龄女郎，就有一股强大的力量吸引着他。 他追呀，追呀！最后，杰克终于追上了那位女郎。 杰克得到了承诺的奖赏。 在与妙龄女郎吻别时，杰克心中窃喜：

"我喜欢这家公司的减肥方式。"

在随后的两天里,那位妙龄女郎如约上门,每天都是同样的结果。 第四天,杰克自己称了一下,果然不错,他的体重整整减掉了十磅。

杰克还想更"修长"一点,更何况是采用这种令人神往的"塑形"方式呢!于是,他又给减肥公司打电话,预订了五天减掉二十磅的"5—20方案"。 杰克心想,五天减掉二十磅似乎有点困难。但是,此时此刻的他,已经完全迷上减肥公司提供的这种有趣的瘦身计划了。

正如他预想的那样,第二天又来了一位二十二岁、长得非常迷人的姑娘。 这位迷人的姑娘穿了一双雷多克牌运动鞋,脖子上同样挂着一块牌子。 这位姑娘简直漂亮极了,可以说是他所见过的最美丽、最动人的姑娘。 那块牌子上写着同样的话:只要你能抓住我,你就可以拥有我。

杰克像离弦之箭,飞也似的跑出了家门。

杰克此时的身材已经比以前匀称了一些,跑起来也不再像以前那么费劲了。 不到一会儿,他就抓住了前面的姑娘,"猎物"在手,他感触颇深,以前付出的艰辛和汗水看来是非常值得的!这位姑娘给他的感受简直太美妙了,让他念念不忘。 一天刚过,杰克便热切地期盼第二天的到来。

在随后的四天里,那位姑娘天天如约上门,每一次都让杰克感到非常新鲜。 到了第六天,杰克自己称了一下,结果简直让他不敢相信:五天时间,他又减了整整二十磅。

"我喜欢这家公司。"他自言自语道,"我从未想到过减肥会这么容易,这么有趣!"

杰克的自我感觉好多了，他决定再去找经纪人，准备预订该公司七天减重五十磅的"7—50减肥方案"。

"你真的忍受得了吗？"减肥公司的代表在电话里问道，"这可是我们到目前为止最为苛刻的减肥方案。"

"绝对可以！"杰克自信地答道，"我喜欢你们的方案。好几年我都没有这么好的感觉了！"

第二天，又响起了敲门声。杰克热情地打开家门，但热情一下子就降到了极点：门前站着一位身材高大、满脸横肉的彪形大汉。这位男子只穿了一套运动背心和短裤，脚穿一双跑鞋，脖子上挂着的牌子写着：如果我抓住你，我就可以拥有你。

杰克吓得一溜烟地跑出了家门。

（闻春国　译）

我是一只实验室老鼠

[美国] 亨特·佩雷特

还记得那个外出吃饭是放松、是享受的时光吗？那时，有人为你做饭、为你端饭，你走后还会为你清理桌子。可惜啊，现在这一切都过去了，今天当你再去饭馆吃饭时，你仿佛就像那些为得到一块奶酪而必须穿过道道迷宫的实验室老鼠。

那次我一进饭馆的门，侍者就迎了上来："晚上好。要张坐四个人的桌子？"

"是的，谢谢。"

"在吸烟区还是无烟区就坐？"

"无烟区。"

"你喜欢在室内还是喜欢在室外呢?"

"我想室内好一些。"

"你想坐在大厅里,还是单间还是我们那可爱的能享受阳光的地方?"

"嗯,让我想想……"

"我可以在能享受阳光、能看到外边景色的地方找个桌子。"

"那好。"我跟他来到那里。

"现在,你是想要可俯瞰高尔夫球场的,还是可眺望湖上落日的,还是要看远山树色的?"

"随你便吧。"我说,也让你给我做个决定吧。

他让我坐下,我也不知道窗外到底是什么景色,因为天已经完全黑了。

然后,一个更年轻漂亮,穿着也更好的侍者又走了上来,他说:"我叫保罗,将是你这顿饭的侍者。你都订什么菜呢?"

"用不着订什么,你只要给我端来小牛肉和烤土豆就行了。"

"要汤还是要沙拉?"

"沙拉。"

"我们有混合的青菜沙拉,还有几种别的,你要哪一种?"

"就给我青菜沙拉吧。"

"用什么拌呢?"

"随你的便吧。"

他又给我说了好几种拌沙拉的配料,我说随便一种吧。这时我已烦透了他的虚假客套。

"你的烤土豆呢?"我一听就知道他又要问什么,就说:"我只要烤土豆,什么也不带的烤土豆。"

"不要黄油也不要酸奶酪？"

"不要。"

"也不要细香葱？"

"不要！你懂不懂英语？我什么浇头也不要，你只要给我拿烤土豆和烤小牛排就行了。"我喊了起来。

"那你是要哪一种牛排呢？4 盎司、8 盎司或 12 盎司的？"

"随便。"

"什么火候的，嫩的、半嫩不嫩的、老的、还是半老不老的？"

我气急了，说："我真想到外边教训教训你。"

"太好了，你想在哪儿打，停车场、胡同还是饭店前的大街上？"

"就在这儿！"说着我一拳打了过去，他一低头躲过，随后一个左钩拳打在了我的眼上。 这是这个晚上他第一次没再让我挑选。我半昏半迷地瘫在了椅子上。 迷蒙中听到有人赶来了，正训斥保罗。 过了一会儿，我完全清醒了，发现饭店经理正在向我赔罪，他还提议给我买一杯饮料。 我说一杯水就行了。 他又问我："那你是要进口矿泉水呢，还是带柠檬的苏打水？"

（郭　君　译）

上班诀窍

[德国] 路·席波赖特

"哈姆森先生，这是新来的同事诺伊鲍尔先生，先让他同您在一个办公室里办公。 他需要全面了解这儿各部门的情况，请您多关照他，指点他，对他说明一切情况。"

哈姆森见老板信赖地把新同事托付给他,不禁受宠若惊,唯唯诺诺地说道:"我一定照办。"

他同新同事离开了老板的办公室。

"喂,诺伊鲍尔先生,让我们来参观一下企业吧,这样您就会熟悉企业的情况了。"

"参观企业?"新同事不解地问道。

"是啊。 要是我们坐在办公室累了,想放松一下,到处游荡,那就说参观企业。 我们离开工作岗位,老板见了当然不高兴,可我们总会找出一个理由的。"

"什么理由呢?"诺伊鲍尔饶有兴趣地问。

"您来学学吧。 譬如,就说要商量和检查一些事情。 当然有时确实是真的,有些事也可以检查两三次。 不过您别忘了把文件夹啦、账簿啦、货单啦诸如此类的东西带在身边,做出办公事的样子。 这一来,您就可以在仓库里待上几个小时。 我们私下里说说,有几个仓库保管员喜欢打牌,常常需要找个玩牌的伙伴。 如此消磨时间,您觉得怎样?"

"真有意思。"诺伊鲍尔说。

"喏,这是您的办公桌。"哈姆森说,"这儿有咖啡。 喝咖啡嘛,本来只能在休息时间喝,否则顾客来了,看见我们在喝咖啡,就会留下不好的印象,为此我们想出了一个专门的办法。 您瞧,很简单:我们把办公桌右下方的抽屉腾出来,放上咖啡杯,人一来,马上关上。 抽屉里铺了吸墨水纸,即使咖啡泼了出来,也没问题。 我们私下里说说,我们同样可以喝酒。 当然在上班时喝酒是禁止的,这是大家都清楚的。 不过有时有人过生日,或者觉得不畅快,需要提提神,那他就把酒杯和酒瓶也放在抽屉里。"

"这真实用。"诺伊鲍尔说。

"还有一个内部的小秘密。您瞧,这扇门里有一个小房间,那是储藏室,谁也不会闯进去的。待在里面,倒叫人感到挺舒服的。如果我们之中有谁喝多了感到不舒服,那他就干脆躺到里面的羊毛毯上睡觉。您可知道这句妙言:办公室里睡觉是最舒服的睡觉。当然,这是不能让老板知道的……"

"这我明白。"新同事说。

哈姆森真是一位乐于助人的同事,他把一切情况都说明了。"有一点我提请您注意:如果您早上睡过了头,就千万别赶来上班。弄得气喘吁吁地跑来,倒可能会迟到几分钟。迟到给人的印象不好。您可以这么办:干脆打个电话来,说您在医生或牙医那儿看病,要来得迟一点。您与其迟来一刻钟,倒不如迟来三小时。您要去理发或者干诸如此类的事,也可照此办理。我们在上班时间理发,这是因为我们的头发是在上班时间长长的。"

"这种见解是合乎逻辑的。"

"是啊,难道不是这么回事吗?您要是知道了这些上班的诀窍,就能在这儿混得很好。"

"嗯,我已学到了各种诀窍,多谢您的关照。"

"嘿,这是我理应做的,我们是同事嘛。不过,您能对我说说,您是怎样搞到这份差事的?为什么要您熟悉各部门的情况呢?通常这儿雇用的人只做某一件事。"

诺伊鲍尔说:"要我熟悉各部门的情况,是因为老板一退休,我就要接替他。那位老板是我的岳父。"

(肖 通 译)

坐

[美国] 弗朗西斯

有一天早上，他看到一男一女坐在他家门前的台阶上。他们整天坐着，连位子也不移动一下。

每隔一会儿，他就透过门上的格子玻璃窥看一下那一对男女。

天黑了，他们仍不离去。他感到疑惑，很想知道他们到底是在什么时候吃饭，什么时候睡觉，什么时候做他们的事情的。

天亮了，他们仍然还坐在那儿。不管天晴或下雨，他们始终坐在那儿。

起先只是隔壁的邻居打电话问他："他们是谁？在那儿干什么？"

他也一无所知。

后来，街坊邻里都打来电话询问，连看到这一情景的过路人也打来电话询问。

他从未听到那一男一女讲过话。

接着他开始接到全城各处打来的电话。打电话的当中有陌生人，也有市参议员；有专门职业者，也有办事员；有杂务清洁工，也有不得不绕过这一男一女给他送信的邮递员。他必须采取点行动了。

他要求他们离开那儿。

他们置之不理，只是一声不吭地坐着，眼睛茫然地凝视着前方。

他说他要叫警察了。

警察把他俩训斥了一番，说明了他们的权力后，就把他俩押进警车带走了。

第二天早上,他俩又回来了。

他又叫来了警察。 只要他坚持,警察就必须给他俩找一个去处。 但警察却说,要是监狱不怎么拥挤的话,就把他俩送进监狱。

"那是你们的事情。"他对警察说。

"不,这其实是你的事情。"警察告诉他。 但警察还是带走了那一男一女。

次日早晨,他向外张望时发现那两人又坐在他家门前的台阶上了。

连续好几年,那两人每天都坐在那儿。

每到冬天,他总希望他俩被冻死。

然而,他自己却先死了。

他没有亲人,因此他的房子就归公了。

那一对男女继续坐在那儿。

当市政当局打算要赶他俩走的时候,街坊邻居和不少市民对市政当局提出了控告。 既然他俩在那儿坐了那么长的时间,他俩有权得到这幢房子。

结果原告胜诉,那一男一女继承了这幢房子。

判决后的第二天早晨,全城所有房子前的台阶上都坐上了陌生的男男女女。

(吕吉尔 译)

走 运

[波兰] 雅·奥卡

我碰见了处长,他从树林出来,老远就对我喊:

"你看我手里是什么！这蘑菇太漂亮了！"

"真漂亮。"我随声附和。

"你看这斑点多好看！"

"是好看。"我同意。

"你还不向我祝贺？"

"衷心祝贺您，处长同志！"我说。

其实，这是毒蝇菌，毒大得很，可是不能讲，讲了他该多么难堪！而且会影响我今后的提升，所以我恨不得马上溜之大吉，没想到他偏偏缠住我："你还没去过我家吧？今天我请你吃煎蘑菇。"

"我生来不吃蘑菇！"我大吃一惊，马上撒谎说，"我这些天又闹肚子！"

"好蘑菇可是良药呀。"处长说服我，"连病人都可以放心大胆吃，你就跟我走吧！"

"不行，处长同志。"我都要哭了，"我有个要紧的约会……"

"你这是不愿去我家？"处长皱起眉头问，"那我可要生你的气了！你瞧着办吧……"

我只好跟他去，我真后悔，没有一见面就告诉他这是毒菌。现在无论如何不能再说，一说，好像我有心害死他似的。

……酸奶油煎蘑菇端上了桌，处长兴高采烈，就像三岁的孩子，我虽然强作苦笑，心里却在默默与亲人告别了。

"这么漂亮的东西，都不忍心往嘴里放！"处长一边说一边把碟子往我跟前推。

"吃了真可惜，咱还是不吃为好！"我说。

"你是怎么回事，连句笑话都听不懂，快吃吧！"处长用命令的语调说，"对，我得查查这蘑菇叫什么名儿……"

他走后马上赶回来，脸都白了，对我说："朋友，我错了，这是毒蝇菌！毒大得很！"

"可是我已经吃了好几口。"我又撒谎。

"我害了你，"处长吓坏了，"真荒唐，正好还赶上要提升的关口！"

救护车来了，我被送到医院去洗胃……

……处长提升了，我也沾了光。现在，有时我装装头晕……我还得了一笔奖金呢，这是该我走运。

（刘昌炎　译）

黑　信

[捷克] 哈谢克

瓦尔杰茨基公国国王弗里德里赫乘了马车，被狂热的人群簇拥着走得正欢，忽然晴天霹雳似的有一封信飘落到他的膝上，不知是谁扔进来的。

弗里德里赫国王笑眯眯地读信：

"陛下，您是世界上最傻的傻瓜，傻瓜中的傻瓜！"

弗里德里赫国王顿时笑容尽敛。

正如次日报载，皇上当时御体不适。于是庆祝盛典立即停止，弗里德里赫国王驾返皇宫。国王一回到宫里，便躲进了书室，潜心琢磨那封大逆不道的信。他至少把"陛下，您是世界上最傻的傻瓜，傻瓜中的傻瓜！"那些字句念了五十来遍，早已经能够横流倒背了，这才猛然发出一声惊呼："这个坏蛋连名字也没留！"

他在书室里乱转一气,嘴里叨念不停:"陛下,您是世界上最傻的傻瓜,傻瓜中的傻瓜!"

半小时后,国王下令召开国务会议。

"诸位爱卿,"他颓丧地向他的四位枢密参赞说道,"在寡人登基三十周年纪念的今天,竟有歹徒将一封黑信投进了寡人所乘的马车。信上说:'陛下,您是世界上最傻的傻瓜,傻瓜中的傻瓜!'"

四位枢密参赞的脸色顿时变得煞白。男爵卡尔嗫嚅着道:

"陛下,那封信不是写给您的吧!"

弗里德里赫国王龙颜大怒。

"男爵爱卿,"他厉声言道,"朕想卿也明白,'陛下'这个称呼在全国范围内只属于孤家一人,再没有旁人称得起'陛下'了!这封信上明明写着:'陛下,您是世界上最傻的傻瓜,傻瓜中的傻瓜!'当然是写给寡人的啦!朕想卿等迟早会同意寡人的见解。为江山社稷计,非查出那名胆敢冒犯寡人的歹徒不可,因为据朕看来,其罪如同叛国。现在寡人就把这件案子交给卿等。想必议会也要对寡人深表同情,在明天开会时对于这个竟然不惜冒犯国王的歹徒的无耻勾当加以议处……"

国务会议一直开到深夜。警察局局长也参加了这个会议。

在次日的议会大会上,主席激情昂越地宣读了弗里德里赫国王御笔写的、向他的臣民呼吁忠诚的一封诏书。议员们赶紧纷纷宣誓,以表明自己对皇上的忠诚,虽然实际上他们谁都是丈二金刚摸不着头脑,不知究竟出了什么岔子。

一种莫名的气氛闷住了大家。然而警察局局长却毫不怠慢:他请求谒见,并且从国家档案库里拿出了那封该死的信。

"您打算怎样办这件案子？"首相问他。

警察局局长搓了搓手，踌躇满志地说：

"暂时还不能告诉您。鄙人的这次侦查定会一鸣惊人！"

那封信被他送进了国家印刷所。中午，京城里就到处贴满了警察局的告示：

> 兹悬赏一千马克捉拿私将写有'陛下，您是世界上最傻的傻瓜，傻瓜中的傻瓜！'之黑信投入皇上马车之歹徒一名。

这样一来，还不到天黑，全瓦尔杰茨基公国的人便无人不知弗里德里赫国王是世界上最傻的傻瓜，傻瓜中的傻瓜了，而警察局局长第二天也就下台大吉。

（水宁尼　译）

霍拉斯的厄运

[英国]坎　宁

霍拉斯是个制锁匠，十五年前曾因盗窃坐过一次班房，但他却不愿从此改邪归正，只想今后干得更谨慎些，以免再次招来麻烦。

霍拉斯喜欢珍贵的图书，这就是他每年都要撬一个保险箱的原因。他每年精心策划一次，以后十二个月的吃喝玩乐，特别是购买书籍的钱就不用愁了。

现在，他在七月的阳光下走着，确信今年的行动也一定会像往年那样成功，两周来他仔细调查了一家高级住宅。这家的主人和主妇都去了伦敦，今天两个仆人又出去看电影。霍拉斯觉得很惬意。秋天又有两种有趣的书要出版了，他来得及用那保险箱里的珠宝换得的钱，去购买它们。

他弄开了宅门，剪断了警报电线，便走进放保险箱的房间。要撬开保险箱对他来说，是轻而易举的事，他毕竟跟锁和保险箱打了大半辈子交道了。

他一向细心，从不留下指纹。

他正干得起劲，突然背后传来声音，惊得他魂飞魄散。

"谁？我在楼上就听到你的声音了。"

一位年轻的太太出现在门口，她相当漂亮，身穿一身大红装束。她走到壁炉旁，信手收拾一下那里的装饰品。

"谁都以为我要离开一个月，然而我回来得正是时候，虽然我不希望撞上一个窃贼。"她盯着呆若木鸡的他，接着又说，"我要给警察挂个电话……"

他竭力装出可怜的样子央求道：

"放我走吧！夫人，我决不再干这种勾当了，我最怕待监狱。"

"你保证今后洗手不干了吗？"她从桌上的银制烟盒中取出一支烟来。

看到赦免有望，霍拉斯一面结结巴巴地说：

"我发誓。"一面赶忙脱下手套，递上打火机。

"夫人！您果真宽恕我了吗？"霍拉斯巴结地举着火凑近她。

"可以，但你必须为我干件事。"

"只要我能办到。"

"去伦敦前，我把首饰放在保险箱里了，今天晚上有个舞会，所以我赶回来取，可是……"

霍拉斯笑了："您忘了开保险箱的号码，对吗？"

"让你说中了。"

霍拉斯熟练地撬开了保险箱，为她取出首饰后，赶紧溜之大吉。

可他的誓言只管用了两天，第三天早上，霍拉斯忽然想起了他要买的那两本书，他知道他得觅另一个保险箱。

但他再也没机会执行他的计划了，中午，警方以盗窃珠宝罪逮捕了他。由于霍拉斯打开保险箱时没戴手套，他的指纹到处都是。没人相信他为住宅的主人打开保险箱取首饰的故事。夫人本人，一位花白头发的老太太说，这个故事是胡编乱造的。

现在，霍拉斯是监狱图书馆的管理员，他永远不会忘记那个迷人、聪明的年轻太太，她和他干着同样的勾当，却比他更为狡猾。

（苏 星 译）

女人年过四十

[美国] 安迪·鲁尼

随着年龄的增长，我越来越珍视年过四十的女人。

年过四十的女人绝不会在半夜吵醒你，然后问："你在想什么呢？"其实，问这话的人根本就不在乎你想的是什么。

年过四十的女人不想看比赛的话，她不会坐下来唠唠叨叨地抱怨。她会去做一些她想做的事情，而且这些事情往往会更加有趣。

年过四十的女人端庄高贵。她们很少会在看歌剧时或是在堂皇昂贵的饭店里对你大声嚷嚷。当然，如果你活该的话，她们会毫不犹豫地向你开枪，只要她们认为这样可以摆脱你。

年纪大的女人都很宽于赞扬，尽管常常夸大其词。她们知道得不到欣赏是什么滋味。

女人年纪越大越有灵性。你千万不要在年过四十的女人面前忏悔你的罪过。

年过四十的女人即使有了一两条皱纹,但与比她年轻的女人相比,她会显得更加性感。

年纪大的女人都是直率和诚实的。如果你的行为举止像个浑蛋,她们就会立即对你说:你是个浑蛋。

你永远也不要揣摩她的心思。

是的,我们对年过四十的女人的赞美,是有很多原因的。不幸的是,这种赞美不是对等的。因为每一位迷人、聪慧、性感的年过四十的女人身边,都有一位秃头的、大腹便便的、身穿黄色裤子的古董,让自己在一些二十多岁的女服务员面前出丑。

女士们,我深表歉意。我是替所有说过这句话的男人向你们道歉的:"能免费喝牛奶,为什么要去买头奶牛?"对此,我这里有一个升级版的说法。当今,百分之八十的妇女反对婚姻。这是为什么呢?因为妇女们已经认识到:仅仅是为了得到一根小香肠而买下整头猪根本不值得!

(陈荣生 译)

别墅的主人

[德国] 舍伦施密特

星期一上午十点钟,郊外的一幢别墅里。一个身着浴衣的汉子坐在壁炉前,津津有味地吃着东西,时不时地往杯子里斟葡萄酒。

正当他伸手拿起一张唱片,想往电唱机上放时,门开了,一个上了年纪的男人走进来。

"请原谅,可门是开着的,"来人说,"我是施密特兄弟公司的代表。 认识您很高兴。 您是格雷经理吧?"

壁炉前的男子转过身,流露出明显被人打扰的不悦表情。

"……是的,我就是。 您有什么事?"

"这里有您去年的一张账单,经理先生。 共二百美元……"

"好的,我明天从办公室把钱给您转过去。"

"您已经这样许诺过好几次了,"那职员提醒道,"因此,我决定直接来找您。"

"请您出去!把账单寄到公司办公室。 我这里没有钱。"

"好说,"那职员答道,"我也预料到了这点,尽管我曾想我俩能在私下把这个问题解决,而用不着把执行法官请来。 他也认识您,而且现在就等在门外。"壁炉前的汉子噱地站起身来,慌忙中把酒瓶碰掉在地毯上。

"真无聊!"他大声嚷道,"得啦! 这是您要的钱,拿去吧,我再也不想见到您!"

原来,到郊外去的人,并不都是为了休闲,去享受阳光和宁静。 比如乔伊·斯托克就不是这样。 他喜欢造访好些久无人住的别墅,以便趁机捞一把。

这次乔伊的钱包里有四百美元。 他知道,一旦被抓住,钱包装满钱的人总是更容易找到借口:走错了门,或者只想开个玩笑等等。 他亲身体会到,警察对待那些腰无分文的人态度要严厉得多。

对他来说,进入格雷经理的别墅,简直如同儿戏。 别墅里没有人,他的行动自然也可以从容不迫。 他先按上等人的习惯,冲了个澡,穿上房子主人的浴衣,再去检视整个住所。 因为早上有些凉意,又在壁炉生了火,然后舒舒服服地坐在沙发里。 他心情很好,于是想听一段音乐。

"正在这时,"他事后对朋友们说,"进来了一个傻瓜,要我付一笔什么账。我这一惊非同小可。我是一星期之前发现那幢偏僻住所的。我连续监视了它一个星期,断定它没人居住。幸好,那人把我当成别墅的主人,还说认识房主的执行法官就在门外。好在当时我身上带着钱……噢,尽管这次行动使我蒙受了损失,但姑且把它当成必要的生产成本吧。"斯托克说完,深深地叹了口气。然而,最可笑的是,冒充的房主把钱给了那个根本不是施密特兄弟公司的代表的人,因为所谓"代表"正是别墅的真正主人。

"您真是采取了个天才的策略,经理先生,"第二天,公司职员们称赞格雷经理道,"您把自己装成收账的人。"

"可我有什么办法呢?"格雷说,"我一拧门把手,门就开了。窃贼穿着我的浴衣正坐在壁炉前。那家伙是个大块头……并且,他可能带着枪。我想抽身退出去已经晚了,于是急中生智,假装把他当成别墅的主人。但最成功的一着,还是我关于执行法官就在门外的胡诌。那个坏蛋听说执行法官会认出他是冒牌的房主,就吓坏了。到头来,在这桩买卖里,我也算小有进项吧。"

(佚 名 译)

威 胁

[俄国] 契诃夫

有一个贵族老爷的马被盗了。第二天,他在所有的报纸上都刊登了这样一个声明:"如果不把马还给我,那么我就要采取我父亲在这种情况下采取过的非常措施。"威胁生效了。小偷不知道会产生什么严重后果,不过他想着可能是某种特别可怕的惩罚,很害怕，于是偷偷地把马送还了。 能有这样的结局，贵族老爷很高兴。他向朋友们说，他很幸运，因为不需要步父亲的后尘了。

"可是，请问你父亲是怎么做的？"朋友们问他。

"你们想知道我父亲是怎么做的吗？好吧，我告诉你们……有一次他住旅店时，马被偷走，他就把马肚带套在脖子上，背着马鞍走回家了。 如果小偷不是这样善良和客气的话，我发誓，我一定要照父亲那种做法去做！"

（杨宗建　唐素云　译）

公民证

[苏联] 里纳特

一次，某夫妇俩出发去海滨度假。 他们要在那里痛痛快快地游泳，好好地晒晒太阳。 像这样清闲自在地出去旅游，对他们来说生平还是第一次，而且是到那没有风，到那水温暖得像餐桌上的茶一样的海边。

所在工厂给他们开了到"迎宾"休养所去的许可证。 为了到休养所去，他们得乘电气火车、公共汽车，最后甚至要换乘古老的蒸汽轮船。 可是，刚一到那儿就出了新鲜事：休养所当局拒绝接收他们，不给他们提供膳宿，理由是夫妇俩都没有携带公民证。 是啊，公民证是这样一种凭证，没有它，你别想得到一张床位、一把椅子。 坐在走廊里等吧，期待吧。 可等什么，期待什么呢？……要知道，规定就是规定。 要是没带游泳衣，这好办，可以到离海滨浴场远一些的地方，各自穿着普通裤衩到海里去也没事儿。 可是没有公民证，无论你到哪儿去也不行，甚至私营旅店也不肯留你过夜。

"梅兰尼娅,我们怎么办呢?"丈夫问妻子。

"亲爱的亚基姆,我怎么知道呢?"妻子耸了耸肩。

在这个"迎宾"休养所既没有你的床位,也没有你的餐桌,只有一个小卖部。

这样过了一天又一天。

"梅兰尼娅,我们怎么办呢?"

"亚基姆,我怎么知道呢?"

最后梅兰尼娅忽然想起该给母亲发封电报,让她把公民证立刻寄来。

又等了两天,最后总算盼来了珍贵的挂号信。信一到,邮局就通知了他们。他们高高兴兴地跑去领取。到了领取的窗口,他们拿出通知单,自我介绍了一番。

"看看公民证!"窗口里一个可爱的姑娘说。

"什么公民证?"亚基姆惊奇地问。

"当然是您的公民证!"

"它就在您手里,在这个信封里啊……姑娘,我们就是等它呀。"

"我不知道信封里是什么。但是,要取信,您就得交验公民证。"

第二天、第三天去——还是白费口舌。这一对没有公民证的夫妇,谁的信任也得不到。

他们在"迎宾"休养所的领地上又闲荡了两天,在小卖部以夹肉面包和果汁为食,晒了几次太阳,游了几次泳,然后摇摇头,动身回家了。又是轮船——电气火车——公共汽车,好了,总算到了基希涅夫,由此到家不过咫尺之遥——坐上出租汽车一个多小时就到了。

回到家,第一件事就是到邮局去取公民证。按时间算,他们的公民证早该退回来了。

"我的挂号信从疗养区退回来了吗?"亚基姆问。

"退回来了!"女营业员回答说。

"谢天谢地!请给我吧……您不知道,为这封信我们吃了多少苦头啊!但愿再也别吃这苦头了……"

"看看公民证!"姑娘说。

"怎么?又是公民证!我们的公民证就在您拿着的信封里呀!"

"信封里是什么我不感兴趣,可您必须交验公民证才能取信。"

他们又到邮局去了两趟——还是白搭。

第三次去时邮局告诉他们:信又被退到"迎宾"休养所交亚基姆收了,因为按规定信件留存不能超过一个月。

(杜 塞 译)

意外的结局

[罗马尼亚]伯耶舒

纽约某区,一个小偷爬上一户人家的阳台。窗户开着。小偷钻进屋里。这是一套特别豪华的住宅。小偷急急慌慌地在抽屉里翻腾,他正想把一个保险柜打开时,房间里灯突然亮了,小偷发现他面前站着一个身材魁梧、约莫六十来岁的汉子。那人头戴牛仔帽,系一条蝶形围巾。尽管他的衣着体面,手里却拿着一把大口径自动枪。

头戴牛仔帽的汉子说:"把手举起来!否则,我就开枪。"

小偷是个面容清瘦的小青年。他胆战心惊地央求道:"先生,请别开枪,求您啦。我并不是溜进来偷钱和首饰的。我已经三天没吃饭了。三个月来,我一直没有找到工作。我只想在冰箱里找点什么吃的,可我把保险柜错当成冰箱了。"

"问题不在于你想偷什么,"头戴牛仔帽的汉子说,"重要的是我等你已经很久了。我知道今晚有人会到我家来行窃。哈哈哈!所以我故意没关窗户。我想你也发现窗户是开着的吧!"

"是的,我发现了。我还为此感到惊讶呢。"小偷说。

戴牛仔帽的汉子命令道:"把手举起来,往前走。用脚把门打开。你带着枪吗?"

"没有。"

"那你可以用手开门。"小偷打开门,顿时惊呆了:里面的房间装饰得像过节一样。一个瘸腿、驼背、斜眼的丑姑娘穿着华丽的婚纱站在屋里。旁边一个男子身着晚礼服,佩戴着饰有国旗图案的丝带。

头戴牛仔帽的汉子又发话了:"走过去站到她旁边!"

小偷怯生生地说:"吻您的手,小姐。"那新娘咧着大嘴傻笑,然后说了一声:"谢谢!"

头戴牛仔帽的汉子对那穿礼服的男子吩咐道:"民事警察先生,履行你的义务吧!"

民事警察语调庄严地问道:"布伦比小姐,你愿意嫁给这位青年……你叫什么名字,年轻人?"

"约翰。"小偷回答。

民事警察:"你愿意嫁给约翰为妻吗?"

新娘子满心激动地说:"是的,是的,我愿意!"

民事警察:"年轻人约翰,你愿娶布伦比小姐为妻吗?"

小偷瞥了那个头戴牛仔帽的汉子一眼,汉子手里的自动枪对准他,于是,小偷说:"我愿意,先生。"

民事警察说:"现在我宣布,你们结为合法夫妻。热烈祝贺你们!请在这里签字。"

小偷说:"我不会写字。"

头戴牛仔帽的汉子说:"我也不会写字。可我每天照样签数以百计的支票。我画两根横道道,然后在上面点两点。"说罢他开心地大笑起来,几乎背过气去。

民事警察说:"嗨,年轻人,按个手印吧。百分之三十的美国人都是这样干的!"

小偷照他的话做了。

头戴牛仔帽的汉子把枪放在一边,拿过瓶子喝了一大口威士忌。然后说:"我总算活着看见我的宝贝女儿布伦比嫁了人。现在,你们俩可以接吻了。"

新娘子迫不及待地、意气风发地给了约翰一个长吻,使他喘不过气来。

小偷意识到玩笑开大了。他愤愤地想道:"嘿嘿,我竟然不到五分钟就娶了妻子!真他妈的!这些资本家好卑鄙啊!"

(李家渔 译)

丈夫支出账单中的一页

[美国] 马克·吐温

招聘女打字员的广告费……(支出金额)

提前一星期预付给打字员的薪水……(支出金额)

购买送给女打字员的花束……(支出金额)

同她共进的一顿晚餐……（支出金额）

给夫人买衣服……（一大笔开支）

给岳母买大衣……（一大笔开支）

招聘中年女打字员的广告费……（支出金额）

（阿凡 译）

做 脸

［马来西亚］陈政欣

90年代了嘛……

外科手术早在几十年前已从医学上转了个弯，伸展到人体颜面的整修矫正了。套句广告的术语：惊天裂地的突破，震撼美容界。

无论是先天性的美中不足，还是后天性的破损破格，或是隆鼻梁、除眼袋、装酒窝、拉脸皮、丰面颊、矫下巴、隆胸脯、修眼皮，甚至全身皮肤漂白以及脸部的美化、乳头的修饰、肚脐眼的美饰和阴部的矫正，现代的外科手术在各方面都已臻获令人满意的成果，至于文眉、点痣除痣、消汗斑雀斑老人斑，更是小儿科了。

然而，在这90年代，更有个空前的、改变人类行为的突破，要不是政府及时采取对策，这世界可就会变成……

且说外科医师张大夫在本市的美容院开张以后，本市的领袖人才突然间大量涌现，而且在各领域，无论是政界、财界、教界、商界，都是以领风骚、执牛耳的姿态出现。这些人才一外放到全国各地，所带来的效果不只令政府心惊肉跳，更令总理漏夜召开内阁会议，议决即刻礼聘张大夫为国家人才训练局的局长。

在这里，就得先了解一下张大夫的整容技术了。

张大夫最拿手的就是"做脸"。

人的脸皮就是面子，面子就是荣誉，荣誉就是人类生存下去的目的。 没有面子怎么见人，不能见人又如何做人？所以张大夫的卓越成就就是从面部做起，而他这一套手术也叫作"做脸"。

拉脸皮消皱纹是小手术，张大夫的拿手招牌手术却是"垫"脸皮。 张大夫按照客户的要求，适量地在脸皮底层注射一种叫"道德化剂"的液体，客户的脸皮就会随着日子的增长而厚化起来。 脸皮的厚化也就是面子的厚化，所以，所有经过张大夫调理过的客户，没有一个在手术后不在自己的领域里以脸皮厚实著称而冒出头来的。

搞政治的脸不动容地说："当日不在朝，我能如此如此说；今日身在朝，不能不看人脸色。"

财商界的脸笑肉不笑地说："利字当头，人不为己，天诛地灭。"

从事"百年树人"的更是面不红、气不喘地说："误人子弟不正是我辈之本色？"

于是乎，本市的政党党员一旦流往外地，无不飞黄腾达，一下子从基层冒升至区代表、州代表、国代表，甚至当了国家部长。

至于财商界嘛，更是人才俊杰多方冒现。 什么"现代陶朱"、"商业奇才"之辈，更把本国的经济高潮推上另一个高潮，市面上一片大好。

廉耻、信义道德嘛！已经不是人们的衣着，人们赤裸着自我，顶着一张厚化了的脸。

除了注射液体的手术，张大夫还有一套专为高官富贾而研究成功的手术。

把屁股的两块皮肤割下，然后以神奇的技术把它们塞进脸皮下面去。 据张大夫的解说，这不止能让脸皮永远厚化，而且更能把笑容和蔼自然化，更其上者，经过屁股皮垫叠的脸皮，能使得当事人永远不会感受到别人投射过来的眼光的锐利，甚至不会因脸面的问题而感到内疚心痛；至于尴尬腼腆羞赧之情，更是遥远的事了。

当然，这一高超的手术是不可普及于大众的。

张大夫说：统治者与被统治者的关系不能不保留，所以这类手术也是保留给高官富贾这一阶层的。

在理解了张大夫的卓越美容技巧以及"做脸"的效果之后，作为国家领导人的总理，漏夜召开内阁会议，并议决即刻礼聘张大夫出掌国家人才训练局局长之职，不正是理所当然的对策吗？

当然，现在已经是90年代了嘛……

惶惶不可终日

[美国] 乔·尼科尔

人们曾对这世界仅是一知半解，然而那时的生活倒过得异常安宁……

从前，早晨起来后就美美地吃上一顿早餐，接着便吻别妻子儿女，驾车上班挣钱去。 但是现在，每天我们都会"获悉"一些糟糕透顶的"科学新发现"。 让我们从清晨开始说起吧。

据说：橘子汁不是好东西——含糖太多，而且其中的柠檬酸会腐蚀胃壁；鸡蛋含有阻碍血液从动脉流向心脏的胆固醇；而熏肉则更可怕了——全是动物脂肪！

面包充满淀粉——这将导致肥胖。 奶油也含有令人心悸的胆固醇。 橘子果酱同样含糖——当心您的牙齿将会全数剥落！

咖啡无疑会损害神经,并引起十二指肠炎。茶中的鞣酸会"老化"胃壁并使之僵硬。既然水中有氯,牛奶中有锶,那么早餐还是喝点啤酒保险——不过您最好喝听装啤酒,因为丢弃酒瓶又会使您背上"污染环境"的恶名!

您可以乘坐汽车或公共汽车上班,然而您怎能心安理得?难道您忘了使人心惊胆战的"大气污染"?难道您忘了我们的这座城市正被无数高速公路缠得透不过气来?奉劝您以步代车吧,可是请记住戴上帽子——要知道,阳光中的紫外线极易导致皮肤癌!

午餐的法则与早餐一样严峻。蔬菜上洒有杀虫药,鱼类身上渗有汞,而野禽的肌肉中则射满了有毒的铅毒!那么,喝一种奎宁杜松子酒倒是上策——真妙,其中的奎宁恰好能对付杜松子酒中的疟原虫!

傍晚回家后做些运动吧,不过您得谨慎选择——跑步会损伤脊柱的脊间盘,散步会引起足弓扁平,游泳对耳朵有害无益,而举哑铃无疑会加重心脏负担。

那么您只得喝点苏格兰威士忌充饥了!饭后您就看彩电——注意,您可千万别离电视机太近,可怕的辐射将会影响您的生殖机能……

(唐若水　译)

坟墓掩盖了医生的罪过

[土耳其] 阿·涅辛

医生靠活人

阿訇靠死人

我们来到一所市立医院门口。门前挤满了病人。被叫到就诊号的病人进入诊室。

一个中年妇女，后面跟着一个手拿就诊单的青年，他们进了诊室，把就诊单交给了医生。 医生诊断他们都得到 X 光室拍片。 臼齿齿龈化脓的妇女先拍，患肺病的青年后拍。 那妇女把就诊单交给医生就走了。

患肺病的小伙子拿了 X 光片在专科医生门口候诊。 现在挨到他了。 医生仔细地研究了他的 X 光片后说：

"你臼齿齿龈化脓，必须立即动手术。"

小伙子看着医生，大感不解。

医生解释说：

"就是说，你下腭左方有炎症，必须马上动手术。"

小伙子惊惶不已地说：

"可是我患的是肺结核啊……"

"可……不，不，绝对不是！你瞧，这是你的片子。 快去手术室吧！"

小伙子拿着片子走进手术室。

中年妇女的脸肿得像一面鼓，下腭用毛巾、纱布缠着。 她坐在专科医生对面。 医生看过她的片子后说：

"太太，你需要到疗养院去。"

那妇女由于牙痛，说起话来声音颤抖：

"不。 大夫！"

"没有别的办法，只有让你的肺多吸些新鲜空气，同时实行链霉素疗法。"

患肺病的小伙子被拨了三颗臼齿，腭骨也骨折了。现在他在另一个医生的对面。医生看了看小伙子新拍的 X 光片，说：

"你得了慢性关节炎。"

"大夫，我的肺……"

"不……你别捉弄自己了。如果你不吃我给你开的药，将有可能变成心脏扩大症。"

由于医院的清规戒律，那中年妇女又拿了别人的 X 光片，来到这所医院的另一位医生那儿。她的脸肿得十分厉害，连一只眼睛都睁不开了。医生研究了她的片子说：

"太太，你必须马上做外科手术。"

"不，大夫，我的脸，脸（女人哭喊着），我的脸！……"

"你失血过多！"

原来医生说她得了阑尾炎。她惨叫着，哭喊着，终于躺到了手术台上。

小伙子下巴缠着绷带。他由于服了治关节炎的药，产生了恶性反应，肺病进入了第三期，出现了咯血。现在，他坐在同一所医院的另一个医生面前。

这次他拿着小便和血的化验单，而医生七搞八搞把他的化验报告和别人的搞混了。医生看了化验报告，吃惊地说：

"你怎么还能站着，真使我太惊奇了！"

患肺病的青年由于进行了腭骨手术而变得呆头呆脑；由于服了治关节炎的药而面色苍白。他说：

"我也感到奇怪！"

"你的膀胱——就是尿泡和肾脏充满了结石。得马上做手术。"

"啊?! ……"

"别乱叫,所有的病人都是这样,对自己的生命毫不考虑。"

年轻人瘸着腿,呻吟着走向手术室。

中年妇女做了阑尾手术,脸仍然肿着。因为肺里强打了空气,呼吸十分困难。她又拿着别人的 X 光片,坐在医生对面。医生说:

"赶紧用理疗。"

妇女垂着头说:

"用吧,大夫……"

"你的腿不做手术的话,性命可难保了。"

女人呻吟着躺上了手术台。

我们来到医院的医务委员会门口。经过治疗的许多病人:聋子、瞎子、癞子、瘸子等等残废人都在候诊。我们看到那个患肺病的小伙子已断了气,躺在担架上,两个护士把他抬到了里间。穿着白衣的医生围着一张铺了绿色线绒的桌子看关于这个青年的病历报告:

"病人原先做过子宫手术,以致不孕。现经再次手术,已生三个孩子。由于医疗条件有限,婴儿都已……特报。"

躺在担架上的小伙子被抬到了外面。他被医学上证实业已死亡,他的尸体被批准给实习生们用来作解剖实验。

面无人色的中年妇女一条腿已被截去,她拄着拐杖来到医务委员会。一个医生念着病历报告:

"经设备完善的本院诊断，证实该病人健康完全正常，只是为了逃避兵役而乔装病人。 特报。"

由于只有一条腿而站不住的中年妇女跌倒在地上了。

（吴克明　译）

谢弗兰与普鲁士国王

[法国] 福楼拜

你的祖父从来没有对你讲过普鲁士国王腓特烈吗？他是一个枯瘦驼背的男人，头发灰白，总是拄着一根白藤长手杖。 他穿一套绿色服装，衣领从来不刷，征服波美拉尼亚时就穿这身衣裳，现在已经全都磨损，由于有一条长辫子一直拖到背后，便把衣裳弄得更脏。 这个具有广泛天才的人，看起来不只是致力于征服与作战，他不仅有时间给伏尔泰写信。 啊！这你是知道的，而且抽空跟朝臣们开玩笑。

一天，他把谢弗兰召来，交给他一个小盒子；同时亲切地说道：

"谢弗兰，我始终把你看作我忠诚的朋友，送这件小东西给你，聊表谢意。"

你很想知道这个盒子里装的是什么东西；等一会儿，我就讲给你听。

这是一个黄檀木做的小盒子，上面镶嵌着黄金和宝石。

谢弗兰把盒子带回家中，迫不及待地把它打开，既没有看见封他为将军的委任状，也没有看见银行的钞票、一枚勋章、一把匕首、晋升贵族的诏书、掌玺大臣公署官员的任命书，甚至没有发现一枚金币、一个戒指、一件普通的首饰、最微小的东西、最蹩脚的恭维话。 但是,盒里放着的是一幅微型细密肖像画:鼻孔朝天,嘴巴张得很大,就像在大喊大叫,耳朵优雅地逼向颈脖,大眼睛呆滞地睁开着,画得惟妙惟肖。

这不折不扣地是一个驴子的完整肖像。

看到这幅肖像,谢弗兰沉默不语,他全部的希望落空了,所有的幻想都烟消云散了。 啊!多少雄心勃勃的幻想、希望和梦想,如雾一样消散了!啊!多少宏伟抱负的幻想、希望和梦想,竟然在……一个驴头像面前化为乌有!

他于是思绪万千,不是想起驴子,而是想起那个人。

他想,国王把他尽力效忠的事完全给忘了,抛弃出生入死的老战友,他不由得潸然泪下。 噢!面对这个驴头,他不知流了多少伤心的泪水!

随后,他转念一想,国王是想开开玩笑吧,他于是破涕为笑,由于面对一个驴头……人们怎能不大笑;后来,为了看得更清楚些,他把那肖像拿到窗户旁观看。 怎么不把驴头像公之于众呢?

然而,他决心进行报复。

请想象一下几个月以后的情形。 在普鲁士国王举行的宴会上,到了吃餐后点心的时候,谢弗兰从口袋里拿出一个盒子,那是上次装过驴头像的小盒,但是它这次是打开着的;每位宾客都从盒子里取出一张细密肖像画,先仔细端详国王,然后把目光移向肖像画,说道:"是呀,这正是他,半张开着的嘴巴仿佛在说话;这正是他,鼻孔很大,睁着大眼睛。"

那小盒子终于传到伏尔泰手里,他以哲学家的身份,特别大声地对国王说道:

"啊！陛下，我还从来没有见过画得如此逼真的。"

国王回忆起自己送给谢弗兰的礼物，认为这是故意报复；他愤怒得直跺脚，气得满脸通红，终于按捺不住，冲向那肖像画，看了一会儿，接着说道：

"我把自己的肖像错当作驴头像。"

然而，大家一致承认，国王的头跟驴子的头没有什么大的差别，既然那个头的所有者自己都弄错了。

(郎维忠　译)

一部犯罪小说的梗概

[捷克斯洛伐克] 哈谢克

"话说朱杰普·鲍洛到了特利也斯特之后，由于钱囊已空，便向旅馆老板比托尔聂尼冒充自己是奥拉里赫·封埃真菲尔斯伯爵。旅馆老板有个漂亮的女儿柳奇雅，对冒牌伯爵非常钟情。不料早先当过水手的洛林佐却识破了鲍洛，并且还掌握了他的一件秘密。原来鲍洛曾经杀死过他姐姐的姘头和姘头的三个同伙。朱杰普·鲍洛深恐旧案重发，索性仗着酒胆对比托尔聂尼吐露了真情。于是他们便结成一伙，发誓要毒死洛林佐。后来他们又串通了柳奇雅，终于对洛林佐下了毒手。晚上，他们把洛林佐的尸首装进麻袋，运往荒山，打算扔下深渊。

"谁知他们刚刚站到悬崖边上，就被一个宪兵发现了。那宪兵纵马前来察看究竟。柳奇雅却用匕首刺穿了他的胸膛，救了大家。他们正在把洛林佐和宪兵的尸首扔进深渊，不料那匹失去主人的马突然引颈长鸣，顿时引来了一阵得得得的马蹄声，又出现了一个宪兵。 说时迟，那时快，朱杰普·鲍洛一枪打死了他，大家便平安回家了……底下的，我还没有写呢，出版家先生。"

这时，犯罪小说出版家托马斯却不客气地嚷了起来，嚷得那位坐在他对面的青年作者皱着眉头瞅了他一眼。

"咳，你知道吗，这简直是不合情理的呀，克朗斯基先生！下文究竟如何？剩下的尸首究竟怎样处理？不，我看你的那些人物最好是站在原地不动，因为枪声又招来了一支宪兵巡逻队。 于是展开了一场鬼哭狼嚎的恶斗，结果拧下了好些人的脑袋来，诸如此类。这就是我的构思，你明白吗，小伙子？还有，你对火器的处理真可以说是太粗心啦，竟在深更半夜，手上还有一具打算扔进深渊的尸首的时候开起枪来，更何况又是在刚杀死了一个宪兵之后呢。 这是一个错误，一个绝大的错误。 这样他们马上就会暴露自己。 既然你的柳奇雅精通刀法，干吗不让她去把第二个宪兵也捅死呢？"

托马斯站起身来，靠着桌子，在这食客寥寥的咖啡店里便声震屋瓦地响起了他那愤激之声：

"我再问一次，干吗你不把第二个宪兵也用匕首捅死呢？一刀捅进他的胸膛不就完事了吗？其实不用说你也应当知道，老一套是不行的。 那只能怪你还年轻！你该知道那位已经作古的霍尔华特的吧！那才是个使用匕首的能手哩！他只用匕首和毒药两样东西，就让德国从一九九〇年一直横行到一九九五年。 夜半枪声会使你陷于骑虎难下的窘境，看你怎样爬下这个虎背来！我忝为你的长辈，不得不指教你一番。 你很有才能，并且我也深信局面还可以收拾。他们应当及时隐蔽起来。 但在这场乱子发生以后要他们再回到城里显然是不行了，得另想办法。 我看就索性一不做二不休，让他们去抢劫，去杀妇女和儿童吧。 也可以先让柳奇雅落网，然后再救出来；精彩的就在于进城去劫柳奇雅的牢，把卫兵干掉。 干这件事我看还得用橡皮棍子打好，可千万别开枪，不然你又会自讨苦吃——开枪就乱啦。"

"请您放心，我决定不再开枪了，"那青年作者答道，"承蒙您的指教，多谢多谢。 不过可以用毒药吗？用哪种毒药才能杀人不露痕迹呢？"

"你这一问就完全表明了你还是一个初出茅庐的角色，没有半点已故的霍尔华特的实践经验。 任何毒药都会留下痕迹，一验尸便能发现。 不过这并不碍事，就让别人去验尸好啦，哪怕是把马钱素毒发现出来也不打紧。 和毒药打交道可得多加留神。 最好是先毒杀一些有钱的亲戚，但也不要操之过急，这样才格外有味。 还有，当你干掉卫兵将事情办妥之后，可别忘了咱们这个时代时兴抢银行。 银行职员可以全部用哥罗方麻醉，也可以暗暗地给他们打上一针库拉烈。 那又厚又重的钢制保险箱可以用甘油炸药炸开。 然后你就可以开枪啦，这时手枪才真正有用呢；喵，勃朗宁可真棒！至于袭击火车也非常带劲。 最后再打进公共场所，比如剧院、饭店、咖啡馆等等，把那些胆敢违抗、舍不得交出钱来的人通通干掉，毫不留情，就像杀猪、杀狗那样。 对，就像杀猪、杀狗那样，小伙子。 好，现在我祝你成功。"

他俩起身离座，不禁惊异万分。 只见咖啡店的老板和食客，还有一个堂倌和一个小孩在他俩身旁跪成一圈，一律双手高举，诚惶诚恐地恳求他俩行点好，高抬贵手饶了他们。

（水宁尼　译）

琼斯的惨剧

[加拿大] 里柯克

有些人——非指你、我，因为你、我都很能自持——但有些人，到别人府上拜访或与人共度良宵时，总是难以告辞。当客人感到时候差不多，应该走了，会突然起身说：

"嗯，我想，我该……"

这时主人会客气地说："哦，现在就要走吗？还早嘛！"客人也就犹豫不决，欲走不能，其情可悯。

如此伤心事，据我所知，最惨的莫过于我那可怜的朋友琼斯的下场了。琼斯是个牧师，年少可亲，才二十三岁啊！他简直无法从别人家里脱身，他太老实，不会撒谎；太诚心，唯恐失礼。事有凑巧，这回他在暑假的第一天下午就到朋友家做客，这以后他将有六个星期的悠游自在。在人家那里，他聊了一会儿，喝了两杯茶，就开始振作精神准备告辞。突然，他冒出了一句话：

"嗯，我想，我……"

但是女主人说："哦，不！琼斯先生，您难道不能多坐一会儿吗？"

琼斯一贯诚实。"哦，可以，"他说，"当然，我，嗯……可以多坐一会儿。"

"那就请别走了。"

他又坐下来，喝了十一杯茶，夜幕已降临了，他又再次站起来说：

"嗯，"他不好意思地说，"我想现在我真该……"

"您非走不可吗?"女主人有礼貌地说,"我还以为您也许能赏脸,留下吃晚餐呢。"

"哦,我其实也能,您知道……"琼斯说,"如果……"

"那就请留下吧,我相信我丈夫一定会很高兴的。"

"好吧,"他有气无力地说,"那我留下。"于是,他又满腹茶水、满怀悲伤地坐回原位。

男主人回来了,他们共进晚餐。一边吃,琼斯一边盘算着无论如何八点半钟要离开这里。琼斯如此沉默寡言,主人一家都感到疑惑不解:到底琼斯是生性呆笨,外加脾气乖戾呢,还是仅仅生性呆笨而已?

饭后,女主人竭力想引琼斯说话。她给他看照片,让他观赏他们这一家的"博物馆"里的几百件珍品:男主人的叔叔和婶婶的照片、女主人的兄弟和小侄子的照片、男主人的叔叔的朋友穿着孟加拉军服的一张十分有意思的照片、男主人的爷爷的伙伴——狗的一张拍得很好的照片以及男主人在化装舞会上打扮成魔鬼的一张非常丑恶的照片。

到八点钟,琼斯已仔细看过七十一张照片了。大约还有六十九张他没有看过。琼斯站起来,"我现在该告辞了。"他恳求道。

"怎么,走了?"他们说,"怎么回事?现在才八点钟,您有事吗?"

"没有。"他老老实实地承认,嘴里又嘟嘟哝哝地说什么逗留六个星期之类的话,继而惨然失笑。

正巧这个时候,大家发现他家的宠儿——那十分可爱的小男孩儿把琼斯的帽子藏了起来。于是,男主人说琼斯非得留下。他请琼斯和他一起抽烟斗聊天,而事实上,只是他自己抽个不停,说个没完。 即使如此,琼斯还是继续坐着。

琼斯时刻都在想采取断然行动脱身,但又做不到。 不久,男主人开始对琼斯感到厌烦了,终于嘲讽地说,琼斯最好留下来过夜,他们可以给他搭个铺。 琼斯误解了他的意思,含泪向他道谢。 男主人于是让琼斯睡在客房里,心里却在痛骂他。

第二天早餐后,男主人到城里上班,留下琼斯在家和孩子玩。

琼斯心都碎了,精神上垮了。 整天想着要走,精神负担很重,但又根本做不到。

晚上,男主人回来,看到琼斯还在,又吃惊又生气,想开个玩笑把他撵走。 于是他说,他觉得该收琼斯的伙食费了,嘻嘻!没想到这位郁郁不乐的青年神色张皇地瞪了他一会儿,竟然握住他的手,预付了一个月的伙食费,随即忍不住像孩子般抽抽噎噎地哭起来。

以后的日子里,琼斯阴沉忧郁,对人疏远。 他老待在客厅里,因为缺乏新鲜空气、缺乏运动,健康开始受到影响。 他以喝茶、看照片消磨时光。 有时他会一连站好几个小时,呆呆地望着男主人的叔叔的朋友穿着孟加拉军服的照片——和他说话,有时甚至狠狠地骂他。 显然,他的精神开始崩溃了。

最后,他垮了。 他发高烧,神志不清,人们把他抬到楼上。此后病情恶化,十分可怕。 他谁也不认得,连男主人的叔叔那个穿孟加拉军服的朋友也不认得了。

有时他会从床上蓦地坐起来,尖叫道:"噢,我想,我……"然后令人毛骨悚然地狂笑着,又倒在床上,顷刻,他又会跳起来大叫:"再来一杯茶、一些照片!哈!哈!"

经过一个月的极度痛苦,在假期的最后一天,他终于去世了。

据说临终时,他从床上坐起来,满脸笑容,充满信心地说:"啊,天使在召唤我;对不起,现在我可真该走了。 再见。"

他的灵魂冲出牢笼时,其迫不及待、神速异常有如猫儿遭到追捕,一跃而飞越花园篱笆。

(晓 兰 译)

新鲜空气

[美国] 阿·布奇沃德

烟雾曾经一度是洛杉矶最大的吸引力,而现在则遍及全美国,人们都已习惯于这种被污染了的空气,以致呼吸别的空气反而感到很困难。

最近,我到各处讲演,我停留的地方,其中之一就是亚桑那州的费拉洛斯塔夫,那里海拔大约一千米。

走出机舱的时候,我立即就闻到一种独特的气味。

"这是什么味道?"我问了一下接我的人。

"我什么也没闻到。"他答道。

"有一种很明显的气味,这是我所不能适应的。"我说。

"啊,你讲的一定是新鲜空气。 许多人从飞机上走出来就呼吸到他们从未呼吸过的新鲜空气。"

"这会怎么样呢?"我不免有所顾虑地问。

"没关系。 你刚才呼吸的就像别的空气一样,这对你的肺部会有好处的。"

"我也听过这种说法,"我说,"不过,这要是空气的话,我眼睛为什么不淌水呢?"

"对于新鲜空气,眼睛是不会淌水的,这就是新鲜空气的优点;你还可以节省许多优质纸揩眼泪。"

我环顾周围一下,各种物体一片清晰明澈,这可是一种奇特的感觉——我反而感到非常不舒服。

我的主人意识到这一点,他想使我消除顾虑,说:"请不必担心。反复试验证明,你可以日日夜夜呼吸新鲜空气,对你的身体是不会有任何损害的。"

"你刚才所讲的,无非是想让我不要离开这里,"我说,"在大城市生活过的人,谁也不能长时间待在有新鲜空气的地方,他忍受不了。"

"好吧,新鲜空气要是烦扰你的话,你为什么不给鼻子揞上一块手帕而用嘴巴呼吸呢?"

"对了,我要试试。不过,如果我早知道要到一个除了新鲜空气外便没有别的空气的地方的话,我就应该准备好一个外科手术用的面罩。"

他们沉默地开着车。大约十五分钟后,他问道:"现在你觉得怎么样?"

"是的,我想对了。现在可以肯定,我不打喷嚏了。"

"这里是不需要打什么喷嚏的。"这位陪同的先生承认说。他又问道:"你原来那地方是不是要打大量的喷嚏?"

"老是要打。有些日子,整天要打。"

"你喜欢打喷嚏吗?"

"打喷嚏并非必要,可是,你要是不打,你就会死亡。——请问,这一带为什么没有空气污染呢?"

"费拉洛斯塔夫人大概吸引不了工业的光临。 我猜想我们确实是落在时代的后头了。 当印第安人相互使用通讯设备的时候,我们费拉洛斯塔夫才开始嗅到仅有的一点儿烟尘;可是风似乎又把它吹跑了。"

新鲜空气实在使我感到头晕目眩。

"这周围有没有内燃机汽车?"我问道,"让我呼吸几个小时也好。"

"现在不是时候。 不过,我可以帮你去找一部载重汽车。"

我们找到了载重汽车的司机。 我暗中塞给他一张五美元的钞票。 于是,他让我把脑袋凑近汽车排气管半小时,我立即就恢复了充沛的精力,又能够和人家长谈了。

离开费拉洛斯塔夫,再也没有人像我这样高兴了。 我的下一站就是洛杉矶,当我走出飞机的时候,我在充满烟雾的空气中深深地吸了一口气,我的双眼开始出水了,我开始打喷嚏了,我觉得又像一个新的人了。

(郑 恩 译)

蟑螂王

[新加坡] 董农政

我最怕蟑螂了。 但是,我还是说服了一只长七公分的蟑螂去参加一项比赛……

有人怕老鼠,有人怕壁虎,有人怕猫,有人怕狗。

我最最怕的,是蟑螂。

但是当我看到那只蟑螂王,我对蟑螂的无名恐惧立刻消失得无影无踪。

它在白色的云石地板上犹豫着前进,显得它特别突兀、特别黑。 估计它至少有七公分的长度,所以我叫它蟑螂王。 也正因为它足以称王,所以潜伏在我心中的那股应有的惧怕,一下子就彻彻底底地撤走了。

我勇敢地伏向云石地板,勇敢地将整张脸、将鼻尖尽量地靠近它。 它那独有的令人厌恶的千年腥臭,波浪似的袭入我的嗅觉。我忍着,加强勇敢的程度。

在短短的时间里,它以那千万年来不曾改变的充满敌意的步伐,连连向后退了三次。 毕竟人类是它们的最大敌人。

最终,它还是被我最有力的一句话说服了。

坐在"灭掉它"杀虫剂主办的"最大蟑螂竞赛"的参赛者席上,我显得信心十足。 当然参加这项比赛的,不可能是我,而是我的蟑螂王。

之所以信心十足,是因为其他参赛者的蟑螂都是被抓来的;我的蟑螂王却不同,它是自愿来的,而且非常乐意参与这项赛事。 被抓来的,当然心不甘情不愿,在长度上已无形中短了半截,又如何能夺标。 蟑螂王就不同了,看它神采飞扬,教我如何不信心十足。

看它那模样,也不知用什么方法,将宽大漆黑的背部,粉饰得油亮的,像旧时代的时髦青年涂满生发油的头发,神气得可以。

连过七关,它的分数仍然比其他蟑螂高出许多。 单单那七公分的长度,就已叫评判团刮目,更别提它那弹跳飞跃的表演了。

评判团终于把冠军判给了它。 当然,那一万元的奖金就纳入了我的口袋里。

主办当局对我说,奖金给了你,蟑螂王就归他们的了。他们要利用蟑螂王做一项噱头十足、宣传味道很浓的实验——将蟑螂王关在充满"灭掉它"杀虫剂的空间里,以证明连蟑螂王也要屈服于"灭掉它"的威力之下。

蟑螂王在那空间里挣扎了好几下,翻过身来,死了。

最后是众记者围上来,争着问我用什么方法训练出这么一只蟑螂王。

我对众记者说,我只告诉蟑螂王一句话,它就为我卖力了。当然它是不曾预料到,连命都要卖掉的。

那句话是:

你宏伟的外形能够解除人类对你族类的敌意。

扔掉可惜

[日本] 齐藤肇

我左手因事故彻底毁掉了。本来早已死心塌地就这么着终此一生了,可是有一次身边传来了这方面的喜讯。

据云:有个医治伤残的最新式医院,可以将身体失掉的某一部分修复如初。于是我便决定试一下。

医院是座洁白而干净的大厦。院长是位有点神经质、面色苍白而瘦削的男子。

"只要把左手进行移植手术,就能修复得完好如初!不过,这要花费好大一笔费用呢!"

"花多少钱都无所谓!拜托了……可是从哪儿弄到这一只手呐?

是假肢，还是什么？"

"别担心！当然是用您自己的手啰！'克隆'这玩意儿您知道吗？"

所谓的"克隆"，是通过细胞增殖手段制造"复制人"的技术。 在人的基因中因为含有制造人类的信息，所以如将其培养，理论上，是可以制造出同一个人出来的……

"咦？这医院就是制造'克隆人'的？那就是说，从我这只手的切除部位可以重新长出一只新手出来啰！对吧？！"

"不对。 那是不可能的。 培养的细胞，需要特殊的条件，并不是把您的整个身体都浸到那种培养液中去。"

"那，该怎么做呐？"

"使用'克隆'技术，重新制造左手，然后把它进行移植。 反正是自己的肉体，所以移植大多是成功的。"

院长用手术刀采了细胞。 他一边往一只箱子上贴标签一边说："好了！制成左手尚需三个月时间。 到时候会通知您的，那时请您再来。"

三个月后，手术进行得很顺利，终于成功了。 虽然是只多少有点显得白嫩的手，但手的活动自如同前。

"院长，太谢谢您了。 不愧是最高超的技术啊！"

可是院长却一脸心事重重的样子。

"怎么？有什么问题吗？也许今后会有什么副作用？"

"不，不是因为这个。"

"这不是蛮好吗？这不，左手已经完好如初了嘛！"

"不过，这技术的费用过于巨大了呀！照这样下去，不是谁都能负担得起的呀！"

"唔，原来是为了这个呀！不过，过不了多久，费用会逐渐降低的，不是吗？"

"是啊，要是能减少浪费的话嘛，多少还总算是……"

院长那苍白的脸上，眉宇之间皱起一个川字。院长的这番话，勾起了我的好奇心，便刨根问底地询问院长。于是院长终于泄露了秘密。

"是这么回事儿。根据现有技术是不可能只培养出您的左手的，想尽了办法还是培养出了一个整个儿的您。"

"那其余部分呢？"

"全扔掉了，真可惜！要是把您作了销毁处理就省事多了！"

(郭允海 译)

多余的最后一句话

[苏联] 菲·韦伯

我完成了一项新发现，这新发现的水平，达到了国家级奖的边缘。下面，我说说它的内容。有个贤明的民间谚语："言语是白银，沉默是黄金。"我绝不否定这个谚语，但是我想对它进行下述修正。言语，也就是我们说出的话（这也是我的新发现的内容之一部分），也是黄金。不过，只当一个人不说那多余的最后一句话的时候，言语才是黄金。

我谈谈最近发生的一件事，作为例子。今天，我吃完早点后，对妻子说：

"亲爱的，谢谢你。所有的东西都很好吃。"如果我的话说到这里便打住，就好了，可惜我又补充了一句："不过，我觉得，燕麦粥有点煮煳了。"

您用肉眼即可看出,我的最后一句话,把事情完全搞糟了。我妻子立刻把话题一转,从煮煳的燕麦粥扯到了我的几位近亲身上,使我知道了许多有关他们的奇闻逸事……

这种例子,可以举出成千上万,但是,我想,您一定已经明白了:每个人都应该学会控制自己的发言的最后几句话,因为它们具有阴险的特性,能把我们的话从黄金变成白银,变成铜、水银、铅、尘埃、炉灰,甚至变成灰烬。

在我乘电车到大学去的途中,我一直琢磨这个问题,准备给自己的新发现做个结论,这时,忽然听见有个小伙子问道:"请问,这辆电车去火车站吗?"

"是的。"一位围狐狸皮围脖的太太回答。

"怎么会去火车站呢!"另一位穿人造皮大衣的太太反驳她说,"这辆车回去的时候才经过火车站!现在它去肉食联合加工厂。世上竟有这种人——不知道,还乱说!"

好嘛!干吗非要说这多余的最后一句话!那位太太搞错了,记错了方向,其实这没什么大不了的,谁没有这种时候!——给她纠正过来,就得了,何必挖苦她?!

"是的,我搞错了方向。"围狐狸皮围脖的太太回答。如果她说到这儿就打住,也就平安无事了,但是她加了一句:"敢情您是个下贱货!"

穿人造皮大衣的太太紧跟着就回敬了一句:

"跟我说话的才是呢!"

围狐狸皮围脖的太太大嚷大叫起来:"你是个大笨蛋!"

总而言之,从他俩嘴里冒出来的,全是多余的最后一句话了……

车上有个知识分子模样儿的人——一位大学教师,想对乘客们起点文化作用。

"请你们别吵了,"他用几乎是温柔的声调说,"告诉了年轻人车往哪儿走,就该谢谢你们了。都别说了,两位太太看上去挺叫人产生好感的……"

唉!如果可尊敬的大学教师只说这几句,就好了!唉!如果那样,就好了!如果那样的话,他的金子般的话就可能被大家正确地接受,电车上就可能恢复宜人的安静,可惜他认为有必要把话说完:

"……看上去挺叫人产生好感的,想不到竟是如此令人发指地不文明!"

两位太太气得简直要从她们的冬装里跳出来了:

"打哪蹦出来这么个文明人!"

"大知识分子,怎么不坐出租车!"

"您干吗说我是大知识分子?"大学教师决定显示一下自己说俏皮话的本领,"说不定我和你们一样下贱呢!"

好家伙!这最后一句话惹出了什么样的风波呀!

不由自主地引出这出闹剧的"罪魁祸首"——年轻人,试图恢复电车上的秩序。

"我很感激,你们向我说明了到火车站应该怎么走。"他说。本来说到这里完全可以打住,但是他接着说了下去:"要是我知道你们会大吵大闹,与其问你们,我还不如上吊呢!"

围狐狸围脖的太太一听,就炸了,决定揍小伙子,连穿人造皮衣的太太一块儿揍。

到这时,我不能不干预了。

"朋友们!"我叫道,"你们全是好人。你们说的话,全是好话。 糟糕的是:你们不能及时把伤害别人的最后一句话咽回去。你们应该学会不说这种多余的最后一句话。 那就万事大吉了。"

"怎么又蹦出一个人!"两位太太合唱一般异口同声地说。

"最好别教训人!"大学教师补充了一句,他是知识分子呀! 年轻人突然大发脾气。

"大叔,你还是住口吧!"他大声喊道,"多余的最后一句话! 这辆电车上的乘客,除你之外,全是傻瓜,是吧? 眼镜蛇!"

(王　汶　译)

法律门前

[奥地利] 卡夫卡

法律门前站着一个守门人,一个从乡下来到这儿的人要求进去,但是守门人说现在不能让他进去。 乡下人想了一下问道:"那么以后能进去吗?"守门人说:"可能吧! 但是现在不行!"因为通往法律的大门是敞开着的,而守门人又站到一旁去了,于是从乡下来的这个人就弯下腰来,想看看里面到底是什么样子。 守门人看到他这么做,笑了。 他说:"如果这事对你有这么大的诱惑力,那你尽可以不管我的禁令,进去看看。 不过你要注意,我的权力很大,而我只不过是最底层的守门人。 从一个大厅到另一个大厅都有看门的,他们的权力一个比一个大。 就连我,到了第三个守门人那儿便看也不敢看他一眼了。"从乡下来的这个人没想到进入法律之门会有这么多困难。 他想,法律不是该随时随地对每一个人都开放的吗？但当他仔细看着穿皮大衣的守门人，看着他那大大的尖鼻子，他那细长的黑色的鞑靼胡子时，他便决定情愿等下去，等到得到允许的时候再进去。守门人给了他一张小板凳，让他在门旁坐下。日复一日，年复一年，他就这么坐等着。他多次试着要进去，守门人也被他弄得不胜其烦。时而守门人也对他做一些小小的审讯，询问关于他家乡的详细情况，又问了许多其他的事，就像大人物那样，用那么一种漠然的态度询问他。而每次到最后总要告诉他，现在还不能放他进去。这个人从乡下来的时候带着各式各样的东西，所有这些东西，不管有多贵重，他都用来贿赂守门人了。守门人也收下了所有的贿赂，不过每次都说："我收下这些东西，是为了让你觉得，你能做的你都做了。"在这许多年里头，这个人几乎总是毫不间断地观察着守门人。他忘了其他守门人的存在，这守第一道门的人便成了他进门的唯一障碍了。在早几年里，他毫无顾忌地大声咒骂这不幸的偶然事件。后来，他渐渐老了，只能自语自言、喃喃有词地埋怨了。在常年的观察中，他觉察到守门人皮衣领上有跳蚤，于是便向跳蚤请求起来了，求它们使守门人改变主意，放他进去。最后他的视力弱了，但他不知道到底是周围真的暗下来了呢，还是他有幻觉。不过在这片昏暗之中他却看见从法律的门里射出一道金光。现在他活不长了，临死之前，这些年的经历在他脑海中汇聚成一个他还没有指出过的问题。他身体僵硬得坐不起来了，便用手把守门人招呼过来。现在他们之间高矮的差别显得对这人更加不利，守门人不得不弯下腰去。"你现在还想知道些什么？"守门人问："你真是不知足啊！"这人说："不是所有的人都在寻求法律吗？但是这许多年里，怎么除了我，再也没有旁人来要求进入这道门呢？"守门人看出，乡下人已快要断气了，为了让他能听得见，便大声对他喊道:"这个大门没有他人能进得去,因为它是专门为你而开的。现在我得把它关起来了。"

(谢莹莹 译)

特 技

[日本]星新一

电视台的新闻广播员,某日,一如往常,刚要播放稿件,竟违背自己的意志,信口开河起来。

"下面报告新闻。发现了一起行贿受贿案件。据报,K企业定期向主管机关的高级官员重金行贿……"

播后,电视台内部掀起了轩然大波。有人问他:

"你为什么讲了原稿上根本不存在的事儿?"

"我也不知道,是无意之中说出口的。是脑袋出了毛病吧?"

"脑袋出毛病?真丢人,人家会抗议的。胡说下去,我们电视台就会威信扫地。"

电视台里的人都吓得面色如土,广播员也静等着革职。然而,奇怪的是压根没有人打来电话表示抗议。

不仅如此,电视台还得到情报说,电视台点名的那几位高官已经引咎辞职。还听说,对此报道半信半疑的警方,在K企业进行搜查,很快就发现了行贿的证据,立即逮捕了嫌疑者。

电视台里的气氛一下子变了,肯定播音员最先报道了爆炸性新闻;赞许的呼声代替了责难。

"真是惊心动魄!你说的全是事实,你是怎么知道的?"

"我也不大清楚。只是这个念头在脑子里一闪,就变成话语脱口而出了。"

"说不定这是特技哪。你具有发现暗地违法的能力。今后可要大力发挥你的才能哟，我们电视台的观众，会一下子增多的。"

"噢，但不知能否一帆风顺。"

第二天的新闻节目时间里，这位广播员又胡说起来：

"播送去年偷税者前十名名单。第一名……"

随后，不仅播放了偷税的金额，还详细地报道了他们偷税的手段。这次又给他说中了。

税务署的人员立刻出动，不费吹灰之力就获取了证据。于是，这个新闻节目大受欢迎，听众和观众不断打来电话，一个劲儿地打气。

"了不起，是大众的战友！用你的特技，毫不留情地把那些坏家伙揪出来，让我们大家心里痛快痛快！"

这位播音员便住在电视台，每天三次上电视，每一次他都报道头一条爆炸性新闻，声望越来越高。

但是，接连几天，他的身体便支持不住了，每周都想方设法地请假。他打算回家。可是就在他回家的一路上，不管是谁，一见了他便逃之夭夭。

有的也许骗取了公司的差旅费，是违章乘车的人；装病不上班、学生时代考试作过弊的，骗过女人的等等，全都有点儿什么把柄。他们不愿接近这位电视台里最有威信的播音员，也许害怕自己的弊端也被宣扬出去，那就吃不消；因此，尽作鸟兽散了。

他心神不快，总算回到了家。但，妻子不见了，据说前几天就逃之夭夭。特技即使对她，也毫不例外。

（郭富光　译）

我吞下了国家机密

[土耳其] 阿·涅辛

我家在市场上订购了肥皂、奶酪以及其他一些东西。我到"埃及市场"拿了订购的肥皂,从"鱼市"拿了奶酪,又在市场上买了一公斤葡萄,一起拿了回去。到了晚上家里人突然问我:

"孩子,你没有写字的纸啦?"

"这是打哪儿说起啊,纸还能没有吗?"

"那你怎么在肥皂上写字呢?"

我面前放着两块肥皂,肥皂上真的有字,还是用打字机打的呢!

"这是怎么回事!肥皂上能打字吗?"

我想,这准是肥皂工厂又在搞什么新花样做广告吧!

我想看看上面写的是什么,但肥皂上的字是反的,细细辨认以后才发现原来是有关国家机密的一份报告,写的是:

××专阅,机密。

……阁下:

用密码发来的问题,已请教有关专家,现将他们的报告摘要报上。……由于事属机密,特派专人呈送。

这一下我们家的人都十分惊慌,因为我们在无意中知道了国家的核心机密。我正在想:"现在可如何是好?"突然有人又指着奶酪说:"看,这又是什么?"

那块奶酪上也有一些反写的字迹,而且最前面还有两个红新月标记,它比肥皂上的机密程度更高。我们全家都惊恐万状,茫然不知所措。

"啊呀,"我惊叫起来,"有人给我们设下了圈套,我们要马上销毁这两块奶酪,还有肥皂……"

"那把它们扔到街上去算了!"

"不行,被人看见了怎么办?"

"那就给捡垃圾的吧!"

"你疯了吗?那会被人抓住的!"

最后还是决定把它吃下去,于是我们马上像吃果子似的把两块奶酪吃了下去,就是说,我们把国家机密吞到肚子里去了。

吃的时候还有一个人在窗口负责观察外面的动静。

但是,肥皂可没法吃,于是半夜我们又全家动手,洗了好多衣服,把肥皂都溶在水里化掉了。

正当我们惊魂稍定的时候,有人又惊叫起来:

"这是什么?"

原来,小贩给我装葡萄的纸袋也是用写有机密材料的纸做的。已经可以肯定,我们是落入人家的圈套了,全家都战栗不已。我们马上把这个纸袋扔进炉子烧掉了,然后乘谁也没注意,把灰烬扬到了街上。

现在他们要是来搜我的家,就不会找到任何有关国家机密的东西了。

"这样好是好,可要是他们给我们做 X 光透视怎么办?"

"那怎么啦?"

"他们就会知道我们把东西吞下去了,还会认出胃里奶酪上的字迹!"

我们全都惊呆了,谁也拿不准他们会不会这么干。于是我们每人都喝了两杯泻盐，结果我是第一个见效的。我们用这种办法算是一劳永逸地摆脱了这些机密材料的纠缠。

等到我把卫生纸拿起来一看……上面是什么，你猜得着吗？……是美国专家写的关于土耳其石油情况的秘密报告，没错，就是这份报告。

后来的事我就记不清了，好像我赤身裸体从厕所一下蹿到了街上，半夜里有人喊了声"有疯子"，就把我抓住了。

我能不害怕吗？这是国家机密啊！而且还是带两个新月标记的"××专阅"的机密！……

（徐 鸥 译）

有什么新鲜事吗？

［匈牙利］沃尔克尼

一天下午，布达佩斯公墓第27区14号墓穴上近三百公斤的墓碑轰然一声，倾倒在地。接着墓穴豁然裂开，原来是躺在里面的哈伊杜什卡·米哈伊夫人——诺贝尔·施蒂芬妮亚（1827—1848）复活了。

尽管因为风吹雨淋，墓碑上的字迹多少有些剥落，但她丈夫的名字也还是可以看得清的。可不知道为什么，他没有复活。

因为天气不好，在公墓的人不多。但凡是听到声音的人都过来了。这时，这位少妇已经掸去身上的尘土，向人借了一把梳子正在梳头。

一位带黑面纱的老太太问她："你好吗？"

"谢谢，很好。"哈伊杜什卡夫人说。

一位出租汽车司机问她渴不渴？

这位刚活过来的死人说，现在不想喝什么。

确实，布达佩斯的水味道实在无法恭维，他也不想喝。——司机发表他自己的看法。

哈伊杜什卡夫人问司机，他对布达佩斯的水为什么不满意？

因为用氯消的毒。

"用氯消的毒。"花匠阿波斯托尔·马朗纪科夫点点头（他是在公墓门口卖花的），所以他那几种高级花只好用雨水来浇。

这时有人说，现在全世界的水都用氯消毒。

说到这里，没有人接话了。

那么有什么新鲜事？少妇问。

什么新鲜事也没有，人们说。

又沉默了，这时下起雨来。

"您不怕淋湿吗？"做钓鱼竿的私营手工业者德乌契·德若问这位复活者。

不要紧，她还爱下雨天呢。

老太太说，当然，也得看下什么雨。

哈伊杜什卡夫人说，她喜欢的是夏天那种凉丝丝的雨。

但是阿波斯托尔·马朗纪科夫说，他什么雨也不喜欢，因为一下雨，公墓就没人来了。

做钓竿的私营手工业者说，他非常能理解这一点。

现在谈话停顿了好长一段时间。

"你们说点什么吧。"新复活的少妇向四周看了看说。

"说些什么？"老太太说，"没什么好说的。"

"自由战争以后什么也没发生过吗？"

"要说,也可以说一两件,"手工业者挥挥手,"但就像德国人说的那样:'Selten kommt etwas Besseres nach.'"

"不错,说得对。"出租汽车司机说。好像为了招徕乘客,他回到自己的汽车那里去了。

人们沉默着。复活者看看自己刚才出来的土坑,它还没有合上。她又等了一会儿,但看来实在没有人想说话,于是就向周围的人说:"再见。"然后又回到原来的土坑里去了。

做钓竿的手工业者怕她滑倒,伸手过去扶了她一把。

"祝你一切都好。"手工业者说。

"怎么了?"出租汽车司机在大门口问大家,"她莫非又爬回去了?"

"爬回去了。"老太太摇摇头,"其实我们谈得多么投机啊。"

(柴鹏飞 译)

第八辑　爱情星空

两对夫妇

[英国] 哈里特·思勒

1

查尔德夫妇想的总是不一样。

丈夫说:"天气真热!"

妻子却说:"天气多凉啊。"

妻子说:"明天,我们到乡下度假去吧。"

丈夫却说:"不,别去了,我们还是好好待在城里吧。"

屋子对于妻子来说是太狭小了,丈夫却觉得太空荡了。妻子要去旅游,丈夫却想用这笔钱买一辆小汽车。妻子希望有一个花园,丈夫却嫌侍弄花园太麻烦了。

丈夫头痛的时候,妻子脚疼。妻子做什么事总是早早就准备好了,而丈夫却总是磨磨蹭蹭。

他们喜欢做的事也总是相反。

丈夫扔掉的东西,妻子却都给捡了回来。

当丈夫看过报纸想要聊天时,妻子却想要看报纸。

丈夫睡觉时,总是把窗子打开。而妻子醒了就把它关上。

妻子说:"噢,亲爱的,这件衣服太贵了,我不想买了。"

丈夫却说:"不,不算贵,我给你买一件做生日礼物吧。"

"噢,我越来越老了,不如以前漂亮了。"妻子伤心地说。

"不,在我看来,你还像过去一样年轻、妩媚。"丈夫说。

"约翰,"妻子微笑着,"你是不是不喜欢我了。"

"不,"丈夫也笑了,"我爱你。"

2

拥挤的饭店里,在一张桌子旁坐着一位先生和一位女士。这时,店主人走到他们面前,问是否可以在这张桌子旁再坐上两个人。

"当然可以,"那位先生说,"我们非常荣幸和他们坐在一起。"

过了一会儿,两个陌生人来到桌子旁坐下,其中一个人说:"多谢二位,承蒙你们的关照。"

"你们是朋友呢,还是邂逅相遇?"另一个陌生人问他们。

"我们互相之间非常了解,"坐在桌旁的那位先生说,"她是我的妻子。"

"是的,"那位女士叹了一口气,"我们已经结婚很长时间了,我们不仅想的一样,而且做的也一样,甚至我们的相貌也很相似。"

"我们从没有过分歧。"丈夫说。

"我们从来没吵过嘴。"妻子补充说。

"我们总能知道对方有什么感觉。"丈夫说。

"很多次,我们甚至不需要说出来就知道对方正在想什么。"妻子面带微笑地说。

"哪本书好,哪个电影精彩,甚至对某个人的评价,我们的见解都是相同的。"妻子自豪地说。

那两个陌生人一直听着他们的谈论。

一个陌生人温和地转向另一个陌生人说:"他们这样相亲相

爱,难道你会不感动吗?我相信他们一定是很幸福的。 也许,他们是世界上最幸福的一对夫妻了。"

另一个陌生人沉默了良久,然后说:"因为我是一个诚实的人,我不能不说真话。 老实说,这对夫妻没有什么可使我感动的。他们俩为什么要在一起呢?他们中的一个是多么多余呀!"

(王秀英 李 静 译)

爱的磨难

[美国]欧·亨利

乔从中西部来到纽约,梦想绘画。 迪莉娅从南部来到纽约,梦想搞音乐。 乔和迪莉娅是在一间画室里相见的,不久以后,他们成了好朋友并且结了婚。

他们居住的只不过是一套狭窄的房间,却生活得很幸福。 他们互敬互爱,而且双方都热衷于艺术。 直到有一天他们发现已经花完了所有的钱之前,他们生活中的每一件事都是顺心满意的。

迪莉娅决定去做家庭音乐教师了。 一天下午,她对丈夫说:

"乔,亲爱的,我找到一位学生了,一个将军的女儿。 她是位性情温柔的姑娘。 一星期我教三节课,一节课五元。"

但是,乔并不高兴。

"我干些什么呢?"他说,"你以为我可以眼睁睁地看着你工作而自己却轻松地搞自己的艺术吗?不,我也要挣钱。"

"乔,亲爱的,你真傻,"迪莉娅说,"你必须继续练习绘画。 我们一周有十五元钱,会生活得很幸福的。"

"或许我还能卖掉一些我画的画哩。"乔说。

每天,他们早晨分手,晚上相见。 一星期过去了,迪莉娅带回家十五元钱。 她却显得有些疲惫。

"克莱门提娜有时使我感到烦恼。 恐怕她不会下苦功夫练习的。 但是,那位将军真是一位最可爱的老人!我多么想你能见他一面呀,乔。"

这时,乔从口袋里摸出十八元钱。

"我卖给了一个来自皮奥里亚的人一张我画的画,"他说,"他还定购了另外一张。"

"我太高兴了,"迪莉娅说,"三十三元!以前我们从没有这么多的钱去花费。 今晚我们将吃一顿丰盛的晚饭了。"

第二个星期,乔回到家,把新得到的十八元钱放在桌子上。 过了半小时,迪莉娅回来了,她的右手缠着绷带。

"你的手怎么了?"乔问道。

迪莉娅笑着说:"噢,发生了一件滑稽事儿!克莱门提娜递给我一盆汤时,一些汤溅洒到我手上。 对此她感到很抱歉,老将军也觉得过意不去。 但是,你为什么也这样地瞧我呢,乔?"

"你今天下午什么时间烫着手的,迪莉娅?"

"我想大概是五点钟吧。 那把熨斗——我意思是说那盆汤——是在五点左右备好的。 你问这个干吗?"

"迪莉娅,来,坐在这儿。"乔说着把她拉到长沙发上,并且坐在她身边。

"你每天都干了些什么,迪莉娅? 你真在做家庭音乐教师吗? 告诉我实话。"

她哭了起来。

"我找不到一个学生,"她诉说道,"所以,我就在一个洗衣坊里找到一项工作——熨衬衣。 今天下午，一个女孩偶然间将一把熨斗放在了我的手上，把我重重地烫了一下。 但是，告诉我，乔，你是怎么猜出我不是在做家庭音乐教师呢？"

"很简单，"乔说，"我知道关于你的绷带的所有来历，因为是我把它们送给楼下洗衣坊里一个小女孩的，她用熨斗烫坏了人的手。 你明白了吧，我也在你工作的洗衣坊里的动力机房里工作。"

"那么，你画的画呢？ 你卖给那位来自皮奥里亚的人了吗？"

"算了吧！ 你的将军和他的克莱门提娜是无中生有的，那么，我那位来自皮奥里亚的人也是胡说的。"

接着，他们两人都大笑起来。

（刘砚冰　译）

十全十美的丈夫

[英国] 科贝特

我是在费城那一带开始我的新婚生活的。 那段时间，在炎炎如火烧的七月中，我最担心的是我妻子睡眠不足可能带来的不幸后果；她在经受了这场炎热的灾难后，已有四十八个小时没有合眼入睡了。 在炎热的国家中，似乎所有的大城市到处都是狗，特别是在盛夏的日子里，狗在夜间不断地发出可怕的吠声、厮打声、嚎叫声。 这声音是那样可怕，即使是一个身强力壮的人，也几乎甭想获得一分钟的睡眠。 晚上九点钟光景，我正坐到床沿上。 "我想，"她说，"要不是那些狗，我现在就可以睡去了。"我下楼去了，只穿着衬衣、衬裤，连鞋子、袜子也没穿，就冲出了楼门。 我来到路边的石子堆旁，来来去去地走着，开始认真地对付那些狗,把它们赶到离房子二三百米远的地方。 我就这样整整走了一个通宵,赤着两只脚,因为我觉得鞋子的声音可能会传到她的耳朵里。 我记得,人行道上的那些砖砖块块,即使在夜里,也烫得我的脚够呛。 我的努力产生了我盼望的效果:她到底睡上了几个钟头。 早晨八点钟,我就去干我一天的工作了,一直到晚上六点钟。

(周之亭 译)

玛 莎

[俄国] 屠格涅夫

许多年以前,我住在彼得堡时,每次雇街头马车,我总要和马车夫聊聊天。

我特别喜欢和夜间的马车夫谈话,他们都是近郊的贫苦的农人,赶着拉着上过赭色油漆的小雪橇羸弱的瘦马,来到京城,希望挣些糊口的费用,凑些钱还地主们的代役租。

那一天,我就雇了一个这样的马车夫⋯⋯他是个二十岁光景的小伙子,身材高大,体格匀称,仪表堂堂。 他有一对蓝色的眼睛,红润的面颊,他那一直戴到眼眉边的带补丁的帽子下边,露出卷成一个个小圈圈的淡黄色头发。 而且,他那魁伟的肩膀怎么能穿得上这么一件褴褛的厚呢上衣!

然而,马车夫那漂亮的、没有胡须的脸上,露出悲伤和郁闷的神情。

我和他攀谈起来。 从他的话语里,也听得出他的悲伤。

"怎么啦,兄弟?"我问他,"你为什么不愉快? 难道有什么不幸吗?"

小伙子没有马上回答我。

"是的,老爷,是的,"他终于说道,"再没有什么比这更不幸的了。我死了妻子。"

"你爱她……爱自己的妻子吗?"

小伙子没有回过头来看我,他只是低下头。

"我爱她,老爷。已经过去七个多月了……但我还不能忘掉。我心里难过……真是啊!她为什么竟会死去呢?她年轻!健壮!仅仅一天工夫,她就给霍乱病夺走了。"

"她待你好吗?"

"唉,老爷!"贫苦的农人沉重地叹了口气,"我和她在一块儿生活得多么和睦啊!她死时我不在家。所以,我突然在这儿听到这个消息时,人们已经把她埋掉了——我立刻赶回村里去,赶回家里去。等到我回来,已经是半夜啦。我跨进自己的小木屋,站在屋子中间,就这样小声地说:'玛莎!玛莎呀!'只有蟋蟀的吱吱叫。我不觉哭起来,坐在小木屋的地板上——还用手掌拍了一下地板!我说:'你这贪得无厌的东西……你吞噬了她……也把我吞噬掉吧!唉,玛莎!'"

"玛莎!"他突然压低嗓子叫了一声。他没有放松手里的缰绳,用手套揩了揩眼泪,抖了抖它,放到一边,耸了耸肩膀——就再也没有说一句话了。

我跳下雪橇时,多给了他剩下的十五戈比。他深深地向我鞠了一躬,双手抓着帽子——随后踏着街上空荡荡的雪地,在一月严寒的灰白色的雾里,小步慢慢地挣扎着走去。

(黄伟经 译)

饭 盒

[日本] 都筑道夫

秋天的一个安静、阴晦的黄昏。经营古旧书店的初老夫妇家里，有一个年轻的侄子来玩。明显地添了白发的丈夫，叫妻子照看着铺子，自己到会客室里。

"叔叔，我决定结婚了。"侄子难为情地说，"我是来向你报告这件事的。"

"这真叫我大吃一惊。"叔叔斟着自制的拿手咖啡，颇感兴趣地说，"你不是独身主义者吗？"

侄子因嫌从横滨的父母家到东京来上下班太麻烦，目前住在东京市中心的公寓里。他有效地使用奖金，先把自己的房间布置得漂漂亮亮，住起来很舒适。他的意见是：在这个懒汉也可以靠机器过清洁生活的时代，不讨老婆倒可以舒畅地享受生活的乐趣。

"这个，是这么回事。我忽然想试试带午餐饭盒上班了。"侄子不好意思地挠挠头。

"不明白。饭盒这玩意儿，不是你最看不起的？一五一十地坦白吧。一定是找到了一个绝色的姑娘。"

"我工作的那个科里有一个同事，是半年前吧，结婚了。我一直认为他干了桩傻事。但是三四天以前，据说两口子吵了架，显出非常忧郁的样子。"

"还不习惯两口子吵架，事后回味起来，双方都不好受哇。"

"假如是从前的我，就会说活该了。据说吵架以后太太总不开口……"

"无言战术吗？这是我婶子的拿手好戏。我可不认为是高招儿。"叔叔低声说。因为隔扇那一边就是铺面，他太太正坐在那里。

"可是，前天中午，这位老兄打开饭盒一看哪，惊叫了一声，他的办公桌就在我的旁边。那天我正赶宿醉，不想吃东西。"

"尽胡来的话，上了年岁是要自食其果的。你爸爸很不会喝酒，你可能是像我吧。"

"总而言之，我没出去吃饭，所以对他惊叫的原因，总之，我往他的饭盒里望了一眼。您猜怎么着，雪白的米饭上有用黑芝麻写的字。写的是'请原谅'。"

"好家伙，用黑芝麻写字啊。"

"看到这几个字，这位老兄显出又像是放心，又像是难为情，又像是轻松的样子来，被我们大家嘲弄了一番，但是看来很幸福。虽然都笑她无聊透顶，但说实在的，结果还是大家输了——说什么'结婚也不坏'了。"

"明白了，明白了。一定是一位聪明的可爱的太太。"叔叔笑着说道，"你也能碰上这样一位姑娘就好了。"

"说真的，已经有苗头了。下次和她一起来玩。"

侄子说完就回去了。初老之夫一边和妻子交接班，一边无意地说道："年轻真是好事。"

"我也效仿她，做个饭盒吧？"给太太这么一说，丈夫才想昨晚因一点小事拌了几句嘴以后她一直没有说话。

"我可不上这样软办法的当。"话虽然是这么说的，但初老之夫的笑容看来是接受了老妻的停战提议。

（孙日明　译）

一个爱情故事

〔瑞士〕卡 文

在窗子底下唱情歌或者大喊大叫，弄得满城风雨，不用说，我们这儿不兴这一套。

两个人你来我往，如此而已。 噢！当然了，免不了有时候会看到两个身强体壮的小伙子像两只公鸡一样地一阵恶斗，但是这并不能赢得人们对他们的尊敬。

并非人们没有感情，不是，而是人们宁愿不显山，不露水，把事情藏在心里，慢慢地琢磨它的味道。

好几年以前，阿尔贝死了女人，她给他留下一个十六岁的儿子。 雷阿死了丈夫，身边也有一个和阿尔贝的儿子年龄相仿的小子。 阿尔贝和雷阿是在合唱队里认识的，因此雷阿下午经常到阿尔贝那里去。 这事神不知鬼不觉地过去了许多年。 两个孩子都找了老实的姑娘结了婚，并且两个姑娘是表姐妹。 他们经常一起出去玩，一起去采花，采蘑菇，一个邀请父亲，一个邀请母亲，全然不知道两位老人彼此之间的熟悉程度超出他们的想象。

两年以后他们才发现他们彼此有意，阿尔贝和雷阿结果什么都承认了，还说他们正想组织个家庭。 孩子们打心眼里高兴，两个老人于是想到应该把事办了。 又拖了几个月之后，他们去登结婚启事。

可是就在这个节骨眼上，阿尔贝却一下子病倒了，还病得不轻。 婚礼只好推迟了。 后来虽然阿尔贝病好了，但他却没再谈结婚的事。 雷阿也没有任何表示。 等他们再次决定要结婚的时候，两人都已经七十岁了。 孩子们有些在暗中笑他们了。 他们又去登结婚启事。

又在这个节骨眼上，离婚礼还有一个星期的时候，雷阿的哥哥去世了。 自然服丧期间是不能结婚的，何况雷阿甚感悲痛。 这么大年纪，别人的死会对她有压力，至少是个信号。 结果像上次一样，结婚的事又放下了。 等到孩子们费尽九牛二虎之力说服他们同意结婚的时候，阿尔贝已经八十五岁了。 可是两个老人却热情不高。

"噢！你们不知道，这事拖四十五年了，你们想……"

话是这么说，可他们还是去登了结婚启事。

这又是一个节骨眼，结婚那天上午，他们忘了，没有去参加婚礼。 从那天以后，他们再也不愿意提结婚的事了。

阿尔贝活到了九十二岁，死于一场事故。 那是春天的一个早晨，他早早地起了床，来到铁路的路基上。 他没有听见日内瓦到苏黎世的快车的到来。 当人们把他抬起来的时候，他为雷阿采的紫罗兰飘落了一地……她只比他多活了半个月。

我跟您说，乡下的人并非没有感情，他们只不过把它藏在心里罢了……

（赵　坚　译）

初　恋

[苏联] 尼斯塔尔琴科

波加尔采夫最后一次回到这儿是四年以前。 母亲苍老了许多，父亲也干巴了。 现在他们在宽敞的新居房。（"知道吗，孩子，现在村里人人都盖起了好大好大的房子,所以我们也盖了。 虽说我们已经老了……")

傍晚前,波加尔采夫去看他和妹妹们出生、长大的那所房子,如今它孤零零地立在花园的一隅,窗口被木板钉得严严实实。 他在那里待了很久,返回来时天已全黑了。 吃晚饭时他问:

"妈妈,你那件淡紫色裙子在哪儿? 我小时候你穿过的……"

"淡紫色的? 好像不记得了,儿子……"

他去干草棚睡觉。 久久不能入睡,静静地躺在闷热的黑暗里,回忆起那个遥远的夏天……

她住在附近,在马路对面。 他俩常常在院子里玩,骑在因年深日久而发黑的橡木大门上荡来荡去。 大门威吓地发出嘎吱嘎吱的响声。 随时都可能倾倒,于是她的爷爷,一位九十岁的老头,在屋里冲窗外喊道:

"玛鲁霞! 下来,你这该死的!"

他俩笑着,并没有下来:知道爷爷不会拿他们怎么样,他早已走不动了。

可后来,他俩不知怎么吵嘴了。 他心里非常难过,尤其是当有人拿这样的话来折磨他时:

"新郎,新郎! 怎么不见新娘子呢! 你哭呀,哭一个让我们瞧瞧!"

有一回,在过某个节日时,他发现玛鲁霞艳羡地望着他母亲穿的淡紫色的新裙子。 他走过去小心翼翼地问道:

"喜欢吗?"

"嗯……要是用这样一块布给我的布娃娃玛尼娅什卡缝件裙子该多好。"

第二天他找了个机会，拿起一把剪刀，打开衣柜断然地从妈妈漂亮的裙子上剪下一大块，然后幸福地把它给玛鲁霞送去了。

又过了一天，妈妈手拿笤帚满屋里追他，一边追一边哭着数落道：

"老天爷呀！就这么一条出门穿的裙子……"

"这不是我，不是我……"

"别撒谎，玛鲁霞亲口告诉我的。"

他停住脚，呆若木鸡。妈妈打他，他却没有哭，使他感到疼痛的也不是抽在身上的笤帚。

这是他的初恋。

（刘克彰　译）

会说话的墙

［马来西亚］朵　拉

沉静的周末下午，客厅里的两个人都没有看电视，一个在看报纸，一个在看杂志。

斜斜的阳光穿过窗口，像一条一条明亮的线条照在客厅里。余芳美把手上的书放在桌子上，刚好放在阳光里，反射的光刺着她的眼。她抬头，看着浴在一丝丝阳光里却纹丝不动的赵百越。

"要不要拉上窗帘？"她其实走上前去把窗帘拉起来便可以，但她却要问他。

赵百越的头仍然埋在报纸里，只是轻轻地摇摆。

自从认识赵百越，余芳美就知道他最怕阳光炙晒的，因为他怕热。

他们两个人开始走在一起的时候,余芳美的好友苏丽亚曾说过:"奇怪,你那么怕冷,他那么怕热,一个要开冷气,一个连风扇都不要。"

但是,他们还是越过众人的诧异,并且给了大家一个意外,不仅恋爱,还结了婚。

随着时光的脚步,渐渐地,怕热的人似乎不那么怕热,怕冷的人仿佛也不那么怕冷,然而,两个人的话题却像存款一直没有增加的户头,银行里头的钱一日一日少了。

沉默变成两个人之间的墙。

余芳美发现以后,她担心的是有一天,墙最终将会倒塌。

有一次她下班回来,经过巷口,看到一辆推土机正在推着那间旧杂货店的墙,她亲眼看着那道由一块块红砖砌成的稳固如山的墙在瞬息间坍塌了去,就在眨眼间,迅速得让观看的人心慌意乱;然后她又看见杂货店铺里面,一片破落,又脏又乱。

还是有一道墙隔着,比较让人安心。

他们夫妇之间的墙是谁、是什么时候砌起来的呢?

半年前莫方才到她工作的公司当总经理,也在那个时候,她搭莫方才的便车上下班。

"用不着让你跑来跑去的,浪费时间。"她是这样同赵百越说的。

只不过,她花在购买化妆品和衣物上的钱和时间越来越多了。

念书的时候,余芳美听到老师告诉同学们说内在美比外在美更重要,她深信不疑。 外在美是不可持久的,人的外皮终究会老会丑,谁都躲不过光阴的大手,唯有内在美才是永恒不变的。 走到社会上以后,余芳美仍然没有否定老师的话,但是,外在美对于一个人在社会上行走，依旧是有帮助的。 她给了自己这个理由，买衣服服饰时，掏钱便理直气壮得多了。

当她在莫方才面前越来越活泼，说的话题越来越繁复而不仅只是公事的时候，她在赵百越面前就越来越木然，越来越不知道要同他如何沟通。

赵百越看着她的转变并没有说什么，只是看报纸的时间加长了。

而她比前些时候买更多的女性杂志，一待在家里就努力地读，像就要上考场去考试，正在认真地找资料那样的专心。

"是什么声音？"赵百越突然问。

她被赵百越这意外的问题吓一跳："什么声音？没有呀！"

她以为自己心里的秘密被揭穿了。

赵百越走到客厅的墙边，把耳朵靠在当初漆成米白色而如今已经有数点黄渍的墙上："好像有说话的声音呢！"

"不！"余芳美摇头，"我没有听到。"

吻

[瑞典]瑟德尔贝里

一次有一位年轻的姑娘和一位非常年轻的小伙子，他们坐在一直伸进水里的湖岬上的一条石板上，湖水汩汩地拍打着他们的双脚。 他们静静地坐在那儿，俩人都瞧着西沉的落日，陷入沉思。

他想：我真想吻她。 他抬头看看她的嘴唇，立刻就使他想到那嘴唇的样儿就像是意味着要他去吻。 当然，他见过比她更漂亮的姑娘，他也的确在和别的姑娘恋爱；但是像眼前这样一位姑娘，他确实从来没有吻过，因为她是一个理想的化身，一颗天上的明星，对"一位可望而不可即的女性"，又能怎么办呢？

她想：我真想要他吻我，这样一来，我也许就有机会给他一点颜色看看，让他知道，我对他根本不屑一顾。我会站起来，把身上的裙子裹得紧紧的，非常冷淡地、轻蔑地白他一眼，然后挺起腰杆，镇静地走开，而且并不显示任何不必要的匆忙。不过眼下为了不让他猜出自己的思想活动，所以她轻声慢语地问他一声："你认为，这以后生活就与从前不一样了吗？"

他想：如果我回答一声是的，她就更容易吻我了。但是他不能肯定地记得，过去在另一种情况下，对于同一个问题，他是怎样回答的，他生怕自相矛盾。因此，他注视着她的眼睛，回答说："我有时候这么想。"

这样回答特别使她高兴。她想：最低限度，我喜欢他的头发——也喜欢他的前额。可惜他那鼻子长得太丑了。其次，当然，他没有社会地位——他只是个学生，为通过毕业考试而读书的学生。因此，他并不是使她的女友们感到烦恼的那一类人物。

他想：这会儿我肯定可以吻她了。尽管如此，他还是怕得要命；他可从来没有吻过官宦之家的千金小姐；他不知道这一吻是不是带有危险性。她父亲就在离这儿不远地方的吊床上睡着了；再说她父亲又是这个小城市的市长。

她想：要是他吻我，我想我最好是给他一记响亮的耳光。

接着她又想：可是他干吗不吻我呢？难道说，我是丑八怪，不讨男人欢喜？

她朝水面上探着身子，看看自个儿映在水中的影子，但是她在水中的形象被荡漾的微波打得粉碎。

她又想：要是他吻我，我真不知道是什么滋味。事实上，她只被男人吻过一次，那是在城市大饭店舞会以后，被一位中尉吻的。他酒气熏天，烟臭扑鼻，在接吻时她几乎没有什么快感，尽管他是一位中尉。要是他不是中尉的话，她真不乐意让他吻她。除此以外，她恨他，因为从那以后，他就没有向她献过殷勤；也根本没有对她表示感兴趣。

他们两人就这样坐着，各人想各人的心事，夕阳西沉，天色渐暗。

他想：尽管太阳落山，夜色降临，而她仍然愿意和我坐在一起，这表明她也许不会太反对我吻她。

于是他用一只胳膊轻轻地搂着她的脖子。

她压根儿没想到他会这样轻举妄动。她原先以为他仅仅是吻她，不会动手动脚，那以后，她就啪地给他一记耳光，然后就像公主似的抽身就走。但是，这会儿，她却不知道如何是好了；她当然想对他生气，但是她又不想失去这次被吻的机会。因此，她就这样一动不动地坐着。

紧接着他吻了她。这一吻比她原先的想象微妙多了。她觉得自己渐渐脸色发白，周身无力，她根本没想到给他一记耳光，她根本没想到他只是一个为了毕业考试而读书的学生。

但是他想的是一位笃信宗教的医生所写的一本《女性的性生活》书中的一段文字："必须预防夫妻之间的拥抱受色欲的支配。"因此，他想，这一点一定是很难预防的，因为即使是一次亲吻，就使人感到灵魂的颤动。

皓月东升的时候，他们两人仍旧坐在那儿，相互吻着。

她悄没声儿对他说:"我一看见你,就爱上你了。"

于是他回答说:"在这个世界上,我爱的只有你。"

(余 杰 译)

没有爱情的罗曼史

[苏联]沃罗宁

"塔玛拉·伊格纳季耶夫娜,依我看,您爱吃糖,是吗?……"

"我还有什么事情可做呢,季莫菲·安德列耶维奇……"

室外已是冬天了。 这样冷的冬天,好久没见过。 还是十月份,就刮起了大风,下了纷纷扬扬的大雪。 整整一天一夜了,雪没有停,风没有静。 现在去清扫小径上的积雪是徒劳无益的。 天寒地冻,很难走到公路上去。

屋子里也冷。 不管你怎样生火,也烧不暖屋子。 谁不知道,两层楼的房屋是很暖和的,大家都这样想。 但事实上,只有楼上才能住人,而楼下是牛栏。 如今,那里空空荡荡的,一股逼人的寒气,别的东西全没有了。 到处都很冷。 这是一栋旧房子,墙壁都倾斜了,风从地板下面往里灌。 ……不知什么时候,很早以前啦,一位芬兰人曾在此居住。 战后,又住过移民。 现在是她——塔玛拉·伊格纳季耶夫娜,成了这所住宅的主人……

"况且,您只爱吃您喜欢的那种糖。"

"嚼嚼松鼠糖——这是我唯一的乐趣。"

这位妇女陷入了沉思。 也许,她想起了五年前移居到此的往事,那时,她是用城里的公寓住宅换来这所房子。 她想起了春天的时候，是怎样掘松土地，种下白色夹竹桃的。 她又想起了，有时在傍晚时分，她身穿蓝色上衣，戴着草帽，拎着坤包，独自一人沿着这条小径走上公路。 她身材高大，但很匀称。 从远处看去——还显得很年轻。 而从近处看——已有四十开外了。 在小伙子们的眼光里，她就是这样的人。 她还想起了，经常默不作声地坐上公共汽车，进城去看最后一场电影，然后回到家来。

整个春天，她孤零零一人。 整个夏日，她孤零零一人。 整个金秋，她孤零零一人。 整个严冬，她孤零零一人。 年复一年，她依然如此——一转眼，五年过去了。 离弃了城市，她来寻求什么？她找到了什么？她能找到吗？

上帝啊，真是光阴似箭！恰如有人拨快时针的感觉一样。 心愿一如既往，依旧是向往着生活，向往着爱。 眼光也像二十年前那样敏锐。 为什么面容衰老得这么快？身材还是给人以青春犹在的感觉，胸脯依然富有弹性。 面容的确是老了。 是啊，以前嘴角上有两个甜蜜的小酒窝，而现在，嘴角都下垂了……

"您常吃这种松鼠糖吗？"

"想吃就吃，我预先买好了很多……"

这个女人说话的口气，好像在请求原谅她这种微不足道的嗜好。 也许，是在请求……要知道，这个男人就是她的丈夫。 是的，是她的丈夫……去年夏天他住在别墅，正好与她毗邻，他们相识了。 他也是孤零零一人，同病相怜。 他青春已逝，再过两年，就要领取退休金了。 有什么办法呢？对她来说，再年轻一点的人，看来难以找到。 他的青春被战争摧毁了，一去不复返。 她把自己的晚年留给了他，正像他把自己的晚年留给了她一样。

"不会的，我没有责备的意思，塔玛拉·伊格纳季耶夫娜……"

"我生活中的一切都丧失了,季莫菲·安德列耶维奇……"

"不,不,我丝毫没有反对的意思。您吃吧,塔玛拉·伊格纳季耶夫娜。只是,要保重身体啊……"

室外已是冬天了。这样冷的冬天,好久没见过。

(黎皓智 译)

夏日爱情

[英国] 代 尔

这是一个不同寻常的假日。凯特倚在椅背上,最后一次欣赏着周围的景色。面前的菜肴味美可口,可她伤心至极,毫无食欲。她只是将杯中酒一饮而尽。这时耳边响起了《重归索连托》这首饱含深情和忧伤的老歌。她总是由这首歌联想到安托尼和这个假日。

安托尼曾捧着她的手说:"你知道我永远不会忘记你。"

凯特苦笑着。她明白这只是一场戏。在从他身边经过的每位度假女郎身上一次次上演。作为一名镇上一流饭店里的侍者,他能让所有向往蓝天碧海式浪漫之恋的女孩为之倾心。他那意大利式的深色双眸是那么勾人心魄;他的微笑是那么温柔多情……

"应该说在一起的时候,感觉是不错。"她说。

安托尼眉头紧皱。"不,不。对我来说,你远远胜过一名,用你的话说,过客。我爱你,"他坚持说,"我要永远和你在一起。"

"我相信你会的,"凯特说,"但这不可能。我不住在这儿,这不是我的国家。"

"你……你看待问题太英国化了，"安托尼说，"在意大利，我们总是看到光明的一面。我会常去探望你的。"

凯特摇了摇头："拜托，我们别演了。"

安托尼像是受了伤害。"我没在演戏！"他说，"我是当真的。"

凯特再次摇了摇头。"我们别谈将来了。"她说，"为什么不去海边走走？今天这么暖和。"

他牵着她的手。他们漫步在沙滩上。太阳像一颗明亮的火球正沉入海中。

"我们度过了一个美好的假期。"凯特说。

"它还没有结束，"安托尼说，"我们仍然可以拥有今晚。明天你们的客车几点来接你？"

"七点！"凯特叹道，"我都不忍心去想。"

"那就别想。"安托尼说，吻着她。

凯特回到旅馆时，室友萨丽还没睡。

"向安托尼告别了？"她问。

凯特摇了摇头："他坚持要为我送行，噢，萨丽，我真希望从没见过他。"

"不，别这么想，"萨丽说，"他是你遇到的最棒的一个。"

"我知道。"凯特伤心地说。

这是一个晴朗美丽的清晨。薄雾笼罩下的淡蓝色的海面，平静得像座水池。渔轮正在起航。凯特是多么羡慕它们啊。至少它们还会回来。

她刚收拾完行李，安托尼就来了。

"我说过不要你来，"凯特说，"我讨厌分别。"

"我一个人待不下去,"安托尼说着拿起了她的箱子,"而且,你忘了给我你的地址了。"

"我没忘。"凯特低声说,最后一次环视着房间。

"我们该走了。"萨丽说。

"祝你旅途愉快。"他补充说,"确切地说你几点到家?"

"说不准,"凯特说,"我们在正式启程回国之前,先要在这一带逛一段时间,要换好几个旅馆。"

"太好了。"安托尼神秘地笑着。

"好什么?"

"没什么,"他拥着她说,"我爱你,凯特。"

"我也爱你。"凯特的泪水快要夺眶而出了。然后她迅速地从他怀中挣脱出来,头也不回地登上了客车。她还没有落座,车就开动了。

"他已经走了!"一直望着窗外的萨丽说,"他甚至没等到我们转过拐角,就跑了。"

"喔,"凯特叹了口气,"他是想马上回去梳妆打扮一番。十一点会有另一支旅行团到达的。"

"噢,可怜的凯特!"萨丽抱着她。

"有一点我很高兴,"凯特说,"在以前所有类似的假日艳遇中我吸取了教训。至少我没给他我的地址。现在我无须去等那永远也不会寄来的信件了。要知道,他对我没给他地址并没有大惊小怪。这表明他对漂洋过海去看我究竟有多少诚意?一切都结束了。"

"是啊,好像如此。"萨丽赞同道。

凯特叹了口气,随后哭了。安托尼给她的印象是那么不同,那么真诚，但他就像其他逢场作戏的情场高手一样，只是想寻求点刺激。他们总是善于捕捉一颗颗单纯轻信的芳心。

"噢，萨丽，"她擦着眼睛说，"我为什么总是在分手之后才会动真情呢？"

旅途闷热、嘈杂。凯特时睡时醒。最后，他们到达了莱尔车站。她感觉好像进入了另一个世界，一个全新的世界。

"凯特！"萨丽推了她一把，"看！"

"什么？"凯特擦了擦车窗，向外望去。目光所及到处是成束的鲜花——唐菖蒲、玫瑰、石竹……在它们上方是一面牌子，上书："欢迎回家，凯特！"

"什么？"凯特问，"这不……不可能是给我的。"

"喔，不可能？"萨丽说，"看谁在那儿？"

凯特揉了揉眼睛，又揉了揉。她飞一般下了车。

"你不愿给我地址，所以我只好来这儿见你了！"安托尼说，"并且来证明我不会食言的，我随时都会去看望你的。你看，莱尔离布莱克普只有几小时的路程！"

泪水早已模糊了凯特的视线。

（毕　波　译）

现代婚姻的故事

［文莱］宁　静

方程式一：1+1=1

例题：

妻：下个月公司要我出任中国分行的经理，为期两年。

夫：那怎么行?! 家谁照顾?!

妻：孩子都上中学了，家务有菲佣打理，你只需多关照一下就行了，何况我每两个月获准回来一次。

夫：不行！你不可以答应调职。 公司如果不肯改变决定，你就辞职算了！

妻：上回你被调去中东，要我辞职随行。 这次是我被调职，怎么也要我辞职?!

夫：夫唱妇随，理所当然。 难道要我妇唱夫随?!

妻：我没有要你妇唱夫随，我只是……

夫：不要讲这样多。 你若还要这个家，就不应该答应调职。

演算：

婚前：夫 =1，妻 =1

婚后：夫 =1，妻 =0

∴ 1 +1 =1

题解：一方失去自我的婚姻。

方程式二：1 +1 =2

例题：

夫：我交什么女朋友你别管！我不愿意婚后就失去与异性约会的自由。

妻：那好！以后你也别干涉我与男朋友出国旅游。

演算：

婚前：夫 =1，妻 =1

婚后：夫 =1，妻 =1

∴ 1 +1 =2

题解：你走你的阳光道，我过我的独木桥，婚姻名存实亡。

方程式三：1+1=3

例题：

夫：这个假期我想与一群打高尔夫球的朋友到澳洲参加一场比赛，顺便观光旅游，你要一起去吗？

妻：我没兴趣看比赛，况且我与你那群球友也不熟。你自己去好了。

夫：那好吧。年假我们就安排一个大家都有兴趣的地方度假。

妻：年假？不行，我已报名参加一个文艺活动了。

夫：那你自己去好了。你也应该多参加一些自己有兴趣的活动。

演算：

婚前：夫=1，妻=1

婚后：夫=1，妻=1，夫妻=1

∴1+1=3

题解：丈夫有自己的一片天空。妻子也有自己的一片天空。夫妻共同拥有的一片天空。

（看官，你的婚姻，可以套用哪一个公式呢？）

前 妻

[苏联] 鲍里斯·克拉夫琴柯

他每天收到家里人送来的东西，都与众不同。他满意地笑了，搓搓手说："这就是说，我找的女人好。"

我们一言不发。医院里定量配给的食物，大家都吃腻了。因而，他用家里做的美味可口的馅饼来款待我们。他不知多少次给我们讲述了他与前妻离异的经过，原因是她爱挑他的毛病，一点也不理解他。

"然而，"他向上伸出一只又短又粗的像小灌肠一样的手指头说，"在她身上，有着某种人道主义气质，她拒绝接受抚养费。"

他这一段经历，大家都听得厌烦了，但他款待我们的食物，我们照样是要吃的。

"只过了一个月，我就结识了另一个女人，还没有登记，我们就同居了。话又得说回来——登记也不过是一种形式而已。一般来说，我是赞成废除这种形式的。如果一定要登记，那我也主张采取日本的做法。一个月也好，三个月也好，都由你自己决定。要是双方觉得合适，那就来吧，那就终生为伴，白头到老。"

"没有这种做法，"不知谁持怀疑的态度，"不能这样草率，生活就是生活。"

"我骗你干吗？我亲自读到过，只是记不起来在哪本书上。"

"你讲点关于你新婚妻子的事情给我们听吧，"我说，"你有一位这么好的天使。"

"嗯，天使倒说不上，可是，女人就应该这样。"

"那为什么她连一张便条也不给你写来呢？随便写几句，表示一下关心，也应该呀！"

我们面面相觑。这也是真的，近半个月来，没有任何人给他送来过一张便条。他十分窘迫地环视了我们一遍，就转身向着墙壁了。

每天从中午十二点开始，是病房向我们转交探访物品的时间。今天他第一个收到了家里送来的物品。他看看我们，于是请求护士说：

"劳驾，姑娘，请告诉她，要她给我写几句话，随便写什么都行。再告诉她，我真想她呀！"

"好的。"

"你们等着瞧，"他说，"马上就会送来便条的。"

不久，护士就回到了病房。

"她说，没有什么好写的，只是祝你早日恢复健康。"

不知是谁轻声笑了一声。他的脸立即就红了。

"您那一位真好，"护士安慰他道，"每天都送东西来，您还觉得不够吗？你们男人就是不知足！也真是难为她，大热天从老远跑来，况且，她还那么胖……"

"谁那么胖？"他连忙追问，"您大概把人搞错了吧，姑娘！"

护士扑哧一声笑了。她说：

"您到窗口来看。不就是她吗？"

他走到窗口，我们也跟着走去。一位个儿不高、身体肥胖的妇女，正走到住院大楼前的院子里。她低着头，步履从容，手中拿着一个网袋。

"多么轻盈优美的体态呀！"我笑着说。

他未置一词。拖着脚步沙沙作响地走回床边，躺下了，闷声闷气地说了一句："这是我的前妻。"

（黎皓智 译）

心　愿

[澳大利亚] 德　温

伊莎贝尔那天下午拉得愈发出色，当小提琴奏出的最后几节啜泣的音符慢慢消失之后,观众席上爆发了雷鸣般的掌声。她走下舞台,音乐教师瑟奇欣喜若狂地拥抱着她,他大声说:"你猜怎么着?安德烈亚斯要见你。"

"那个亿万富翁?"

"正是。有了他的支持,你就能去欧洲接受顶尖音乐家的训练。"

妈妈却严肃地警告她:"你最好小心,他也许另有所图。"

她一踏入豪华酒店的门厅,就意识到妈妈的顾虑是多余的。在大厅里的二十多个男子中,他是那样出众。他神情庄重地凝视着她:"你比我想象的还要年轻。"

"我已经十八岁啦。"

"可我三十二岁了。不过我必须承认你的琴拉得像个历经悲欢的成熟妇人,这是为什么?"在烛光晚宴上,她解释了其中的缘由:幼年时期她所表现出的天赋,父亲被拖拉机轧死的惨状,母亲卖掉了农场带她进了城,十岁的她找到当地音乐学院的顶尖小提琴老师瑟奇并拜他为师。

"你怎么付他学费呢?"

"我告诉他,只要他把我教好,我长大以后就会在好多音乐会上获奖,那时就可以付他学费了。"安德烈亚斯强忍着才没笑出声来:"伟大的瑟奇竟听命于一个十岁的小女孩!可你有理由对自己充满信心。"她摇了摇头:"还不及你一半呢,你赤手空拳来澳洲创下如此基业一定不易。"

他语气沉重地说:"拥有金钱并不意味着拥有一切,金钱和幸福没多大关系。"

"你不幸福吗?"

"至少今晚很幸福。"

午夜已过,他们还在舞池跳最后一曲。 伊莎贝尔已深陷爱河,而安德烈亚斯却很实际。 在开车送她回家的路上,他说:"你我之间的协议是这样:你在这里,在墨尔本跟瑟奇再学一年,我俩每月会晤一次研究你的学习进展情况。 此后,如果一切进展顺利,我会付你赴欧学习的四年费用。 我相信你能做到,只要你为我全心全意地投入。"

在接下来的几个月里,这句话一直在伊莎贝尔耳边回响:只要你为我全心全意地投入。 他说这话时是否意识到这句话的双关义?他是否看出她已爱上了他?

安德烈亚斯在乡间别墅办了一次聚会,伊莎贝尔也在应邀之列。 她满腹心事地坐在汽车里看着大家都已离去才发动汽车,谁料汽车因为忘了关灯,电池没电了。 头上雷声隆隆,她向别墅跑去,须臾,骤雨倾盆而下,她立刻成了落汤鸡。

客厅壁炉里的火闪着橙黄色的光,他们相互凝视着。 突然,他双手捧起她的脸,给了她一个长长的、深深的吻,这一吻使她全身着了火似的战栗起来。 他喃喃地说:"伊莎贝尔,我爱你! 我爱你!"

次日清晨,她醒来时意识到自己躺在他那宽大的双人床上,他忧郁地俯视着她:"有件事我没告诉你,我已结婚,但与她已分居七年,只差没办手续啦。"

"为什么不办?"

"海伦她说不在乎,我觉得这样也好逃避那些冲着我钱来的女人。 不过现在不同了,我要娶你,我会跟她离婚,我保证。"

一个月过去了,安德烈亚斯从未给她挂过电话,她打去他也不接,而且拒绝见她,只托瑟奇捎来一句话:"我和海伦已重归于好,你我之间的一切都结束了,你要多少钱都可以。"她得知这个消息顿觉五雷轰顶,泪眼模糊之中,没有看见侧面开来的卡车,等她醒来时已躺在医院的病床上。 妈妈告诉她:"你身上的胎儿保住了,但等生下以后就得送给别人抱养。 你的视力和体力需要几个月才能恢复。"

五年过去了,女儿在瑟奇的安排下被送走时,她已泣不成声。此后,她疯了似的投入了事业。 今天,经过四年研修学成回国,报纸上称她的归乡音乐会是"成功的杰作",而她却觉如鲠在喉。 报纸上的另一幅照片吸引了她的目光:一个小女孩在吹生日蛋糕上的四根蜡烛,安德烈亚斯坐在她身旁。 伊莎贝尔把报纸一扔,一把抓起电话:"瑟奇,谁收养了我的女儿?"

安德烈亚斯的乡间别墅与她记忆中的一模一样,只是草坪上多了辆三轮脚踏车,安德烈亚斯的头上已有银丝,眼角也生出了皱纹。 "我想见我的女儿,不知海伦是否会同意?"

"海伦三个月前死了,跟我来。"他把她带进了客厅,"那一夜后的第二天,我去找海伦离婚,她勃然大怒,脚下一滑从楼梯上摔了下来,瘫痪了。 我很内疚,便发誓要照顾她一辈子。"

"你为什么不早告诉我?"

"我怕会因此失去同海伦在一起的勇气。"

"海伦死后你为什么不跟我联系?"

"瑟奇告诉我你只关注事业,所以我猜没有我你会更快乐。"

"你应该问我本人。"

安德烈亚斯眼中闪着新生的光彩,他第二次在壁炉前双手捧起她的脸，声音喑哑地问："你我现在重新开始是不是太晚了？"

她按捺着怦怦的心跳，仰起头来轻声说："不晚，安德烈亚斯，爱永远不会晚。"

(张白桦　译)

吻　别

[美国] 弗尔金斯

每当我作为夜班看护士在值下午班时，总要在疗养院的走道上溜达，或在一间间病房的门边停步盼咐几句话或视察一番。这时，我常常看见凯特和克里斯膝上放着他们那几本厚厚的剪贴簿，沉浸在对里头照片的回忆之中。凯特扬扬得意地向我炫耀那些旧日的照片：那时克里斯高大英俊，一头金发；哈哈大笑着的凯特则娇小妩媚、黑发垂肩。这对年轻的情侣正透过流逝的岁月微笑着。眼下，他们显得有多可爱啊——两个人端坐着，满头银丝闪闪发光。当他们陷入对这本剪贴簿所捕捉和保留的时光的回顾中时，两张被时光剥蚀的皱脸上便漾起了笑容。

我总想，当今的青年人对爱情懂得实在太少了，他们光知道爱情是贵重的"商品"和"专利"，这该有多傻啊！老人们懂得爱的真正含义，而年轻人往往只能凭空臆想。

凯特和克里斯总是形影不离——不管在饭厅、休息室，还是在门廊、草坪散步时，他俩总手挽着手。当我们医务人员正用晚餐时，凯特和克里斯有时就在饭厅门口溜达，这时我们就会转而讨论起这一对老夫妻的恩爱忠贞，同时还说到：要是其中一位寿终正寝将会出现什么情况。我们都知道克里斯身体还不错，眼下凯特是完全得依赖他的。

我们也常思忖：如果不巧克里斯先死的话，那么凯特怎么办呢？

他俩就寝前有这么一个"仪式"：当我送去晚上的用药时，凯特总坐在椅子里，身穿睡衣，脚蹬拖鞋，正等待着我的到来。她每次总在我和克里斯关注的目光下吞服了药丸，接着，克里斯小心翼翼地扶她从椅子去床上就寝，此后又在她虚弱的身体四周塞紧被子。

目睹这恩恩爱爱的一幕，我不禁想：老天呀，疗养院干吗不给对对夫妻配备双人床呢？他们一直是同床睡的，但到了疗养院却分道扬镳，只得各睡各的了。于是整个晚上他们就剥夺了这份天伦之乐。

"那些规章不合情理！"当我目睹克里斯走上前去关凯特床前的灯时，我总会这么想。我看见他轻轻弯下腰，吻着她的脸颊，然后又拍了拍，两人相视而笑。接着他为她拉上床边的挡板。直到最后，他才开始吃自己那份药。在走道上我听见克里斯在说："晚安，凯特！"接着是凯特的嗓音："晚安，克里斯！"最后，他俩的两只床之间就隔着整整一间屋了。

连着两天我都休假。当我一回到疗养院，首先听到的消息是：昨晚克里斯已命归西天！

"这是怎么回事呢？"我问。

"心脏病发作——就那么一眨眼工夫。"

"凯特怎么样了？"

"十分糟糕。"

我步入凯特的病房。她坐在椅上纹丝不动、呆若木鸡——双手放在膝上，似乎凝视着什么。我握住她的双手，说："凯特，我是菲丽丝。"

她仍呆呆地凝视着，没有转过脸来。我用手托住她的下巴，缓缓将她的脸蛋扳向我。

"凯特，我刚刚得悉关于克里斯的消息，我真难过。"

一听到"克里斯"，她的双眸才似梦初醒。她困惑地瞅着我，仿佛是在捉摸我怎么会突然从天而降的。"凯特，是我，是菲丽丝，我为克里斯的去世深感悲痛。"

她的脸上充满了感激之情，泪水一涌而出，顺着脸颊淌下。"克里斯去了。"她喃喃道。

"我知道，"我说，"我已知道了。"

我们向她做了一点让步：允许她在自己房里用餐，并随时特别留意着她，但医生又要她渐渐恢复原来的生活日程表。当我走过她的病房时，我就会看到她端坐在椅子里，膝上放着那几本大剪贴簿，忧伤地注视着克里斯的相片。

就寝前是凯特一天中最难受的时刻。虽然我们同意她上克里斯的床就寝，虽然我在给她塞紧被窝时同她有说有笑，然而她依然默默无语，茫然若失。塞被子过后一小时，我还发现她醒着，眼睁睁地盯着天花板。

又过了几星期，她依然如故。她似乎异常惊恐不安。这是何故？我在纳闷，"为什么一天中的这个时刻她显得特别反常？"

一天晚上，当我走进她的病房时，又一次发现她难以入眠。我不禁脱口而出："凯特，也许你在思念那晚安吻吧？"我边说边俯下身，在她满是皱纹的脸上亲了一下。

仿佛是我打开了感情之闸，她的眼泪顿时滚滚而出。她紧紧抓住我的手，哭着："是的，克里斯总是吻过我后再道晚安的。"

"我懂。"我轻轻说。

"我思念他——这么多年来,他一直给我晚安吻的。"

我给她擦去眼泪。她停了一下又说:"没有他这一吻我实在难以入睡。"

她仰头注视着我,热泪盈眶,"真谢谢您这一吻。"

一缕淡淡的笑容出现在她嘴角。"您知道,"她向我吐露心曲,"以前克里斯还常唱一支歌儿给我听。"

"是吗?"

"是的,"她点了下白发苍苍的头,"晚上我躺在这儿时就会想起这支歌。"

"这歌怎么唱的?"

凯特莞尔一笑,接着握住我的手,开始清嗓——她的嗓音因年迈而变得细弱,但依旧十分悦耳动听。听,她柔声唱了起来:

吻我吧,爱人,尔后再别离。

我上了年纪,辗转难入梦。

但是你的吻,却永远留我心中……

(唐若水 译)

解 脱

[印度] 泰戈尔

戈丽年轻貌美,出身于世代富豪之家,自幼娇生惯养。她的丈夫巴勒斯以前境况不好,但近来收入增多,稍有好转。当他还穷困潦倒的时候,他的岳父母怕自己女儿受苦,一直没让她去夫家。过了好几年之后,戈丽才进了夫家。

大概是由于这些原因吧，巴勒斯总觉得俊美的妻子和自己同床异梦。这种猜疑使得他的脾气变得古里古怪。

巴勒斯在西部一座小城里当律师。家中没有一个本族人，因此对妻子独自一人待在家里总放心不下，有时会冷不丁地从法院赶回家来看看。起初戈丽对丈夫这种莫名其妙的举动捉摸不透。至于她后来是否明白其中奥妙，那只有她自己知道了。

巴勒斯还开始随意解雇家中的男仆。他不能容忍一个男仆在他家受雇的日子稍长一些。尤其是戈丽想减轻繁重的家务劳动坚持要雇的男仆，他更是非马上解雇不行。纯洁无邪的戈丽由此受到的刺激越大，她的丈夫越不快，越做出一些没有准头的稀奇古怪的举动。

最后，当他实在无法控制自己，把女仆叫到一边偷偷盘问她关于妻子的举止品行时，戈丽才若有所悟，知道一些前因后果。这个骄傲矜持的女人受了侮辱，像一头受伤的母狮烦躁不安地舐着自己的伤口。这种强烈的猜疑在夫妻之间产生了一条鸿沟，把两人完全隔开了。

巴勒斯终于公开向戈丽表明自己的疑心。这之后，他变得更加厚颜无耻、肆无忌惮，动辄醋劲大发，天天同妻子无端争吵。而当戈丽在痛苦之余，用无言的蔑视和箭一般锐利的眼光把他刺伤时，他暴跳如雷，更加深了自己的猜疑。

从此，这个失去和谐的夫妻生活和无子无女的少妇开始诚心诚意地拜神念经。她请来毗湿奴神会的青年祭师巴勒马南达·斯瓦米，拜他为师，听他讲解《薄伽梵往世书》。她把内心的全部苦楚和爱情变成虔敬的心情供给师尊。

没有一个人怀疑过巴勒马南达的崇高纯洁的品行，所有人都崇拜他。但是，巴勒斯由于无法明说自己的怀疑，变得极为暴躁不安。他的怀疑就像一个无形的毒疮慢慢地侵蚀他的心灵。

一日，为了一件微不足道的小事，这颗毒疮的脓终于喷涌而出。他当着妻子的面詈骂巴勒马南达是"下流胚"、"伪君子"，甚至冲口而出责问妻子："你向神明起誓老实说，你心中爱不爱那个大骗子？"

戈丽像一条被人踩住的蛇，霎时间忘乎所以，索性以假当真，气呼呼地含泪道："是的，我爱他！你愿意怎么办就怎么办！"

巴勒斯立即就把她反锁在屋里，离家去法院。

戈丽忍无可忍，愤怒地砸开锁，奔出家门。

巴勒马南达正在自己安静的小屋里诵经，除他之外没有第二个人。骤然，戈丽闯了进来，像一声晴天霹雳打断了他的静思。

"你要干吗？"

他的信徒启齿道："师尊，你带我走吧，把我从这个轻侮人的尘世中解救出来。我愿终生侍奉你。"

巴勒马南达痛责戈丽一顿。令她速速回家。然而这位师尊被突然打断的思路怎能重新归绪？

巴勒斯回家一见屋门洞开，忙问妻子："谁来过了？"

妻子答："谁也没来，是我到师尊那里去了一趟。"

巴勒斯唰地变得脸色惨白，俄顷，又血往头涌，狂怒地问："去干吗？"

戈丽："我愿意。"

从该天起，巴勒斯雇人看管大门，不许妻子外出。这件事闹得全城妇孺皆知，他成为众矢之的。

巴勒马南达自从得悉这一令人发指的暴行之后，再也没有心思敬神。他考虑起离开这个城市的问题，然而他不忍心弃戈丽于不顾而自己一走了事。

这位出家人此后几天的行动除了天神之外，无人知晓。

被软禁在家的戈丽突然收到一封信。信中写道：

徒儿，我已考虑成熟，从前许多贞节美貌的女子出于对黑天神的爱，抛弃了家庭和一切。若是人世间的强暴使你的心受到伤害，请你务必告诉于我。天神将会助我解救他的仆人，为此我将不惜把自己供奉在天神面前。你若愿意，请在本月廿八（星期三）中午两点于你家附近水池边候我。

戈丽将信塞进了自己的发髻。到了该日，为了洗澡方便，她打开发髻。一摸，信不见了！她蓦地想起：信也许在她睡觉时掉到了床上，也许丈夫此时正在读着信，气得七窍生烟。想到此，戈丽心中很痛快；同时，她又不愿意她的"头饰"——信落到一个小人手中受辱。

她快步走到丈夫房里，一看，丈夫躺在地上全身痉挛，口吐白沫，眼往上翻。

戈丽眼明手快地从丈夫手中取回信，叫来了医生。

医生诊断说："是癫痫病。"

那时病人已经咽气。

这一天巴勒斯本要出庭去为一桩重要案件辩护的。而那位出家人却堕落到如此地步：一听到巴勒斯的死讯就迫不及待地要去和戈丽相会。

刚成为寡妇的戈丽从窗口朝外一望，只见她的师尊像小偷一般躲在后门的水池边。陡然她恍如被雷电击中，垂下了头。在她的心目中，师尊的形象一下降低了。刹那间她的眼前闪现出他的可憎面目。

下面，师尊喊道："戈丽！"

戈丽应声道："就来，师尊！"

当巴勒斯的朋友获悉他的死讯前来吊丧时，发现戈丽躺在丈夫身边也死了。

她是服毒自尽的。这出乎意料的夫妻双双身亡的事件，蒙上了现代节妇殉夫的庄重色彩，使得在场的所有人全都惊讶不已。

（陈宗荣　译）

"她爱我吗？"

[波兰] 波·普鲁斯

有一回，夜里我在路德方场上遇见了我的朋友卡罗。他向半空中昂着首，怪异地、无目的地行丁着。他弯来曲去地行走，忽然停住了，忽然走向旁边，忽然又退向后方了，忽然踏到青草上面，忽然又撞着路上的小树了。

我看出他的两唇很枯燥，两颊也现出一种有病的红色。

他还没有把我认清楚，便慌忙地说道：

"你笑我吗？我知道的，你觉我有些痴狂。但便是用了你的哲学的镇静剂，也未必能改变我的痴狂罢。你们许多大问题，于我是全不相干的！……恋爱——这却是我的最大的问题……"

"你是等待着什么人不是？"

"这是不消说得的！"他用了流利的声调回答着，"难道我还想瞒你吗？绝不然的。而且我可以老实和你说，我在这里度过好几个全夜了,但便是经过一个礼拜的徘徊,只要能够遇见她,看着她——便只是几分钟——我已经是很幸福了。"

"每次是这样,总觉太单调了吧。"

"变化倒是很多的:一会儿我想着她实在是爱我的;一会儿却又猜疑起来,她究竟爱我不爱呢?有时候,我故意玩着占定自己的运命,我就从方场的这边走到那边,一步一步地数着:'她爱我。'——'她不爱。''她爱我。'——'她不爱。'……但是今天我却发明了一个更加方便的玩意儿了。 我随便挑选一颗天上的星,随后又在方场上找一个适当的立脚点,从这一点望去,便会看见那星刚巧在礼拜堂的尖顶的上头。 如果我立刻找得了那点,那时我的那颗明星就在十字架上闪烁着,这就见得是'她爱着我'了……"

"你时常找着吗?"

"是时常找着的。 ……而且这个在我真是有说不出的高兴啊。"

"祝你晚安吧。"我说。

"啊!"他握住我的手,低低地说,"你觉得有些诧异吧,竟有这样的一个人,会把他自己的恋爱和恋爱的方法,老老实实地说了出来……"

我走了十几步路,在街旁的阶道上站着。 我那位朋友呢,重新又干着他的玩意儿,像醉汉模样的摇摆着。

从旁边一条小路的弯角里,闪出两个黑影,经过那位恋爱的朋友的身旁。 他和他们两口子是谁也不曾见着谁,因为他是在专心一志地瞧着天上的星宿,而他们俩却又起劲地讲谈着。 他们臂挽着臂的慢慢的行走,两个人挤得紧紧的,看去竟像是一件东西。 那女子把头靠在男子的肩上,男子呢,好像是握住了她的纤手。

当人们走近阶道的时候,道旁的灯光正照着他们。 原来这女的就是"她",这男的呢——是我的另一个朋友瑟甫。

他们向我匆匆地行了一个礼,便慌忙地走去了。 只有她却神经质地握住我的手,两眼盯住我的眼睛,低声说:

"我很希望卡罗不知道这一回事,最好是连一个字都不知道……"

于是他们走开了,但是走了几步她却又重新回过头来,怯弱地看着我,而且又说了些话,这话的声音竟低得和鸽子的翅膀里所发出的微声一般:

"要不然,我是要悔恨的!……"

我可以断定,在这时候,我的朋友卡罗一定看见天上的星正对着礼拜堂的尖顶上呢。

(胡愈之 译)

癖 好

[美国] 布 朗

"我听到谣传,"桑斯特罗姆说道,"大意是说,你——"他转头看看四周,要绝对弄清确实就只他和药剂师单独在这间小药房里,"——大意是说,你有一种人全然识不破的毒药。"

药剂师点点头。 他转过柜台,锁上前面的店门,而后朝柜台后面的一个门道走去。 "我要歇会儿喝点咖啡,"他说,"请跟我一起来喝一杯。"

桑斯特罗姆跟着他转过柜台,穿过门道,进了一间四周从顶到底放满瓶架的后室。药剂师插上电咖啡壶的插头,找了两只杯子放在一张桌上,桌两边各放了一张椅子,他示意桑斯特罗姆在一张椅上坐下,自己坐了另一张。"告诉我吧,"他说,"你想毒死谁,又是为什么?"

"这个要紧吗?"桑斯特罗姆问,"那还不成吗,我付钱——"

药剂师举起一只手打断了他。"是的,那很要紧。得让我相信,你值得我给你那东西。要不然——"他耸了耸肩。

"好吧,"桑斯特罗姆说,"那人嘛,是我的妻子。原因嘛——"他长篇大论地说起来。他话没讲完,咖啡煮好了。药剂师稍稍打断他一会儿,为他俩倒了咖啡。最后,桑斯特罗姆结束了他的叙述。

小个子药剂师点点头。"不错,我偶尔配一种人识不破的毒药。我干这个免费;只要我认为事情值得,我不收钱。我帮助过许多杀人犯。"

"太好了,"桑斯特罗姆说,"那就请你给我那东西啊。"

药剂师朝他笑笑。"我已给过你了。在做好咖啡时,我已认定你值得给。我说过,它免费,但,解毒药可有价。"

桑斯特罗姆脸色变白了。但他事先预料到——不是这个,而是被出卖的可能或某种形式的勒索。他从口袋里掏出手枪。

药剂师格格笑起来。"你不敢用那个。你能在那几千个瓶子当中——"他朝那些架子挥挥手,"找到那解毒药吗?还是你愿意找到一种作用更快、毒性更大的毒药?或者,如果你认为我在骗你,你其实并没有中毒,那你就来吧,开枪吧。三小时之内,毒药开始起性,你就会知道答案。"

"解毒药什么价钱?"桑斯特罗姆咆哮着说。

"十分公道，一千块。 毕竟，人必须生活；即使他的癖好是阻止谋杀，也没理由说不该拿这赚钱呀，是吧？"

桑斯特罗姆咆哮着，放下了手枪，但放在伸手够得着的地方，掏出钱包来。 或许，他服过解毒药后，仍然要使用那手枪。 他把一百元的票子数了十张，把它们放在桌上。

药剂师没有立即伸手去拿。 他说："还有一件事——为了你妻子的安全和我的安全。 你得写一份有关你的意图——你原先的意图的自白书。 我相信你原先的意图是谋杀你的妻子。 而后你要等我出去，把它寄给我一个朋友，告知他谋杀的详情。 他要把它留作证据，以防你什么时候还是决定要杀死你的妻子。 或者杀死我，为了那事。

"当那寄出后，回这儿来给你解毒药，我就安全了。 我给你拿纸和笔。 哟，还有件事——虽然我并不绝对一定要那么办。 请你帮助散布我有一种人识不破的毒药的消息，好吗？任何人绝不会知道的，桑斯特罗姆先生。 要是你有什么敌人的话，你挽救的性命，可能正是你自己的性命哩。"

（韩长清　译）

第 131 级台阶

[美国] 布拉德雷

他叫她朱丽叶，她称他罗密欧。 她二十五岁，他三十二岁。 两人相识于 10 月 4 日下午的鸡尾酒会。 穿过狂欢人群，他们四目相碰，定格了时间。

"罗密欧，你来了！"她幸福得声音发颤。

"朱丽叶!"他也满怀深情。

"离这儿两英里有个地方有 131 级台阶,那上面放了架钢琴,据说只有相爱的人才能弹响。"她笑得娇憨而神秘。

"真的吗?那让我们去证实一下!"于是,迟归的夕阳伴着他们轻快的脚步一起上了路。

望着曲折延伸的长龙般的台阶,他瞪大了眼睛,"我简直不敢相信!"

"数数看,共 131 级。来吧,罗密欧!"她活泼得像个小女孩,一下子跑到前面。他也不甘落后。可爬到第 57 级时,他丧失了信心。

"来呀,"她在远处喊,"就到了!"

他抬起头,天边最后一缕晚霞也消失了。朱丽叶高高在上,脸上布满迷惑和失望的神情,他恍惚觉得她就是自己梦中的那个披着白纱的女神,他看呆了。她一步一步走下台阶,来到他近前,"你流泪了,为什么?"他凝视着她同样盈满泪水的眼睛,喃喃地说,"你又给了我一个惊喜。"两人相拥而吻,许久许久。

恋爱的季节铺满金色的秋叶,灿烂而丰硕。他们欢笑,看《罗密欧与朱丽叶》,每月至少爬一次那个神秘的台阶,却没找到传说中的钢琴,不过,那已经没有必要了。

圣诞节过后,他们猛然意识到一个已被忽略的问题:他在广告公司有一份薪水优厚的工作,她是法国空姐,签了合同,必须马上回国。一天晚上,他们相拥而坐,窗外寒风呼啸。

"再见……"她有些哽咽。

"什么?"他没听清。

"你知道,我要走了。"

"不，永远别离开我，好吗？"他抱紧她。她突然站起来，热切地恳求着，"娶我吧，罗密欧！和我回法国，你可以改行写美国小说。"

"可是……"他欲言又止。

"走吧，亲爱的，我们会很幸福的！"

"难道仅仅要为一年的浪漫去终生忙碌？"

"你说过爱我！"她的声音变冷了，"男人真是懦夫！"

"我爱你，朱丽叶，我的确爱你呀！"

"作出决定吧，一分钟。"她开始看表。

"别逼我！"他恼火而绝望。

"三十秒，二十，我一只脚放门外了；十，另一只脚，五、一。天哪，我得走了！"

"朱丽叶！"

她抽泣着蒙住双眼。

他伸出手，她躲开了。"我别无选择。记住，每年10月4日晚，我在第131级台阶上等你，如果还有机会……"

门关上了。

他每年10月4日都去爬那台阶，三年过去了，她却如一片飘零的落叶杳无音信。后来，他有两年没去。第六年，他忽然心有所动，于是踏着暮霭匆匆赶去。果然，第131级台阶上放着一瓶上等香槟酒和一只粉红色的信封。他颤抖着双手打开信封：

"罗密欧，亲爱的罗密欧！谢谢你来了。爱情是相同的，生活却千变万化，我结婚了。爱你的朱丽叶。"

他从此不再光顾131级台阶。

十五年后，他携妻女去法国旅行。在参观埃菲尔铁塔时，一位美丽的妇人迎面走来，身边跟着一个严肃苍老的男人和一个十几岁的男孩。他们擦肩而过，两人莹泪的双眼又一次定格了时间。她低语："你又给我一个惊喜，罗密欧！"

"爸爸，那位夫人是叫你吗？"

"哪个？"

"爸爸，你怎么哭了？"

"没有。"

"你不舒服吗？奥利？"妻子满脸疑惑。

"我想起一些往事，"他说，"131级台阶，一架钢琴，还有……"

"莫名其妙！走吧。"妻子不耐烦了。他情不自禁地回头，与妇人凄然的目光相接，两人都在心底默默而深情地说：再见了，罗密欧。再见了，朱丽叶。

迎着10月的残阳，他们朝相反的方向渐渐远去。

（徐　丹　译）

垃　圾

［巴西］维里西莫

他俩是在公共楼道里碰到的，每人手里拎着个垃圾袋。这是他们头一次搭话。

"早上好……"

"早上好。"

"太太您住610房间。"

"先生您住612房间吧？"

"是的。"

"我还不认识您本人……"

"可不是嘛……"

"恕我冒昧，我已经看过您的垃圾……"

"我的什么？"

"您的垃圾。"

"噢……"

"我发现垃圾每次都不多。您家人口一定很少。"

"事实上，就我一个。"

"嗯……我注意到先生常吃罐头食品。"

"是啊，我得自己动手做饭，可又不会做……"

"这我理解。"

"太太您也是……"

"请用'你'字称呼吧！"

"也请你原谅我的冒昧，我也观察到你的垃圾里常有些吃剩下的食物，比方蘑菇一类的东西。"

"我非常喜爱烹调，做各种不同的菜。可是我独身一人，所以常常剩下……"

"太太您……不，你！你没有家？"

"有是有，可是不在这儿。"

"在埃斯比里托·圣托？"

"你怎么知道的？"

"你的垃圾里有些信封，是从埃斯比里托·圣托寄来的。"

"对，妈妈每个礼拜都给我来信。"

"她是教师。"

"真不可思议,你怎么猜到的?"

"从信封的字迹看出来的,我看像教师的字体。"

"你收到的信不多,这从你的垃圾里看得出来。"

"不错。"

"有一天,你扔出了一封揉皱了的电报。"

"对。"

"是什么不幸的消息吗?"

"我父亲去世了。"

"我为你难过。"

"他很老了,住在南方。我们好长时间没有见面了。"

"所以那时候又开始吸烟了?"

"你怎么知道的?"

"最近你的垃圾里经常有揉烂的烟盒。"

"一点儿不错,可是我又戒掉了。"

"感谢上帝,我可从来不吸烟。"

"这我清楚,可是我发现你的垃圾里有些空药瓶……"

"安眠药。我有一段时间要服安眠药,现在好了。"

……

"你和男朋友闹翻了,对吧?"

"莫非这也是从垃圾里发现的?"

"你先是扔出了一束花和一张名片,后来还有好些手巾纸。"

"是啊,当时我哭得很伤心,现在总算过去了。"

"可是今天还有一些手巾纸。"

"我感冒了。"

"噢。"

"你的垃圾里常有拼字游戏的杂志。"

"对,一点儿不错。我喜欢待在家里,不爱出门。你知道为什么吗?"

"女朋友?"

"不对!"

"可是几天以前,你的垃圾里有一张女人的照片,长得还蛮漂亮呢!"

"是整理抽屉的时候拾掇出来的,过去的事了。"

"你没有撕掉照片,说明你心底里还盼望她回来。"

"你已经对我的垃圾作过全面分析。"

"你的垃圾确实引起了我的兴趣,我不否认。"

"有意思,有一次看完你的垃圾,我想我肯定愿意认识你。大概是看到你写的诗以后。"

"什么?你看到我写的诗了?"

"不仅看到了,而且很喜欢。"

"写得太糟糕了!"

"假如你真的认为写得不好的话,就会撕碎的。可是事实上,叠得整整齐齐。"

"要是我知道你会看到的话……"

"我没有把你的诗保存起来,因为我觉得那毕竟近乎偷窃行为,尽管连我本人也不明白,别人的垃圾是否还算私有财物。"

"依我看不能算。垃圾是公共的。"

"说得对!垃圾能使人披露隐私,能使我们私人生活中的剩余部分跟别人私人生活中的剩余部分互相结合。它是人与人之间互相了解、沟通感情的媒介,它是我们生活中最具有社会性的部分,对吗?"

"是啊,你对垃圾分析得太深刻了。我认为……"

"昨天,你的垃圾里……"

"有什么?"

"要是我没有看错的话,有虾皮。"

"你说对了,我买了一些大虾,剥了皮。"

"我非常爱吃虾。"

"我剥好了,可是还没有吃,我们能否……"

"共进晚餐?"

"完全正确!"

"那要给你添麻烦了。"

"谈不上什么麻烦。"

"会把你的厨房弄得乱七八糟。"

"没关系,一会儿就能收拾好,再把垃圾扔出来就是了。"

"那时候,算是我的垃圾,还是你的垃圾?"

(范维信 译)

第九辑　智慧彩虹

轻信带来的烦恼

〔西班牙〕比德佩

一天夜里，两个惯贼窜入一个富有的骑士的住宅，这位骑士是当地的知名人士，而且以其智慧超人著称。他听见了有人进入宅内的脚步声便醒了。他分析进来的人是窃贼。两个贼刚要打开他住着的那个房间的门，他便轻轻地推醒了妻子，然后小声地说："我听见了两个窃贼的脚步声，我要你一个劲地问我是从什么地方，通过什么办法弄到这么多钱的，你要大点声恳切地问，我要不愿说时，你就连劝带哄，直到我把全部的底细都告诉了你时为止。"他的太太也是个聪明精细的人，便开始装腔作势地问起丈夫话来："我说，老爷，你今天晚上就把那个我一直想知道的事告诉我吧。你告诉我你是怎样发了这么大财的。"他支支吾吾地不肯讲实话，但是拗不过她一个劲地恳求，最后他说："夫人，我不理解你为什么非要知道我的秘密？你丰衣足食又有人侍候，还不满足吗？世界上没有不透风的墙，许多事情一说出来就会坏事，过后就悔之晚矣，所以我还是劝你不要多问。"

这番话不仅没有使太太改变主意，反而使她追问得更紧了。最后迫于无奈，骑士说："我们的全部家产——这话可千万不能对任何人泄露——都是偷来的。的确，我的钱没有一分是我自己挣来的。"太太听了不信，逼他讲出详情。"你不相信我吧？那我就把全部经过告诉你：我从小就和一帮小偷混在一起，我的手指几乎不曾有闲着的时候。他们中有一个人非常赏识我，教了我一身绝技，一念叨他教给我的咒语，就能使我突然抱住月光，然后我从高高的窗户上飞到地面，又抱着月光从地面飞到房顶，就这样我什么时候想得到点东西，什么时候就抱着月光飞上飞下。我把咒语念完七遍，月亮就把房子里的全部钱财和珠宝藏在什么地方显示给我，我就抱着月光飞上飞下地去拿那些宝物。我就是这么发的财，再也没有什么别的秘密了。"

在门口偷听的那个贼听得入了神，而且对骑士讲的话深信不疑，因为远近皆知这位骑士是一个诚实而有身份的人。贼首恨不得马上试验一下他听来的话是否灵验，他把咒语念了七遍，然后抱着月光跳了下去，他想从这个窗子飞到那个窗子，结果头朝下摔到地上，月亮对他真还算开恩，没有让他摔死，只摔断了他的两条腿和一只胳膊，他疼得大喊大叫，恨自己愚蠢，过于轻信别人的话了。

正当他躺在地上等死的时候，骑士走了过来，那个贼求他饶命，说他最痛心的是竟糊涂到了能轻信这种话的程度，他恳求说，既然他已用话伤了他，就不要再加害于他了。

(宋韵声　施　雪　译)

光荣的事情

[美国] 马克·吐温

我记得有一次，身边分文不剩了，但在天黑前又急需三美元。我茫然不知所措，到哪里去弄钱呢？

我沿着街道徘徊了整整一小时，也想不出一点儿办法来。后来，我走进爱伯特旅馆，找个地方坐了下来。这时，一只狗朝我走来，停在我身边，打量着我，好像在说："你想交朋友吗？"我好奇地注视着这只可爱的畜生，它快乐地摆动着尾巴，围着我团团转，用头在我身上摩挲,一再地扬起头,用棕色的眼睛看着我。这真是一只逗人喜爱的小东西,我抚摸着它那缎子般光滑的脑袋,就像久别重逢的老朋友一样。

过了一会儿,密尔将军——一位民族英雄穿着蓝色和金色相间的制服走了过来,人们都羡慕地望着他那身显眼的制服。这时他突然看见了这只狗,停了下来,眼睛里流露出喜爱的神情,看得出他也迷上了这只漂亮的畜生。将军情不自禁地走上前,轻轻地摸着这只狗,说:"这是一只很好的狗,多逗人喜爱呀!你愿意卖吗?"

我爽快地说:"可以。"

"卖多少钱?"

"三美元。"我回答。

将军大吃一惊说:"三美元?只卖三美元?这可不是一只平常的狗啊,它至少值五十美元。你大概不懂行情,我不想占你的便宜。"

我还是回答:"不错,三美元,只卖三美元。"

"那么好吧,既然你坚持这个价钱。"将军说着,高兴地递给我三美元,然后带着狗一直向楼上走去。

约莫十来分钟光景,一位相貌温和的中年绅士走了过来,四下里东张西望。我对他说:"你是在找狗吗?"

他焦急的脸上露出一线希望,顿时松了口气,连忙回答:"对,对!您看见啦?"

"是的,一分钟前它还在这里。"我说,"我看见它跟着一位将军走了,如果你需要我试试的话,我愿帮你找回来。"

我很少看见一个人如此感谢我,他连连表示愿意让我试试。毫无疑问,我不费吹灰之力就能把它找回来。我暗示他不要舍不得一点儿钱作为酬谢，他明白了我的意思，满脸笑容地说："没问题，没问题。"一边问我要多少。

我说："三美元。"

他惊讶地望着我说："啊！这算不了什么，即使给您十美元，我也心甘情愿。"

但我说："不，我只要这些就够了。"我二话没说就上了楼。人们一定会说我傻吧，怎么多一点儿钱也不想要。

我向旅馆服务台打听到了将军房间的号码。当我走进房间时，将军正在非常高兴地给狗梳理着。我说："将军，真对不起，我要把这只狗带回去。"

他吃了一惊说："什么？带回去！这是我的狗了，你已经卖给我了，价钱是你出的。"

"是的，"我说："一点儿不错，但我必须带它回去，因为有个人在找它。"

"什么人？"

"这只狗的主人，这不是我的狗。"

将军更惊奇了，不知说什么才好，半晌才说："你的意思是你把别人的狗卖了？"

"是的，我知道这不是我的狗。"

"那么，你为什么要卖呢？"

我说："哎呀！你真问得稀奇，是因为你要买它，我才卖给你，是你自己出价买这只狗，这你不能否认吧。我既没有要卖它的意思，也没有说要卖，我甚至连想也没想过要卖它呢……"

将军打断了我的话，说："这真是我生平遇到最稀罕的事，你是说你卖的这只狗不属于你……"

我不等他继续说下去，便说道："你自己说这只狗可以值五十美元，我只要了三美元，还有什么不公平吗？你提出多付些钱，事实上我只要了三美元，这你不否认吧。"

"哎呀，我并不是非要这只狗不可，事实上是你自己没有狗。你明白我的意思吗？"

我说："请别再费口舌了，你不能回避这个事实：买卖是非常公平、非常合理的。但因为这不是我自己的狗，因此，争论下去也是白搭。我必须把它带走，是因为有个人要它。我在这个问题上没有选择的余地，你懂了吗？如果你处在我这个位置，假如你卖了一条不属于你的狗，假如……"

将军连连挥手："好啦，好啦，不要说这一大堆令人迷惑的辞令了，你把它带走，让我休息一下！"

我还给了他三美元，把狗带到楼下，交给了狗的主人，得到三美元作为酬谢。

我心满意足地走出去，因为我做了一件光明正大的事，我决不会用那卖狗的三美元，因为狗不是我的。但我从狗主人那里得到的三美元，那才真正是我的，因为那是我赚来的，那位狗主人如果没有我，一定不能找到狗。我这种认识，至今不变，我永远是光荣的。大家知道，在那种情况下，我非那样做不可。正因为这样，我可以永远说这样的话："我决不会用那种来路不明的钱。"

（程茂苏　译）

地狱之旅

［德国］梅洛利

"威廉，今儿个早上我想去一趟丹佛，"塔玛拉·汉佩尔对她的丈夫说,"也许,银行能同意分期归还。 这样的话,我们家那笔债不难偿清。 咱们也用不着三天两头为此吵架了。"

威廉爽快地答应了。 早饭后,塔玛拉离家时把汽车开走了。反正,丈夫不需要用车。 再说,他在国家公园工作,要用车的话,可以用单位里的公车。

汽车在一条僻静的大道上行驶。 路的两旁林深树密。 突然,塔玛拉看到路边躺着一个人,一动也不动地躺在那里。 她心想,准是让别的汽车撞上了。 于是,她赶紧停车,从车里下来朝那人走去。 殊不知,那人蓦地跃起,用手枪顶着塔玛拉的鼻尖,拖着她,把她按回司机座上:"别出声! 快,开车!"

不一会儿,那人开口问她的姓名。

"塔玛拉·汉佩尔。"她怯生生地回答。

"塔玛拉,"他咕噜道,"这名字顶让我喜欢。 过去,我有个女朋友,也叫塔玛拉。 可她卑鄙无耻地欺骗了我,居然和我的一个朋友暗中勾搭。 顺便告诉你,我是警察,是个讨人喜欢的人。"

塔玛拉心中一惊。 清晨,电台里在广播,说是一个叫罗伯特·佐林的杀人犯从中央监狱逃了出来。 难道眼前这个家伙就是……

塔玛拉感到自己的心在激烈地跳动。 就在此刻,车厢里响起一阵轻轻的嗡嗡声。

"什么声音?"那人急切地问。

"是无线电话。"塔玛拉一边说,一边拉开盒箱,那是威廉工作单位替他安装的一部无线电话。

"这电话我不能不接。 否则,对方会产生怀疑。"她说。

"可你得放老实些!"那人发出威胁。

话筒中传来她丈夫的声音。 "塔玛拉,我想想,还是给你打个电话。 早晨，咱们又为了几个臭钱吵架了。 你可别生我的气！"

"没有关系，"她一边说，一边竭力克制着自己不让眼泪流出来，"重要的是，咱们彼此依然相爱！"

"少废话。"那人凑近她的耳朵说。

"你现在到了什么地方了？"威廉问。

"快到丛林古堡了。 咱们的小宝贝，莎丽坦乖不？你替我亲亲她，好好地亲一亲她！"

身旁的那个歹徒使劲地把枪顶住了她的腰部。 "快挂上！"他恶狠狠地说，"快把电话搁上！"

"威廉，我得把电话挂了，"她压低声音说，"这地段的交通很挤，再见了，亲爱的！"

汽车又行驶了一阵。 前面不远处有个加油站。

"咱们该加油了，"塔玛拉说，"要不然，车子会抛锚的！"

那歹徒以怀疑的目光瞅了一眼汽油计量表。 "好吧，"他勉强同意，"你待在车里，闭上你的嘴，懂吗？"

塔玛拉把汽车开进加油站。 歹徒冲着加油站的管理员叫了一声："把油箱加满！"

此刻，塔玛拉忽然从汽车的后视镜中看到一辆警车正在向加油站驶来。 显然，歹徒也发现了这辆警车。

"别动，沉住气，"他低声说，"否则，我就毙了你，塔玛拉！"

此时的塔玛拉，由于紧张而在哆嗦。 不过，总算没有出事。两名警察把汽车停在一边在测试车胎的压力。 之后，他们又和加油站的两个管理员有说有笑地聊了起来。 坐在塔玛拉身边的歹徒硬是拿她钱包里的钱付了油款。 汽车再次开动，那个警察居然咧嘴一笑对他点了点头。

汽车继续行驶了十多分钟，在一处建筑工地的路口遇上了红灯，并行的两条车道上长长地停满了各式轿车。

和塔玛拉的汽车并排停着的一辆车上走下一名男子。只见他轻松地舒展了一下身子，然后，轻轻地敲了敲塔玛拉的车窗。

"对不起，先生，"此人非常有礼貌地对坐在塔玛拉身旁的那个歹徒指了指他自己手上的那支香烟说，"能向您借个火，可以吗？"

此刻，歹徒正好从塔玛拉的烟盒里取了支烟在点火。在这种情况下，他很难拒绝车门外那个人提出的要求。于是，他无可奈何地嘀咕了一声，犹豫不定地瞅了对方一眼。终于，他一手拿着打火机，一手按动车窗的升降机钮。

就在这一刹那，车门外那个人以迅不及防的动作，拉开车门，把枪顶住歹徒的太阳穴。"别动，我是警察！"

而另一侧，几乎还没有来得及让塔玛拉搞清发生了什么事，她身旁的那扇车门也被打开。"您别害怕，汉佩尔太太！"另一名警察对她说。

"谢谢您两位！"她噙着眼泪结结巴巴地说。

"您该谢谢您的先生，"警察说，"你俩根本没有孩子。所以，当他听到您要他好好亲亲您女儿时，他就意识到出事了。于是，他立即报告了我们。在加油站那边，我们的两位同事认出了坐在您身旁的正是那个越狱的杀人凶犯罗伯特·佐林。"

"他裹挟着我，为他开了这一段路，这真是太危险了，"塔玛拉心有余悸地说，"简直像是一趟地狱之旅！"

警察微微地对她一笑，说："汉佩尔太太，您自己也真够勇敢的。 顺便告诉您一个好消息：抓住这杀人凶犯罗伯特·佐林的赏金是相当高的。 我想，您正需要这样一笔钱，不是吗？"

（仲　丹　译）

鞋匠布隆杜

［比利时］佩里埃

在巴黎有一个名叫布隆杜的鞋匠。 他住在蒂罗伊广场，以缝补皮鞋为业，过着无忧无虑的生活。 他嗜酒胜过一切，而且乐于与人共饮，他终日哼哼唧唧地唱个不停，不知人间有什么烦恼。 他一生中只遇到两件犯愁的事。

第一件是：他在破墙中发现了一个铁罐，罐中装有大量的古代钱币，有金币，也有银币。 他不知道这些古币值多少钱，因而发起愁来。 歌也不唱了，心里总是盘算那个铁罐。

"这种钱现在已不通用，"他思忖着，"我没法用它去买面包或酒，如果拿到金店去卖，他们不是骗我，使我折损这份财宝，就是向我勒索，让我所剩无几。"

后来他又担心起来，生怕铁罐没有藏牢被人偷去。 所以隔一会儿就去看看，使他很烦恼，不过很快他就恢复了理智。

"我的心事总是纠缠在这个事上，"他说，"岂不让了解我的人见怪吗？ 那东西只会使我倒霉！"

想通了之后，他拿起这罐财宝，毫不心疼地扔进了塞纳河，他的烦恼也随之清除了。

另一件是：他被住在他家对面的绅士搞得很苦。 这位绅士养了一只猴子，这猴子经常捉弄布隆杜。 当他切皮革的时候，这个畜生就从高处的一个窗口瞧着他，留心他的动作。布隆杜一离开，猴子就下来跑进他的屋子，拿起他的刀，模仿着鞋匠切皮革。

这个可怜的人不得不把他所有的皮革锁起来，才敢出去干什么事情，如果忘记了收藏，猴子绝不客气地把这些皮革切成碎片。这使他十分恼火，然而由于害怕得罪猴子的主人，他也不敢伤害它。可是他咽不下这口气，决心寻机报仇。

这只猴子看见鞋匠做什么，就模仿着做什么。如果布隆杜磨刀，猴子就学着他的样子磨刀。他干活时把靴子夹在两膝之间，猴子来了，也拿一只靴子夹在两膝之间。布隆杜把这一切都看在眼里。

经过一番琢磨之后，他把他的刀磨得非常锋利。然后当猴子偷偷看着他的时候，他便拿起刀在喉咙前划来划去。等到他认为足以引起猴子注意以后，便离开屋子，到外面吃饭去了。

猴子飞快地跑下来，它急于想试一试刚学的新动作。它拿起刀对着自己的喉咙，像布隆杜那样地来回划，这可不是闹着玩的，几下就把喉咙割断了，不大一会儿就死了。

（宋韵声　施　雪　译）

夜半来客

[美国] 亚　瑟

奥萨贝尔一点也不像小说所描绘的侦探，跟他穿过这家阴暗的发着霉味的法国式旅馆走廊的福勒感到很失望。奥萨贝尔住的房间很小，在六楼，很难想象这是一个传奇式人物应有的住处。

奥萨贝尔是个大胖子，很胖。"你失望了吧？作家先生。"奥萨贝尔转过头来说。 他呼哧呼哧喘着气,悄悄笑着,打开他的房门,站在一边,让他扫兴的客人先进去。

"可是,我的朋友,鼓起劲儿来!"奥萨贝尔继续说道,"很快你就会看见一份文件。 这是一份非常重要的东西,为了得到它,好几个男人和女人丧失了生命……这很富有戏剧性,是吗?"他边说边从身后把门关上,然后打开电灯。 福勒突然毛骨悚然:屋子中央站着个男人,他手里握着一支手枪。

奥萨贝尔惊愕地眨了几下眼睛。

"马柯斯,"他上气不接下气,"你吓了我一跳。 我还以为你在柏林呢。 在我房间里干什么?"

马柯斯是个瘦弱的男人,个头不高,那张脸容易让人想起狐狸脸上的表情。 除了眼前这支手枪,他看起来并不十分危险。

"今晚不是有人要送一份关于某种新式导弹的报告给你吗?"马柯斯低声说道,"我想它在我手里要比在你手里更好一些。"

奥萨贝尔走到一张沙发旁,一屁股坐下。 "我决不能饶过这个旅馆的管理人。"他咬牙切齿地说,"这可是第二次了:有人从窗外那个该诅咒的阳台翻进我的屋里来!"

福勒的眼睛转向这房间唯一的窗户。 夜幕降临,窗外漆黑。

"阳台?"马柯斯惊奇地问,"不,我用的是钥匙。 早知道有阳台,我可以省去很多麻烦了。"

"这不是我的阳台,"奥萨贝尔生气地解释着,"是隔壁房间的。 可它延伸到我窗下,这两间屋过去是一个单元。 任何人都可以从隔壁的空房间到阳台上去。 上次有个家伙也是这么进来的。"

马柯斯看了一眼福勒,命令道:"请坐好! 咱们得等上半小时。"

"不，确凿地说，是三十一分钟。"奥萨贝尔闷闷不乐地说道，"会面定在十二点半。现在我想知道你是怎么得知这份文件的，马柯斯。"

这个瘦小的间谍不怀好意地笑起来："我们倒想知道你们的人是怎么把它搞到手的。得啦，今夜里我要它重新回到我的手里。那是什么？谁在门口？"

听到敲门声，福勒跳了起来。奥萨贝尔不动声色地微笑着。"那是警察，"他说，"我觉得这样重要的文件，应该受到一点额外的保护。我通知过他们来这儿检查一下，以确保万无一失。"

敲门声一阵紧似一阵。

"现在你作何打算？奥萨贝尔先生！"

"假如我不去开门，他们会有其他办法进来的，对于开枪射击这个办法，他们是绝不会犹豫的。"

马柯斯飞快地朝窗户退去。他用身后的一只手把窗户打开，一条腿跨向窗外的黑夜。

"把他们打发走！"他警告说，"我在阳台上待着。支走他们，不然我就开枪！"

敲门声更响了。有人在喊："奥萨贝尔先生，奥萨贝尔先生！"

马柯斯将全身重量压在一条腿上，曲扭着身体，手枪仍然对准胖子和他的客人。另一只手抓住窗框。然后，他抬起另一条腿，跨过窗台。

门把转动。马柯斯飞快地用左手推了一下窗子，朝阳台跳了下去。随着一声惨叫，他落下去了。

门开了。侍者亨利手托盘子站在那里，盘子里有一只瓶子和两只玻璃杯。

"这是您要的饮料,先生。"他把盘子放到桌上,熟练地打开瓶子上的软木塞,然后离开了房间。

浑身打战脸色苍白的福勒盯着他的后影,"可是……可是……警察呢?"他结结巴巴地问。

"哪来的警察!"奥萨贝尔长叹了一声,"不过,我预料亨利会来的。"

"可是,阳台上的那个人……"福勒又问。

"不,"奥萨贝尔回答说,"他永远不会回来了。"

(陆 舜 译)

开小差

[美国] 斯坦贝克

斯莱戈和他的朋友没精打采地消磨着他们四十八小时的假期。阿尔及利亚的酒吧间八点钟打烊,可他们在打烊前就喝得有几分醉意了。他们带了一瓶酒,来到海滩上躺下。夜晚的气候温暖宜人,两个人喝完了第二瓶酒后,就脱去衣服,蹚入平静的海水中,蹲下身子,坐进水里,仅留脑袋露在水面上。"哎,老弟,真够美气的,"斯莱戈说,"有些家伙花了很多钱来这里,就是为了这玩意,可我们没花一个子儿就来这里了。"

"我倒宁愿待在十号街自己家中,"朋友说,"我情愿在那儿而不愿在其他任何地方。我要看到我老婆,我要看到今年美国的棒球联赛。"

"你可能还要一记耳光。"斯莱戈说。

"我要到希腊人开的饮食店里去,喝上一杯双料的巧克力,里面含有麦精和六个鸡蛋,"朋友边说边稍微浮起身子,以免海水灌进嘴里,"这地方太叫人闷得慌,我喜欢科尼。"

"那儿尽是游人。"斯莱戈接着说。

"这地方太叫人闷得慌了。"朋友又重复了一遍。

"谈起棒球联赛,我倒真想去打它一场,"斯莱戈说,"现在一个人总禁不住想要开小差逃跑。"

"就算你跑掉了,但你究竟跑到哪个地方去呢?无处可去呀!"

"我要回家,"斯莱戈说,"我要观看棒球联赛,我要第一个来到看台上,就像一九四〇年那样。"

"你不可能回家,"朋友说,"没有法子回家。"

刚喝下肚的酒给斯莱戈带来阵阵暖气,温和的海水使他十分惬意。"我有钱,我能回去。"他脱口冒了一句。

"多少钱?"

"二十元。"

"你不会有钱的。"朋友说。

"你要打赌?"

"打赌就打赌,你什么时候给钱?"

"我才不会给钱哩,是你给钱。让我们上岸抓紧时间打个盹儿吧……"

码头上停泊着几条船,这些船运来了登陆艇、坦克和部队,此刻,这些船在码头上装运废钢烂铁,还有从北非战场上运来的被损坏的军事装备,这些东西将送到高炉中熔炼,制造更多的坦克和登陆艇。斯莱戈和他的朋友坐在一堆木条箱上,看着这些船。这时,从高地上下来了一支分遣队,他们押着一百名要装上船运到纽约去的意大利俘虏。 一些俘虏衣衫褴褛，有的衣服太破，而且破得不是地方。 他们穿着美式卡其军服。 所有俘虏看上去没有一个为去美国而愁眉苦脸。 他们来到跳板跟前站住了，等候着上船的命令。

"看他们，"朋友说，"他们要去美国而我们却要待在国外。你在干什么，斯莱戈？为什么你把油一个劲地往裤子上擦呢？"

"二十元，"斯莱戈说，"我还会找到你要钱的。"他站起身来，扯下头上外国产的帽子，扔给他的朋友，"老弟，就送给你吧。"

"你要干什么，斯莱戈？"

"不要跟着我，你这个笨蛋。 二十元，不要忘了。 再会，在十号街再跟你见面。"

朋友看着他向前走去，迷惑不解。 斯莱戈穿着油污的裤子和撕破的衬衫向前走着，离俘虏越来越近。 趁人们未注意时，他突然挤进俘虏中，然后光着头站在那儿，掉头看着他的朋友。

上船的命令传下来了，分遣队的士兵们押着俘虏上了跳板。 斯莱戈发出哀怨的声音："我不该在这儿，哎，你们不要把我带到船上。"话中夹杂着一些意大利的口音。

"住嘴，劣种，"一个士兵对他咆哮着，"我不在乎你是不是确在布鲁克林住了十六年。 上跳板！"他把假装不愿走的斯莱戈推上了跳板。

朋友在那堆木条箱上羡慕地看着。 他看到斯莱戈走到船的栏杆前，他看到斯莱戈还在申辩，挣扎着要回到码头上，他听到他尖叫着。"哎，我是美国人，美国士兵，你们不能把我带到船上。"话中又夹杂着一些意大利的口音。

朋友看到斯莱戈还在挣扎,接着看到他大功告成。 斯莱戈先打了一个士兵一拳,那挨打的士兵举起军棍,朝着斯莱戈的脑袋砸下,他的朋友倒在船上,然后,被抬走了。

"这个狗娘养的,"朋友独自咕哝着,"这个狗娘养的真有一手,他们不会一点儿不想法救他的,这事发生时还有其他人在场。哟,天啊,这个狗娘养的牵挂着那二十元钱哩。"

斯莱戈的朋友坐在木箱上好长时间,直到船解缆,拖船把它拖离反潜网,他才离开那地方。 他看到那条船编进船队,又看到几艘驱逐舰驶到附近,为船队护航。 他沮丧地跑到城里,买了一瓶阿尔及利亚酒,转身向海滩走去。 他要以睡眠来打发这四十八小时的假期。

(陈 许 译)

廉正的警官

[意大利] 约万尼斯

"先生,我简直不敢相信,你为什么要帮我这个忙呢?"听了大名鼎鼎的罪犯皮拉的建议,警官岑诺近乎天真地问。

他们两人都到了退休的年龄。 岁月沧桑在警官的脸上留下了明显的痕迹;强盗反倒脸色红润,目光里流露出狡黠与自信。 他觉得面前这位几十年来一直在追捕他而又从不走运的警官着实可怜,于是决定在自己"金盆洗手"之前帮他一次忙。

"警官大人,我们的年龄都不小了。 我绝不是在跟你开玩笑。我把具体时间、地点和其他详细情况告诉你。 到时候你去准能将我逮捕。 你可以如愿以偿,追回全部款项。 这样,你在自己的刑警生涯中将获得一次新的晋级。 然后，你再帮助我尽可能巧妙地越狱。 以后的事，由我自己去应付。 我有一个绝对保险的藏身之地……"

"可你为什么要这样成全我？"警官再次惊奇地问。

"很简单。 我打算去太平洋的一个小岛隐居。 但不是一个人，跟我一起去的还有你女儿。 我非常爱奥莱斯蒂娅。 你可以想象，按照目前这种处境，我是无法向她求婚的，你觉得怎么样？"

岑诺陷入了沉思。 他面临着一生中需要做出的一次重大决定。

两天后，皮拉得到了岑诺的肯定答复。 警官愿意将他女儿交给受国际刑警通缉的重大案犯。 他知道皮拉能让她过上一种王公贵族般的生活，尽管这笔交易见不得人。

计划进行得很顺利。 武装抢劫米兰一家银行的强盗头子皮拉被逮捕归案了。 一时间，岑诺的战果轰动全国，他的名字被刊登在各种报纸的头版。 他获得了政府发给的一笔重奖，并被推荐为好几个政党的参议员和内务部部长人选。

这时，皮拉正在铁窗里面忍受煎熬。 他急切地等待着奥莱斯蒂娅。 按照他同警官的约定，姑娘将化装前来探视，把越狱计划告诉他。 时间一天天过去，可仍然没有任何音讯。 眼看就要开庭审判，皮拉如热锅上的蚂蚁。

望眼欲穿的时刻总算到了。 前刑警官、现参议员岑诺亲自来到监狱。 他悄悄地对那在押犯说：

"亲爱的皮拉，我还没有找到奥莱斯蒂娅的下落……你知道，她可能在印度尼西亚的什么地方，跟全国最大的伪钞走私集团的头子在一起。 那家伙两年前也向我许过跟你一样的诺言……"

（李家渔　译）

不称心的强盗

[日本] 浅名朝子

有一位资产颇丰、独自生活的老太婆,人们传说强盗曾多次光顾了她家,可她一次也不曾报警。 我便也揣上一把菜刀,选定了个风高月黑夜前往她家。 本想撞开门闯进去,又怕她犯了心脏病,便按了门铃。 一个白发苍苍、龟背佝偻、五短身材的老太婆把门打开了。 我迅速闪进门内,亮出了菜刀。

"哎哟!我的妈呀!"老太婆一边扶正了她的老花镜,一边看了看我。

"按门铃的强盗,天下少见哪!"

"我来干什么,想你会明白的,识相些,免得我动手!"我虚张了一下声势,想穿着沾满泥的鞋进屋。

"不脱鞋就进屋,之后不好打扫!你还是换上拖鞋吧!"老太婆不失庄重地说。 我乖乖地照办了。

屋内有个保险柜。 她从抽屉里取出一大串钥匙,然后在保险柜的旋钮上左右拧了起来。

"今晚,只有这些了。"老太婆两手捧出一堆钞票放在了桌上。 是一千万日元。 尽管不太过瘾,但我还是把一沓沓的钞票塞满了各个衣兜,连夹克衫的前面也被利用上了。

"我为了心中有数,想问一句,你打算怎么用这笔钱?"

"我玩牌欠赌债破产了。 有了这笔钱,我除了还账,余下的还能存到银行细水长流,"我把菜刀塞进夹克衫里,站起身来,"多谢了,老妈妈,多保重啊!"

"等一等。"语气像是对自家人一样柔和。 我转回身投以无比亲切温存的一瞥，不料，阴冷的枪口正对着我。

"在警察到来之前，你给我老老实实地待着！你要反抗我可就开枪了！我的枪法棒着呢！"

"您能不能放我一马？"

"我可以向警察为你美言两句，说你这强盗的举止还大有绅士风度，挺文明的。"

"原来那些传说是假的？"

"传说是真的。"

"那为什么是我你就报警？"

"因为你的口试不及格。 在你之前来的那个人，他想抢钱去赌马。 他从院子里冷不防出现在我跟前，差点儿没把我吓死。 在他之前那个人，玩股票全赔光了，半夜里我一觉醒来，发现那人就站在我的床前，害得我一直失眠。 在这人之前的那个人，挖温泉失败了，他是在我洗澡的时候进来的。"

"我不是说过了，把钱存起来慢慢地用吗？他来你不报警，却这样对待我，是不是我有什么地方不称你的心？"

"赌马的那小子，我告诉他说第三跑道的 8—8 号马能赢头彩，他听了我的就赢了。 三天后，他便将五倍的钞票还给我了！我们是平分了赢头。

"玩股票的，我教给了他两手，三个月后，虽然少了点，还是以二分利还钱给我了。 另外还送了我玫瑰花。

"挖温泉那家伙，我鼓励他挖了三处。 结果挖出了泉水。 我打算从明天开始去那儿洗一个月的温泉治治我的神经痛。 他每年都要我去呢。 其实你的信用卡出了亏空，欠着不还也没什么。 如果你说打算用剩下的钱去买六合彩的话，我本来还能放你一马，可是你却说只把剩下的一半钱存到银行里去，还是你自己慢慢用。 那我这钱岂不是肉包子打狗，哪还有什么捞回油水的指望呢？！"

（郭允海 译）

捕　鳄

［印度］普列姆昌德

我的村庄就在沙苏尔河边。 沙苏尔河里有很多种动物。

有一次，我想过河去。 走到河边，看见有几个渔夫正在牵着一只小羊羔，其中有个渔夫手里拿着一把大刀。 我想他们大概要宰羊祭祀了，就问：

"宰羊用这把大刀干什么？难道小刀不行吗？"

"我们把羊弄到这里来，可不是要把它宰了做牺牲。 我们是用它来捕鳄鱼的。"有个渔夫答道。

"这是怎么回事？"我感兴趣地问。

"别作声，你在旁边看就是了。"他说。

我忘掉了过河的事，就留下来看他们怎样捕鳄鱼。

他们把羊羔拴在一棵离河约二十米的树上，然后从土罐里拿出几只水蛭，放在羊羔身上。 羊羔痛得叫起来。 于是我们躲好，等待鳄鱼出现。

"鳄鱼有个奇怪的特性，它从河里哪条路出来的，又顺着那条路回去。"

我们差不多等了一个钟头，才看见水里露出一个鳄鱼的头来。 我们赶紧藏好。 可是它又钻到水里去了。 正在这时候，羊羔大叫起来。

过了几分钟,鳄鱼又把头伸出来;然后不慌不忙地爬上岸,仔细地向四周看了看。

它确信附近没有人,才慢慢地往羊羔面前爬,向羊羔扑过去。

这时,有一个渔夫,拿着大刀,偷偷走到岸边,把刀埋在鳄鱼走过的路上,露出约五厘米的刀锋。

当他回来的时候,我们拿着木棍,大声叫喊,一齐向鳄鱼冲过去。鳄鱼被这么一吓,赶紧往回跑,钻进水里去了。

这一片水很快地落成了红色,渔夫们高兴地叫起来:"杀死了!"

我感到奇怪,问:"它明明钻进水里去了,怎么被杀死了呢?"

"别着急,再等一会儿。"一个渔夫回答说。

这时我的视线落在那大刀的刀锋上,才看到刀锋完全是红的了,血迹从那里一直淌到水边。

过了一刻多钟,渔夫们又高兴地叫起来:"漂起来了,漂起来了!"

果然,水面上漂起鳄鱼的尸体,它的腹部已被剖开了,血还在流着,把水染成红色。

渔夫们坐上小船,划到河心,用网把鳄鱼拖上岸。一个渔夫飞快地跑去找来一辆大车。他们把鳄鱼装上车,向村里慢慢地拉去。

我从来还没有看过这样大的鳄鱼,它差不多有五米长。

(范钦先 译)

甲突斯台

[土耳其] 美列克

甲突斯台(Djaddesde)是一种游戏,在土耳其闺阁里颇为流行。

听说这一类的游戏在西方也是常有的。游戏的方法简单得很：两个人赌着，凡是对手方面接受一件不论什么东西时，都要说一句甲突斯台（土耳其语，意言"我正想着这个"）。如果不说这一句，那便算是输了。这样的玩意儿，有时玩得延长到几星期，或几个月。有一回我曾经玩过一年又半，后来也并不是因大家淡忘了，却是因为我的对手渐渐厌倦不愿意无休止地继续下去，我们后来才宣告终止。

　　从前有一个聪明人，他是时刻防备着妇人的狡计的。一天，他在沙漠里旅行，忽然在路上看见一个白色的帐幕。那帐幕的顶上遮着枣树的荫，前面铺着华丽的地毯。当他走近的时候，一个妇人从地毯上站起来，毕恭毕敬地邀着他到帐幕里边去。因为推却是失礼的，所以他便听从了。

　　可是那妇人的丈夫不在家。当那聪明人走到帐幕里，在柔软华美的地毯上还没有坐定，那妇人便捧了新鲜的枣子出来亲自献给他。在这当儿，他看见那妇人的手真是异样的柔软，又是异样的纤细。

　　于是他自己警告着自己了，他记起了一句谚语："妇人的手是妖魔的爪。"于是为自卫起见，他从腰带里取出了一本书，那书是他自己写下的。所讲大半是他自己的经验，书面上题着："妇女的媚术、狡谋、诡计一千种。"那女主人见了客人那种怪异的举动，很有些疑诧，便用了又婉转又美妙的声音问他说：

　　"这当然是一本很重要的书了，因为你不和我说话，却尽自看着这书。究竟这书里面所讲的是什么学问，是什么道理呢？"

　　聪明人答道："这是讲一种人生哲学，是于妇人无关的。"

那妇人听了这回答,暗暗地纳闷;她便不以为然地燃着了纸烟,再从她的长袍底下伸出了她那纤小的穿着绣金的拖鞋的脚,走近了他身旁,从他的肩胛后瞧着那本书稿,说道:"这究竟是哪一类的书,我着实要想知道哩。"

因此他把这书的内容告知她了。

"哦,"她说,"那么,你真的已经学会了妇人的媚术和诡计吗?你全已解答了妇女的秘密吗?"

"全都学会了。"他说。

"哦,那你竟是一个十二分的聪明人了。因为我想这一类的方法简直是无穷尽的。"

"不,"聪明人说,"那也不过一千种罢了,已经都搜集在这里。"

当他说这话的时候,那妇人向他瞟了一眼,表示出万分惊疑不信的神色,这么一来倒弄得他张皇失措了。可是在这当儿她忽然跳起来,脸色变成死一般的灰白,一边细心听着,一边说道:"阿拉(回教中之上帝)救我们罢!你听到那马蹄的声音没有?我的丈夫回来了。要是他看见你在这里,我们两个的性命都休了,现在把你藏在什么地方呢?那边——那只箱子里吧!"

箱子盖揭开。那位"十二分聪明"的人便跳进去,卑躬屈节地蹲在箱角里,她仍旧把盖盖上,用锁锁住,随后把锁匙藏在身边,便急忙去迎接她的丈夫。

"祝福阿拉,竟把你送回来了!"

"我的羚羊啊,我去了之后有什么事没有?"那骑士问着便把她搂在怀里。

"当你在外边的时候,来了一个哲学家——是一个聪明人。他向着我夸说,他自己懂得妇女的一切诡计和媚术,随后他便想爱着我。"

"那浑蛋在哪里?"那阿拉伯人愤愤地嚷着。

"起初我被他吓得呆了。但是他却殷勤地说着……"

"不!不!"

"但是恰巧你来了——幸亏是你救了我!"

"这狗在哪里?让我杀了他!"

"在那只箱子里。是我把他锁在箱里的。锁匙在这里!"

那男子急忙从她手中夺取了锁匙,奔到箱子前面去。他正想去开锁,那少妇忽然格格地大笑起来。

"甲突斯台!"她嚷着,兴高采烈地拍她的手掌,"你从我手中取了锁匙没有说'甲突斯台'啊!"

她丈夫张皇不定地向她看了一会儿,于是带着一种激刺的姿势,把锁匙丢在一旁说道:"你好不残忍啊,因为要赢得小小的东西,却故意逗着我发怒?"

但是那妇人却只把手臂温和地绕在他的脖子上,央求似的说道:"我赢得的金链条,什么时候才到手呢?"

于是他高声笑了。

"对啊,"他说,"我立刻到镇上,去给你弄来吧。"

于是他跨上了马,骑着去了,这边那妻子才从她丈夫所丢下的地方找得了锁匙,打开箱子,把那"十二分聪明"的人放出来时已吓得半截死去了。她嘲弄似的笑着,一边催着他快走,一边却又问道:"你的书里也有着这一条诡计吗?"

(胡愈之　译)

雪比亚麻布更白

[英国] 贝内特

理查德·贝克遇到了两大难题：第一是缺少钱，第二是不知道哪里哪笔钱他能取用。他没有富裕的叔叔可以继承遗产，只有一个婶婶。不久前她从圣莫里茨给他寄来了一张明信片。虽说她已经表明理查德是她唯一的财产继承人，但若期望她快点儿去世那可是痴心妄想。老太太尽管已是六十七岁的高龄，可她的身子骨却硬朗得很。要想马上用她的钱，除非是在她走向终点的人生旅途中助她一臂之力，这种事情只有小说中才有。作为侦探小说的狂热爱好者，他知道这种事儿的结果往往是搬起石头砸自己的脚。

他随手抓起了放在床头柜上的新买的侦探小说《雪比亚麻布更白》读了起来。半个小时之后他的心就被小说牢牢地抓住了，他觉得这位了不起的女作家玛丽·安德森道出的正是他所迫切需要的。小说中描述了一位侄子在一次休假中如何谋杀了他那富得滴油的叔叔：他同他的叔叔乘车沿盘山道兜风，然后将车子停在了由路边坡顶上延伸出来的极其危险的冰雪块下方，接着打开了昂贵的高级汽车音响，用最大的音量播放《命运交响曲》，强烈的声波击碎了冰雪块，崩裂坍落下来的冰雪块裹挟着汽车以及车子里的叔叔一起掉入路边的深渊……

"理查德，我的孩子！"两天之后，在圣莫里茨希尔顿饭店大厅里，婶婶惊喜地朝着快步向她奔过来的侄儿喊道。

"亲爱的婶婶，"他用已经练就了的甜蜜声调说，"见到你真是太高兴了！"

理查德用他最后的一点儿钱在希尔顿饭店订了一间最昂贵的客房，并且在当天晚上租好了一辆装备着大功率立体声音响设备的轿车，准备了一盒卡拉扬指挥演奏的《命运交响曲》音乐磁带。

第二天早晨他的情绪好极了。"婶婶，今天下午我们乘车去山上兜兜风，你看如何？"他提议道。

多萝西婶婶高兴得笑了起来。"好的，不过五点钟我得回到这儿来，"她说，"因为我五点钟在酒吧有一个约会。"说完她向对面一位两鬓灰白的老先生眨眨眼睛，老先生用微笑回答了她。"一个好有魅力的男人！"她又向侄儿介绍说。

一个小时以后，理查德驾车带着婶婶进入了陡峭的盘山公路。午时刚过不久他们来到了一处地方。这地方看起来就好似特地为他的计划而准备的。虎狼似的雪浪仍在不断地往坡顶延伸出来的冰雪块上积聚。"我想我们该休息一下了！"理查德说着在冰雪块的下方停下了车子。他取出那盒录有《命运交响曲》的磁带，插入了放音卡座，随手将音量调节旋钮拧到了最大位置。"我去去就来，"他对婶婶说，"你在车子里听听音乐。"说完他打开了录音机走下汽车。

曲子的前几节又轻又柔，这一段好似专为他远离汽车而准备的。关键的时刻到了！磁带转到了交响曲的巨音区，那巨大的声浪涌出汽车，填满了整个山谷。被声波震裂的小冰块已经开始纷纷往下掉落。理查德转过身朝汽车看去，见婶婶一只脚正跨出汽车。"婶婶！"理查德大声地惊呼起来，他一下子慌了手脚。婶婶不慌不忙地朝另一方向走去。恐惧使得理查德疯狂地向车子奔去。此时此刻正是交响曲中的最大音量区。那声音冲出车门，涌向旷野，整个自然界都随之颤动。越来越多的雪块从上面不断往下掉，最终整个雪块坍了下来……

多萝西婶婶五点钟准时回到了旅馆酒吧。那位两鬓灰白的老人莱斯特·威廉森已经在等候她。"对你侄子的死我深表同情,"著名的伦敦出版商握住了她的手,"你侄子死的方式和地点与你的小说《雪比亚麻布更白》中所描述的完全相同,你看这会是偶然的巧合吗?"

多萝西·贝克用笔名"玛丽·安德森"为威廉森出版社写了许多很成功的侦探小说。她耸耸肩膀回答说:"作为侦探小说作家,我猜测他是想谋杀我。可是我之所以从汽车里出来,是因为我受不了那些人的音响,而且又不知道怎样关掉录音机。"

(华 霞 译)

"傻子"创造奇迹

[美国] 卡瓦诺·科伦

就在我为那些次品牛仔服发愁的时候,邻居沃德跟我说:"卡瓦诺,你不如将那些牛仔服拿到安娜太太家去吧,或许她正需要呢!"我看着一脸坏笑的沃德,不相信地问:"可我这些牛仔服都是为那些年轻的顾客准备的,安娜太太怎么会需要呢?要说给她的儿女还差不多,可她根本就没有儿女。再说,这些牛仔服可都是卖剩的次品,她要来有什么用?"沃德说:"这可是安娜太太让我跟你说的,信不信由你!"

望着沃德远去的背影,我犹豫了。因为是第一次做牛仔服生意,没有任何经验的我,在将牛仔服卖出去一大半时,才发现里面夹有一些次品。退货的时间已过,发货商肯定不会认账,如果这些牛仔服处理不出去，这次生意肯定会亏本。

最终，我还是抱着试试看的心理来到了安娜太太家。出乎我意料的是，安娜太太竟然很高兴地按市场价买下了我那些处理不了的次品牛仔服。我小心地提醒说："安娜太太，您可得看清楚了，这些可都是我处理不了的次品牛仔服，您真的需要它们吗？"安娜太太眉开眼笑地边将牛仔服往自己的身上比画，边说："怎么会呢，这么好的牛仔服怎么会是次品呢，你瞧瞧，穿在我的身上是不是很好看？"说实在的，那些牛仔服穿在安娜太太的身上一点儿也不好看，但为了能将那些牛仔服推销出去，我只得含糊地点了点头。我在心里跟自己说："说不定安娜太太就喜欢这样的牛仔服呢。"

从安娜太太家里走出来的时候，我发现保罗正提着一袋运动鞋往安娜太太家走去。我问保罗这是去干什么。保罗说："你知道的，我做运动鞋生意亏了本，有一些款式陈旧的鞋子卖不出去，安娜太太让人捎信给我，说她正需要这些鞋子，所以我决定将这些鞋子拿给安娜太太看看。"

跟保罗告别后，一位瘸腿乞丐拦住了我的去路。我摸了摸口袋，对他说："对不起，我身上没带零钱。"他说："先生，不要紧，我只是想向您打听一下，您是从安娜太太家出来的吗？"我说："是的。"他高兴地说："那真是太好了，只要安娜太太在家，她就必定会去菜市场，而她在经过我身边的时候，肯定会给我五美元的！"

后来，我从人们的口中得知，安娜太太的神经出了问题，也就是人们常说的傻子，因为她所做的事情只有傻子才做得出来。

突然有一天，我在电视上看到了安娜太太。她正在接受电视台采访，跟她坐在一起接受采访的还有本市最出名的心脏专科医生哈里。 原来，安娜太太患有严重的心脏病，几年前哈里医生就断言她活不了多久，可是最近哈里医生对她的再次检查证实，她的心脏病竟然已经痊愈。 哈里医生说："这真是一个奇迹！因为这种病是药物无法控制住的，病人也受不得一点刺激，治愈率只有十万分之一，而且还只能是傻子，因为只有傻子才不会因刺激而受到伤害！"

电视台的主持人不解地问安娜太太："您认为自己是傻子吗？"安娜太太说："不，我不认为自己是一个傻子，至少以前不是，而且还是一个很精明的人。 以前，我总是为一些小利跟人计较，有时候气得整晚睡不着觉。 后来，我发现自己有心脏病，并且听说这种病只有傻子才有治愈的机会，于是我决定要做一个傻子！"主持人接着问："那您是怎样将自己变成一个傻子的呢？"安娜太太接着说："其实做一个傻子很简单，那就是只做跟精明人相反的事情就可以了。 慢慢地，我竟然喜欢上了做一个傻子，因为我发现自己由原来的自私、狭隘，突然变得宽容、豁达多了。"

（沈　湘　译）

作文课

［伊朗］拉·帕尔维兹

教室被柑橘树浓密的枝叶遮蔽得十分昏暗。 黑板刚刚用破布擦过，粉笔灰纷纷扬扬地弥散着，不断地冲进我们的肺中。 这时老师还没有来。

长满头癣的赛义德·玛赫姆德坐在我的前面。 他把一根锯条熟练地插进桌缝，再用金属片拨动它，之后立刻把耳朵贴紧桌面，听那单调而悦耳的响声。 阿克巴尔·阿卡则用小刀在墙上刻着自己的名字，还在名字周围绘上花朵和夜莺。而阿巴斯却在赶做落下的作业。

"起立！"

孩子们一起站立起来，作文老师走进教室。这时上课的铃声也响了。上个星期，老师是这样布置作文题的：

"你们给自己的父亲写一封信。要求他在你们考试完放暑假以后，带你们到别墅去玩。"

作文的内容不同，写作方式也就有所不同。大致可以分为两种。

诸如叙述一件或几件事情：或者给父亲、母亲、兄弟、姐妹、朋友写信；或者论述正义、忠厚、诚实等等问题——这些内容，可采取记述或论说的口气写，属于第一种。

某某大人！我愿为您奉献一切，并衷心祝愿您幸福、安康。只要主使我保持健康，我就要为您向主膜拜、祈祷。——这种祈愿式的写法，属于第二种。

当然，大家都很清楚，人的最优的品德莫过于诚。只要有了诚实，卑贱也会变得高尚。

第二种形式的作文，通常都缺乏充实的内容，只是不断地重复着祷告，堆砌许多无用的辞藻，十分枯燥乏味，甚至有时还以几句毫无意义的歪诗作结尾。记得，每到作文课快上完的时候，那些啰里啰唆的辞藻使我觉得教室简直成了一个大垃圾箱，而老师和同学们竟然能叫这些僵死干瘪的词语飘动起来。

那天，同学们一个接一个地朗读那封要求去别墅的信。这些作文简直令人作呕。最后轮到阿卡拉希姆。他是个穷学生，但在班上却颇受尊敬。因为他既有主见，又待人和气；此外，他的见识也远比我们要广。他和我们不一样,他同社会上的人们交往很多。因为他像是家里的仆人,面包、肉、鸡、油、柴……什么都需要他采买,他经常光顾杂货店、果品店、食品店这些地方,所以很了解社会,胆识也远远超过我们。老师说:

"阿卡拉希姆,到前面来!念一念你的作文吧!"

"是!"阿卡拉希姆立刻站起身来,往上提了提打满补丁的裤子,眼睛向四周扫视了一下,便拿起作文本,走到讲桌前面,直挺挺地站在那里。

"怎么不念呢?孩子,念哪!"

阿卡拉希姆哽咽起来,就像有个什么重物压在他的肩上,迫使他的腰弯曲下来,使他那近视的眼睛几乎贴到作文本上。他含着眼花,颤抖着读了起来:

爸爸!我的脾气很坏的、经常发火的爸爸!

老师大概由于自己生活得很舒适,就认为所有的学生也都如此,却丝毫不了解我正生活在怎样一个所谓"家"的"地狱"中呢!他对于您的暴躁和我的可怜竟然一无所知,不管我们的生活境况如何,竟让我给您写一封信,要求您在暑假带我到别墅去。"别墅"——多么美好的字眼哪!在花园里采摘美丽的鲜花;在水渠边嬉戏,向同伴们身上撩水;追赶那些女孩子们,揪住她们的长辫子,缠在手上,欺负她们,把她们打哭;爬到树上去玩;用绳子系在树枝上,打秋千;捏掉麦穗,用麦管做成笛子吹;爬过邻近花园的篱笆,去偷浆果;爬山;赛跑。晚上,疲乏了,便偎依在奶奶的身边,听她讲故事……多么幸福哇!老师要求您的正是这些。但是,我不知道您的"别墅"究竟是什么样子啊?

你怎能知道，代替别墅的，却是每天早晨您对我鞭笞，用脚把我从梦中踢醒，叫我起来去买面包。他怎么知道我的唯一愿望并不是去别墅，而是能看到哪怕一次父亲的笑容。教师从没来过我们家，怎能知道我们家里不曾有过一刻的平静，可怕的吼声总在屋子的空间回荡着。

他丝毫不知道您总是同妈妈吵架，妈妈也对您斥骂不休。而我是那么可怜，就像两块磨盘中的一颗麦粒，任凭压磨。老师十分严肃认真。但他哪里知道，每天晚上我还没来得及做完作业，就必须拿着瓶子去为您打酒。我这么可怜，却要我去想象别墅多么好玩；要我也像其他同学那样，要求父亲把我带到避暑胜地去玩，看来我只有造假，只有说谎了。

并非我不想去别墅，而是我更需要一种最起码的爱抚和温暖。我的愿望不过是：当我熟睡时，不是用打骂，而是轻轻地把我唤醒。晚间，您不要喝得酩酊大醉，逼我穿过那黑黢黢的令人恐怖的小巷去为您打酒。假如我买了乳酪、肉、面包……不要百般挑剔，让我再跑一次杂货店、肉店、食品店，把刚刚买来的东西都退回去，引起商店的人对我冷嘲热讽。我简直受不了他们的凌辱。

我不要求去别墅，只愿能有一天不要逼着我到市场去遭受那些商人们的嘲弄和讥讽。他们欺负我，我却无力对付他们，因此总是吃亏。我委曲，想哭，但哭又有什么用呢？

亲爱的爸爸！我不要求去别墅。只希望能有一天您不再同妈妈吵架，妈妈也不和您对骂。我爱您，也爱妈妈，你们一打起来，我该怎么办呢？

难道我能帮着妈妈去骂您吗？或者我能站在您一边去欺负

妈妈吗？为什么我们之间不能相亲相爱、互相体贴呢？为什么非要把我们家变成一个黑洞洞的墓穴呢？

我不要求去别墅，只愿这个黑暗的墓穴光明起来，使我能感到家庭的温暖！

这时，阿卡拉希姆失声痛哭起来。教室一片沉寂。老师双手捂着脸。我看到泪水从他的眼角滴落到书本上。老师说道："阿卡拉希姆，你把我的心撕碎了！回到座位上去吧，我再也听不下去了。"

（张　晖　译）

我想当一匹马

[波兰] 斯·姆罗热克

天啊，我多么渴望当一匹马……

倘若有那么一天我往穿衣镜前面一站，看到我的手和脚都变成了马蹄，身后长出了长长的马尾巴，脑袋变成了真正的马头，配一副货真价实的马脸，我准会立即跑到房管局去。

"请给我一套现代化的住宅。"我就会这样昂然地说，而不是低三下四地哀求。

"写个申请报告吧，排队等候。"

"哈，哈！"我会纵声大笑，"先生们，难道你们没有看到，我不是个一般人物，不是个普普通通的小人物？我是这样与众不同，一个不同凡响的人！"

我立刻就会得到一所现代化的大住宅，而且设备齐全。

我去参加文艺晚会，准能获得满堂喝彩，即使我的作品再拙劣，朗诵得再蹩脚，也不会有人指责我无能。情况会截然相反。

"一匹马竟有这样的水平，太棒了！"会有人赞不绝口。

"这马真聪明。"另一些人会如此奉承。

且不说我会从谚语、俗话中得到多少溢美之词，捞到多少好处：健壮如马，老马识途，笑得跟马一样庄重，马有四条腿偶尔也会失蹄……

诚然，当马也有消极的方面。我会给我的敌人提供新的弹药。他们给我写匿名信的时候，就会这样开头："您是骏马？不，您是驽马！"

妇女们会对我感兴趣，"您是这样超凡脱俗……"她们会这样说。

上天堂的时候我就会长出翅膀。我会成为一匹飞马。天马行空！对一个人来说有什么比这更美的事呢？

（韩 逸 译）

乐于效劳

[波兰] 吉 申

这天，贤妻顺便说起，家里已没有酸奶了——它不仅是我早餐的重要组成部分，而且也是她的美容保健食品，于是我就赶紧前往街角的食品店，一头冲进了一群正在激烈争吵的人中。

我的邻居杰斯克正脸红脖子粗地朝着店主吼叫；那一位呢，也不甘示弱地扯大了嗓门回敬他，声音之高，或许有幸能叫反对党的某一位议员都听见了。尤为复杂的问题是，这位店主叫嚷咒骂用的是希伯来语，而杰斯克厉声恶言说的却是匈牙利话——他所会的唯

——一种语言，掌握的程度呢，我就不好说了。

"我跟他要十二个鸡蛋，"杰斯克用我们的塔塔尔土语向我解释，"而这个低能的十足白痴，却把一只蛋掉到了肮脏的柜台上，这个不要脸的家伙偏不认账，反说是我打碎了他的臭蛋，要我付钱，哼！我才不买他的账呢！您可以用他那种叫人听了汗毛直竖的混杂语言告诉他说，他是一头厚颜无耻的猪猡！要是他敢再啰唆一句，我就把他的臭蛋一个个全部往他的脑壳上砸！"

这可把我忙坏了。"那好。"我对杰斯克说罢，连忙转身向着店主，充当起了翻译的任务。

"这位先生让我对您说。要是他方才失去了自制有些失礼，那他实在是非常抱歉，不过他的确是相信，打碎这只蛋并不是他的责任。"

"啊，是吗？"店主在柜台后面吼道，"那就请您转告他，他是一个无耻的骗子。另外您还可以告诉他，我曾因为打死人而吃过官司，现在嘛，哼，要是他不当场付钱赔了这只鸡蛋，那我就要扭断他那狗都不咬的脖子。为了这场不同寻常的娱乐，我随时准备再坐一次班房！"

"乐于效劳，"我答应道，又回过头去，用流利的匈牙利语对杰斯克说，"他讲，他非常抱歉，经仔细回想，鸡蛋完全可能是他打碎的，并且，他连半个皮阿斯特也不想叫您多付了。"

"那好，"杰斯克满意地说，"只要他不打算敲我的竹杠……"

"我朋友说，"我毫不迟疑就翻译过去，"他当然乐意付这个蛋的钱，因为对他说来，世界上没有比能给一位诚实的商人增加一点菲薄的收入更为紧要的了。"

"别提这事了，"店主对着我俩说，脸上也有了笑容，"您以为，我会为了区区一只鸡蛋而愿失去一位好顾客吗？刚才我只是以为他存心找我麻烦呢……"

他伸过手来，与杰斯克热情地握住了手。要是此刻他们两人之间不是隔着柜台的话，也许，就会像失散已久的亲兄弟一样拥抱在一起了。

当我前不久在报纸上看到，为这两个超级大国的裁军谈判，正在招聘一名可靠的译员时，我不由想起了上面这件事。

嗨，何不叫我去当这个翻译！

（裘明仁 译）

致命的安全屋

[美国] 戈瑞·森西尼格

尽管天气寒冷，艾利克斯·莫雷利却汗淋淋的。此时，他正站在昏暗的安全屋前厅，等待长官前来处理地上这具尸体。此人因窒息而死，死前由莫雷利负责监护，当然这正是他出汗的原因。

两天来，他一直与另一个人轮班监护着杰克·菲施尔。菲施尔是个会计，性情温和，倒霉的是他目睹了一伙歹徒行凶杀人的过程。地方检察官劝菲施尔出庭做证，并信誓旦旦地说邪恶的波波夫家族的魔爪再长也伤不到证人。莫雷利警官一天十二个小时地守护在菲施尔身边，实际上，他对这个性情温和、腼腆胆小的证人已开始产生了好感。可现在他却死了。

门铃声吓了莫雷利一跳。他打开门，克伦威尔警长一阵风似的进了门，他身上那件有皱褶的西装带进了一阵冷风。

克伦威尔盯着尸体,问道:"为什么让他一个人留在屋里?"

"我刚才接到了你办公室打过来的电话,"莫雷利结结巴巴地边说边拿出对讲机似乎想证实什么,"对方让我回警察署,并说另一个人会过来接替我。半小时后我才反应过来,于是,我立刻赶了回来。"

"因为那个电话是我办公室打出的,你就相信了,也不动一动脑子?波波夫家族关系很多,你这个白痴。他们有人。"警长叹了一口气,问道,"都是哪些人有钥匙?"

"钥匙只有我这一套,我对菲施尔说过不要给任何人开门。我走的时候锁上了门,还听见屋里菲施尔挂上了门闩。警长,你知道他是一个谨小慎微的人。"

克伦威尔跪蹲在尸体旁边。"从后面勒死的。用的也许是一根电线。"菲施尔会给什么样的人开门呢?有谁知道他在这里呢?必须立即找出答案。

克伦威尔警长从挂衣钩上取下了大衣,便朝自己的车子走去。莫雷利取下了自己的外套跟了出去。

第一条线索就是安全屋的电话记录。就在前一天晚上,被害人还偷偷地给他姐夫路德·德罗斯打了一个电话。路德在镇上开了一家锁店,克伦威尔和莫雷利来到店里找到了路德。"我妻子非常担心杰克,"路德说,"杰克跟他姐姐关系非常密切,他也为姐姐担心,所以想了解姐姐的近况。我们谈了大概五分钟时间。他知道这样做违反规则,不过,菲施尔始终没有告诉我们他在哪里。"

警长从大衣口袋掏出记事本和钢笔。"今天两点左右你在哪里?"

"那是死亡时间吗?"路德低声问道,"我在普罗斯别克街的一个新公寓区里装锁。当时,那里几个工人一定看到我了。我回来洗澡后就去了医院。我可以走吗?"

莫雷利提出了案子的第二个线索。他记得四个月之前他保护的一个黑社会告发者,巴蒂·班克斯,也来过这个安全屋。当时地方检察官竭力劝说菲施尔当证人,为了打消会计菲施尔的顾虑,他把巴蒂带入安全屋,让菲施尔看看保护性拘留是多么的安全。"巴蒂与黑社会有来往,菲施尔也认识他,所以菲施尔也许会为巴蒂开门。"

班克斯已改名换姓,迁至离城二十英里之遥的地方。克伦威尔和莫雷利找到了他,他现在是一家电话公司查号台的接线员。克伦威尔出示了自己的警徽,让人在工作间隙把这位前告发者请出来,然后把菲施尔的死讯告诉了他。

"啊,"班克斯盯着自己的肚子,伤心地说,"我感到非常难过。如果当时我不劝他出来做证,他是不会死的。"

"菲施尔跟你联系过吗?"

"没有任何联系,我发誓。我就是那次在地方检察官的办公室里见过他,而且我根本不知道他们要把他送到那个安全屋去。"

"你可以打探到他的去处。"

"喂,我已跟他们断了联系了。我每天从早上八点工作到下午四点,我说的可都是实话。"克伦威尔和莫雷利驱车回城,满腹心事。"凶手总会留下蛛丝马迹的。"警长喃喃而语。莫雷利随声附和:"是会留下蛛丝马迹的。"

两个人行车一路,再无言语。

谜底:

克伦威尔杀了杰克·菲施尔,因为克伦威尔把大衣留在了安全屋。他接受了黑社会的一笔钱，为此同意杀掉菲施尔。证人熟悉的警长让证人开开安全屋的门并不是一件困难的事情。

克伦威尔一离开现场就意识到自己把大衣忘在屋里的挂衣钩上，但是由于安全屋的门自动关上，警长无法取出屋里的衣服，他没有钥匙。

在返程途中，莫雷利记起来克伦威尔警长走进安全屋时身上穿着一件有皱褶的西装，但是离开屋子时却拿着一件大衣。后来克伦威尔又从大衣口袋里拿出了记事本和钢笔。显然，这件大衣是警长的。

（徐莉娜　译）